weitergeben

CLAIRE HOLDEN ROTHMAN |

Das Geheimnis der Herzen

Über das Buch

Montreal, 1874. Agnes ist vier, als ihr Vater des Mordes angeklagt wird. Obwohl man ihn freispricht, ist sein Ansehen als Arzt zerstört, und er verlässt die Familie, um im Ausland neu anzufangen. Nur eins bleibt Agnes von ihrem Vater: der Wunsch, selbst Medizin zu studieren. Mit Mut und Hartnäckigkeit erkämpft die hochbegabte junge Frau sich den Respekt der Männerwelt. Unterstützt von dem einfühlsamen und talentierten Mediziner Jakob wird sie zur Herzspezialistin, deren Ruf ihr bis an die Eliteuniversität Harvard vorauseilt. Doch trotz aller beruflichen Erfolge und ihrer zarten Gefühle für Jakob lässt Agnes die Erinnerung an den Vater nie los. Und so folgt sie jeder noch so kleinen Spur, um diesen Mann, den sie kaum kannte, ausfindig zu machen. Erst als ihre verzweifelte Suche ein jähes Ende findet, beginnt Agnes zu begreifen, wonach sie sich in Wahrheit sehnt …

Über die Autorin

Claire Holden Rothman studierte Jura, war Dozentin für Englische Literatur und Kreatives Schreiben an der McGill University in Montreal und arbeitet seit vielen Jahren als Übersetzerin. *Das Geheimnis der Herzen* ist ihr erster Roman, der in ihrer Heimat Kanada für mehrere Preise nominiert wurde. Die Autorin lebt mit ihrem Mann und ihren beiden Söhnen in Montreal.

CLAIRE HOLDEN ROTHMAN

Das Geheimnis der Herzen

Roman

Aus dem kanadischen Englisch von Adelheid Zöfel

Diana Verlag

Die Originalausgabe erschien 2009 unter dem Titel
The Heart Specialist bei Cormorant Books Inc.

FSC®
MIX
Papier aus verantwortungsvollen Quellen
FSC® C014496
www.fsc.org

Verlagsgruppe Randomhouse FSC® N001967
Das für dieses Buch verwendete
FSC®-zertifizierte Papier *Holmen Book Cream*
liefert Holmen Paper, Hallstavik, Schweden.

Taschenbucherstausgabe 09/2013

Redaktion | Gisela Klemt
Umschlaggestaltung | © t. mutzenbach design, München
Umschlagmotiv | © plainpicture/Arcangel
Satz | Leingärtner, Nabburg
Druck und Bindung | GGP Media GmbH, Pößneck

Printed in Germany 2013
978-3-453-35748-8

www.diana-verlag.de

Für Arthur Holden

Herzfehler können in zwei Hauptgruppen unterteilt werden, basierend auf ihren Ursachen: solche, die durch einen Wachstumsstillstand in einem frühen Stadium hervorgerufen werden, ehe die verschiedenen Teile des Herzens sich vollständig herausgebildet haben, und solche, die im weiterentwickelten Herzen durch fetale Erkrankung entstehen.

– MAUDE ABBOTT, »ANGEBORENE HERZFEHLER«,
IN WILLIAM OSLERS *SYSTEM OF MEDICINE*

Doch eine Sprache braucht das Herz, es bringt
Der alte Trieb die alten Namen wieder.

FRIEDRICH SCHILLER, *DIE PICCOLOMINI*
(DRITTER AUFZUG, VIERTER AUFTRITT)

AUFTAKT

DIE KLEINE BEOBACHTERIN

Genau hinsehen, aufzeichnen, tabellieren, weitergeben.

– WILLIAM OSLER

Meine früheste Erinnerung an meinen Vater ist sein Gesicht, das über mir schwebt und weint. Diese Erinnerung stammt aus dem Jahr 1874, als in St. Andrews East, einer kleinen Stadt in Quebec nahe der Mündung des Ottawa River, etwa fünfzig Meilen von Montreal entfernt, ein besonders harter Winter herrschte. Es war Januar. Bald würde ich fünf Jahre alt werden.

Welcher Mechanismus bewirkt, dass Erinnerungen gespeichert werden und sich bestimmte Bilder in das Bewusstsein eines Kindes einprägen? Oft ist es etwas Traumatisches, wenn auch dieses Wort damals noch nicht zu meinem Vokabular gehörte. Ich hatte keine Ahnung, warum mein Vater in mein Zimmer gekommen war und warum er weinte. Als ich die Augen öffnete, wusste ich nur, dass etwas nicht stimmte. Der gewohnte Gang der Dinge war durchbrochen, das Regelgefüge gestört. Meine sichere kleine Welt war aus den Fugen geraten.

Mein Vater roch nach Pfeifentabak, ein wunderbarer Geruch, wie Schokolade. Ich starrte auf den Schnurrbart über seinen Lippen. Am liebsten hätte ich mein Gesicht an diesen Schnurrbart geschmiegt, aber natürlich tat ich es nicht. Er war ein imposanter Mann, und seine Launen waren manchmal unberechenbar. Ich lag einfach nur da und schaute ihn an.

Kurz nachdem er uns verlassen hatte, als die Felder und Wiesen und Straßen noch von Eis glitzerten, fand ich in der Scheune hinter unserem Haus eine seiner Pfeifen. Ohne lange nachzudenken, nahm ich sie und steckte sie in den Mund. Es war ein Experiment, der Versuch, zu kopieren, was ich bei ihm so oft gesehen hatte, und ihn zurückzuholen. Das Ergebnis war ein Schock. Die Pfeife schmeckte scheußlich, gar nicht wie die süße, dunkle Schokolade, mit der sich der Geruch in meiner Erinnerung verband. Ich spuckte, bis mir die Zunge wehtat und keine Spucke mehr da war.

In jener Nacht, als ich in meinem Bett lag und zu ihm emporschaute, war ich völlig durcheinander. Ich begriff ja erst allmählich, dass es auf der Welt noch andere Menschen als mich gab, mit einem Leben, das von meinem getrennt war. Dass mein Vater weinen konnte, verwirrte mich, also machte ich die Augen wieder zu, sperrte alles aus, außer seinem Geruch und dem Geräusch seines schnellen, flachen Atems.

Er sprach französisch mit mir, was er manchmal tat, wenn wir beide allein waren. Ich weiß nicht mehr, was er sagte. Nichts über den Prozess oder seine tote Schwester, so viel steht fest. Darüber sprach er mit niemandem in dem Haus in St. Andrews East, nie. Wahrscheinlich versuchte er mich zu beruhigen. Ich glaube, ich habe damals schon gemerkt, dass er log. Ich spürte, dass etwas ganz und gar nicht stimmte, und plötzlich brach auch ich in Tränen aus. Ich muss ziemlich lange geweint haben, denn als ich wieder aufschaute, war er fort.

In jener Nacht nahm er nur seine Kleidung mit und das Geld, das er für die Taufe beiseitegelegt hatte – Laures Taufe, auch wenn er damals noch nicht wissen konnte, dass das ungeborene Kind Laure werden würde. Meine Eltern hatten ihren Namen aber schon vor der Geburt ausgesucht, so wie bei mir, Agnès. Für das neue Kind war es Paul, falls es ein Junge würde, und Laure für ein Mädchen, Namen, die auf Französisch und Englisch ähnlich klangen. Am Ende musste Laure mehrere Jahre auf ihre Taufe warten. Großmutter kümmerte sich darum, wie um so vieles andere.

Die längste Zeit glaubte ich, dass ich meinen Vater vertrieben hatte. Meine Tränen hatten ihn in die Flucht geschlagen. Eben war sein Gesicht noch da gewesen, aber dann, nachdem ich die Augen zugemacht und geweint hatte, war er fort. Kindliche Logik sicherlich, aber deshalb nicht minder zwingend. Was hätte er getan, wenn ich nicht geweint hätte?, musste ich später immer wieder denken. Und wenn ich meine Kinderarme nach ihm ausgestreckt hätte? Von dem Tag an beherrschte ein Gedanke mein Leben: Ich wollte meinen dunklen, traurigen Vater finden und ihn zurückgewinnen. Dass ich ihn eigentlich kaum gekannt hatte und dass meine früheste Erinnerung an ihn auch schon fast die letzte war, spielte dabei keine Rolle. Sein Gesicht blieb mir über die Jahre immer gegenwärtig, so klar und deutlich wie in der Januarnacht, als er uns verließ.

I

SANKT AGNES

Sankt Agnes' Abend – oh, wie fror die Welt!

– JOHN KEATS

I

Januar 1882, St. Andrews East, Quebec

Den ganzen Morgen wartete ich schon auf den Tod, aber als er schließlich eintrat, war die Veränderung so minimal, dass ich sie fast nicht bemerkt hätte. Ich hatte das Eichhörnchen auf eine Kiste gelegt und mit einem Lappen zugedeckt, damit es nicht gefror. Die Wunde an seinem Kopf blutete nicht mehr, sah aber immer noch rot und frisch aus. Ein Hund oder ein anderes Tier musste den Schädel mit den Zähnen gepackt haben, doch irgendwie war das Eichhörnchen entkommen und hatte sich durch den Schnee auf Großmutters Grundstück geschleppt, wo ich es in der Frühe nicht weit von der Scheunentür entdeckt hatte. Da hatte es noch geatmet, und sein Körper war noch warm gewesen und hatte gezittert.

Jetzt atmete es nicht mehr, und seine Augen waren glasig. Ich blies auf meine klammen Finger und ging zu meiner Instrumententasche. Sie war nicht aus Leder wie die von Archie Osborne, dem Arzt von St. Andrews East. Sie war aus Sackleinen und hatte vorher Kartoffeln enthalten. Ich hatte sie aus Großmutters Küche stibitzt, genau wie den größten Teil ihres jetzigen Inhalts. Ich holte ein Küchenmesser heraus, einen

Wetzstein und meine Stecknadeln, die ich in einem Döschen hatte, in dem früher zuckerbestäubte Halspastillen gewesen waren. Die Schneide meines Messers war hauchdünn und hatte mehrere Scharten. Das Ding machte nicht viel her, aber als Skalpell konnte ich es trotzdem verwenden. Ich fuhr ein paarmal mit dem Wetzstein die Klinge entlang, brach dann das Eis im Eimer, der neben der Tür stand, mit dem Absatz auf und tunkte das Messer hinein, um den Zuckerstaub abzuwaschen.

Mein Totenhaus ließ einiges zu wünschen übrig. Im Januar war es für einen einigermaßen angenehmen längeren Aufenthalt zu kalt. Aber im Verlauf von zwei Wintern hatte ich mich daran gewöhnt, hier zu arbeiten. Alles war bestens durchorganisiert: Das Mikroskop stand in der hinteren Ecke unter einer Plane, und auf dem Boden, an der Wand entlang, reihten sich einundzwanzig Einmachgläser von Großmutter, unter Stroh versteckt. Über den Einmachgläsern, auf einem Regal, das nur aus einem alten Brett bestand, befand sich meine anatomische Sammlung, bestehend aus drei toten Marienkäfern, dem Panzer einer Zikade, dem getrockneten Unterkiefer einer Kuh. Und noch meine größte Kostbarkeit: zwei Schmetterlinge, mit Glasrahmen und Faden in einem besonderen Behältnis arrangiert, nämlich dem einzigen echten Laborglas, das ich zwei Jahre zuvor gerettet hatte, ehe Großmutter die Hinterlassenschaften meines Vaters auf den Schrottplatz karren ließ. Nur drei Dinge hatte ich mir genommen – das Mikroskop meines Vaters mit den Glasplättchen, ein Lehrbuch und dieses Glas. Mehr war nicht möglich gewesen, weil meine Großmutter es sonst bestimmt gemerkt hätte.

Jeder, der zur Tür hereinschaute, musste die Gegenstände in meinem Sektionsraum für das übliche Zeug halten, das in einer Scheune lagerte. Großmutter hatte Laure und mir verboten, hier zu spielen, weil die Bodenbretter angeblich verrottet waren und wir einbrechen und uns verletzen würden. Ich musste also durch die Hintertür eintreten, die über einen Pfad durch den Wald, der an Großmutters Grundstück grenzte, erreichbar war.

Die gelben Zähne des Eichhörnchens guckten zwischen den Lippen hervor. Die Pfoten, die es gekrümmt vor der Brust hielt, als würde es betteln, ließen sich beim besten Willen nicht öffnen. Das Tier wurde schon steif, doch ob es an der Kälte lag oder ob es die Totenstarre war, vermochte ich nicht zu sagen. Die Beine waren ebenfalls schwer zu bewegen, aber irgendwie gelang es mir, den Körper so hinzubiegen, dass das Eichhörnchen auf dem Rücken lag, wie ein winziger Mensch. Meine Stecknadeln verströmten einen leisen Zuckerduft, der nicht zum Geruch des frisch verstorbenen Eichhörnchens passte. Ich schnupperte, während ich den Körper fixierte, zuckte zusammen, als die Metallnadeln durch die Haut drangen. Als letzten Schritt der Vorbereitung musste ich das Mikroskop herbeischleppen und neben dem Sektionsbereich auf die Kiste stellen, damit es schnell zugänglich war.

Mein Messer durchstach die Bauchhaut, und ein Strahl rosaroter Flüssigkeit schoss im Bogen hervor, genau auf den Kamelhaarmantel, den mir Großmutter zu Weihnachten genäht hatte. Ich fuhr zurück, starrte wie eine Idiotin auf die Spritzspur vorn auf dem Mantel, griff dann nach meiner Schürze. Ich hatte nicht aufgepasst. Das passierte mir öfter, und ich wusste es auch, weil Großmutter es mir jeden Tag vorhielt. Sie hatte recht. Ich neigte dazu, die simpelsten Dinge zu vergessen: Meine Frisur war oft halb aufgelöst, und die Strümpfe warfen um meine Knöchel Falten.

Bis zu diesem Tag in der Scheune hatte ich hauptsächlich mit Pflanzen und Insekten gearbeitet. Das, was richtigen Lebewesen am nächsten kam, waren die winzigen Kreaturen gewesen, die im schleimigen Schaum von Tümpeln wohnten oder in verdorbenem Fleisch nisteten. Jetzt war mir zum ersten Mal ein richtiges Tier in die Hände gefallen, in dessen Adern das Blut noch warm war. Ich stach das Messer abermals ein, schnitt die Rumpfmitte hinab und schlitzte dann an beiden Enden die Haut auf, rechtwinklig zum ersten Schnitt, damit eine Tür zum Bauchinneren entstand. Als nächsten Schritt klappte ich die Haut auf und steckte sie fest, sodass die dunklen Innereien freilagen. Meine Finger waren nass und rot. Hinter mir schnappte jemand nach Luft.

Laure stand in der Tür, die behandschuhten Hände vor dem Mund, die Augen leicht nach oben verdreht. Sie schwankte, und ihre Pupillen weiteten sich zu schwarzen Löchern.

Ich versteckte die Hände hinter dem Rücken. »Laure«, sagte ich schnell, »alles in Ordnung. Es ist nichts. Ich wasche es ab.« Hektisch tauchte ich die Hände in den Eimer.

Meine Schwester ist ein besonderer Fall. Sie kann nicht mit ansehen, wie ein Huhn ausgenommen wird. Wir müssen immer darauf achten, dass die Küchentür fest zu und Laure in ihrem Zimmer ist, wenn wir Fleisch fürs Essen vorbereiten.

Laure schwankte jetzt nicht mehr, was ich als gutes Zeichen nahm, aber ihre Pupillen waren nur noch stecknadelkopfgroß. Sie war so steif wie das Eichhörnchen auf meinem Sektionstisch. Während sie totenstarr dastand, deckte ich alles zu, was sie schockieren könnte. Ich zog den Flanelllappen wieder über das Eichhörnchen, aber sofort erschien über dem Bauch ein rubinrotes Auge, das immer größer wurde. Dann riss ich mir die Schürze herunter und steckte die Hände erneut in den eisigen Eimer, um sie zu schrubben.

Laure stöhnte. Auf die Trance folgten immer Tränen, verbunden mit Kopfschmerzen, die sie tagelang ans Bett fesseln konnten. Ich redete beruhigend auf sie ein, aber natürlich bekam sie nichts mehr mit. Es dauerte mindestens noch eine Minute, bis sie sich wieder bewegen konnte und weinend und leise nach Großmutter rufend zum Haus humpelte. Der Arzt, den wir konsultiert hatten, hatte einen französischen Namen dafür: *Petit Mal.* Er sagte, das sei nicht so ernst wie *Grand Mal,* was ein ausgewachsener epileptischer Anfall sei, aber trotzdem ein Leiden, das wir im Auge behalten müssten. Die Ursache kenne niemand, wenn auch im Hintergrund oft ein Trauma stehe – ein schweres Fieber in der Kindheit oder auch eine seelische Erschütterung. Das Hauptsymptom waren die Absencen. Laure entglitt in eine Trance, und nichts, was man sagte oder tat, vermochte sie wachzurütteln.

Der Körper des Eichhörnchens wurde mit jeder Sekunde steifer, aber ich war nicht über die Vorarbeiten hinausgekommen. Vor Enttäuschung war auch ich den Tränen nahe. Laure kam eigentlich nie in die Scheune. Warum musste sie sich ausgerechnet den heutigen Tag aussuchen, um mir nachzulaufen? Das Eichhörnchen grinste höhnisch. Siehst du, schien es zu sagen. Steck die Finger in den Bauch eines Leichnams, und schon folgt der Ärger auf dem Fuß! Ich schloss die Augen, um die gelben Zähne auszublenden. Wenn ich überhaupt etwas erreichen wollte, musste ich es jetzt tun. Vielleicht brabbelte Laure ja wirres Zeug, und Großmutter steckte sie einfach ins Bett. Es war nur eine winzige Chance, aber das Hoffen konnte einem keiner verbieten. Ich griff nach meiner Schürze.

Bis Großmutter kam, hatte ich es immerhin geschafft, das Herz zu lokalisieren. Und etwas, das die Leber sein musste. Großmutter marschierte in die Scheune, die alten Augen grimmig zusammengekniffen. Sie war eine kleine Frau, gerade mal einen Meter fünfzig, aber die Leute hielten sie für größer, was an ihrer Haltung und ihrem Gang lag. Sie hätte einen großartigen General abgegeben – nicht nur deswegen. Sie trug die Arbeitsstiefel meines toten Großvaters, die sie für Notfälle immer an der Küchentür stehen hatte, und in der Eile hatte sie ihren Hut vergessen. Ihr Haarknoten war halb aufgelöst: Ein paar silberne Strähnen schlängelten sich über ihren Rücken, wie bei Medusa. So unordentlich hatte ich sie noch nie gesehen, und ein paar Sekunden lang starrten wir uns nur an, mit offenem Mund. Zu allem Übel war sie nicht allein. Sie hatte Miss Skerry im Schlepptau. Miss Skerry war die neue Gouvernante, ausdrücklich dafür engagiert, um, wie Großmutter es ausdrückte, meine »Kanten zu glätten« und mir zu helfen, vom Kind zur Frau zu werden.

Beide musterten mein Messer und die fleckige Metzgerschürze. Dann sahen sie das Eichhörnchen mit dem aufgeschlitzten Bauch.

»Agnes«, sagte meine Großmutter. Es klang wie ein Seufzer, und plötzlich schien sie zu schrumpfen. In ihren oft so harten Augen lag jetzt etwas Neues, das mich noch mehr beunruhigte als das Schrumpfen. Es ist Angst!, wurde mir plötzlich klar. Meine Großmutter hatte Angst.

Sie packte meine Schürze am vergleichsweise saubersten Zipfel und versuchte, sie mir über den Kopf zu ziehen, aber das Band verfing sich an meinem Ohr. Inzwischen hatte sie meinen blutigen Mantel entdeckt. Sie ließ die Schürze los und hielt sich die Augen zu.

Ich hatte Großmutter noch nie weinen sehen. Ich wäre nie auf die Idee gekommen, dass das passieren könnte; sie war immer so beherrscht und hart. Ich selbst war das genaue Gegenteil, brach beim geringsten Anlass in Tränen aus, rannte in die Scheune oder in den Wald hinterm Haus, um meiner Wut und Traurigkeit Luft zu machen. Großmutter fand diese Anfälle unerträglich. Sie bezeichnete sie als »Theater« und warnte mich, wenn ich dieses kindische Verhalten nicht ablegte, wäre ich zu einem schweren, einsamen Leben verdammt.

Und jetzt weinte sie selbst, vor mir und Miss Skerry. Meine Gedanken rasten zu einer anderen Situation zurück, die hundert Jahre her war – jedenfalls fühlte es sich so an, obwohl es in Wahrheit nicht einmal zehn Jahre waren. Auch mit einem weinenden Erwachsenen. Dass ich so emotional war, dachte ich immer, hatte ich von ihm geerbt, von meinem Vater. Großmutter sagte das sogar selbst, wenn sie wütend war, sie nannte es mein »gallisches Blut«. Ich war die Abnormität in der Familie, dunkel und zu Tränenausbrüchen neigend, und meine Art zu denken wirkte in diesem kleinen presbyterianischen Städtchen beunruhigend fremd.

»Es ist nicht, wie du denkst«, sagte ich. »Ich habe es nicht getötet.«

Ich wollte sie beruhigen, erreichte aber genau das Gegenteil. Es war das Wort »getötet«. Ich hätte es nicht gebrauchen dürfen, denn meine Großmutter musste an ihren Schwiegersohn – meinen Vater – denken und seine arme tote Schwester.

Ich habe nie ein Bild von meinem Vater gesehen – nachdem er uns verlassen hatte, wurde kein Foto von ihm aufgehoben, sodass ich mir kein eigenes Urteil bilden konnte –, aber alle in St. Andrews East sagten, ich sei ihm wie aus dem

Gesicht geschnitten. Die Leute hüteten ihre Zunge, weil sie Großmutter nicht ärgern wollten, aber manchmal rutschte es ihnen doch heraus. Archie Osborne, der Arzt, sagte es sogar fast jedes Mal, wenn er mich sah. Und mir war natürlich bewusst, dass ich überhaupt nicht so aussah wie Laure, die blauäugig und blond war und die zierliche Statur der White-Frauen hatte. Ich hatte eine Hautfarbe wie eine Zigeunerin und war kräftig. Die Damen, die zum Tee in die *Priory* kamen, wie unser Haus genannt wurde, ergingen sich immer darüber, wie hübsch Laure doch war. Man konnte ja auch kaum anders, weil sie aussah wie ein Engel mit ihren wallenden Haaren, gelb wie Maisfäden. Wenn sie merkten, dass ich ebenfalls im Zimmer war und Kandiszucker herumreichte, folgte betretenes Schweigen. »Agnes ist ja so *intelligent*«, kam es als jämmerlicher Wiedergutmachungsversuch.

Die Intelligenz, so hieß es allgemein, hatte ich ebenfalls von meinem Vater – aber für ein Mädchen war es nicht so günstig, ein Bücherwurm zu sein, vor allem, wenn man nicht hübsch war. Großmutter vertrat die Theorie, dass ich mir durch das viele Lesen die Augen verderben würde. Ich glaubte ihr nicht, weil sie selbst schlechte Augen hatte und nie ein Buch aufschlug außer der Bibel. Und auch die nur einmal in der Woche, am Sonntag.

Großmutter hielt meinen Vater für einen Mörder. Sie sagte es nie, und nachdem er fortgegangen war, vermied sie es, überhaupt von ihm zu sprechen. Es war, als wäre er tot wie meine Mutter. Großmutter ging sogar so weit, unseren Namen zu ändern. Zwei Jahre nach dem Verschwinden meines Vaters und einige Monate nach Mutters Begräbnis legten Laure und ich offiziell den Namen Bourret ab und hießen von da an White. Außerdem fiel der Akzent von Agnès unter den Tisch, sodass ich von da an Agnes war. Meine Großmutter wurde unser gesetzlicher Vormund.

Das Eichhörnchen war einfach zu viel für sie. Ich begriff es erst zu spät, sonst wäre ich vorsichtiger gewesen und hätte die Sektion im Wald durchgeführt, wo weder sie noch Laure mich gesucht hätten. Es war wie ein Beweis dafür, dass alle Bemühungen meiner Großmutter, mich zu lenken und zu leiten, mich durch ein anständiges christliches Zuhause und einen anständigen christlichen Namen zu festigen, vergeblich gewesen waren. Es half alles nichts, ich war und blieb ein dunkles, stämmiges Ding mit einer fremden Art zu denken und mit einem fremden Wesen. Denn wie sonst käme ein knapp dreizehnjähriges Mädchen auf die Idee, an einem eiskalten Januartag in der Scheune ein Eichhörnchen aufzuschlitzen?

Bourret ist von dem französischen Wort *bourreau* abgeleitet, was eigentlich »Henker« bedeutet. In Quebec hat es allerdings noch andere idiomatische Bedeutungen. Es gibt zum Beispiel den *bourreau des cœurs*, den »Herzensbrecher«. Und den *bourreau d'enfants*, den »Kinderprügler«. Im Fall der Familie meines Vaters war der Name prophetisch. Seine jüngste Schwester Marie war, schwer misshandelt und dann ertränkt, am Ufer des Ottawa River gefunden worden, nicht weit von ihrem Elternhaus in Rigaud, etwa eine Tagesreise westlich von Montreal. Es stellte sich jedoch heraus, dass Marie in Wirklichkeit vor ihrem Tod monatelang in Montreal gelebt hatte, in unserer Dachkammer, was außerhalb des Hauses niemand mitbekommen hatte.

Die gewaltsamen Todesumstände und die Tatsache, dass das Mädchen vorher in unserer Dachkammer versteckt worden war, wurden als hinreichende Gründe betrachtet, meinen Vater wegen Mordes anzuklagen.

Marie Bourret war ein taubstummer Krüppel und nach dem Tod ihrer Eltern ganz allein der Welt preisgegeben. Laut der Argumentation des Staatsanwalts war sie eine Last gewesen für meinen Vater, ihren ältesten Bruder, der es von allen in der großen Familie am weitesten gebracht hatte – Arzt und Dozent an der McGill-Universität, mit einer kleinen Familie und einer glänzenden Zukunft. Der Staatsanwalt überzeugte die Öffentlichkeit davon, dass mein Vater seine Schwester aus diesem Motiv getötet habe, konnte es aber nicht beweisen. Mein Vater wurde vom Gericht freigesprochen, nicht aber von der öffentlichen Meinung in Montreal.

Er durfte seine Praxis behalten, aber das nutzte ihm nichts, weil nach dem Prozess keine Patienten mehr kamen. Dann kündigte ihm die Universität. Der Mord war der größte Skandal, den die Stadt seit Jahren erlebt hatte, und alle möglichen Leute, die meinem Vater nie begegnet waren, spekulierten stundenlang über seine Schuld oder Unschuld. Wir mussten bei Großmutter White in St. Andrews East Unterschlupf suchen. Den ganzen Winter und Frühling hindurch kochte die Gerüchteküche. Leserbriefe wurden in den Zeitungen abgedruckt. In der *Montreal Gazette* erschien ein anonymes Gedicht.

Dies ist Mount Royal, eine Stadt,
die am Flusse des Zwistes wuchs empor,
die Stadt, wo einst der Arzt Bourret
Menschenleben zu retten schwor.
War wie die Schnellen des Stroms der Eid
nur Getöse und nichtiger Schaum?
Das Leben des Mündels im Dachkämmerlein
bewahrte der Doktor wohl kaum.

Das war die Geschichte meines Vaters Honoré Bourret. In gewisser Weise ist es auch meine. Meine Großmutter versuchte wirklich immer, ihr Bestes für mich zu tun, aber als sie das Eichhörnchen sah, konnte sie wohl nur an diese Geschichte denken.

Miss Skerry, die erst drei Tage in der Priory war, schaute mit gerunzelter Stirn zu. Ihre Gesichtsmuskeln waren ohnehin zu einem Ausdruck erstarrt, der wie ein düsteres Dauerstirnrunzeln aussah, weshalb ich mir gleich an dem Tag, als sie zu uns kam, einen Spitznamen für sie ausgedacht hatte. Miss Skerry, *die Schreckliche.* Bisher hatte sie es gerade mal geschafft, mit Laure und mir eine einzige Unterrichtsstunde zu halten, und die war unendlich langweilig gewesen. Wir mussten eine beliebig ausgewählte Bibelstelle laut vorlesen und dann eine Erklärung dazu schreiben. Das unterschied sich kein bisschen von dem Unterricht bei Großmutter, deren Meinung nach die Heilige Schrift der einzige Lesestoff war, der mit Sicherheit tugendhafte junge Frauen hervorbrachte.

Großmutter nahm die Brille ab und wischte sich die Augen. »Ich muss zurück zu Laure«, sagte sie und straffte sich, wodurch sie wieder etwas mehr wie sie selbst aussah.

»Was für ein Empfang in Ihrem neuen Heim, Miss Skerry«, sagte sie zu der Gouvernante. »Die eine fällt in Ohnmacht, sobald sie Blut sieht, und die andere ergötzt sich daran, Eichhörnchen zu häuten.«

»Ich habe es nicht gehäutet!«, protestierte ich. Keine der beiden würdigte mich eines Blicks.

Die Gouvernante legte die Hand auf Großmutters Unterarm. »Machen Sie sich deshalb keine Gedanken, Mrs White. Sagen Sie mir einfach, was ich tun kann.«

Großmutter nickte. Vermutlich war sie erleichtert, dass die Gouvernante so pragmatisch reagierte. »Wenn Sie es ertragen können, wäre es mir lieb, Sie würden hierbleiben, Miss Skerry, und die Aufsicht übernehmen. Das wäre der größte Dienst, den Sie uns erweisen könnten, während ich mich um Laure kümmere.«

Dann wandte sich Großmutter an mich. »Und du, junge Dame, wirst das hier beseitigen, und zwar gründlich.« Durch die Empörung war das Blut in ihre Wangen zurückgekehrt. Ausnahmsweise war ich fast froh, dass sie wütend war. »Miss Skerry wird hierbleiben, aber erwarte nicht, dass sie dir hilft. Das hast *du* angerichtet, Agnes White, und du wirst es auch wieder in Ordnung bringen. Der Kadaver wird vergraben. Außerdem will ich, dass keine Spur von Eichhörnchenblut mehr zu sehen ist. Und«, fuhr sie fort, während sie sich zum ersten Mal richtig umsah und meine anatomische Sammlung musterte, »dieses ganze tote Zeug verschwindet aus der Scheune.« Sie verstummte, als ihr Blick auf das Beck-Mikroskop fiel, das neben mir im Stroh stand. »Und das da ist entwendetes Eigentum. Gehe ich recht in der Annahme, dass es deinem Vater gehört hat?« Sie starrte mich eisig an, und ihr Kinn zitterte leicht. »Es ist nicht zu glauben, dass du es einfach gestohlen und so lange hier versteckt hast.«

Damit verschwand sie, nahm aber drei leere Marmeladengläser mit. Miss Skerry setzte ihre Brille ab, wodurch ihre kleinen Maulwurfsaugen sichtbar wurden. »Aha«, sagte sie, »das ist ja wirklich eine Überraschung.«

Sie trat dicht an das Mikroskop heran und ging in die Hocke. »Das ist von deinem Vater, hast du gesagt?«

Ich antwortete nicht. Gesagt hatte es meine Großmutter, und selbst wenn es stimmte, hatte ich doch nicht das Gefühl, irgendjemandem eine Erklärung schuldig zu sein, schon gar nicht dieser Gouvernante.

»Ich nehme dein Schweigen als Bestätigung«, bemerkte sie.

»Ich hab's aber nicht gestohlen«, murmelte ich schließlich. »Das Gerät steht mir rechtmäßig zu.«

Sie sah mich an. »Dein Vater war Arzt?«

Ich nickte.

Die Gouvernante schien nicht böse, also sagte ich, um das heimliche Vergnügen, über meinen Vater zu sprechen, noch ein bisschen auszukosten: »Ja, aber kein einfacher Landarzt. Mein Vater hat an der McGill-Universität gearbeitet. Sein Spezialgebiet war pathologische Anatomie.« Ich sah Miss Skerry an und hoffte, dass sie beeindruckt war.

»Pathologische Anatomie«, sagte sie. »Das klingt ja schaurig.«

»Pathologisch heißt krankhaft«, sagte ich. Ich hatte im Wörterbuch nachgeschaut, als ich in Zusammenhang mit meinem Vater auf dieses Wort gestoßen war. »Es kommt vom griechischen *pathos*.« Ich gab jetzt an und demonstrierte, wie gescheit ich war, um die Gouvernante indirekt in ihre Schranken zu weisen.

Man musste ihr zugutehalten, dass sie nicht darauf einging. »Er hat also krankhafte anatomische Erscheinungen untersucht?«

»Genau.«

»Unter dem Mikroskop?«, fragte sie und beugte sich vor, um das schlanke Beck-Gerät meines Vaters genauer zu betrachten. »Darf ich?«

Ich nickte. Ich hatte es noch nie jemandem gezeigt. Besitzerstolz ergriff mich. »Möchten Sie sehen, wie das geht?« Ich packte das Mikroskop am dreigezackten Fuß und stellte es auf den Arbeitstisch. »Es ist gar nicht so schwer zu bedienen, wenn man den Bogen einmal raushat.«

»Du kannst damit umgehen?«

»Ja, klar.« Ich zeigte ihr, wie man das Auge an die Augenmuschel presste, und erklärte ihr das mit den Glasplättchen und dem Knopf zum Scharfstellen.

»Hat dir dein Vater das alles beigebracht?«

»Nicht direkt. Er hat sich nicht mit mir hingesetzt und es mir vorgemacht, so wie ich jetzt gerade mit Ihnen. Ich war fünf, als er weggegangen ist.«

Das weckte Miss Skerrys Interesse. »Du kannst es dir doch nicht alles gemerkt haben, Agnes. Mit fünf Jahren – unmöglich. Das ist ein hochkomplexes Gerät. Du kannst dir nicht allein zusammengereimt haben, wie man das Mikroskop und die Glasplättchen benutzt und wie man all diese Dinge sammelt und in Glasgefäßen aufbewahrt.«

Ich hatte noch nie darüber nachgedacht. Als ich mir den Sektionsraum in der Scheune meiner Großmutter einrichtete, war ich elf und eine absolute Anfängerin. Ich glaube nicht, dass ich vorher jemals ein Mikroskop angefasst hatte, und trotzdem wusste ich irgendwie, was man machen musste. Und was ich nicht wusste, fand ich durch Probieren heraus.

»Das hat mir keiner beigebracht«, sagte ich entschieden. »Ich hab's mir wahrscheinlich abgeguckt, als ich klein war. Mein Vater hatte bei uns zu Hause einen eigenen Sektionsraum.« Ich sah den Raum vor mir, so deutlich wie Vaters Gesicht, aber davon erzählte ich ihr nichts. »Es gab überall Borde mit Gläsern. Keine Einmachgläser, wie ich sie benutze«, setzte ich schnell hinzu. »Richtige Laborbehälter aus dickerem Glas. In denen hatte er seine Präparate – kranke Herzen und Lungen und so was. Die hat mein Vater herausgeschnitten. Das war sein Beruf. Und da war auch ein Skelett, ein echtes, nicht viel größer, als ich mit vier war. Es war mit Draht zusammengehalten und saß auf einer Stange. Ich habe immer damit gespielt – bis der Arm kaputtging.«

»Du hast es einfach nur dadurch gelernt, dass du ihm zugeschaut hast?«

Ich nickte. »Nicht nur ihm. Es kamen noch andere Leute, Studenten von der McGill.« Daran hatte ich seit Jahren nicht mehr gedacht. Ein junger Mann war ziemlich oft zu uns gekommen, fiel mir jetzt wieder ein. Ich hatte kein richtiges Bild mehr vor Augen, wusste aber noch, dass er nett war und mir Bonbons mitgebracht hatte.

»Und diese Studenten haben dann unter der Anleitung deines Vaters seziert?«

»Sie haben seziert und gezeichnet und Sachen präpariert. Das macht man als pathologischer Anatom.«

»Es hat dich ja offensichtlich sehr beeindruckt.«

Ich konnte Miss Skerrys Gesichtsausdruck nicht genau erkennen, nickte aber trotzdem. Ja, es hatte mich beeindruckt, aber andererseits war herausgeschnittenes Körpergewebe für mich damals so normal und selbstverständlich wie zum Beispiel Gabardine für das Kind ein Schneiders oder Leder für das eines Schusters. Erst nachdem wir nach St. Andrews East gezogen waren, bekam ich das Gefühl, dass es vielleicht doch nicht so selbstverständlich war.

»Das da ist alles von dir?«, fragte Miss Skerry und deutete auf meine Insekten- und Knochensammlung. Sie schaute mich nicht an, aber ihr Gesicht war dunkel und ernst.

»Ja«, sagte ich. Ich hatte beschlossen, ihr gegenüber offen zu sein. Vielleicht würde ja Ehrlichkeit bei diesem ersten Verhör meine Strafe mildern.

Ich konnte Miss Skerrys Miene immer noch nicht deuten. Sie sah nicht aus, als gefielen ihr meine Arbeiten, die zugegebenermaßen ziemlich improvisiert und unfertig waren, aber zumindest schien sie interessiert. Sie beugte sich wieder über mein Mikroskop und spielte eine Weile lang daran herum. Sie hatte keine Angst vor dem Gerät, ja, sie ging damit um, als wüsste sie, was sie tat, wie ich plötzlich merkte.

»Ich nehme an, du weißt, woher ›Mikroskop‹ kommt?«, fragte sie, eine Wange an das Okular gepresst. Als ich nicht antwortete, fuhr sie fort: »Es kommt ebenfalls aus dem Griechischen, Agnes. *Mikros* heißt ›klein‹. *Skopos* heißt ›Betrachter‹. Größere Griechischkenntnisse hast du dir hier in dieser Scheune nicht auch noch angeeignet, neben diesen ganzen wissenschaftlichen Methoden?« Sie richtete sich auf, und jetzt erst sah ich das Lächeln in ihren Augen. Und ehe ich mich's versah, fragte sie nach mikroskopischen Präparaten.

Der einzige Mensch in St. Andrews East, der etwas von Mikroskopen verstand, war der Apotheker. Normale Leute in unserer Stadt wussten darüber nichts und wollten auch nichts lernen. Schon gar nicht die Frauen. Ich war die absolute Ausnahme, und mir war klar, dass ich meine Studien unbedingt für mich behalten musste. Ich wäre nie auf den Gedanken gekommen, dass ich eines Tages in St. Andrews East einen Menschen kennenlernen könnte, mit dem ich dieses Interesse teilte. Ich kniete mich ins Stroh und zog ein kleines Metallkästchen hervor, das die Dauerpräparate meines Vaters enthielt.

»Honoré Bourret.« Miss Skerry las den Namen von dem Deckel ab, als sie das Kästchen entgegennahm.

Ich nickte und musste blinzeln. Fast zehn Jahre hatte ich niemanden mehr diesen Namen aussprechen hören.

»Kein geringes Vermächtnis, das er dir da hinterlassen hat.« Sie wandte jetzt den Blick von mir ab und sah sich in der Scheune um. »Und du hast es zu würdigen gewusst. In gewisser Weise ist das hier eine Hommage.«

Bis sie es aussprach, war es mir gar nicht bewusst gewesen. Aber es stimmte. Ich hatte an diesem unpassenden Ort einen Sektionsraum eingerichtet, der ganz ähnlich war wie das Anatomielabor meines Vaters in Montreal. Miss Skerry musterte mich. »Dein Vater war ein Mann der Wissenschaft. Könnte es sein, Agnes, dass du das auch werden möchtest?«

Ich nickte wieder, aber dann bemerkte ich den Fehler. »Kein *Mann* der Wissenschaft, Miss Skerry«, korrigierte ich sie. »Ich bin ja schließlich ein Mädchen.«

Sie lachte so schallend, dass ich zusammenzuckte. Zum ersten Mal seit ihrer Ankunft war Miss Skerrys Gesicht richtig freundlich. »Ein Mädchen der Wissenschaft also«, sagte sie. »Natürlich. Stimmt.« Sie lachte wieder. »Du bist ein Original, Agnes White. Das kann dir niemand absprechen.«

Miss Skerry und ich redeten an dem Tag noch eine ganze Weile lang. Sie erzählte mir, dass auch sie die Tochter eines gelehrten Mannes sei. Er war nicht Wissenschaftler gewesen wie mein Vater, sondern Lehrer an einer privaten Bildungsanstalt für Knaben. Seine Leidenschaft war Naturkunde gewesen, und er hatte diese Leidenschaft seiner Tochter vermittelt, als wäre sie einer seiner Schüler. »Er hat mich ständig in Sümpfe und Moore mitgeschleppt, wo wir irgendetwas sammelten«, erzählte sie und lächelte bei der Erinnerung. »Und in der Schule gab es ein Mikroskop, auch wenn ich gestehen muss, dass es im Vergleich zu deinem primitiv war.«

Irgendwann im Laufe des Nachmittags entdeckte sie mein Glas mit den Schmetterlingen. »Das ist wohl auch Honoré

Bourrets Werk?«, sagte sie und drehte das Glas im Licht. Es waren Monarchfalter, groß und farbenprächtig. Die Flügel waren ausgebreitet, damit man die Zeichnung sehen konnte. Sie wippten auf und ab wie im Flug.

Auf dieses Präparat war ich besonders stolz. Bis dahin hatte außer mir keine Menschenseele es gesehen. »Nein«, sagte ich mit fester Stimme. »Das ist von mir.«

Statt das tote Eichhörnchen zu vergraben, führten Miss Skerry und ich an jenem Nachmittag die Sektion zu Ende. Meine Gouvernante war ganz aufgeregt, als ich ihr meinen illustrierten Band über die menschliche Anatomie zeigte und wir darin nachschauten, ob ich das Herz auch richtig identifiziert hatte. Miss Skerry meinte, wir sollten es, zusammen mit den Nieren und der Leber, in Salzlake einlegen, damit wir es für künftige anatomische Studien verwenden konnten.

Wir fanden die Bauchspeicheldrüse, die laut Buch den Zucker im Blut regulierte, und die Gallenblase, die bei der Fettverdauung half. Miss Skerry überließ mir das Sezieren und las aus dem Buch vor, während ich schnitt und feststeckte. Ihr machte das Blut nichts aus, was die Sache sehr erleichterte. Aber viel wichtiger noch: Sie fand auch nichts dabei, dass mich das tote Eichhörnchen so faszinierte. In ihren Augen war das nicht anormal, jedenfalls nicht im üblichen Sinn des Wortes.

2

Gegen halb fünf, als der Himmel vor dem Scheunenfenster schon allmählich dunkel wurde, nahmen Miss Skerry und ich die Überreste des Eichhörnchens mit nach draußen und bestatteten sie im Wald unter Tannenzweigen. Dann schrubbten wir meinen Mantel und die Oberseite der Kiste sauber und räumten die Scheune auf. Das Mikroskop kam wieder in sein Versteck, zusammen mit all meinen Glasplättchen und Fertigpräparaten. Miss Skerry zwang mich nicht, die Sammlung wegzuwerfen, konfiszierte aber die Schmetterlinge. Ich hatte keine große Angst, als wir mit dem Schmetterlingsglas durch den Schnee zum Haus gingen, um den Abendtee zu uns zu nehmen. Inzwischen vertraute ich ihr. Ich wusste, sie war mir wohlgesinnt.

Die Fenster der Priory füllte warmes Licht, und plötzlich merkte ich, dass ich zum ersten Mal seit sehr langer Zeit glücklich war. Glücklich, müde und hungrig wie ein Wolf. Ich hatte keine Ahnung, was jetzt gleich passieren würde, aber mein Gefühl sagte mir, dass der Tag nicht böse enden würde.

Beim Abendtee erläuterte Miss Skerry ausführlich, welch nützliches Unterrichtsmittel das Mikroskop sein könne. Die besten Mädchenpensionate in Europa würden Naturkunde als Unterrichtsfach anbieten. Das Gerät in der Scheune sei qualitativ herausragend, versicherte sie meiner Großmutter. Ein achromatisches Mehrlinsenmikroskop von Beck, dem besten Hersteller in England. Das alles wurde besprochen, während man Toast mit Butter bestrich und Tee trank, so als plauderten wir über das Wetter oder über Kochrezepte.

Laure erschien. In Nachthemd und Bademantel setzte sie sich aufs Sofa. Ihr Gesicht war so milchig weiß wie der Tee, den Großmutter ihr reichte.

»Und was soll Laure tun, während Sie Agnes in die Geheimnisse der Naturkunde einführen?«, fragte Großmutter. »Sie haben doch selbst gesehen, wie empfindlich sie ist.«

»Laure braucht ja nicht mitzumachen. Wir können diese Arbeit von dem, was im Schulzimmer geschieht, getrennt halten. Agnes hat sich in der Scheune alles sehr geschickt eingerichtet.«

Wir benutzten die normale Teekanne und feine Porzellantassen. Ich war gerade bei meiner zweiten Scheibe Haferbrot, dick beschmiert mit Großmutters Himbeermarmelade. »Kauen, Agnes«, befahl Großmutter. »Du schlingst das Brot hinunter, als wärst du eine Boa Constrictor und kein menschliches Wesen.«

Sie wandte sich wieder an die Gouvernante. »Wie Sie sicher schon bemerkt haben, Miss Skerry, ist meine Enkelin in vielem noch ein Kind. Ich habe Sie eingestellt, damit Sie helfen, das zu ändern. Aber wenn Sie Agnes auch noch ermuntern, ganze Tage allein in der Scheune zu verbringen oder, schlimmer noch, draußen umherzustreifen und Dinge zu sammeln, um sie unter dem Mikroskop zu untersuchen, ist das bestimmt nicht hilfreich. Genauso wenig, wie es gut ist, ihr das Abschlachten von Eichhörnchen durchgehen zu lassen.«

»Ich habe es nicht abgeschlachtet«, wandte ich ein.

Laure maunzte wie ein Kätzchen, machte eine ruckartige Kopfbewegung und verschüttete Tee auf ihren Bademantel. Großmutter tupfte die Flüssigkeit auf und nahm Laure die Tasse ab. »Die hier hat ein Übermaß an Empfindlichkeit mitbekommen. Die andere so gut wie gar keine«, murmelte sie seufzend und setzte sich wieder hin.

»Soweit ich heute beobachten konnte«, sagte die Gouvernante, »ist auch Agnes höchst empfindlich. Sie hat ein Auge für Schönheit und eine geschickte Hand.« Unter ihrem Stuhl holte sie meine Schmetterlinge hervor. »Schauen Sie doch nur mal, Mrs White. Ihre ältere Enkelin verfügt über unglaubliche Begabungen.«

Großmutter nahm das Glas und starrte darauf. »Das hat Agnes gemacht?«

Miss Skerry sagte nichts. Großmutter fragte mich: »Du hast das selbst mit Nadel und Faden hinbekommen?«

Ich nickte, vergaß zu kauen und schluckte einen ganzen Brocken Brot hinunter.

»Aber sie verabscheut Nadelarbeit«, sagte Großmutter. »Sie würde ihr Kleid nicht einmal flicken, wenn ich sie dafür bezahlen würde.«

»Das hier sind Schmetterlinge, keine Kleider«, sagte die Gouvernante.

Jetzt lächelte Großmutter zum ersten Mal. »Das stimmt allerdings.«

»Aber Nadelarbeit ist Nadelarbeit«, sagte die Gouvernante. »Und hier ist der Beweis, dass sie es kann.«

Großmutter sagte nichts. Sie hob das Glas an und bewegte es ein bisschen, sodass die Schmetterlinge auf und ab tanzten. »Sie sind eine überzeugende Advokatin«, sagte sie zu Miss

Skerry. »Und Sie haben recht. Die Schmetterlinge sind wunderhübsch und erstklassig befestigt.« Doch ihr Lächeln verschwand. »Trotzdem machen sie die Sache mit dem Eichhörnchen nicht ungeschehen. Schlimm genug, dass der Skandal um ihren Vater wie eine Wolke über uns hängt – wenn herauskommt, was sie in dieser Scheune anstellt, ist Agnes erledigt.«

»Erledigt?«, wiederholte Laure. Sie war gerade erst acht geworden und bekam oft nicht mit, worüber die Erwachsenen eigentlich sprachen.

»Das ist eine Redewendung«, erklärte die Gouvernante. »Mit deiner Schwester ist alles bestens, Laure. Glaub mir, es passiert ihr nichts Schlimmes.«

»Außer einem Dasein als alte Jungfer«, sagte Großmutter. Der Hals der Gouvernante wurde rot, und Großmutter senkte den Blick. »Verzeihen Sie, Georgina. Das war unangebracht. Aber Agnes ist schon unkonventionell genug, auch ohne zusätzliche Ermutigung. Welcher Mann will sie denn noch haben, wenn ich ihr diese Studien in der Scheune gestatte?«

Laure saß ganz still da, die Hausschuhe fest gegeneinander gepresst. »Vielleicht kommt der Mann, den sie mal heiratet, ja heute Abend, Grandma«, sagte sie mit ihrem süßen Stimmchen.

Miss Skerry war sichtlich verwirrt. Nicht einmal ich verstand, was Laure meinte, bis sie fragte, ob wir das Gedicht hören könnten. Sie wollte nett sein – vielleicht hatte sie ein schlechtes Gewissen, weil ich ihretwegen Ärger bekommen hatte.

Großmutter lächelte und tätschelte ihr das Knie. »Dich großzuziehen ist kein Problem, was, Laure?« Sie wandte sich an Miss Skerry. »Sie ist genau so, wie meine Tochter als kleines Mädchen war. Das gleiche sanfte Gemüt.«

»Heute ist Agnes' Namenstag«, erklärte Laure. »Der zwanzigste Januar. Da lesen wir immer John Keats vor dem Schlafengehen.«

»Natürlich«, sagte Miss Skerry, die mir auf dem Weg von der Scheune zum Haus erzählt hatte, dass sie die Naturwissenschaften sehr möge, ihr Lieblingsgebiet aber die Literatur sei. »›Sankt Agnes' Abend‹.«

»Das kennen Sie?«, fragte Laure.

Statt einer Antwort stand die Gouvernante auf und begann, das Gedicht zu deklamieren.

»Sie kennt es!«, rief Laure. Selbst Großmutter lächelte. Sie nahm den schweren Band *Englische Gedichte* aus dem Bücherregal und schlug eine Seite mit einer Illustration auf, die einen alten Mann in langen Gewändern zeigte, wie er sich die kalten Finger rieb und kleine Atemwölkchen ausstieß.

»Soll ich es vorlesen, Georgina, oder wären Sie so freundlich?«

Miss Skerry nahm das Buch, und wir stellten unsere Stühle im Halbkreis um sie herum. Ich hatte dieses Gedicht schon immer geliebt. Ich lauschte, wie Porphyro durch die Gänge des feindlichen Schlosses schlich und seine schlafende Liebste fand, die wunderschöne Madeline. Es war tiefster Januar, Sankt Agnes' Abend, und als Madeline erwachte, stand da Porphyro, über sie gebeugt wie der Prinz in *Dornröschen*.

Miss Skerry brauchte das Buch gar nicht. Sie sah immer wieder auf, lächelte uns an und sprach den Namen der Heldin aus, als wäre sie eine französische Prinzessin und kein gewöhnliches englisches Mädchen.

Großmutter schloss die Augen, als Miss Skerry die letzten

Zeilen rezitierte. »Großartig gelesen. Sie haben sich selbst übertroffen.« Dann blickte sie auf die Wanduhr in der Diele und erhob sich. Ich studierte gerade die Schlussillustration. Im Schein des Vollmonds sprengte ein Liebespaar auf einem dunklen Ross über ein verschneites Feld. Madeline umfasste Porphyros Taille, und ihre Haare wehten wie ein Umhang. Ich spürte regelrecht den Pferdeleib zwischen meinen eigenen Beinen und die Wirbelsäule des jungen Mannes an meiner Brust.

»Abwasch vor dem Zubettgehen, Agnes«, verkündete Großmutter und sah mich dabei fest an. »Hier wird sich nicht vor den häuslichen Pflichten gedrückt, ganz egal, wie man heißt.«

»Agnes ist die Schutzheilige der Jungfrauen«, sagte Laure kichernd.

Ich blickte auf meinen Schoß. Ausgerechnet *diese* Heilige war meine Namenspatronin.

»Schsch, Laure«, sagte Miss Skerry. »Ich wette, du weißt nicht mal, was ›Junk-frau‹ bedeutet.«

Sie äffte Laures Aussprache bei dem Wort nach, und wir mussten lachen, aber dann ging Großmutter hinaus, weil ihr diese Wendung des Gesprächs nicht gefiel. Ich blieb sitzen, den Blick auf Miss Skerry geheftet. Ich wusste selbst nicht genau, was eine Jungfrau war, und hoffte, sie würde mich aufklären. Ich wusste nur, es hatte irgendwie mit Männern zu tun und mit Sex. Eine Frau war Jungfrau, bevor sie heiratete, und danach war sie es nicht mehr. Wenn sie nie heiratete, blieb sie vielleicht für immer Jungfrau, wie es anscheinend bei der Gouvernante der Fall war.

Laure war bester Laune, weil sich endlich die belastende Stimmung des Nachmittags gelöst hatte. »Agnes hat zu viel gegessen, da kann es nicht klappen«, zog sie mich auf. »Eigentlich hätten wir fasten müssen.«

»Unsinn«, sagte Miss Skerry. »Weil deine Schwester Agnes heißt, bedeutet das, dass sie an diesem Abend von den Regeln ausgenommen ist.«

»Laure hat recht«, sagte ich und bereute irgendwie, dass ich so viel zu Abend gegessen hatte. »Man muss mit leerem Magen zeitig zu Bett gehen und ganz still liegen und an die Decke schauen.«

»In den Himmel«, korrigierte mich Laure, obwohl in unserem gemeinsamen Schlafzimmer die Decke das Einzige war, was wir sehen konnten. »Und dann kommt Sankt Agnes mit dem Mann, den man einmal heiratet.«

»Ach, ja?«, sagte Miss Skerry. »Das hört sich ja an, als würdest du dich auskennen.«

»Ich mach's jedes Jahr«, sagte Laure.

»Tja, dann dürften deine Hochzeitsglocken ja bald läuten.« Miss Skerry lächelte über die kleine Jungfrau, die jetzt schon vom Heiraten träumte. »Und du, Agnes?«, fragte sie. »Praktizierst du dieses Ritual ebenfalls?«

Ich spürte, wie ich rot wurde. Es war Aberglaube, das wusste ich. Die Art Aberglaube, die mein Vater verächtlich abgetan hatte. Und doch gefiel es mir. Es war ein Ritual, das uns Großmutter beigebracht hatte, als wir noch klein waren. Ich schaute unsere Gouvernante an und nickte.

»Dann sollte ich es wohl auch mal probieren«, sagte Miss Skerry. »Wenn ein Intellekt wie deiner es akzeptiert, kann es mir auch nicht schaden. Hat es schon funktioniert?«, fragte sie, und ihre Augen glänzten wie bei einem kleinen Mädchen. »Sei ehrlich«, ermahnte sie mich, »hast du je eine Vision gehabt?«

Ich konnte ihr nicht in die Augen schauen. Jemand erschien Jahr für Jahr und schwebte in den ersten Stunden meines Namenstages über meinem Bett wie ein Geist, aber es war mit Sicherheit kein Freier. Seine Anwesenheit war ganz anders als das, was John Keats sich vorgestellt hatte.

In dem Moment kam Großmutter aus der Küche, mit einem Tablett zum Abräumen. »Bei mir hat es funktioniert, als ich jung war, Georgina. Sankt Agnes hat mir den Großvater der Mädchen mitgebracht.« Sie drückte mir das Tablett in die Hände. »Es funktioniert bei denjenigen, die wollen, dass es funktioniert. Das ist das Entscheidende. Es ist eine Frage der inneren Einstellung.«

In jener Nacht lag ich neben meiner Schwester, die leider die ärgerliche Angewohnheit hatte, in den Tiefschlaf zu fallen, sobald ihr Kopf das Kissen berührte. Laure lag auf dem Rücken, wie Keats es empfahl. Wenn ihre Augen offen gewesen wären, hätten sie also zum Himmel geschaut. Ihre Haare umglänzten sie auf dem Kissen wie gesponnenes Gold. Sie hätte Keats' Heldin sein können, die auf ihren heimlichen Geliebten wartet.

Weil meine Hände unter der Decke kalt waren, dachte ich an den Beter aus dem Gedicht und die Rosenkranzperlen in seinen starren Fingern. Ich atmete im Dunkeln aus, und die Luft kam in Wölkchen heraus. Wie hatte Keats es ausgedrückt? »... dessen Atem dampfend jagte wie gottgefälligen Weihrauchs frommer Tanz.« Das gefiel mir.

Ich dachte, dass ich John Keats gern begegnet wäre. Er war ein sensibler Mensch gewesen. Er kannte das Verlangen, jene Art Verlangen, das einen zu gefährlichen Dingen trieb, sodass man das Risiko nicht scheute, verspottet und ausgeschimpft zu werden. Er war Mediziner gewesen wie mein Vater. Das hatte Miss Skerry gesagt, als Großmutter ans Bücherregal gegangen war. Also war es möglich, Romantiker zu sein und sich gleichzeitig in die Wissenschaft zu vertiefen?

Der Mond stand in meinem Fenster wie eine funkelnde Münze. Wie konnte irgendjemand schlafen, wenn es vom Himmel so hell leuchtete? Fast auf den Tag genau vor acht Jahren war mein Vater verschwunden, hatte uns alleingelassen, meine Mutter, mich und ein ungeborenes Kind, das sich als Laure entpuppte. Januar bedeutete für mich Abwesenheitsschmerz, und so würde es immer sein. Es tat zwar nicht mehr ganz so weh, aber solche Belustigungen, wie von Freiern und Hochzeitsglocken zu träumen, erschienen mir immer noch unangebracht. Das war mein letzter Gedanke, bevor ich in einen tiefen Schlaf glitt.

3

Als ich am nächsten Morgen aufwachte, war es im Zimmer schon hell. Ich hatte auf meiner Seite des Bettes gelegen und war, als ich mich umdrehte, auf etwas Hartem gelandet – einer Puppe meiner Schwester. Insgesamt drei Puppen klemmten in der Ritze zwischen Laures und meiner Matratze. Sie stammten aus England, und meine Schwester liebte sie heiß und innig. Ihre Köpfe waren aus Wachs, die Körper aus Holz. Jeden Abend deckte Laure sie gut zu und küsste sie auf die glatten Wangen, die jetzt schon etwas altersgrau wurden, und jeden Morgen waren die Puppen irgendwo im Bett verteilt. Ich wachte oft davon auf, dass mich eine hölzerne Hand oder ein Fuß in den Rücken pikten.

Doch an diesem Morgen wurde das Piken und Drücken von neuen Empfindungen verdrängt. Sobald ich den Kopf drehte, wurde mir übel. Bauchschmerzen zwangen mich, die Knie an die Brust zu ziehen. Ich hielt den Atem an, so weh tat es. Ich lag mit dem Rücken zu Laure und blickte aus dem Fenster. Großmutter war schon unten in der Küche und klapperte mit Töpfen und Holzscheiten.

Es fühlte sich an, als würde jemand mit großen, plumpen Fingern in mir herumstochern. Sofort musste ich an das Eichhörnchen denken. Ich hatte von ihm geträumt, fiel mir ein. Am Sankt Agnes' Abend war meine Vision ein totes Eichhörnchen gewesen.

Laure trat mich in den Rücken. »Hörst du endlich auf?«

Ich merkte, dass ich im Liegen mit dem Oberkörper schaukelte, und setzte mich auf, aber davon wurden die Schmerzen nur schlimmer.

Laure setzte sich ebenfalls. »Du hast die ganze Nacht gestöhnt, Agnes. Ist dir schlecht, weil du das Tier aufgeschnitten hast? Ist dir davon schlecht geworden?«

Ich schüttelte den Kopf, und schon von dieser kleinen Bewegung wurde mir schwindelig.

»Was ist?« Laures Gesicht war ängstlich.

»Nichts.« Ich versuchte mich zu erinnern, was ich am Abend gegessen hatte, fürchtete, es könnte vielleicht etwas Verdorbenes dabei gewesen sein. Mir war schon mal von Schweinefleisch schlecht geworden, aber da hatte die Übelkeit gleich nach dem Essen angefangen, und ich hatte mich ein paarmal heftig übergeben, bis das ganze Gift draußen war. Am Vorabend hatte ich nur Großmutters frisch gebackenes Brot mit Marmelade gegessen – harmlos, und ich war daran gewöhnt.

Laures Gesicht war kreidebleich. »Ich hole Grandma.«

Ich schüttelte den Kopf, obwohl ich davon fast umkippte. »Ich muss nur mal.« Ich stand ein bisschen wacklig auf und ging sofort neben dem Bett in die Knie.

Ich zog den Nachttopf hervor und an eine Stelle neben der Kommode, wo mich meine Schwester nicht sehen konnte. Es war wie ein Fluss, als ich mich entleerte, wild und geräuschvoll. Als ich mein Nachthemd anhob und unter mich blickte, bekam ich den Schreck meines Lebens. Der Topfinhalt war rot.

Vielleicht hatte Laure ja recht. Vielleicht war ich wirklich verflucht. Oder ich war krank. Blut war oft ein Vorbote des Todes. Bei Mutter war es auch so gewesen. Bei ihr war das Blut aus dem Mund gekommen: die Klumpen, die sie aushustete, die Flecken auf den Kopfkissenbezügen. Laure und ich schliefen auf diesen Kopfkissenbezügen mit den schwachen rostroten Verfärbungen, die kein Reiben der Welt entfernen konnte. Lungentuberkulose war die Geißel der White-Frauen. Alle drei Töchter von Großmutter waren daran gestorben. Aber die White-Frauen waren eher gertenschlank und blass, ganz anders als ich. Und außerdem kam bei mir das Blut am falschen Ende heraus.

Ich trug den Nachttopf ans Fenster und kippte den Inhalt in den Garten hinaus. Kalte Luft drang ins Zimmer, und Laure quiekte. Sachen aus dem Fenster zu werfen war in der Priory nicht erlaubt, schon gar nicht, wenn es sich dabei um den Inhalt eines Nachttopfs handelte. Ich kannte die Vorschriften. Jeden Morgen musste ich unseren Nachttopf zum Klosetthäuschen hinaustragen, um ihn zu leeren. Dann streute ich Asche vom Ofen in das Loch, gegen den Geruch, und anschließend musste ich den Topf so sauber schrubben, dass es eine Sünde schien, ihn je wieder zu benutzen.

Ein bisschen Blut sickerte mein Bein hinab und tropfte rot und nass auf den Fußboden. Ich verschmierte es mit dem großen Zeh, presste die Beine zusammen und hüpfte zum Waschbecken.

Laure saß im Bett und beobachtete mich. »Was machst du?«

Ich antwortete nicht.

»Warum hopst du so?«

In dem Moment rief Großmutter herauf: »Kiin-der!« Ein Wort, in zwei Hälften zerteilt und aus voller Lunge gesungen wie ein Lied. Mittendrin erstarb ihre Stimme kurz, als ob das Formen der Laute sie daran erinnert hätte, wie anstrengend es war, zwei Enkeltöchter allein großzuziehen.

Ich wäre am liebsten wieder ins Bett gegangen und hätte Großmutter gesagt, ich sei krank, aber das ging nicht. Laure hatte sich noch einmal zurücksinken lassen und ihr Gesicht zum Glück im Kissen vergraben.

Ich musste mich anziehen. Mein Winterkleid war dunkelblau, da würde man die Flecken nicht sehen. Wegen Laure verkniff ich mir das Stöhnen. Ich brachte meine Kleider zum Bett.

»Was machst du denn da?«

»Mich anziehen.«

Ein Bein hatte ich schon durch das Beinloch der Bloomer-Hose gesteckt. Das andere wollte ich nicht anheben. Ich hatte mir ein Handtuch genommen, um das Blut aufzufangen, und versuchte, den Stoff jetzt mit den Oberschenkeln festzuklemmen. Aber plötzlich war es einfach zu viel, und ich kippte bäuchlings auf die Matratze.

Laure krabbelte über ihre Puppen hinweg und zeigte mit dem Finger auf den Boden. »Was ist das?«

Mein blutiges Handtuch lag dort. Ich hob es auf und wollte es verstecken, wusste aber, dass das nichts half. Laures Pupillen waren bereits so groß wie Penny-Münzen. Ihr Kinn zitterte.

»Nichts«, sagte ich matt.

Sie stieß einen Schrei aus, und schon kamen Großmutter und Miss Skerry die Treppe herauf und in unser Zimmer gestürzt.

Natürlich galt alle Aufmerksamkeit Laure. Die beiden beruhigten sie, verarzteten sie mit zwei Teelöffeln Brandy und packten sie wieder ins Bett. Aber auch dann wollte Großmutter nicht über die Sache mit meinem Blut reden. Laure hatte so lange davon gefaselt, dass mir schließlich nichts anderes übrig blieb, als unter mein Kleid zu greifen und das Handtuch hervorzuziehen. Seltsamerweise verzog Großmutter keine Miene. Sie schlug nur das Handtuch und meine befleckte Unterkleidung in unser Bettlaken ein und übergab das anstößige Bündel Miss Skerry zum Waschen.

Anschließend nahm Großmutter mich mit in ihr Zimmer und zeigte mir, wie ich bestimmte Lappen benutzen konnte, um meine Kleidung zu schützen. Erklärungen gab es keine. Die Anleitung bezog sich allein auf die Lappen. Vom Arzt sagte Großmutter nichts, was ein gutes oder ein schlechtes Zeichen sein konnte. Entweder war mein Leiden nicht so ernst, dass ich daran sterben würde, oder es war schon so weit fortgeschritten, dass ärztliche Hilfe nichts mehr nutzte. So war es bei Mutter gewesen. Als der Arzt kam, um sie zu untersuchen, konnte man schon nichts mehr für sie tun. Ich hörte gut zu, welche Instruktionen meine Großmutter mir gab, duldete es, dass ihre alten, trockenen Hände meine Hüften hin und her drehten. Ihr Gesicht ließ keine Fragen zu.

Den Vormittag über saß ich allein im Schulzimmer und stand nur manchmal auf, um die Lappen zu überprüfen. Ich hatte mich auf den Fenstersitz zurückgezogen und mir *Jane Eyre* vorgenommen. Den Roman hatte ich zwar schon gelesen, aber ich fand ihn sehr schön und tröstlich. Um die Mittagszeit ging die Tür auf, und Miss Skerry schlüpfte herein. »Ich hatte mit der Wäsche zu tun«, sagte sie, und ich wurde rot. »Wie geht es dir?«

Zu meiner eigenen Verblüffung brach ich in Tränen aus. Bis dahin war mir gar nicht bewusst gewesen, wie sehr mich das Ganze erschreckt hatte. Ich war einsam und verängstigt, mehr oder minder überzeugt, dass ich sterben musste wie meine schwindsüchtige Mutter. Ich wollte nicht weinen und rieb mir wie wild die Augen, aber dadurch rief ich nur einen neuen Schwall Tränen hervor.

»Ist ja gut«, sagte Miss Skerry und reichte mir ein frisches Taschentuch. Sie setzte sich neben mich, nahm die Brille ab und putzte sie mit den Falten ihres Rocks. »Hat dir deine Großmutter das mit der Menstruation nicht erklärt?«, fragte sie, hielt die Brille ins trübe Gaslicht und setzte sie dann wieder auf.

Ich sah sie verwirrt an.

Die Gouvernante schwieg. Sie ergriff meinen Skizzenblock und einen Bleistift und schlug ein leeres Blatt auf. Ihre Zeichnungen stimmten in den Proportionen nicht, aber für mich waren sie besser als die Gemälde in einem Museum. Ich sei jetzt eine Frau, sagte Miss Skerry. Das, was sie Menstruation nannte – nach dem lateinischen Wort für Monat –, sei keine Krankheit. Es sei einfach nur etwas, das die Gebärmutter ausstößt, wenn der weibliche Fruchtbarkeitszyklus von Neuem beginnt. Ich sei jetzt fruchtbar, nicht anders als ein Tier, wenn es die Geschlechtsreife erreicht, oder ein Feld, das für die Aussaat bereit ist. Oder die Ehefrauen und Mütter, die jeden Tag durch die Straßen von St. Andrews East spazierten. Ich sei erwachsen.

Ich fühlte mich aber nicht »erwachsen«. Ich blickte an meinem Körper hinab, der sich im letzten Jahr auffällig verändert hatte. Er war rund und weich geworden, wo er vorher so flach und hart gewesen war wie der eines Jungen. Jetzt auch noch Blut und Bauchschmerzen, die Miss Skerry Menstruationskrämpfe nannte. Ich war mir nicht sicher, ob ich das wollte. Die Informationen waren erschlagend, aber wenigstens wusste ich, dass ich am Leben bleiben würde. Mit mir war alles in Ordnung.

Miss Skerry erklärte mir diese Dinge – wie von jetzt an alles, was ich ihrer Meinung nach lernen sollte – in klaren, präzisen Worten. Die Menstruation, sagte sie, sei eine Zeit, in der die Frau sich Ruhe gönnen und nachdenken sollte. Der weibliche Körper sei wie ein Garten, mit Zyklen des Werdens, Wachsens und Vergehens. Die Frau müsse ihn in all seinen Phasen hegen und achten.

Das Heilmittel gegen die Krämpfe war Wärme, die an diesem kalten Januartag für mich ebenso von dem Lächeln der Gouvernante ausging wie von der Wärmflasche, die sie für mich machte und mir auf den Bauch legte. »Da«, sagte sie und tätschelte die Wärmflasche, sodass das Wasser darin gluckste. »Eine Frau zu sein ist manchmal schmerzhaft, Agnes White, aber ich versichere dir, tödlich ist es kaum.«

4

Juni 1885, Montreal

Es ist traurig, aber wahr, dass die Menschen dazu neigen, über die Probleme in ihrem Leben nachzugrübeln und das Gute zu vergessen. Ich bin da keine Ausnahme, denn in dieser Darstellung meiner Jugendzeit überspringe ich die zwei Jahre, die ich in Miss Skerrys Gesellschaft auf Großmutters Farm verbrachte und die zu den glücklichsten Jahren meines Lebens zählen. Natürlich war mir damals nicht bewusst, wie glücklich ich war. Glück ist etwas Seltsames. Es ist etwas, das ich meistens erst erkenne, wenn es vorbei ist, und zwar dann, wenn ich merke, dass ich mich danach zurücksehne.

In Miss Skerry fand ich eine Gefährtin, die ebenso von intellektuellem Hunger getrieben war wie ich. Ich hatte noch nie einen Menschen wie sie kennengelernt, und es befreite mich auf eine Art und Weise, über die ich heute noch staune. Obwohl ich es mit dreizehn noch nicht wissen konnte, war sie, als sie in der Priory erschien, um mich in ihre Obhut zu nehmen, eine vom Himmel gefallene Mentorin, so wie Athene in der *Odyssee* für den vaterlosen Telemachos. Es war Miss Skerrys Idee, dass ich St. Andrews East verlassen sollte. Sie entwickelte diesen Plan und arbeitete unermüdlich auf seine

Verwirklichung hin, obwohl sie wusste, dass es für uns die Trennung bedeutete. In dem Jahr, als ich fünfzehn wurde, verkündete Miss Skerry, sie habe mich jetzt alles gelehrt, was sie mich lehren könne. Sie habe selbst Bildungslücken – Algebra und Geometrie –, und die würden auch bei mir klaffen, wenn ich nicht von der Priory fortginge und in eine richtige Schule käme.

Sie brüstete sich nicht damit, wie ausgezeichnet sie mich in vielen anderen Bereichen vorbereitet hatte. Meine besondere Stärke war Naturkunde. Das war unsere gemeinsame Leidenschaft. Aber Miss Skerry hatte mir auch eine Menge über Literatur und Geschichte beigebracht. Ich war im Englischen wie im Französischen ziemlich belesen und verfügte über solide Kenntnisse in den toten Sprachen – Latein und Griechisch –, die Miss Skerry von ihrem Vater gelernt hatte.

Kurz bevor ich fünfzehn wurde, fand Miss Skerry eine Lehranstalt, die ihr für mich geeignet schien – die Schule der Misses Symmers und Smith in Montreal. Sie sorgte dafür, dass ich dort die Aufnahmeprüfung machen konnte. Sie saß mit mir im Zug, wartete drei Stunden auf dem Gang, während ich die Prüfungsarbeiten schrieb, und als mir ein Vollstipendium zugesprochen wurde, redete sie so überzeugend auf Großmutter ein, dass die nicht anders konnte, als einzuwilligen.

Also wohnte ich ab Juni 1884 in einem winzigen Zimmer mit einem langen Riss in der Decke, der sich verästelte wie das Nildelta. Im Bett neben mir schlief schnarchend ein Mädchen namens Janie Banks Geoffreys. Sie lag auf dem Rücken, Arme und Beine von sich gestreckt, und die Bettdecke hatte sie weggestrampelt. Leise brummelte sie vor sich hin und seufzte tief. Janie war das hübscheste und beliebteste Mädchen meines Jahrgangs in der Schule der Misses Symmers und Smith. Ich konnte ihren Anblick nicht ertragen.

Acht lange Monate tolerierten Janie und ich einander. Im September hatte man uns in der optimistischen Annahme zusammengelegt, dass sie mir die Integration ins Sozialleben der Schule erleichtern würde und ich ihr beim Lernen helfen könnte, weil ich bei der Aufnahmeprüfung so brillante Leistungen gezeigt hatte. Der Weg zur Hölle ist mit optimistischen Annahmen gepflastert.

Jetzt war Juni, und sowohl der Deckenriss als auch meine Zimmergenossin würden bald der Vergangenheit angehören – ein Gedanke, der mich aufmunterte. Am Mittag erhielten wir unser Abgangszeugnis, im Rahmen einer Feier, zu der unsere Angehörigen eingeladen waren. Großmutter, Laure und Miss Skerry, die während des Schuljahrs Laure zu Hause in St. Andrews East unterrichtet hatte, wollten kommen. Später dann würden wir alle vier in den Sechs-Uhr-Zug steigen, an der Windsor Station, und dieses bittersüße Kapitel meines Lebens würde sich für immer schließen.

Ich schaute auf meine Taschenuhr, ein schweres, altes Ding, das ich von Großvater White geerbt hatte. Zehn Minuten vor sechs. Ich hatte nur noch eine gute Stunde, bis die Weckglocke ertönte und uns alle, auch meine Zimmergenossin, mehr oder minder wach rüttelte. Ich setzte die Brille auf, die ich besaß, seit Miss Skerry an Ostern festgestellt hatte, dass ich keinen halben Meter weit richtig klar sehen konnte. Zuerst hatte mir das Gestell in die Nase geschnitten, aber ich hatte den Steg mit Stoff umwickelt und so lange an den Bügeln herumgebogen, bis sie lockerer saßen. Jetzt merkte ich die Brille kaum noch. Und wie sich die Welt verändert hatte!

Ich kam mir vor wie Alice im Wunderland, die aus dem Kaninchenbau in den reizendsten aller Gärten stolpert.

Plötzlich sah ich Janies Gesicht ganz genau, und selbst das war auf seine Art angenehm. Vor der Brille hatte ich immer den Blick gesenkt, wenn sie in der Nähe war. Jetzt zog das Gesicht meiner Zimmergenossin – wie jedes Gesicht, das mir begegnete – meinen Blick magisch an, weil es alle möglichen faszinierenden Einzelheiten bot. Die Anschaffung der Brille war ein wichtiges Ereignis gewesen, so ähnlich wie der Tag, als ich zum ersten Mal durch ein Mikroskop blickte. Nie würde ich vergessen, welche Ehrfurcht ich beim Blick durch das Okular empfand.

Janies Mund war sinnlich, aber bei näherem Hinsehen bemerkte man die herabgezogenen Mundwinkel. In der Öffentlichkeit, wenn sie mit ihrer Clique aus lauter hübschen und beliebten Mädchen unterwegs war, lachte sie immer. Aber in der Abgeschiedenheit unseres Zimmers, wenn sie dachte, sie sei allein, kam ihre Traurigkeit durch. Janies Mutter war zum zweiten Mal verheiratet. Janie war nicht zum Lernen ins Pensionat der Misses Symmers und Smith geschickt worden, sie war hier, damit ihr Stiefvater kein Kind im Haus ertragen musste.

Meine Bloomers und meine Schuluniform lagen über dem Stuhl neben Janies Kopf. Ich setzte mich auf und griff nach den Sachen. Sofort schlug Janie die Augen auf. »Es ist doch noch gar nicht richtig Tag, Sankt Agnes.«

Der Spitzname war auch etwas, was ich nicht vermissen würde. Ich ertrug ihn schon seit Oktober, als wir in Englisch Keats und die Romantik durchgenommen hatten, und er war nicht als Kompliment gemeint. Ich war die Neue, ein Mädchen vom Land, das innerhalb von wenigen Monaten die

Spitzenschülerinnen des Pensionats überholt und den besten Abschlussnotenschnitt aller Zeiten erreicht hatte. Janie hatte mir diesen Spitznamen verpasst und prophezeit, ich würde bis an mein Lebensende Jungfrau bleiben, genau wie die heilige Märtyrerin.

»Warum ziehst du das olle Ding an?« Janie stülpte die Unterlippe nach außen und enthüllte eine Reihe regelmäßiger, weißer Zähne. »Wir dürfen doch tragen, was wir wollen, weißt du das nicht mehr?« Sie stützte sich auf einen Ellbogen und griff nach ihrer eigenen Uniform, die zerknautscht auf ihrem Bett lag. »Mal unter uns«, sagte sie, »wenn ich zu Hause bin, wird das Ding verbrannt – schneller als wie du ›Feuer‹ sagen kannst.«

Ich schaute an die rissige Decke. Janie Banks Geoffreys war jetzt zehn Jahre im Pensionat der Misses Symmers und Smith und hatte in der ganzen Zeit den Gebrauch von »als« und »wie« nicht begriffen. Wie so viele der Mädchen hier interessierte sie sich nicht die Bohne für Bildung.

»Hu-hu«, machte Janie, um mich aus meinen Gedanken zu reißen. »Wo bist du schon wieder, Agnes? Manchmal glotzt du richtig vor dich hin. Ich habe gerade gesagt, wir dürfen doch heute richtige Sachen anziehen.«

Weil ich die Achseln zuckte, sprang Janie aus dem Bett, als würde sie eine Maus wittern, und baute sich vor mir auf. »Gib her«, sagte sie. »Heute tragen wir alle was Hübsches. Du auch.«

Janie öffnete unseren Schrank, und zum Vorschein kam eine umfangreiche Kollektion von Kleidern, die fast alle ihr gehörten. Sie nahm eines, das eher die Ausnahme war – ein schlichtes weißes Baumwollkleid. »Hier.«

Ich schüttelte den Kopf. Weiß machte mich dick, und das taillierte Miederoberteil erinnerte mich an ein Brautkleid.

Janie hielt das Kleid hoch und ließ es tanzen wie eine Marionette, indem sie mit dem Bügel wackelte. »Komm schon, Agnes. Das ist genau das Richtige für eine Heilige!«

Ich zog mir das Oberteil der Schuluniform über den Kopf. »Ich muss los.«

Janie hörte auf, mit dem Bügel zu wackeln. »Was heißt ›los‹? Du verpasst ja das Frühstück!« Ihr Gesichtsausdruck wechselte abrupt von verdutzt zu hinterhältig. Sie setzte sich auf mein Bett. »Was geht hier vor, Agnes? Ich spüre doch, dass etwas ganz und gar nicht Heiligenhaftes im Busch ist.«

Janies Denken kannte nur eine Richtung. Es war fast schon albern, wie für sie alle Wege zu Jungen führten. Ich band mir meine Schärpe um und genierte mich, weil Janie mich so eingehend musterte. »Ich muss noch etwas erledigen. Das ist meine letzte Chance.«

»Du musst etwas erledigen«, wiederholte Janie. Sie nahm meine Uhr und schaute blinzelnd darauf. »Um sechs Uhr morgens?« Sie legte die Uhr wieder fort. »Wenn du mich veräppeln willst, musst du früher aufstehen. Oder nein – später.«

Die Spannung löste sich – wir lachten beide.

»Ist es ein Mann? Komm schon – gesteh!«

Licht drang durch die dünnen Vorhänge. Bald würden auf den Gängen lauter Mädchen vor den Toiletten anstehen. Wenn ich aus dem Haus wollte, musste es jetzt sein. »Deckst du mich?«

Janie lächelte. »Das ist einfach zauberhaft! Wer hätte dir das zugetraut?«

»Sag einfach, ich probe meine Rede, wenn jemand dich fragt.« Ich sollte an diesem Tag die Abschlussrede halten. Das war die perfekte Entschuldigung.

Janie grinste. »Sieht er gut aus?«

Ich setzte ein Lächeln auf, das, wie ich hoffte, dem der Mona Lisa glich, schnappte mir meine Strickjacke und ging hinaus. Bei meiner Rückkehr würden die Gerüchte durch die Gänge schwirren wie Schmeißfliegen, da Verschwiegenheit nicht zu Janie Banks' Repertoire gehörte, aber das war mir egal. Heute Abend lag die Schule ein für alle Mal hinter mir. Da konnten sie sich zusammenfantasieren, was sie wollten.

In der Stadt lag Schnee. Kein richtiger Schnee natürlich, da ja fast Sommer war, aber etwas, das im ersten Moment genauso aussah – Pappelsamen. Ich haschte nach den wattigen Flöckchen in der Luft. Jeden Juni gab es das in Montreal und auch in St. Andrews East – eine Art Winter zur falschen Zeit.

Das Pensionat der Misses Symmers und Smith befand sich am steilsten Stück der Peel Street, im Schatten des Mount Royal. Ich rannte bergab und verlangsamte meinen Schritt erst, als ich an der Sherbrooke Street flacheres Terrain erreichte. Zuerst ging ich noch etwas weiter nach Süden, bog dann aber ostwärts ins Geschäftsviertel ab. An der Ecke verhökerte ein Junge mit einer klaren, schönen Stimme Zeitungen. Eine Straßenbahn rumpelte vorbei. Die Frühlingsgerüche Montreals waren an dem Morgen intensiver denn je. Dies war meine Geburtsstadt, und ich fand es herrlich, sie zu erkunden. Weil die Straßen angeblich für junge Mädchen zu gefährlich waren, kam ich nicht oft aus dem Pensionat hinaus. Ganz gut kannte ich den Windsor-Bahnhof und den Weg von dort zum Pensionat. Und ich kannte auch die St.-Johannes-Evangelist-Kirche unten in der St. Urbain Street, wo die meisten meiner Klassenkameradinnen und ich sonntags den Gottesdienst besuchten. Sobald der zu Ende war, mussten wir allerdings auf direktem Wege wieder zum Pensionat hinaufmarschieren.

Ich musterte die Köpfe, die vor mir den hölzernen Gehsteig entlangwippten. Fast jedes Mal, wenn ich in die Stadt ging, sah ich ihn. Vermutlich war es auch heute so – obwohl sich durch die Brille einiges geändert hatte. Denn eigentlich war es ja nicht *er*, den ich sah. Aber dieses Wissen dämpfte weder die freudige Erregung noch den Schmerz. Ich musste nur ein Stück von einem dunkelhaarigen Kopf oder von einer Schulter sehen, und schon blieb ich abrupt stehen. Manchmal waren es gar nicht seine körperlichen Merkmale, sondern sein Gang oder der schief sitzende Hut. Diese ersten Sekunden, wenn die Hoffnung aufwallte, waren so schön, dass sie die Enttäuschung wettmachten, wenn er sich schließlich umdrehte und mir ein Gesicht zuwandte, das ich nicht kannte.

Niemand schenkte mir auch nur die geringste Beachtung. Nie. Das ist das einzig Gute daran, wenn man klein und unscheinbar ist. Ich konnte unbemerkt durch die Straßen der Stadt wandern und so tun, als wäre ich nur ein Augenpaar, losgelöst von meinem weiblichen Körper. Niemand kam auf die Idee, mich zu belästigen.

Ich fand es wunderbar, durch Montreal zu gehen, wo die Leute meinen Namen nicht kannten. So oft während dieses Jahres hatte ich mich gefragt, wie es wäre, hier zu leben, in einer großen Stadt. Natürlich kam das nicht infrage. Großmutter hatte deutlich zu verstehen gegeben, dass ich nächstes Jahr in St. Andrews East gebraucht wurde. Und in allen folgenden Jahren natürlich auch.

Das Pensionat der Misses Symmers und Smith hatte es mir zwar ermöglicht, von zu Hause fortzukommen, aber ansonsten war der Aufenthalt dort eher von mäßigem Nutzen gewesen. Zum Lehrplan gehörte täglicher Hauswirtschaftsunterricht, in dem man Sachen zuschneiden und nähen musste. In Mathematik hatte ich mich angestrengt, aber das war auch das einzige Fach, in dem ich wirklich gefordert war. Der naturwissenschaftliche Unterricht an dieser Schule beinhaltete weder empirische Beobachtungen noch Sezieren oder Mikroskopieren. Die meiste Zeit lernten wir die Namen herausragender Männer und die Daten ihrer wichtigen Entdeckungen auswendig. In Latein ging es um so einfache Kenntnisse, dass man mir nach der vierten oder fünften Stunde erlaubt hatte, draußen auf dem Gang zu sitzen und Romane zu lesen. Miss Symmers und Miss Smith gaben sich alle Mühe, konnten aber nicht mit meiner Gouvernante mithalten, und allmählich dämmerte mir, was ich für ein Glück gehabt hatte, dass Miss Skerry zu uns ins Haus gekommen war.

Anfang Oktober, als die Blätter zu fallen begannen, ging es auch mit meinen Noten abwärts. Miss Skerry tat, was sie konnte, um mein Interesse wieder zu entfachen, aber ich war zu enttäuscht, um auf sie zu hören. Im November verkündete die McGill-Universität, sie suche für ihr allgemeinbildendes Studienprogramm im dritten Jahr seines Bestehens auch weibliche Studierende. Miss Symmers erklärte uns, das Mädchen mit dem besten Gesamtnotenschnitt im Abschlusszeugnis bekomme ein Stipendium, damit es seine Studien fortsetzen könne.

Genau das war es, was ich brauchte. Ich stürzte mich fortan mit demselben Fleiß auf die Hauswirtschaft wie auf das Auswendiglernen von Geschichten über Sir Isaak Newton und seinen Apfel. Im März legte ich die Aufnahmeprüfung für die Universität ab und wurde angenommen.

Es gab nur ein Hindernis: meine Großmutter. Auch als ich

ihr erzählte, dass ich ein Stipendium bekommen und das Ganze sie keinen Penny kosten würde, wollte sie nicht zustimmen. Die Vorstellung, mich in der Stadt meines Vaters wohnen zu lassen, allein und ohne dass sie strengstens über meine Tugend und meinen Anstand wachen konnte, war einfach zu viel für sie. Miss Skerry sagte, ich solle mir keine Sorgen machen. Ich müsse nur in der Schule mein Bestes geben, dann werde es schon klappen. Ich war mir da nicht so sicher. Wenn Großmutter sich einmal eine Meinung gebildet hatte, hielt sie daran fest.

Der Duft von frisch gebackenem Brot holte mich aus meinen Gedanken. *Pain frais*, verkündete ein handgemaltes Schild in einem Bäckereischaufenster. Frische Pein, dachte ich sprachspielerisch, im Gegensatz zu der schalen alten Pein, an die ich so gewöhnt war. Beim Gedanken an ein einfaches Brötchen oder ein Croissant lief mir das Wasser im Mund zusammen, aber ich hatte kein Geld.

Die St. Catherine Street war schäbiger, als ich sie in Erinnerung hatte. Ich spähte nach den Hausnummern, sagte die Adresse, die ich suchte, wie eine Beschwörungsformel vor mich hin. Ich war so vertieft, dass ich zuerst an dem unscheinbaren grauen Haus vorbeiging. Von der Straßenseite her wirkte es klein, aber es war eins von diesen Gebäuden, die an Tiefe wettmachen, was ihnen an Breite fehlt. Die Mauersteine waren schwärzlich verfärbt, bis auf eine Stelle neben der Tür, wo sich früher ein kleines Bronzeschild mit dem eingravierten Namen meines Vaters befunden hatte. Jetzt hing über der Tür ein Holzschild mit dem Abbild einer Nadel und einer Garnrolle.

Die Fenster im Erdgeschoss waren vergittert, was dem Haus etwas Abweisendes gab, aber die darüberliegenden Fenster waren frei. Mein Blick wanderte hinauf zu den oberen Zimmern, direkt unter dem Dachsims, und ich fragte mich, ob die Leute, die jetzt hier wohnten, die traurige Geschichte des Hauses kannten. Auf dem Gehweg näherten sich Leute, also schlüpfte ich, an Abfallkisten vorbei, in einen Durchgang.

Der Durchgang war so eng, dass ich mit ausgestreckten Armen auf beiden Seiten die Hausmauern berühren konnte. Von unserem ehemaligen Haus gingen nur zwei Fenster hier heraus, und beide waren vergittert. Ich zog mich zu dem hinteren Fenster hinauf, aber die Scheibe war so schmutzig, dass ich nichts sah als mein staubiges Spiegelbild. Ein Hund bellte, deshalb ließ ich mich wieder hinunter und ging zur St. Catherine Street zurück. Als mich nur noch wenige Schritte vom Licht und vom Lärm trennten, befahl mir plötzlich eine laute Stimme, stehen zu bleiben. Ein Mann war aus dem Haus getreten. Im Morgenlicht wirkte er seltsam diffus, fast wie ein Geist. Ich konnte nur sein Profil sehen. Er war nicht groß, dafür aber umso dicker. Ich strengte meine Augen an, um sein Gesicht zu erkennen. Da sagte er wieder etwas.

Die Wörter waren französisch, aber der Akzent war es nicht, das hörte ich. Er kam ein paar Schritte auf mich zu, und ich blickte in ein fremdes Gesicht.

»Mais qu'est-ce que vous fâites là?«

Er war genauso erschrocken wie ich. Wahrscheinlich hatte er mich für einen Dieb gehalten, der bei den Mülltonnen herumschlich. Ich antwortete nicht gleich, deshalb schaltete er auf Englisch um, das er ebenfalls mit der angestrengten Artikulation eines Ausländers sprach. »Dies ist Privatbesitz.« Er ist Deutscher, dachte ich, und noch nicht lange hier.

Ein Hund stürzte bellend auf uns zu – so schnell, dass ich keine Zeit hatte, mich zu schützen. Ich fiel hin, auf Hände und Kinn, und meine Brille flog fort. Plötzlich war der enge Durchgang ganz verschwommen.

Der Hund hatte sabbernde rosarote Lefzen – so viel konnte ich erkennen – und gab bedrohliche Geräusche von sich, auch dann noch, als der Mann ihn am Halsband gepackt und von mir weggezogen hatte. Hunde konnte ich nicht leiden – noch nie. Meine Großmutter sagte, das sei wegen Galen. So hieß der Hund, den mein Vater gehabt hatte, als ich klein war. Er war ängstlich gewesen und hatte mich gebissen. Der Mann musste mir meine Furcht angesehen haben, denn er hob die Hand, als wollte er das Tier schlagen. Sofort gab der Hund Ruhe, und der Mann wandte sich wieder mir zu und schien jetzt erst zu bemerken, wen er da vor sich hatte.

»Aber Sie sind ja ein Mädchen!«, rief er. Er musterte meine sauberen Haare und meine Schuluniform. »Ein junges Mädchen. Es tut mir sehr leid.« Er streckte mir die freie Hand hin, brauchte sie dann aber wieder, um den Hund zurückzuhalten. »Kommen Sie herein«, sagte er und zerrte das Tier zur Haustür. »Sie ist ein Wachhund, Sie müssen ihr verzeihen. Aber, bitte, kommen Sie doch herein und setzen Sie sich einen Moment. Meine Frau bringt Ihnen etwas zu trinken.«

Seine Wirbelsäule war gekrümmt wie ein Hirtenstab, er hatte eine Glatze und sah überhaupt nicht aus wie mein Vater. Er öffnete die Haustür, forderte mich mit einer Handbewegung auf, einzutreten, und band dann den Hund draußen an einen Pfosten.

Als ich über die Schwelle trat, fühlte ich mich wie eine Diebin. Der alte Mann hatte keine Ahnung, was es für mich bedeutete, in diesem Haus zu sein. Ich erinnerte mich an alles, als wäre es die ganze Zeit in mir gewesen und hätte nur darauf gewartet, mir wieder einzufallen. Nur die Gerüche stimmten nicht. Alles andere war mir sehr vertraut. Ich hätte den Mann ohne Probleme in die Küche führen können, wo seine Frau für uns Kaffee machen würde. Der Gang vor mir war lang und dunkel, mit einem Läufer von einem Ende zum anderen. Ich hatte oft von diesem Gang geträumt, wurde mir plötzlich bewusst. Und von diesem Läufer. Ich kannte die breite Eichenholztreppe, die zu den Schlafzimmern im oberen Stock führte, und die engere, dunklere Treppe weiter hinauf zu den Dachkammern. Als Erstes kamen wir am Empfangszimmer vorbei, wo meine Eltern Ärzte und Professoren mit ihren Gattinnen zu Gast gehabt hatten. Ich spähte hinein, blieb aber nicht stehen. Der Raum, den ich suchte, lag nach hinten hinaus, im privateren Teil des Hauses.

Als wir dort ankamen, war es ein Schock. Der Raum selbst war natürlich noch derselbe, aber was dort stand, war so anders als früher, dass ich auf den ersten Blick nichts wiedererkannte. Erschwerend kam hinzu, dass das Fenster, durch das ich vorhin schauen wollte, nur wenig Licht hereinließ. Die Regale waren noch da, aber statt der Laborgläser enthielten sie nun Stapel von Stoffballen, deren hohle Enden wie verblüffte Münder aussahen. In der Mitte stand ein Tisch, vielleicht der, an dem mein Vater seine Sektionen durchgeführt hatte, aber jetzt lagen darauf Schnittmuster und Stoffbahnen. In einer Ecke standen zwei Nähmaschinen.

»Mögen Sie Kleider?«, fragte der Mann.

»Ja«, log ich.

»Soll ich Ihnen etwas schneidern? Meine Frau kann bei Ihnen die Maße nehmen.«

In dem Moment kam eine ältere Frau mit beunruhigtem Blick den Gang entlang. Sie musterte mich misstrauisch, aber als ihr der Schneider, der sich als Mr Froelich vorstellte, etwas auf Deutsch erklärte, wurde ihr Gesicht weicher. »Der Hund hat Sie angesprungen«, sagte sie auf Englisch zu mir. »Das tut uns sehr leid.«

Ich erwiderte, mir sei nichts passiert, obwohl ich so fest mit dem Kinn aufgeschlagen war, dass es wehtat.

Die Frau bemerkte es. »Sie haben sich aufgeschürft«, sagte sie und berührte meine Kieferpartie. »Es wird dick. Kommen Sie in die Küche, ich verarzte Sie.«

Ich wollte die Werkstatt nicht verlassen, konnte ihr aber nicht gut widersprechen. Also folgte ich ihr den Gang entlang. Sie ließ mich am Küchentisch Platz nehmen, gab mir zerstoßenes Eis in einem Taschentuch und bereitete mir dann eine kleine Stärkung zu. »Mandelbrot«, sagte sie, als sie mir einen Teller mit eierschalfarbenen Plätzchen und einen Becher hinstellte. »Ein bisschen was Süßes schadet Ihnen bestimmt nicht.«

Der Kaffee war so stark, dass meine Fingerspitzen kribbelten, aber er tat gut. Die Frau lächelte. »Sie sind Schülerin? Wir haben eine Kundin von dieser Schule«, sagte sie und zeigte auf meine Uniform, dann wandte sie sich an ihren Mann und fragte nach dem Namen.

»Irgendwas mit Banks«, sagte er.

»Banks Geoffreys«, sagte ich, entsetzt bei dem Gedanken, dass Janie dieses Haus betreten hatte.

»Genau!«, sagte die Frau lachend. »Sie kennen Janie? Ein reizendes Mädchen.«

Ich trank meinen Kaffee und schlug die Augen nieder. Das Mandelbrot mit dem leichten Aprikosen- und Marzipanaroma war köstlich.

»Brauchen Sie vielleicht ein Kleid für die Abschlussfeier?«, fragte sie, als die Unterhaltung stockte. Und schon zog sie ein gelbes Maßband aus der Tasche.

Ich schüttelte den Kopf. Sie und Mr Froelich hatten sicher gehofft, ich sei eine Kundin. Jetzt, da ich das verneinte, würden sie wissen wollen, warum ich mich hinter ihrem Haus herumgetrieben hatte. »Ich bin nicht hierhergekommen, um mir etwas nähen zu lassen.«

Mrs Froelichs Augen wurden schmal.

Mir fiel keine überzeugende Ausrede ein, also erzählte ich schließlich einen Teil meiner Geschichte.

»Was hat Ihr Vater gemacht?«, erkundigte sich die Frau. Sie überlegte wohl immer noch, ob sie mir trauen konnte.

»Er war Arzt und hat an der McGill gelehrt.«

»Ja«, sagte der Schneider. »Das stimmt! Als wir eingezogen sind, waren hier noch viele seltsame Sachen von ihm. Weißt du noch, Erika?«

Die alte Frau schüttelte sich. »Ob ich es noch weiß? Ich hatte monatelang Albträume. Sachen in Gläsern und Flaschen. Sachen, die aus Leichen herausgeschnitten waren!«

»Der Raum gleich neben der Küche«, sagte ich. »Ihre Werkstatt …«

Ich brachte meinen Satz nicht zu Ende, weil Mr Froelich mir ins Wort fiel und erklärte, das sei der schlimmste Raum im ganzen Haus gewesen. »Es war der Raum, in dem Ihr Vater gearbeitet hat. Meiner Frau war er ein Gräuel. Sie schwört bis heute, dass es dort Gespenster gibt.«

Ich sah seine Frau an, dachte aber an eine andere Frau, die diesen Raum ebenfalls verabscheut hatte. Meine Mutter hatte ihm sogar einen Namen gegeben – das »Horrorkabinett«. Seit Jahren hatte ich nicht mehr daran gedacht.

»Was ist aus den Präparaten geworden?« Ich versuchte, so

beiläufig wie möglich zu klingen, obwohl es für mich überhaupt keine beiläufige Frage war. Mein Vater hatte einen Teil unseres Besitzes hier zurückgelassen, als wir nach St. Andrews East fliehen mussten – unter anderem all das, was sich in diesem Raum befunden hatte. Ich wusste nicht, welche Verfügungen er getroffen hatte. Vielleicht hatten die Froelichs ja einfach alles an sich genommen. Dann befand sich vielleicht noch etwas hier im Haus.

Mrs Froelich musterte mich merkwürdig. »Es hatte alles seine Ordnung. Es gab ein notarielles Dokument.« Hatte sie Angst, ich könnte Forderungen stellen? Ich nahm mir einen Moment Zeit, sie zu beruhigen.

»Wir sind nur gemietet«, sagte der Mann.

»Mieter«, berichtigte ihn seine Frau, die besser Englisch konnte.

»Dann gehört Ihnen das Haus gar nicht?«, fragte ich.

Der alte Mann schüttelte den Kopf. »Ein anderer Arzt hat es Ihrem Vater abgekauft. William Howlett heißt der Mann. Er ist unser Hauswirt. Vielleicht kennen Sie ihn ja?«

Der Name sagte mir nichts. Ich lenkte das Gespräch wieder auf das, was mich am meisten interessierte: die Hinterlassenschaften meines Vaters. Ich musste an das kleine Skelett denken, mit dem ich immer gespielt hatte. Ob es wohl im Müll gelandet war?

»Wir haben alles weggepackt«, sagte der alte Mann schließlich. Dann sah er seine Frau an und berichtigte: »*Ich* habe es weggepackt. Meine Frau wollte die Sachen nicht anrühren.«

Die alte Frau schüttelte den Kopf. »Es tut mir leid, aber mich hat es davor gegruselt. Ich war froh, als alles fort war.« Sie schüttelte abermals den Kopf und sagte achselzuckend:

»Ich bin eine einfache Frau. Mit diesem Zeug im Haus konnte ich nicht schlafen.«

»Sie haben es weggeworfen?«, fragte ich bestürzt.

»Nein, nein«, sagte der Schneider. »Wie gesagt – ich habe es alles weggepackt. Der andere Arzt hat es dann geholt. Dr. Howlett.«

Die alte Frau funkelte ihren Mann ärgerlich an und trat ihm unterm Tisch gegen das Schienbein. Offensichtlich wollte sie nicht, dass er noch mehr verriet.

»Etwas von Ihrem Vater haben wir allerdings behalten«, gestand sie schließlich – vielleicht, weil sie mich ablenken wollte, vielleicht aber auch aus Freundlichkeit. »Das können wir Ihnen geben.« Sie trat an eine Schublade neben der Spüle, in der es klapperte, als sie sie aufzog. Sie kramte kurz darin herum und zog dann ein schwärzliches Metallquadrat hervor. »Ich hab's doch gewusst – es ist noch da«, sagte sie und hielt es ins Licht. »Es muss natürlich poliert werden.«

Mrs Froelich setzte sich wieder an den Tisch und rieb an dem Metall herum, bis ihr Lappen schwarz war. Fünf Wörter wurden sichtbar: *Honoré Bourret, Arzt für Chirurgie*. Sie reichte mir das Türschild. »Lebt er noch?«

Ich nickte, obwohl ich es ja gar nicht wusste. Die alte Frau hätte gern noch mehr gefragt, das merkte ich, aber jetzt war ich diejenige, die keine Auskunft geben wollte. Vielleicht wussten die Froelichs ja nichts über meine Familie, und ich hatte kein besonders großes Interesse daran, das zu ändern.

»Danke«, sagte ich aufrichtig, nahm das Schild an mich und stand auf. »Sie waren sehr freundlich.«

Der Schneider fragte noch einmal, ob er mir ein Kleid ausmessen dürfe, aber ich schüttelte den Kopf. Ich hätte eins brauchen können, aber das war gleichgültig. Mr Froelich und seine Frau hatten mir etwas viel Wertvolleres gegeben – was sie vielleicht sogar ahnten, als sie mich zur Tür brachten.

Als ich in die Schule zurückkam, war es schon nach zehn. Was für ein seltsamer Morgen! Ich hatte gehofft, etwas für immer zu begraben, stattdessen war es lebendiger denn je. Die Schneiderei der Froelichs hatte Erinnerungen aufgewühlt, von denen ich gar nicht gewusst hatte, dass ich sie besaß, und eine Sehnsucht, die so wehtat, dass ich mich ganz schwach fühlte.

Ich betrat das Pensionat von der Rückseite. Auf dem Grundstück waren Mädchen dabei, Tische aufzustellen und Flieder zu schneiden, der in Vasen die Bühne der Aula schmücken sollte. Die Mädchen aus meiner Klasse waren alle schon frisiert und feingemacht, und zum ersten Mal im Leben nahm ich wahr, was andere anhatten. Ich fragte mich, ob irgendeins dieser Kleider aus der Werkstatt des buckligen alten Schneiders stammte. Als ich in die Aula gehen wollte, hielt mich an der Tür ein Mädchen auf, um mir zu sagen, ich solle ins Büro der Schulleiterinnen kommen.

Dort traf ich auf Großmutter, Laure und Miss Skerry. Sie wirkten starr und steif in ihren Sonntagskleidern. Weglaufen kam nicht infrage, also ging ich schnell auf sie zu, den Blick auf die Person geheftet, deren Briefe mich die letzten acht Monate gestützt hatten. Es war seltsam, Miss Skerry außerhalb der Priory zu sehen. Sie lächelte herzlich, aber auf ihrem Kopf saß ein Derby-Hut mit einem Kinngummiband, was albern aussah.

»Gütiger Himmel«, sagte Großmutter, als ich näher kam. Neben ihr stand meine Schwester, deren Mund zu einem gezwungenen Lächeln erstarrt war.

»Ich kann nicht behaupten, dass sie dir besonders gut steht.« Großmutters Augen hatten die Farbe von Vergissmeinnicht, mit stecknadelkopfgroßen Punkten in der Mitte. »Trägst du sie die ganze Zeit?«

Sie hatte mich nicht mal begrüßt. »Zum Schlafen nehme ich sie ab«, antwortete ich. Meine Brille war von Anfang an ein Streitpunkt gewesen. Großmutter hatte die typischen Vorurteile einer Frau vom Land.

»Es ist bestimmt ungesund, wenn man sie so lange aufbehält«, sagte sie. »Ich habe gehört, dadurch verformen sich die Augäpfel.« Die Direktorin, die bei uns stand, versuchte zu erklären, dass das nicht stimmte und dass die Brille keine schädlichen Folgen haben würde, aber Großmutter war für Argumente nicht zugänglich. »Heute auf der Bühne wird sie die Brille nicht tragen. Sie muss so hübsch wie möglich aussehen, Miss Smith. Die Leute werden sie anschauen.«

Miss Smith sagte, sie finde, dass mir die Brille gut stehe, dass es aber selbstverständlich allein meine Entscheidung und die meiner Familie sei, was ich tragen würde. »Sie ist schließlich unsere beste Absolventin«, sagte Miss Smith und legte mir die Hand auf die Schulter. »Da ist es ihre Pflicht, so hübsch wie möglich auszusehen.«

Doch damit war die Diskussion über meine Brille und mein Äußeres noch nicht abgeschlossen. Großmutter, Laure und Miss Skerry gingen hinter mir her in mein Zimmer. Zum Glück waren wir dort allein. Wenn Janie Banks Geoffreys mir zugeschaut hätte, wie ich mich zurechtmachte – das hätte ich nicht ertragen.

Laure fing sofort an, den Kleiderschrank durchzusehen, sie geriet richtig in Verzückung, als sie die Kleider meiner Zimmergenossin sah. Dann fand sie das weiße Sonntagskleid, das mir Großmutter genäht hatte, und legte es auf mein Bett. »Wie willst du deine Haare tragen, Agnes?«, fragte sie, drehte mich um meine eigene Achse und musterte mich nachdenklich.

Ich hasste die ganze Prozedur. Ich hatte viele positive Eigenschaften, aber mein Aussehen gehörte nicht dazu. Und kein Kleid und keine Frisur konnten diese Tatsache kaschieren.

Obwohl ich protestierte, nahm Großmutter mir meine Brille ab und manövrierte mich in das weiße Kleid, während Laure schon anfing, mir die Haare zu flechten. Miss Skerry beteiligte sich nicht an diesen Maßnahmen, sondern blätterte in meinen Heften und Lehrbüchern. Ich deutete das als eine subtile Form der Solidarität, wenn ich es auch nicht mit Sicherheit sagen konnte – Miss Skerrys Gesicht war jetzt genauso verschwommen wie alles Übrige im Zimmer.

»Die Preise bekomme ich für meine Intelligenz«, sagte ich.

Großmutter warf Miss Skerry einen vielsagenden Blick zu. »Diese Schule war kein uneingeschränkter Erfolg, Georgina«, sagte sie. »Die Zeit hier hat wenig dazu beigetragen, Agnes' Kanten zu glätten.«

»Das ist unfair«, schoss ich zurück. »Was ich brauche, ist eine Umgebung, wo es wirklich um Wissen geht, wo das zählt, was in einem steckt, nicht das Äußere.«

»Form ist genauso wichtig wie Inhalt«, sagte Miss Skerry, die in den vier Jahren, die ich sie jetzt kannte, nie mehr als ein rudimentäres Interesse für Kleider gezeigt hatte. »Beides zusammen ergibt ein Ganzes.«

»Eine Schuluniform passt perfekt zu einem gebildeten Menschen«, fauchte ich. »So, wie eine Brille perfekt zu Augen passt, die gern lesen.«

Miss Skerry schüttelte den Kopf. »Wie die Franzosen sagen, Agnes: Es ist nicht nötig, offene Türen einzurennen. Du stehst heute im Mittelpunkt der Ehrungen. Ich muss deiner Großmutter zustimmen. Da solltest du auch entsprechend aussehen.«

Kurz vor elf Uhr führten sie mich die Treppe zum Hauptgeschoss hinab. Vor der Aula herrschte schon großer Andrang. Ein paar Mädchen winkten, waren aber so verschwommen, dass ich nur eins von ihnen identifizieren konnte – Felicity Hingston, die einzige Schülerin des Pensionats, die für mich so etwas wie eine Freundin war. Sie war über einen Meter achtzig groß und hatte dünne, behaarte Arme und Beine. Deshalb war sie unverkennbar. Bevor ich kam, war *sie* die beste Schülerin gewesen.

Die verschwommene Sicht war in gewisser Weise tröstlich. Sie erinnerte mich an meine Kindheit, als ich nur undeutliche Formen wahrgenommen hatte und gar nicht auf die Idee gekommen war, dass da mehr sein könnte. Wir trotteten alle nach vorn, um unsere Abschlusszeugnisse in Empfang zu nehmen, aber dann musste ich noch einmal aufstehen – und ein drittes und viertes Mal –, bis mir der Schweiß in Strömen aus den Achselhöhlen rann. Mein Kleid war jetzt stellenweise durchsichtig von der Nässe. Ich hatte in diesem Jahr alle schulischen Preise gewonnen.

Jedes Mal, wenn mein Name genannt wurde, musste ich den Mittelgang entlanggehen, durch Scharen von Mädchen. Mir war klar, wie albern ich aussah. Mein Kleid war zu eng und stellte eine Figur zur Schau, die ich normalerweise unter der weiten Tunika meiner Schuluniform versteckte. In der Aula war es so heiß wie in Großmutters Küche am Backtag, und die Leute wurden unruhig. Als ich schließlich für meinen letzten Preis und die Schlussrede nach vorn gerufen wurde, stöhnten ein paar Mädchen sogar.

Das Publikum applaudierte erneut, aber diesmal nur mechanisch. Ich hörte Rascheln und ersticktes Lachen. Als ich vorn ankam, war offenkundig, dass die meisten meiner Mitschülerinnen mir nicht besonders viel Sympathie entgegenbrachten. Schließlich mussten sie meinetwegen immer noch in dieser stickigen Hitze herumsitzen, und die meisten interessierten sich weder für intellektuelle Dinge, noch machten sie sich etwas aus Schulnoten. Miss Symmers merkte das alles nicht. Sie stand lächelnd vor mir. Ich sollte meine Rede halten und dann mein Stipendiumsgeld in Empfang nehmen, für das Studium an der McGill. Ich hatte sie oft geprobt, aber plötzlich erschien sie mir nicht mehr angemessen. Ich stand am Rednerpult, starrte in das Meer von glänzenden, verschwommenen Gesichtern und merkte, dass mir kein einziges Wort mehr einfiel. Ich hatte mir die Hauptpunkte auf Kärtchen notiert, und von diesen las ich jetzt mit piepsig verkrampfter Stimme ab. Es war nicht die Rede, die ich so sorgfältig vorbereitet hatte, sondern ein holpriges, verstümmeltes Etwas, das keinen großen Sinn ergab – falls überhaupt jemand zuhörte. Miss Symmers lächelte die ganze Zeit tapfer und kam dann auf mich zu, um mich zu umarmen, aber da taumelte ich schon davon, in Richtung Ausgang. Ich floh blindlings, und mein hämmerndes Herz übertönte alles andere.

Das Erste, was ich nach dem Fiasko einigermaßen klar sah, war Miss Skerrys Gesicht. Sie war mir mit meiner Brille hinaus ins Freie gefolgt. Als Nächste kam Laure und umarmte mich, womit ich nicht gerechnet hatte.

Ich war unter eine Weide am anderen Ende des Sportplatzes geflohen. Dorthin hatte ich mich während des Schuljahrs oft zurückgezogen und gelesen. Kaum eins der Mädchen kam je so weit an den Rand des Schulgeländes. Die Zweige der Weide hingen bis ins Gras und boten so einen natürlichen Blickschutz.

»Deine Schulleiterinnen machen sich bestimmt Sorgen«, sagte Miss Skerry. »Wir sollten zurückgehen und ihnen sagen, dass alles in Ordnung ist.«

Ich schüttelte den Kopf. Mein verletzter Stolz tat so weh! Deshalb blieben wir unter der Weide stehen, während die anderen nach und nach aus dem Gebäude kamen. Miss Skerry redete sanft auf mich ein, sagte, dass alles gut sei, lobte die Rede, obwohl ich mich zu Tode schämte, weil ich sie so verhunzt hatte. Schließlich schickte Miss Skerry Laure los. Sie sollte Miss Symmers und Miss Smith sagen, wo wir waren, und mein Stipendium in Empfang nehmen.

»Wie soll ich ihnen gegenübertreten?«, fragte ich, als wir allein waren.

Miss Skerry zuckte die Achseln. »Du hast nichts Unrechtes getan, Agnes. Ich finde, du solltest zu den anderen gehen. Genieße deine Abschlussfeier und freue dich, weil du zu Größerem und Besserem aufbrechen wirst.«

Ich schüttelte den Kopf. So zuversichtlich wie meine Ex-Gouvernante konnte ich nicht sein. Großmutter ließ keinen Zweifel daran, wie meine Zukunft aussehen würde: Ich musste ins triste, kleine St. Andrews East zurückkehren.

Wir blieben noch eine ganze Weile lang hinter den Zweigen stehen. In der Mitte des Sportplatzes war ein Baldachin aufgestellt worden, unter dem ein Tisch mit Tee und Gebäck stand. Ein paar Mädchen aus der Klasse unter mir bedienten die Gäste.

Ich sah Großmutter mit den beiden Schulleiterinnen über den Rasen kommen. Laure lief zu ihnen und sagte ihnen, wo ich war. Sie drehten sich zu mir um, dann kamen die Schulleiterinnen mit Laure über den Sportplatz auf mich zu. Großmutter war wohl nicht so leicht bereit, mir meinen peinlichen Abgang zu verzeihen. Sie ging zu dem Tisch und begann eine Unterhaltung mit Mrs Banks Geoffreys. Ich fuhr mir durch die Haare und zog dabei einen Zopf auf.

»Deine Frisur!«, rief Laure, die gerade mit Miss Symmers und Miss Smith den Baum erreicht hatte. Sie hob eine heruntergefallene Zopfschleife auf und wollte mir den Zopf wieder binden, aber ich schüttelte den Kopf. »Ach, Agnes«, seufzte sie. »Ich will dir doch nur helfen.«

Ich zog das andere Zopfband und die Haarnadeln heraus, sodass mir genau in dem Moment, als die Schulleiterinnen unter den Zweigen hindurch in unser Versteck traten, die Haare offen über die Schultern fielen.

»Ich kann es wieder in Ordnung bringen«, sagte Laure, mehr zu den Schulleiterinnen als zu mir. »Im Frisieren bin ich wirklich gut.« Und vor ihren Augen begann sie, meine Haare zu flechten, und lächelte dabei so lieb, als stünde es wirklich in ihrer Macht, alle Peinlichkeiten aus der Welt zu schaffen.

»Sie war schon immer so«, fügte meine Schwester erklärend hinzu, während sie an mir herumzupfte. »Normale Sachen haben sie noch nie interessiert.«

Miss Skerry schaltete sich ein. »Agnes ist kein ›normales‹ Mädchen, Laure. Das ist schon lange klar. Und es ist, ehrlich gesagt, das, was ich an ihr am meisten schätze.«

Miss Smith lachte. Und Miss Symmers, Gott segne sie, griff in ihre Tasche und zog das Stipendiumsgeld für die McGill heraus. »Sagen wir es so: Du bist kein gewöhnliches Mädchen, Agnes. *Außergewöhnlich* trifft es am besten.«

Sobald Laure mit meinen Haaren fertig war, traten wir hinaus in die Sonne. Der Sportplatz war vor Kurzem gemäht worden, und die Häufchen von frisch geschnittenem Gras verströmten einen belebenden Duft. Vor uns standen Mädchen in Gruppen beisammen, lachten und schwatzten. Ein paar schauten her und winkten mir. Ich winkte zurück und hob dann meine Zöpfe an, um den Wind an meinen Nacken zu lassen. Plötzlich ging es mir viel besser.

Janie Banks Geoffreys und zwei andere Mädchen kamen zu uns. Sie hatten Laure mit ihren goldenen Haaren gesehen und waren begierig, sie kennenzulernen. »Sehr erfreut«, sagte Janie und nickte kurz, als wollte sie nicht zu viel Begeisterung zeigen, ehe sie Laure ausführlich taxiert hatte. »Bist du auch so ein Genie wie deine Schwester?«

Laure wurde rot. »Großer Gott, nein«, sagte sie unschuldig. »Agnes ist die Gescheite.«

Janie Banks Geoffreys lächelte, aber Miss Skerrys Gesicht wurde grimmig. Laure tat nur das, was Mädchen eben taten – sie stellte ihr Licht unter den Scheffel. Aber Miss Skerry konnte das gar nicht leiden. Intelligenz, hatte sie uns oft erklärt, ist nichts, wofür man sich schämen muss.

»Deine Schwester ist sehr speziell«, sagte Janie.

»O ja«, sagte Laure, ohne die versteckte Beleidigung mitzubekommen.

Janie zahlte mir gerade heim, dass sie mich fast ein ganzes Jahr als Zimmergenossin hatte ertragen müssen. Sie war aber nicht schlau genug, um sich eine richtig spitze Bemerkung einfallen zu lassen. Alles, was sie zustande brachte, war dieser lahme Sarkasmus, ein Wort, dessen griechische Wurzel

»Fleisch zerreißen wie ein Hund« bedeutete, wie ich gelernt hatte. Ich sehnte mich nach der McGill, wo Leuten mit Janie Banks Geoffreys' geistigen Fähigkeiten der Zutritt verwehrt war.

Miss Skerrys Hände zuckten. Sie verstand genau, was meine Zimmergenossin machte, und schien sich gerade einmischen zu wollen, vielleicht, um Janie in ihre Schranken zu weisen – als plötzlich Großmutter herüberkam. »Deine Mutter hat mir dich gezeigt, als ich mit ihr am Teetisch stand«, sagte sie zu Janie. »Es freut mich, dich kennenzulernen.«

Janie trat einen Schritt zurück und beäugte sie. Ihre Freundinnen wechselten vielsagende Blicke.

»Deine Mutter und ich haben uns sehr nett unterhalten.«

Janies Augen wurden schmal. Der sinnliche Mund dehnte sich zu einem geübten Lächeln, während sie abwartete, worauf das Gespräch hinauslaufen würde. Sie hatte sich noch nicht entschieden, ob sie höflich zu Großmutter sein sollte oder geringschätzig.

»Wie ich gehört habe, gehst du im Herbst auf die McGill«, sagte Großmutter.

»Sie?«, entschlüpfte es mir. Janie Banks Geoffreys konnte kaum richtig schreiben! Ohne bei mir abzugucken, hätte sie ihren Abschluss nie geschafft.

»Ich gehe als Gasthörerin hin«, sagte Janie achselzuckend, als würde dort jeder aufgenommen.

»Also, ich finde das großartig. Ich hatte ja keine Ahnung, dass sich so viele Mädchen aus eurer Klasse dort beworben haben! Ich dachte, Agnes wäre die Einzige.«

»O nein«, sagte Janie. Sie deutete mit dem Kinn auf das Mädchen links von ihr. »Marianna geht auch hin. Wir sind zu viert, Agnes mitgerechnet.«

»Mich brauchst du nicht mitzurechnen«, sagte ich. Ich schaffte es nicht, den Blick vom Rasen zu heben.

»Ach, weißt du, Agnes«, sagte Großmutter munter, »du wirst auch hingehen. Die Unterhaltung mit Janies Mutter hat meine Meinung geändert.« Die McGill sei für Mädchen völlig ungefährlich, hatte Mrs Banks Geoffreys ihr erklärt. Sie säßen wohlbehütet in separaten Lehrveranstaltungen, und im Unterschied zu den Männern würden sie nicht unter dem Druck stehen, ein Examen abzulegen. Die meisten Mädchen würden nur ein, zwei Lehrveranstaltungen besuchen. Von denen, die sich letztes Jahr beworben hatten, sei jetzt über die Hälfte verlobt.

Miss Skerry stand, an einen Baum gelehnt, hinter Janie und ihren Freundinnen. Als ich zu ihr hinüberschaute, grinste sie.

Ich grinste zurück. Das Leben war voller Ironie. Noch ein Wort, das aus dem Griechischen kam. Janie Banks Geoffreys würde auf die Universität gehen, und – die allergrößte Ironie – ich würde mein Leben lang in ihrer Schuld stehen. Ich blinzelte in die Sonne, und das kleine, ovale Gesicht der Gouvernante verschwamm mit dem Blätterhintergrund, bis wie bei Lewis Carrolls Katze nur noch ihr Grinsen zu sehen war.

5

Februar 1890

Auf dem ganzen Campus standen Pfützen. Der Boden glitzerte. Ich ging neben Felicity Hingston und versuchte ihr zuzuhören, musste mich aber darauf konzentrieren, keine nassen Füße zu bekommen, und Felicitys Stimme verschmolz immer wieder mit dem Gluckern des Wassers, das von den Bergen herabrann.

»Das musst du lesen, Agnes«, sagte Felicity und schwenkte mehrere Zeitungen, die wild im Wind flatterten. »Die *Gazette* und der *Herald* haben ganzseitige Artikel gebracht. Sogar mit einem Foto von dir.«

Felicity blieb stehen, um es mir zu zeigen. Mein Schulabschlussfoto vom Pensionat der Misses Symmers und Smith blinzelte mich an. Als es gemacht wurde, war ich ziemlich pummelig gewesen und unfähig zu lächeln. Ich schob es sofort beiseite. »Ich bin so hässlich!«

Felicity lachte. »Ein Gruselfoto, was? Du siehst aus, als wärst du gerade mal zwölf!«

»Es müsste ein Gesetz gegen Schulabschlussfotos geben. Sie sind grausam.«

»Macht nichts«, sagte Felicity. »Vergiss das Foto. Die Artikel sind viel schmeichelhafter. Du hast eine ganz schöne Kontroverse ausgelöst.«

Ich stöhnte. Eine Kontroverse war das Letzte, was ich im Moment gebrauchen konnte. Wir verstummten, weil uns zwei junge Männer entgegenkamen. Sie machten uns übertrieben viel Platz, wichen ganz an den Wegrand aus. Statt uns direkt anzusprechen, fingen sie an zu summen.

Felicity Hingston zog die Schultern hoch und den Kopf ein. Sie blickte erst wieder auf, als wir an den beiden vorbei waren. Ihre Wangen glühten rot vor Wut. »Ich kann das nicht ausstehen.«

Ich nickte. Das Liedchen als solches war harmlos, aber die Art, wie uns die McGill-Studenten damit verfolgten, war es ganz und gar nicht. *»She walks abroad a dandy with no buttons on her boots.«* Die Melodie war so eingängig, dass ich mich manchmal selbst dabei ertappte, wie ich sie vor mich hinsummte.

Man sang dieses Lied, wenn ein Mädchen unpassend gekleidet war. Ich knöpfte meinen Mantel zu. Jetzt war ich vier Jahre an der McGill, nachdem sich wegen einer Pockenepidemie, die im Herbst 1885 in Montreal grassierte, mein Studienbeginn um ein Jahr verzögert hatte. Diese vier Jahre hätte ich mir kaum schöner vorstellen können, aber fast jede Woche war mir dieses Lied entgegengeklungen. Vielleicht, weil an meinen Strümpfen ein Faden gezogen war oder weil meine Stiefel Schlammspritzer hatten oder mein hochgerutschter Ärmel in der Bibliothek einen Ellbogen enthüllte. Ich hatte nie besonders auf solche Dinge geachtet, aber die McGill-Studenten passten auf wie Schießhunde und erinnerten mich und die anderen Frauen im Donalda-Studienprogramm dauernd daran, dass unsere Anwesenheit hier ein Privileg war.

Und dieses Privileg mussten wir uns auf Schritt und Tritt verdienen. Die »Kontroverse«, wie es Felicity nannte, war dabei bestimmt nicht sehr hilfreich.

Ich hatte akademisch geglänzt, was nicht weiter überraschend war. Aber auch im Umgang mit anderen hatte ich mich gemausert. In meinem Studienjahr gab es neun Studentinnen. Wir waren anders als die Gasthörerinnen, wie zum Beispiel meine ehemalige Zimmergenossin Janie. Die Gasthörerinnen flatterten ein, zwei Semester auf dem Campus herum wie Schmetterlinge und verschwanden dann wieder. Ich gehörte zum drittem Jahrgang der Donaldas, seit es das Programm an der McGill gab, und die anderen Donaldas nahmen ihr Studium alle genauso ernst wie ich. Und sie mochten mich. Zweimal war ich zur Jahrgangssprecherin gewählt worden. Zum ersten Mal im Leben hatte ich Freundinnen, gleichaltrige junge Frauen, die mich verstanden. Ich war im Campusleben aktiv und seit letztem Herbst der erste weibliche Redakteur der Universitätszeitung *The Fortnightly*.

Dieses Frühjahr würde ich mein Examen machen. Das letzte Semester hatte ich mir vollgepackt: außer Latein (Horaz' *Epistulae*) und Philosophie (von den Vorsokratikern bis zum Positivismus des neunzehnten Jahrhunderts) auch noch Zoologie (eine Lehrveranstaltung des Rektors der McGill, Sir William Dawson), Physik und Mathematik. Diese Auswahl entsprang nicht einer beliebigen Laune. Ich hatte einen Plan.

Im Februar hatte ich meinen ganzen Mut zusammengenommen und einen Brief an den Kanzler der Universität geschickt. Darin hatte ich gebeten, zum Medizinstudium an der McGill zugelassen zu werden. Schon drei Tage später kam die schriftliche Antwort: ein knappes, unzweideutiges Nein.

»Komm, wir setzen uns«, sagte Felicity und zeigte auf die

Treppe des Redpath Building, wo die Prädikatskurse stattfanden. »Wir sind zu früh dran.«

Ich blinzelte gegen die Sonne. »Ist das da nicht Laure?«

Wir gingen auf meine Schwester zu, die allein auf der Treppe stand und über die Stadt blickte. Sie wirkte überrascht, als sie uns sah.

»Sie sieht aus wie ein Gemälde von Rossetti«, sagte Felicity. »Nur der edle Jüngling fehlt.«

Ich lachte. Laure sah wirklich wunderhübsch aus. Niemand würde es wagen, meiner hellhäutigen, goldhaarigen Schwester das *Stiefel-ohne-Knöpfe*-Lied ins Gesicht zu summen.

»Fertig für heute?«, fragte ich sie, als wir fast bei ihr waren.

Laure nickte. Sie war jetzt sechzehn. Großmutter hatte sie für einen Kurs in britischer Literatur eingeschrieben, bei einem Dozenten, der den Spitznamen Weihnachtsmann Atkins hatte, weil er so großzügig mit guten Noten war.

»Deine Schwester ist eine Berühmtheit«, sagte Felicity, während sie schnaufend die letzten Stufen erklomm. »Sie steht in jeder Zeitung.«

»Ich hab's schon gehört«, sagte Laure. »Professor Atkins hat heute Morgen im Kurs darüber gesprochen. Er sagt, sie will zu hoch hinaus.«

»Er plappert nur nach, was im *Herald* steht.« Felicitys Gesicht verdüsterte sich. »Und damit ist er nicht allein. Ein paar von seinen Kollegen haben aber immerhin den Mut, anderer Meinung zu sein. Verschiedene Mitglieder des Universitätsrats und auch einige Professoren finden, es ist höchste Zeit, dass die McGill Frauen zum Medizinstudium zulässt. An den europäischen Universitäten ist das schon seit Jahren üblich. In Wien und London gibt es Hunderte von Ärztinnen. Die Universität von Toronto lässt uns jetzt auch zu. Selbst die verstaubte alte Queen's-Universität in Kingston! Das ist doch beschämend für die McGill.«

Laure wollte noch mehr sagen, aber ich schnitt ihr das Wort ab. »Ich will hören, was da steht. Lies vor.«

Felicity faltete die oberste Zeitung so, dass der Wind sie nicht fortriss. »Die *Gazette* ist am besten. Sie prophezeit, dass du es schaffst. Da wird lang und breit Mr Hugh McLennan zitiert, der hier in der Stadt ein schrecklich einflussreicher Mann ist. Er wird deinetwegen regelrecht lyrisch. Die Überschrift stammt von ihm. ›Die McGill muss den Ruf der Moderne hören.‹«

Ich hob die Hand gegen die Sonne. »Und der *Herald?*«

»Nicht so gut, aber ich muss gestehen, ich habe den Artikel nur überflogen. Der *Herald*-Reporter hat verschiedene Ärzte in Montreal interviewt – so ein sturer Haufen, das ist echt enttäuschend.«

»Lies, Felicity. Ich muss es hören, und sei es nur, damit ich meinen nächsten taktischen Schritt planen kann.«

Sie lächelte. »Du wärst bestimmt eine gute Feldherrin geworden, Agnes. Es ist ein Jammer, dass du vermutlich nicht die Chance dazu hast.«

»Das würde mir nicht entsprechen, glaube ich«, sagte ich. »Ich möchte Wunden lieber verarzten, als welche zu verursachen. Also, leg los.«

Felicity seufzte. »Es beginnt mit einem gehässigen Porträt«, fasste sie, die Zeilen überfliegend, zusammen. »Deine *Fortnightly*-Artikel seien schrill. Ich zitiere: ›Verwunderlich bei einem Mädchen, das im kleinen St. Andrews East geboren und aufgewachsen ist und dessen Urgroßvater die dortige presbyterianische Kirche gründete.‹«

Ich wurde rot. Der Mann vom *Herald* hatte recherchiert.

Was meinen Geburtsort anging, irrte er sich, aber es stimmte, dass der Großvater meiner Mutter, Joseph White, zu den frühen Siedlern gehört hatte. Mit einer Handvoll anderer schottischer Familien hatte er, als er 1818 mit dem Schiff aus Glasgow kam, St. Andrews East gegründet und nach dem Schutzheiligen Schottlands benannt. Ein Jahr darauf legte er eigenhändig den Grundstein für die erste presbyterianische Kirche der Provinz Lower Canada. Diese Geschichte war in und um St. Andrews East wohlbekannt, und deshalb war es sicher nicht schwer gewesen, sie herauszufinden. Aber was wäre passiert, wenn der *Herald* zufällig auf die Sache mit meinem Vater gestoßen wäre? Ich hatte schon öfter über dieses Risiko nachgedacht und war ausnahmsweise einmal dankbar für den Tarnmantel des Namens White.

»›Miss Agnes White‹«, las Felicity weiter, »›versucht, die Zulassung zum Studium der Medizin an der McGill-Universität zu erlangen. An dieser Universität studieren junge Frauen seit dem Jahr 1884, als Donald Smith (Lord Strathcona) die Hochschule mit Stiftungsmitteln für ein separates allgemeinbildendes Frauenstudium bedachte. Jetzt, nur wenige Jahre nach dieser Konzession, gelüstet es Miss White bereits nach Höherem.‹«

»Das ist der Satz, den Professor Atkins nachgeplappert hat. Es klingt, als wäre ich Luzifer.«

»Es kommt noch mehr«, sagte Felicity. »Sie haben offenbar eine Umfrage unter prominenten Ärzten in Montreal gemacht. Dr. F. Wayland Campbell, Dekan der medizinischen Fakultät am Bishop's College, meint, die Öffnung des Ärztestandes für Frauen wäre ein Fiasko. Zitat: ›Man stelle sich vor, dass ein Patient in kritischem Zustand eine halbe Stunde warten muss, bis eine medizinisch tätige Dame ihre Haube aufgesetzt oder ihre Tournüre drapiert hat.‹« Felicity zog eine Grimasse und fuhr dann fort: »Der Mann, der der Physiologie-Abteilung der McGill vorsteht, sagt, Mädchen an der Fakultät aufzunehmen wäre ›eine ausgewachsene Katastrophe‹. Oh, Agnes, ich könnte schreien!« Als sie den nächsten Absatz überflog, wurden ihre Augen groß. »O nein!« Sie warf die Zeitung auf den Boden.

Ich hob sie auf und las. Das längste und vernichtendste Zitat stammte von Dr. Gerard Hingston, Felicitys Vater, der Chefchirurg am Montreal General Hospital war und schwor, er würde lieber sterben, als miterleben zu müssen, dass seine Tochter in den Ärztestand eintritt.

»Oh, Felicity«, sagte ich und ließ die Zeitung sinken.

»Er weiß es«, sagte Felicity und biss sich auf die Unterlippe. »Es war Irrsinn zu glauben, ich könnte es ihm verheimlichen.«

»Vielleicht hat er's ja einfach nur so gesagt. Er hat doch keinen Beweis.«

»Er sagt es wahrscheinlich, weil ihr beide Freundinnen seid«, meinte Laure. »Bestimmt hat er gehört, dass du viel mit Agnes zusammen bist.«

Felicity stand auf. »Ich muss gehen.« Ehe ich irgendetwas sagen konnte, lief sie schon die Stufen hinauf.

»Dann will sie also wirklich Ärztin werden?«, fragte Laure, sobald Felicity außer Hörweite war.

Ich nickte seufzend.

»Ich kann mir das nicht vorstellen«, sagte Laure stirnrunzelnd. »Ich habe gehört, da muss man Leichen aufschneiden. Man muss die Toten mit bloßen Händen anfassen!«

Ich antwortete nicht. Laure war manchmal so vernagelt, dass man mit ihr keine sinnvolle Diskussion führen konnte.

»Ehrlich gesagt, ich finde Felicity respektlos, Agnes. Ich habe ja nie einen Vater gehabt, aber ich hoffe, wenn ich einen hätte, würde ich versuchen, ihn zu ehren und zu achten.«

»In seine Fußstapfen zu treten ist doch eine Form, ihn zu ehren!«

»Nicht für ein Mädchen. Du hast doch gelesen, was ihr Vater sagt, Agnes. Er würde lieber sterben.«

Ich hörte ihr nicht mehr zu. Bei Laure blieb mir manchmal keine andere Wahl, wenn unsere Meinungen zu weit auseinandergingen. Ich wusste, ich hätte Felicity suchen und sie trösten sollen, aber ich hatte den Verdacht, dass ich im Moment die Letzte war, die sie sehen wollte. Ich blieb also auf der Stufe sitzen.

Der Wind zerrte an den Zeitungsseiten, wollte sie mir aus den Händen reißen. Ich schob die Brille etwas tiefer und begann erneut zu lesen. Das letzte Zitat des Artikels stammte von Rektor Dawson, dem Mann, bei dem ich Zoologie hörte. »Sir Billy« war sein Spitzname. Er wollte auf gar keinen Fall wegen eines einzigen ungeduldigen Mädchens die McGill in Aufruhr versetzen.

»Sie sind berühmt-berüchtigt!«

Eine mir wohlbekannte Gestalt war unten auf dem Weg stehen geblieben und grinste mich an. Es war Huntley Stewart, Chefredakteur des *Fortnightly* und Neffe von Martin Stewart, dem Herausgeber des *Herald*. Von den Mädchen aus meinem Jahrgang beneideten mich viele darum, dass ich mit ihm zusammenarbeitete. Er sah gut aus – das musste ich zugeben, als ich jetzt seinen Maßanzug und die signalrote Krawatte betrachtete. Er wirkte eleganter und älter als die meisten Studenten auf dem Campus. Aber gutes Aussehen war kein Grund, einen Mann zu mögen. Huntley und mich verband ein tiefes gegenseitiges Misstrauen. Als damals der Vorschlag kam, mich in die Redaktion aufzunehmen, hatte er sich mit aller Kraft dagegen gewehrt. Im Moment tolerierte er mich, vor allem, wenn das Blatt in den Satz musste oder wir aus einem anderen Grund unter Zeitdruck standen, aber er konnte mich mit Sicherheit nicht leiden.

»Sie wollen also Ärztin werden?«, fragte er.

Die Sonne stand fast über uns, und seine Gestalt pulsierte, eine dunkle Form, die sich in meine Netzhäute brannte. Ich wusste nicht, wie Huntley über Frauen in akademischen Berufen dachte. Wir hatten noch nie über dieses Thema diskutiert, aber aus seinem Ton schloss ich, dass er es nicht unterstützte.

»Wer hätte gedacht, dass Ihre Strümpfe so blau sind?«

Da! Jetzt zeigte er sein wahres Gesicht. Ich konnte mir eine schlagfertige Replik nicht verkneifen. »Sind sie auch nicht«, sagte ich, hob meine Röcke an und zeigte ihm ein Stück meiner alten grauen Strümpfe. »Heute ist bei mir grauer Alltag.«

Er lachte und schaute genau in dem Moment fort, als Laure sich vorbeugte, um meine Blöße zu verdecken.

»Das ist ein aussichtsloses Unterfangen«, sagte Huntley, das Gesicht immer noch abgewandt.

»Ich wäre mir da nicht so sicher.« Ich stand auf und stieß Laure beiseite.

»Ich habe nicht mit Ihnen geredet, sondern mit der armen Laure, die sich vergeblich bemüht«, sagte er.

Auf den Stufen des Redpath blieb die Zeit stehen. Die Sonne war jetzt so grell, dass sich in meinem Gesichtsfeld schwarze Löcher auftaten. Huntley grinste und reckte mir das Kinn entgegen. Laure betrachtete eingehend ihre Schuhe.

»Sie und Laure kennen sich?«

Huntley nickte. »Ich habe erst gestern erfahren, dass Sie beide Schwestern sind. Die Familienähnlichkeit springt nicht gerade ins Auge.«

»Huntley hat gefragt, ob er mich nach Hause bringen darf«, sagte Laure rasch. »Großmutter hat es ihm erlaubt.«

»Großmutter weiß es?« Die Löcher in meinem Gesichtsfeld wurden immer größer. Ich nahm die Brille ab und rieb heftig an den Gläsern herum. »Entschuldigung«, sagte ich und lehnte mich schwer ans Geländer. »Die Sonne blendet mich.« Ich wischte mir die Stirn, packte die Zeitungen und meine Bücher zusammen und lief die Treppe hinauf.

An der Tür des Redpath Building drehte ich mich noch einmal um. Laure und Huntley befanden sich jetzt auf halber Höhe des Hanges, neben einer Eibe. Meine Schwester hatte sich bei Huntley untergehakt, und er flüsterte ihr etwas ins Ohr. Laure lachte und warf den Kopf zurück, sodass ihre Haare in der Sonne aufleuchteten. Felicity hätte gegrinst, wenn sie sie gesehen hätte: die schöne Laure und der schöne Huntley, vereint in diesem traulichen Tableau.

6

April 1890

Felicitys Nase war wegen der Sonne mit Sommersprossen gesprenkelt. Wir hatten beide nicht daran gedacht, Hüte mitzunehmen, und unsere winterweiße Haut sog begierig das Licht auf, als wir von der Sherbrooke Street aus bergauf marschierten.

»Ein Rotkehlchen«, sagte Felicity und zeigte darauf.

Ein kleiner Vogel mit roter Brust pickte in dem durchweichten Rasen herum. Ich hätte mich über diesen Frühlingsboten freuen sollen. Der Schnee war seit zwei Wochen verschwunden, und an den Büschen und Bäumen sah man zarte Knospen. Montreal erwachte zum Leben, aber ich hätte mich am liebsten in einer Ecke verkrochen, die Augen zugemacht und geschlafen.

»Mein erstes in diesem Frühjahr«, setzte Felicity keuchend hinzu, denn die Mountain Street stieg jetzt immer steiler an.

Ich warf ihr einen finsteren Blick zu. Sie wollte mich nur davon ablenken, dass mein Leben gerade kaputtgeschlagen worden war. Wir kamen aus Dekan Laidlaws Büro in der medizinischen Fakultät. Am Morgen waren wir so hoffnungsvoll zu dem Gesprächstermin gegangen, dass uns der Himmel, die Sonne und die kräftigen Frühlingsgerüche vorkamen wie Zeichen, dass nichts schiefgehen konnte. Jetzt erschien mir die Schönheit des Frühlings eher wie ein schlechter Witz.

Die letzten drei Wochen hatte ich so hart gearbeitet wie noch nie im Leben. Felicity Hingston und ich waren die Hauptorganisatorinnen einer Initiative, die von den Zeitungen als »die neueste Frauenkampagne« bezeichnet wurde. Das entbehrte insofern nicht der Ironie, als ich im Grunde für Frauen nicht viel übrig hatte. Sie waren flatterhafte, alberne Wesen, auf die ich nie in irgendeiner Weise angewiesen sein wollte. Dass ich eine Frau war, erschien mir reiner Zufall, ein Versehen.

Beim ersten Gespräch hatte sich der Dekan der Medizin so deutlich ausgedrückt, wie er nur konnte: Unter gar keinen Umständen würde mich die McGill zusammen mit Männern Lehrveranstaltungen besuchen lassen. Das hatte mich nicht überrascht. Ich stellte sofort einen entsprechend abgeänderten Antrag. Könnte sich die McGill vorstellen, separate medizinische Lehrveranstaltungen für Frauen einzurichten? Dekan Laidlaw antwortete, das sei zwar grundsätzlich möglich, aber aus Kostengründen nicht machbar.

Ich bat um eine Zahl.

In nur drei Wochen hatten Felicity Hingston, eine Gruppe von Damen der Gesellschaft unter der Führung von Mrs W. H. Drummond, der Frau eines bekannten Montrealer Arztes, und ich Spenden in Höhe von hundertfünfzigtausend Dollar aufgetrieben. Das war eine beträchtliche Summe, die uns noch mehr verblüffte, als sie den Dekan verblüffen würde. Aber es war noch nicht die astronomische Viertelmillion, die die McGill forderte. Heute waren wir beim Dekan gewesen, um eine Fristverlängerung zu erbitten.

Dr. Laidlaw hatte uns fast eine Stunde warten lassen. Schließlich hatte er seine Sekretärin herausgeschickt, die uns mitteilte, hundertfünfzigtausend seien nach wie vor nicht genug. Wenn wir nicht bis zum nächsten Tag, zwölf Uhr, die volle Viertelmillion beibrächten, würde die Bewerbung als null und nichtig betrachtet.

Felicity ging jetzt ein paar Meter vor mir und blieb vor Mrs Drummonds Haus stehen. »Wie spät ist es?«, rief sie mir zu. »Ich fürchte, wir sind schrecklich unpünktlich.«

Ich zog die Taschenuhr meines Großvaters heraus und klappte sie auf. Ich wollte nicht zu dieser Einladung gehen, die Mrs Drummond und eine andere Dame, Miss Rosa McLea, organisiert hatten, um das Erreichte zu feiern und die Truppen auf die endgültige Entscheidungsschlacht einzustimmen. Wie sollte ich diesen Frauen, die so viel Zeit und Mühe in mich investiert hatten, jetzt ins Gesicht sehen?

»Viertel nach drei«, sagte ich. Die »Party«, wie man hier sagte, hatte schon vor über einer Stunde begonnen.

Zwei Männer hockten auf der Eingangstreppe in der Sonne und rauchten. Wegen der Mützen lagen ihre Gesichter teilweise im Schatten, aber die breiten Schultern und die Krawatte des größeren der beiden hätte ich überall erkannt. Huntley Stewart schwenkte zur Begrüßung seine Zigarette. »Agnes White, ich dachte schon, Sie hätten kalte Füße bekommen.« Er warf den glimmenden Zigarettenstummel ins Gebüsch und griff in die Tasche, um Notizblock und Füllfederhalter zu zücken.

Ich nickte ihm knapp zu. Huntley Stewart würde sich an meiner Niederlage weiden, wenn er davon erfuhr. Wegen Laure konnte er seine Schadenfreude natürlich nicht allzu offen zeigen, aber er würde Mittel und Wege finden, um Salz in meine Wunde zu streuen.

»Nur einen Satz«, sagte Huntley. »Wie steht es um die Kampagne am Tag vor dem Zahlungstermin?«

Ich musterte ihn genauer. Das ergab keinen Sinn. Es klang, als wäre er auf der Jagd nach zitierbaren Äußerungen für einen Artikel, aber der *Fortnightly* war für den Sommer auf Eis gelegt worden. Ich hatte ja selbst das Layout unserer letzten Nummer gemacht.

»Ich bin jetzt beim *Herald*«, verkündete Stewart, als könnte er meine Gedanken lesen. »Stadtredaktion. Und das hier« – er zeigte auf den schlecht rasierten älteren Mann, der neben ihm hockte – »ist Andrew Morely von der *Gazette*. Ich habe ihm erzählt, dass wir beide alte Freunde sind.«

Typisch Huntley. Sein schmeichlerisches Gerede überdeckte die banale Realität: Nur weil ich Nachrichtenwert hatte, berief er sich auf unsere Bekanntschaft.

»Sehr erfreut«, sagte ich und streckte die Hand aus. Ich erkannte den Namen wieder. Morely hatte in einem Artikel bestimmte Professoren und Universitätsratsmitglieder der McGill zu Wort kommen lassen und angedeutet, dass meine Kampagne Erfolg haben könnte. Vielleicht war er ja gar nicht so übel.

»Ich habe gehört, Sie beantragen eine Fristverlängerung«, sagte Andrew Morely.

Die ganze Woche war in den Zeitungen spekuliert worden, ob ich das Geld bis zum Ablauf der Frist am ersten Mai zusammenbekommen würde. Irgendwie war durchgesickert, welchen Betrag die McGill forderte, und jetzt brodelte die Gerüchteküche. Auf der Straße sprachen mich wildfremde Leute an. Die meisten wollten mir gratulieren, aber manche – wie zum Beispiel der ältere Herr, der mich heute beim Verlassen des Campus beschimpft hatte – waren aufgebracht und wütend.

»Wie viel haben Sie denn bisher beisammen?«, fragte Huntley.

Das war ein gutes Zeichen. Gegenüber Laure, die von Huntley umworben wurde und der er zweifellos Fakten und Zahlen zu entlocken versuchte, war ich in letzter Zeit extrem vorsichtig gewesen.

»So gern ich hier draußen bleiben und plaudern würde«, erwiderte ich rasch, »wir haben eine dringende Verpflichtung.« Ich ergriff Felicitys Arm.

»Warten Sie«, sagte der Mann von der *Gazette* und hielt Felicity am anderen Arm fest. »Vielleicht kann Ihre Freundin ja noch bleiben und ein paar Punkte erhellen. Dürfte ich Ihren Namen wissen?«

Felicity riss sich los und ging die Stufen hoch. Während der ganzen Kampagne hatte sie sich im Hintergrund gehalten und alle Versammlungen gemieden, bei denen die Presse auftauchen konnte. Sie hatte die Hausbesuche bei möglichen Spenderinnen und Spendern mir überlassen und sich lieber anonymen Aufgaben gewidmet, hatte Briefe konzipiert und die allgemeine Strategie geplant. Ihr Vater überwachte sie streng. Er hatte ihr eine Strafpredigt gehalten, in der er mich als »verderblichen Einfluss« bezeichnete, und ihr am Schluss befohlen, sich von mir fernzuhalten. Erst heute Nachmittag hatte sie gewagt, sich ihm offen zu widersetzen, weil sie von unserem Sieg überzeugt war.

»Sind Sie auch eine Bewerberin?«, rief Andrew Morely ihr nach. »Es sind doch fünf Medizin-Aspirantinnen, oder?«

»Ach, kommen Sie«, fügte Huntley hinzu. »Was ist schon

dabei, uns die Namen zu nennen? Sie sollten stolz sein und sich nicht verstecken.«

Ich hob den glänzenden Messingklopfer von Mrs Drummonds Tür und ließ ihn laut ans Holz knallen. Dann starrte ich eine halbe Ewigkeit auf die Tür, versuchte sie mit meinem Blick dazu zu zwingen, sich zu öffnen.

Der Raum war brechend voll. Alle waren festlich gekleidet, und das Büfett, das Mrs Drummond bereitgestellt hatte, war einfach umwerfend. Geschnittenes Obst, darunter auch sonnengelbe Scheiben von etwas, das vermutlich Ananas war, leuchtete auf Porzellanplatten. Es gab auch kleine, dreieckige Sandwichs ohne Kruste und eine riesige Auswahl an Torten, Teekuchen und Keksen. Alles mir zu Ehren. Ich konnte es kaum ertragen.

Hinter diesem reich bestückten Tisch stand Großmutter im vertrauten marineblauen Kleid. Weniger vertraut war allerdings das strahlende Lächeln auf ihrem Gesicht. Ich hob die Hand, um ihr zu winken, aber Mrs Drummond erschien und schloss mich unbeholfen, aber gut gemeint in die Arme. Mrs D., wie ich sie nannte, war von Anfang an mir gegenüber sehr besitzergreifend gewesen, auf mütterliche Art. Sie umarmte mich immer wie eine Tochter und erteilte mir gute Ratschläge, wie ich mich anziehen und was ich zu Lady Soundso oder deren Gatten sagen sollte, um sie für unsere Sache zu gewinnen. Sie hatte mir sogar abgelegte Kleider von sich vermacht, die mir zwar etwas zu groß waren, aber aus Stoffen, die ich mir nie hätte leisten können.

»Mrs Drummond«, begann ich, doch weiter kam ich nicht, weil sie sich bereits Felicity zugewandt hatte. Mrs D.s Schwägerin, Lady Dunston, hatte mich jetzt im Visier, und auch

Miss McLea kam, um mir die Hand zu schütteln. Niemand erwähnte den Termin beim Dekan.

Ich wollte das ganze Theater durchbrechen und die Last von meiner Seele bekommen. »Mrs Drummond«, setzte ich noch einmal an und fasste um ihre Schwägerin und Felicity herum nach ihr. »Ich habe schlechte Nachrichten.«

Mrs Drummonds große braune Augen schauten mich an. »Aber Agnes – Sie sind doch gerade erst gekommen. Das Geschäftliche kann warten. Legen Sie den Mantel ab. Ich hole Ihnen beiden einen Tee. Und, wenn ich das sagen darf, die Marmeladenplätzchen sind hervorragend gelungen.«

Ich blickte zu Felicity hinüber, die gerade von wohlmeinenden Händen zum Teebüfett gezogen wurde. Sie waren merkwürdig, diese Damen der Gesellschaft: Bei unseren Zusammenkünften galt ein Protokoll, das auf mysteriöse Art und Weise alle zu kennen schienen. Jede Frau, die zur Tür hereinkam, musste begrüßt, auf eine Sitzgelegenheit platziert und mit Tee versorgt werden, ehe irgendetwas Wesentliches passieren konnte.

Wenig später saß ich auf einem von Mrs D.s zierlichen, geschnitzten Stühlen, Teetasse und Untertasse auf den Knien, und hörte zu, wie die Gastgeberin über eine kürzlich erworbene Katze plauderte. Ich blickte mich verzweifelt um und sah Großmutter mit Laure auf mich zukommen.

»Agnes«, sagte Großmutter und schloss meine Hand in ihre beiden Hände, »du siehst großartig aus.« Es folgte eine Diskussion über das Kleid, das ich trug. Es stammte von Mrs D., und Großmutter hatte es geändert, packte jetzt aber mit zwei Fingern eine Falte in der Taille. »Es sitzt zu lose«, sagte sie unglücklich. »Meine Augen sind nicht mehr das, was sie mal waren. Ich weiß nicht, wie mir das entgehen konnte.«

»Es liegt nicht an deinen Augen«, sagte ich. »Ich glaube, ich habe abgenommen.«

Großmutter hatte vor Kurzem ihren achtzigsten Geburtstag gefeiert und war mit einem Schlag alt geworden. Laure und ich mussten uns erst an die Verwandlung gewöhnen, aber das Seltsame war: Je steifer und welker sie äußerlich wurde, desto nachgiebiger und weicher wurde sie innerlich. Im vergangenen Jahr hatte sie mir mehr Zuneigung gezeigt, als ich je für möglich gehalten hätte. Das hing natürlich auch damit zusammen, dass ich erfolgreich war und dass jetzt Frauen wie Mrs Drummond und Lady Dunston meine Sache unterstützten. Aber was würde passieren, wenn sie von meinem Scheitern erfuhr?

Laure, die sich bisher neugierig im Raum umgeschaut hatte, wandte sich mir zu, um meine Taille zu inspizieren.

»Huntley Stewart ist hier«, verkündete ich.

Sie wurde rot.

»Er ist jetzt beim *Herald*«, fügte ich hinzu. »Das hast du mir gar nicht gesagt.«

»Du kannst ihn nicht leiden.« Laures Blick wanderte wieder umher.

»Er war draußen auf den Stufen, mit einem Glimmstängel.«

»Agnes!«, sagte Großmutter warnend. Sie missbilligte unfeine Wörter, aber ihre Warnung beschränkte sich nicht darauf. Sie wusste, was ich von Huntley Stewart hielt, und fand mich illoyal.

Wie auf ein Stichwort steckten Huntley und Andrew Morely die Köpfe zur Tür herein. Das Dienstmädchen lief aufgebracht zu ihnen hin, aber Mrs Drummond schickte es fort und bat die beiden Männer persönlich herein. Ich war perplex. Bei unseren Treffen galt die Regel: keine Journalisten. Was in der Presse erschien, musste strikt kontrolliert werden.

Huntley schaute zu Laure und mir herüber und winkte. Dann machte er, an meine Schwester adressiert, eine theatralische Verbeugung: Er schloss die Augen und vollführte mit der Hand kreisende Bewegungen vor der Stirn, wie ein Höfling.

Er erregte ziemlich viel Aufsehen. Alle Augen waren auf ihn gerichtet, auch meine, aber durch ein kleines Klirren wurden wir von ihm abgelenkt. Es war Mrs Drummond, die mit dem Löffel an ihre Teetasse klopfte.

»Ruhe bitte!«, rief sie. Ich mochte Mrs Drummond inzwischen. Sie war eine zupackende Person mit viel gesundem Menschenverstand, aber wenn sie Reden hielt, fing sie an zu näseln und hatte plötzlich einen britischen Akzent. »Ruhe, bitte«, wiederholte sie. »Ich bitte um Ruhe im Saal!«

Mir krampfte sich der Magen zusammen. Gleich würde sie mir das Wort erteilen, und ich war gezwungen, mein Scheitern einzugestehen. Damit enttäuschte ich mindestens die Hälfte der Frauen auf der Insel von Montreal. Felicity Hingston stand hinter Mrs Drummond und wirkte erstaunlich unbesorgt. Ich versuchte, Blickkontakt mit ihr aufzunehmen, aber sie wollte einfach nicht herschauen.

»Wir sind hier versammelt zu Ehren einer außergewöhnlichen jungen Dame«, sagte Mrs Drummond. Dezenter Applaus ging durch den Raum. »Sie hat sich Großes vorgenommen, und so außergewöhnlich sie auch sein mag, hätte sie doch allein ihr Ziel niemals erreichen können.« Flüstern war zu hören und verhaltenes Lachen.

»In der Gemeinschaft, meine Damen, liegt die Kraft. In der Solidarität.« Jetzt wurde begeistert geklatscht. Mrs Drummond musste in der Luft herumfuchteln wie ein Dirigent, um wieder Ruhe herzustellen. »Ohne die Hilfe jeder Einzelnen hier, ganz gleich, ob sie dem Organisationskomitee angehörte, unterwegs war, um Spenden zu sammeln, ob sie Briefe geschrieben oder einfach nur ihren Mann so lange bearbeitet hat, bis er einen Scheck ausstellt – ohne Sie alle hätte der Traum dieser jungen Frau niemals Gestalt annehmen können.«

Ich sah zu den beiden Männern hinüber. Andrew Morely schrieb auf einem Block mit, aber viel mehr beunruhigte mich Huntley Stewart. Er lehnte an der Wand und betrachtete seine Fingernägel, als könnte nichts von dem, was Mrs Drummond sagte, berichtenswert sein. Im Moment waren seine Hände untätig, aber ich hatte die schreckliche Vision, dass sie schlagartig aktiv wurden, sobald er das Ergebnis meines jüngsten Gesprächs mit dem Dekan erfuhr.

»In den letzten drei Wochen«, fuhr Mrs Drummond fort, »haben wir Schwerstarbeit geleistet. Vor allem Agnes White, denn sie musste nicht nur ihre Prüfungen bewältigen, sondern auch eine Menge Versammlungen, Hausbesuche und Korrespondenz. Sie hat Journalisten Interviews gegeben« – hier deutete sie zu den männlichen Gästen hinüber – »und musste mit dem leben, was diese dann geschrieben haben, gleichgültig, ob es verletzend oder schmeichelhaft war. Und es hat sich gelohnt!« Sie kam offenbar zum Schlussteil ihrer Rede, und ihre Stimme senkte sich um eine Oktave. »Nach dem Stand von heute Vormittag ist eine Summe von einhundertfünfzigtausend Dollar zusammengekommen – in nur drei Wochen. Das ist ein erstaunliches Maß an Unterstützung durch die Bürgerinnen und Bürger Montreals. Es ist ein Vertrauensbeweis für Agnes White und ein Zeichen dafür, dass die Frauen und Männer in dieser Stadt für den Wandel bereit sind.«

Wieder brach Beifall aus, aber ich konnte nicht mitklatschen. Ich verstand nicht, warum Mrs Drummond so triumphierte. Sie wusste doch, dass die Summe nicht genügte und ich für den Rest um einen Aufschub gebeten hatte!

Mrs Drummond fuhr im selben beschwingten Ton fort: »Aber wir brauchen weitere hunderttausend Dollar, um die Forderung der McGill zu erfüllen.« Es war Wahnsinn. Unmöglich. Vor allem, weil wir ja keinen Aufschub bekommen würden.

»Das ist eine schwierige Aufgabe. Eine Aufgabe, vor der selbst dieses Komitee mit all seiner Begeisterung und seinem Engagement verzagen könnte. Doch zum Glück stehen in den Kulissen andere bereit, um einzuspringen.« Sie machte eine dramatische Pause und schaute sich um, ob auch alle Blicke auf sie gerichtet waren.

»Ich habe Neuigkeiten, meine Damen. Während Agnes heute Vormittag beim Dekan der medizinischen Fakultät war, habe ich die bevollmächtigten Anwälte von Lord Strathcona besucht, dem Mann, dessen Name in Montreal für Frauenbildung steht. Lord Strathcona weilt zurzeit in London und kommt erst nächsten Monat nach Kanada zurück, verfolgt aber unsere Kampagne sehr genau durch die Korrespondenz mit mir und mit anderen Unterstützern dieser Sache. Die Donaldas der McGill sind ja gewissermaßen seine geistigen Töchter.« Mrs Drummond hielt erneut inne, diesmal, um einen Umschlag aus ihrer Handtasche zu ziehen. »Lord Strathcona wünscht, seine Großzügigkeit auf angehende Ärztinnen auszuweiten.«

Mrs Drummond nahm von ihrem Dienstmädchen einen

Brieföffner mit Elfenbeingriff entgegen und schlitzte den Umschlag auf. Dann wandte sie sich an mich. »Übernehmen Sie die Verkündung, liebe Agnes?«

Ich musste zweimal auf den Scheck schauen und die ganzen Nullen zählen, um mich zu versichern, dass ich nicht träumte. Es waren fünf Stück. »Einhunderttausend Dollar«, las ich vor.

Ein paar Sekunden lang herrschte Stille. Ich hob den Kopf. Direkt vor mir stand, noch immer an die Wand gelehnt, Huntley Stewart mit offenem Mund. Neben ihm sah ich Andrew Morely, aber sein Gesicht war vom schwarzen Gehäuse einer Kamera verdeckt.

Im nächsten Moment blendete mich ein Blitz. Frauen begannen, meinen Namen zu skandieren. Felicity war jetzt bei mir, fiel mir um den Hals und hüpfte auf und ab. Großmutter legte mir die Hand auf den Arm, und selbst Laure drückte mich herzlich. Ich stand völlig überrascht inmitten dieser wogenden, lärmenden Menge. Sprachlos.

7

1. Mai 1890

Es klingelte, als Laure mir gerade die letzte Haarnadel in die Frisur steckte. »O nein!«, rief sie und entriss mir den kleinen Handspiegel, um selbst hineinzuschauen. »Er ist da!«

Laures Gesicht war wie immer wunderschön. Ihre Haare auch. Am Vorabend hatte sie die Strähnen zwei Stunden lang auf Stoffstreifen gewickelt, und jetzt drang eine Flut von honigfarbenen Ringellocken unter ihrem modischen Hut hervor.

»Du siehst großartig aus«, sagte Großmutter, schon auf dem Weg zur Haustür. »Soll ich ihn hereinführen? Ist Agnes fertig?«

Ich betastete meine Haare und die Haube, die Laure mir geliehen hatte. Ich hoffte sehr, dass ich fertig war, aber vergewissern konnte ich mich nicht, weil Laure mir ja den Spiegel fortgenommen hatte und sich damit in der Küche im Kreis drehte. »O Gott«, sagte sie immer wieder und starrte auf ihre Locken. »O gütiger Gott!«

Die Haustür ging auf, und wir hörten Huntley Stewarts etwas schroffes Hallo. Großmutter lachte mädchenhaft, dann war es still, während Huntley seine Galoschen auszog. Er wollte Laure und Großmutter zu einer Einladung bei seiner Mutter abholen. Das war für unsere Familie ein ebenso wichtiges Ereignis wie mein Termin an der McGill. Laure und ich hatten in der Nacht sehr wenig geschlafen. Den ganzen Morgen schon waren wir nervös, obwohl wir beide glaubten, dass unsere Besuche erfolgreich verlaufen würden.

»Mister Stewart ist da«, verkündete Großmutter, als sie Huntley in die Küche führte.

Er blieb in der Tür stehen und wiederholte seine französische Höflingsverbeugung vom Vortag. Als er sich aufrichtete, war sein Blick auf Laure geheftet. »Sie sind so schön wie ein Frühlingstag.«

Ich biss mir in die Wange. Hatte er denn nicht gemerkt, dass es draußen goss? Nicht alle Frühlingstage waren identisch. Aber Laure wurde rot, als wäre der Vergleich ein ganz wunderbares Kompliment.

Dann sah Huntley mich an. »Die hier habe ich Ihnen mitgebracht, Agnes«, sagte er und hielt mir eine durchweichte Papiertüte hin. »Sie sind leider nass geworden, aber ich dachte, das würden Sie sehen wollen.«

Laure und Großmutter drängten sich an mich, als ich die Zeitungen auf dem Tisch ausbreitete. Es waren drei Stück, und von allen Titelseiten sprang mir mein Bild entgegen: überall dasselbe Foto, das von gestern, von Mrs Drummonds Party.

»Drei Fotos!«, rief Großmutter.

»Sie ist auf Seite eins von sämtlichen Zeitungen«, sagte Huntley. »Aber unsere Überschrift ist die beste.«

»›Das Viertelmillion-Dollar-Girl‹«, las ich vor.

Huntley strahlte vor Stolz. »War meine Idee.«

Ich lächelte. Als Spitzname war es ganz passabel. Huntley

hatte immer schon ein Händchen für witzige, knappe Formulierungen gehabt. Sein Schreibstil, das musste ich zugeben, als ich den Artikel überflog, war nicht schlecht.

»Ich höre, Sie gehen heute zu Laidlaw«, sagte Huntley, als ich aufschaute.

»Um zwölf«, sagte Großmutter. »Genau wie die Einladung Ihrer Mutter.«

Huntley grinste. »Heute habe ich frei, sonst hätte ich am Ende noch die ältere Schwester begleitet statt der jüngeren.« Er sah Laure an, die sittsam den Blick senkte.

Ich machte eine abwinkende Handbewegung. »Sie haben ja schon die geniale Schlagzeile beigesteuert, Huntley. Der Rest ist Routinearbeit.« Ich nahm den *Herald* und tat so, als würde ich Huntleys Artikel lesen, aber in Wirklichkeit betrachtete ich mein körniges Gesicht. Man konnte mich beim besten Willen nicht als schön bezeichnen, aber anders als auf dem Schulfoto stieß mich mein Gesicht hier nicht ab. Mir gefielen meine Augen, die selbst hinter der Brille hellwach wirkten.

Wir unterhielten uns noch ein paar Minuten. Huntley überraschte mich mit dem Angebot, mich in seinem Einspänner zur McGill zu fahren und dann wieder zurückzukommen, um Laure und Großmutter zu holen, aber ich lehnte dankend ab, obwohl der Regen jetzt ans Küchenfenster trommelte.

»Aber dann krausen sich doch deine Haare«, sagte Laure.

»Sie krausen sich, egal, ob ich mit dem Einspänner oder mit der Straßenbahn fahre«, entgegnete ich. »Da ist sowieso nichts zu retten.«

Huntley lachte, und zu meinem Erstaunen lachte ich auch. Zum ersten Mal konnte ich mir ein Leben vorstellen, in dem er und Laure als Ehepaar vorkamen. Seit er sie umwarb, hatte mir sonst immer vor dieser Möglichkeit gegraust.

»Apropos Straßenbahn«, sagte Huntley. »Haben Sie schon gehört, dass sie elektrifiziert wird?«

»Elektrifiziert?«, sagte Großmutter. »Auf was für Ideen die Leute kommen!«

»Ich schreibe gerade darüber«, sagte Huntley ohne jeden Anflug von Bescheidenheit. »Ich habe mit den Ingenieuren von der Straßenbahngesellschaft gesprochen. Im Moment setzen sie tausend Pferde ein. In fünf Jahren wird keins mehr nötig sein.«

»Aber wer oder was zieht dann die Straßenbahn?«, fragte Großmutter.

»Leitungsdrähte«, sagte Huntley. »Über den Schienen in der Luft. Drähte, durch die elektrischer Strom fließt.«

Laure sah ihn mit Rehaugen an, als wäre das seine höchsteigene Erfindung.

»Das kann ich nicht glauben«, sagte Großmutter.

»Genau das Gleiche hast du schon beim Plumpsklo gesagt«, platzte ich dazwischen und merkte erst dann, dass dies vielleicht in gemischtgeschlechtlicher Gesellschaft nicht das ideale Gesprächsthema war.

Großmutter funkelte mich böse an.

»Stimmt doch«, sagte ich in verteidigendem Tonfall. »Du hast auch nie geglaubt, dass es Toiletten mit Wasserspülung geben wird. Inzwischen hat fast jeder so was.«

Laure versuchte, mich mit hektischen kleinen Fingerzeichen zum Schweigen zu bringen, während Huntley grinsend auf seine Stiefel blickte. »Tja«, sagte er schließlich und zog seine Taschenuhr heraus. »*Tempus fugit.* Wir müssen los.«

Großmutter und Laure suchten ihre Mäntel und Schirme zusammen, wünschten mir viel Glück und ließen sich dann von Huntley zur Tür hinauskomplimentieren. Ich setzte mich erst einmal hin und genoss die Stille in der Wohnung. Es kam selten vor, dass ich sie für mich allein hatte. Ich dachte an meine Eltern und wie wichtig es mir war, dass ihr Segen mich an diesem großen Tag begleitete, aber der rhythmisch ans Fenster klopfende Regen lenkte mich ab. Ich konnte das Gefühl nicht festhalten.

Als ich schließlich hinaus ins Freie trat, schüttete es wie aus Kübeln. Man konnte kaum die Umrisse des katholischen Priesterseminars auf der anderen Straßenseite erkennen. Jetzt bereute ich es doch, dass ich das Angebot meines zukünftigen Schwagers ausgeschlagen hatte. Bis zum Campus war ich bestimmt so nass wie eine ertrunkene Ratte, und die ganze Arbeit meiner Schwester und meiner Großmutter war zunichte.

Es blies ein kräftiger Nordwind. Ich hielt den Schirm fest und kippte ihn so in den Wind, dass dieser mich den Gehweg entlang zur Straßenbahnstation trieb. Der Rinnstein neben mir drohte überzulaufen. Meine Schuhe waren bereits einige Schattierungen dunkler und machten quatschende Geräusche. Der Rocksaum klatschte mir gegen die Schienbeine.

Wenn das eine Romanszene wäre, dachte ich, wäre das Unwetter bedeutungsvoll. Bei den Schwestern Brontë zum Beispiel war ein Gewitter immer ein böses Omen. Über mir krachte ein Donnerschlag, und ich lachte laut. Es war, als hätte ein spöttischer Gott meine Gedanken gehört. Ich straffte die Schultern. Der Dekan der medizinischen Fakultät hatte mir persönlich einen Betrag genannt, den ich dank der Großzügigkeit von Lord Strathcona und von vielen anderen prominenten Einwohnern Montreals in voller Höhe beibringen konnte. Das Wetter heute war ohne Bedeutung – es ruinierte nur meine Schuhe.

Ich stand an der Straßenbahnhaltestelle und wurde immer nasser, bis ich endlich in der Ferne Hufe klappern hörte. Das untere Drittel meines Rocks war völlig durchweicht. Meine Finger, die den Schirmgriff umklammerten, schwammen in den Handschuhen. Mein Knoten saß noch an Ort und Stelle, aber ein paar widerspenstige Haarsträhnen klebten mir an den Wangen und an der Stirn. Ich war mit Sicherheit kein weiblicher Dandy, ganz egal, was die Männer sangen.

Die Straßenbahn hielt genau vor mir, und ich stieg ein. Es befand sich nur noch ein anderer Fahrgast an Bord, ganz hinten im Wagen, aber ich konnte ihn nur kurz sehen, weil dann meine Brille beschlug. Wahrscheinlich kam er aus dem Vorort Westmount. Alteingesessene Familien wohnten meistens im Zentrum, der Square Mile, doch das änderte sich gerade, weil Montreal immer voller und teurer wurde. Unsere Wohnung lag unmittelbar außerhalb der Square Mile, deren Westgrenze die Côte des Neiges Road war. Hier waren die Mieten nicht ganz so hoch, aber wir konnten trotzdem eine Innenstadtadresse vorweisen.

Nach einer Weile drehte ich mich um und musterte meinen Mitfahrer. Er war, im Gegensatz zu mir, ein ziemlicher Dandy, in einem hellgrauen Anzug mit breiten Aufschlägen. Ein Taschentuch lugte aus der vorderen Tasche. Seine Stiefel hatten Gamaschen. Sein Gesicht war teilweise durch einen Hut verdeckt, aber ich konnte sehen, dass er einen dunklen Teint besaß. Und einen Schnurrbart.

Jetzt starrte ich ihn unverhohlen an. So wie es aussah, las er in einem Lehrbuch, das er auf die Sitzlehne vor sich gelegt hatte, damit er nicht die ganze Zeit den Nacken beugen musste. Plötzlich klappte er das Buch zu und blickte auf, als hätte er gespürt, dass ich ihn beobachtete. Ich wurde knallrot und drehte mich wieder nach vorn um.

Es war verrückt. Ich hatte das schon zu oft erlebt, um mich der Illusion hinzugeben, dass er es wirklich war. Ein Teil von mir wusste, dass es nicht mein Vater sein konnte. Das Alter stimmte nicht. Honoré Bourret wäre jetzt einundfünfzig, und der Mann hinter mir war eindeutig wesentlich jünger.

An der Mountain Street gab es irgendein Problem mit den Schienen, und wir mussten anhalten. Ich tat so, als würde ich den Fahrer beobachten, der ausstieg und im Regen in den Schienen herumstocherte, aber eigentlich kämpfte ich mit meiner Traurigkeit. Heute stand zu viel auf dem Spiel, als dass ich in Nostalgie versinken durfte. Ich war ganz darauf konzentriert, mich aus dieser Stimmung herauszuholen, als ich plötzlich merkte, dass jemand neben mir stand.

Der Mann aus dem hinteren Teil des Wagens war jetzt ganz nahe bei mir. Ich hätte ihn berühren können. »Ich habe gerade erkannt, wer Sie sind«, sagte er, als ich aufblickte.

Ich brachte kein Wort heraus.

»Sie sind doch Agnes White, oder?«

Ich starrte ihn an. Es war nicht mein Vater, so viel stand fest, aber die Ähnlichkeiten waren irritierend.

»Sie halten mich sicher für aufdringlich«, sagte der Mann lachend. »Ich bitte um Verzeihung, Miss White. Aber Sie sind jetzt eine Berühmtheit. Sie werden sich daran gewöhnen müssen, dass fremde Menschen Sie in der Straßenbahn ansprechen.«

Ich versuchte zu lächeln.

»Sie sind es also wirklich. Wusste ich's doch. Sie sind hübscher, als ich dachte«, sagte er. »Hübscher als auf den Fotos in den Zeitungen.« Er zwinkerte und grinste, und plötzlich löste sein Gesicht bei mir eine Erinnerung aus: ein sehr viel jüngerer Mann, dunkelhaarig und dunkelhäutig und mit dem gleichen Walrossbart, der sich grinsend zu mir herabbeugte – vor vielen, vielen Jahren.

Ich musterte ihn genauer.

»Und Sie sind auch längst nicht so gesprächig, wie die Zeitungen suggerieren«, sagte der Mann.

Ich starrte ihn immer noch an, so offen und unverhohlen wie ein Kind. Er war einer der Studenten, die zu uns ins Haus gekommen waren. Ganz sicher.

Plötzlich wurde sein Ton ernst. »Hören Sie, Sie kennen mich nicht, aber ich hoffe, Sie vertrauen mir so weit, dass Sie einen Rat von mir annehmen. Sie müssen mir glauben, dass ich lange darüber nachgedacht habe und dass das, was ich sage, nur zu Ihrem Besten gemeint ist. Ich weiß, Sie sind auf dem Weg zur medizinischen Fakultät.«

Ich war verblüfft, aber was dann kam, war erst richtig schockierend.

»Kehren Sie um, Miss White. Vergessen Sie diesen Plan. Er ist undurchdacht und würde Ihnen nur Kummer und Leid bringen.«

Sein Gesichtsausdruck hatte nichts Böses oder Gemeines. Anscheinend war dieser Mann aufrichtig davon überzeugt, dass er mir das Richtige riet. Aber was ging ihn das Ganze an? Wer näherte sich in einer öffentlichen Straßenbahn einer jungen Frau mit solch einem Vorhaben? Wenn er der war, für den ich ihn hielt, dann war er Arzt, und ich wusste, dass die Ärzte, zumindest in Montreal, ein konservativer Verein waren, der den Frauen wenig zutraute. War dieser sogenannte Rat in Wahrheit nur Verachtung? Ich wurde wütend und war kurz davor, ihm meinerseits einen entsprechenden Rat zu geben, aber in dem Moment verabschiedete er sich mit einem Nicken.

Ich hätte ihn vermutlich aufhalten können, doch die Begegnung war so seltsam und befremdlich gewesen, dass ich stumm sitzen blieb, als er ausstieg. Wasser strömte die schmierige Fensterscheibe hinab und verzerrte seine Gestalt. Er winkte mit seinem Schirm einer vorbeifahrenden Droschke, und ehe ich mich versah, war er verschwunden.

Als ich schließlich im Medizingebäude der McGill ankam, war ich in einer fürchterlichen Verfassung. Der Mann in der Tram hatte mich stärker beunruhigt, als ich mir eingestehen wollte, und dann hatte auch noch der Wind auf dem Campus meinen Regenschirm umgestülpt. Die letzten fünfhundert Meter hatte ich völlig ohne Schutz zurückgelegt.

»Sie Ärmste«, sagte die Sekretärin des Dekans, die mich von früheren Besuchen kannte. Sie befreite mich von dem chaotischen Gebilde aus Stoff und Stangen, das mich so schlecht beschirmt hatte, und steckte es in ihren Papierkorb. Die korpulente Dame führte mich dann ein paar Stufen hinunter ins Kellergeschoss. Offenbar gab es im Hauptgeschoss keine Damentoilette, nur eine für Herren. Im Herbst, wenn wir fünf hier unser Studium beginnen würden, musste sich das ändern. Das Gelass, in das sie mich brachte, war nicht größer als ein Besenschrank, enthielt aber ein Waschbecken und einen Spiegel. Ausnahmsweise bedauerte ich es, dass Laure nicht da war, um etwas mit den Haarsträhnen zu machen, die rebellisch von meinem Kopf abstanden.

Während ich mich abtrocknete, beglückwünschte mich die Sekretärin durch die geschlossene Tür: »Sie haben es heute auf die erste Seite der *Gazette* geschafft. Wer hätte das gedacht?«

Ich lächelte mein Spiegelbild an. Gut, ich war vielleicht ein bisschen nass, aber ich war auch das Eine-Viertelmillion-Dollar-Girl. Nichts konnte daran rütteln. Wir gingen die Treppe wieder hinauf, und ich setzte mich auf dieselbe Bank, auf der ich am Vortag mit Felicity gesessen hatte. An der Wand gegenüber hing ein lebensgroßes Porträt, das ich in den letzten Wochen ausgiebig studiert hatte. »Andrew F. Holmes, 1824«, stand auf dem Messingschildchen, »Gründer der medizinischen Fakultät der McGill-Universität.« Dr. Holmes hielt sich mehr als aufrecht. Ich straffte mich meinerseits und hüstelte. Er würde sich vermutlich im Grab umdrehen, wenn er wüsste, dass ich jetzt hier saß. Gestern hatte ich mit Felicity über seine grimmigen Augenbrauen gelacht. Heute, allein, wagte ich nicht einmal zu lächeln.

Ich versuchte, Andrew F. Holmes in die Augen zu schauen. Ich wollte mich nicht einschüchtern lassen, nicht jetzt, denn immerhin hatte ich Schecks über eine riesige Summe in meiner Handtasche. Zum Teufel mit dem Dekan und seiner Zahlungsfrist, die uns fast den Hals gebrochen hätte! Zum Teufel mit dem Mann in der Straßenbahn, seinen seltsamen Äußerungen und seiner Unverschämtheit. Alle möglichen Leute fühlten sich berechtigt, mir zu sagen, was ich mit meinem Leben anfangen sollte, aber das hieß noch lange nicht, dass ich auf sie hören musste. Ich befand mich in der medizinischen Fakultät, an einem Ort, von dem ich meine ganze Kindheit und Jugend hindurch geträumt hatte. Honoré Bourret war früher durch diese Flure gegangen, vorbei an eben diesem Porträt.

Eine Klingel ertönte, und die Sekretärin, die in einem Vorzimmer saß, ging ins Büro des Dekans, um zu sehen, was er wollte. Ich nahm meine Brille ab und putzte sie energisch, aber eher, um mich zu beruhigen, als weil es unbedingt nötig gewesen wäre. Sekunden später kam die Sekretärin wieder heraus. »Sie lassen bitten«, sagte sie.

Ich überlegte, wer »sie« sein könnten, fragte aber nicht, weil die Sekretärin schon wieder auf dem Weg nach drinnen war und mich hinter sich herwinkte. Das Vorzimmer war voller Kisten und Kästen und Bücherstapel, und mein nasser Ärmel streifte eine Vase auf dem Rand des Schreibtischs. Die Vase wackelte einen Moment lang unentschlossen, knallte dann auf den Fußboden und spuckte Tulpen und eine Menge Wasser aus.

Jemand beugte sich aus der Tür des Dekans, aber ich konnte ihn nicht genau erkennen, weil ich meine Brille nicht aufhatte. Inzwischen kauerte ich auf allen vieren, und das Erste, was ich sah, als ich die Brille wieder aufsetzte, war ein Paar Gamaschen.

»Miss White?«

Der Mann aus der Straßenbahn blickte mit amüsierter Miene auf mich herab. Hinter ihm beäugten mich drei weitere Männer. Irgendwie konnte ich die ganze Szene betrachten, als wäre ich einer von ihnen und nicht ein am Boden kauerndes Mädchen, das mit dem Inhalt einer Blumenvase kämpfte. Ich wusste, dass ich ein lächerliches Bild bot, wie ich die tropfnassen Stängel zusammenraffte.

»Ach, lassen Sie nur«, sagte der Mann mit den Gamaschen. »Sie sind zwar hier, um ein Gesuch zu stellen, aber deswegen brauchen Sie noch lange nicht niederzuknien.« Die anderen lachten höflich, und als er sich herunterbeugte, um mir aufzuhelfen, sah ich, dass auch seine Augen lachten. Jetzt wusste ich sicher, dass er der Student von damals war, auch wenn er weniger Haare hatte als früher und die verbleibenden stellenweise schon grau wurden. Er war oft bei uns zu Hause gewesen. Er war einer von Vaters Protegés.

Endlich rettete mich Dekan Laidlaw, indem er mich in sein Büro winkte und mich mit den anderen Herren bekanntmachte. Er tat das sogar relativ respektvoll, wenn man an meinen peinlichen Auftritt von zuvor dachte. Die anderen waren Mitglieder des Zulassungskomitees der Fakultät. Die Luft im Büro war voller Rauch, aber ich erkannte sofort den spindeldürren Dr. Hingston, dem ich schon öfter begegnet war, erst im Pensionat der Misses Symmers und Smith und später dann bei Felicity zu Hause. Er nickte nur knapp und ohne zu lächeln. Ein kleiner Mann, der eher wie ein Boxer denn wie ein Arzt aussah, stellte sich als Dr. Mastro vor. Er lehrte Physiologie und war bei Weitem der jüngste der anwesenden Herren. Die letzte Hand, die ich schüttelte, gehörte dem Mann aus der Straßenbahn.

»William Howlett«, sagte er lächelnd.

Mir klappte vermutlich die Kinnlade herunter, denn er lachte und drückte kurz meinen Arm. Er war derjenige, von dem der Schneider und seine Frau gesprochen hatten. Der Mann, dem jetzt das Haus meines Vaters gehörte.

»Wir waren uns nicht sicher«, sagte Dr. Howlett, »ob Sie bei diesem unfreundlichen Wetter überhaupt kommen würden.«

Ich funkelte ihn an. Nichts, erklärte ich so ruhig ich irgend konnte, hätte mich davon abhalten können, heute hier an der McGill zu erscheinen. Ich wollte schon die Straßenbahn erwähnen, überlegte es mir dann aber anders. Der Dekan beobachtete mich genau. Mit seinen Koteletten und den Knopfaugen hatte er etwas von einem Fuchs, was mich sehr irritierte. Auf seine Aufforderung hin setzte ich mich auf den einzigen verbleibenden Stuhl, der mitten im Raum stand, den vier Männern zugewandt.

Howletts und meine Blicke kreuzten sich immer wieder, nicht zuletzt deshalb, weil er mich dauernd anstarrte. Das machte mich noch nervöser, als ich sowieso schon war. Wenn er nun darauf kam, dass er mich von früher kannte, und die Verbindung zu meinem Vater herstellte? So wie ich ihn heute erlebt hatte, war er nicht unbedingt jemand, der seine Impulse zügelte. Womöglich platzte er hier vor den Fakultätsmitgliedern damit heraus.

»Zunächst«, sagte der Dekan, »will ich Sie loben.«

Ich setzte mich gerade hin. Keine Zeit mehr, über Howlett nachzudenken oder über die Tulpen und mein tollpatschiges Entree. Ich schob alles beiseite, lächelte und versuchte mich auf das zu konzentrieren, was der Dekan mir zu sagen hatte. Auf dem Schreibtisch lagen die Morgenzeitungen. Er ergriff sie jetzt und fragte mich, ob ich sie gesehen hätte. Ich hätte etwas Erstaunliches vollbracht, sagte er, was die Hochachtung des Zulassungskomitees und der gesamten Fakultät verdient habe.

Während der Dekan seinen Vortrag hielt, musterte mich Howlett. Seine Blicke zerrten an meinen Nerven. Und die anderen Herren waren noch schlimmer. Dr. Mastro hatte seine Zigarre wieder angezündet und paffte. Einmal blies er einen Rauchkringel aus, der sekundenlang über ihm hing, ehe er in meine Richtung waberte. Dr. Hingston schaute aus dem Fenster.

Der Dekan redete immer weiter, pries meine bisherigen Studienleistungen und dass ich sehr viel Initiative gezeigt hätte, weil ich als erste Frau Redaktionsmitglied des *Fortnightly* geworden sei. Ich gereiche der Universität zur Ehre. Seine

Worte waren eine einzige Lobhudelei, aber sein Blick wich meinem aus, wanderte umher, als wäre er auf der Suche nach etwas Interessanterem. »Und nun haben Sie sich die Medizin als Ziel auserkoren«, sagte er. Sein orangefarbener Schnurrbart war an manchen Stellen schon weiß, und ich rechnete fast damit, dass er ihn lecken würde.

»Wie Sie die Menschen in dieser Stadt für sich eingenommen haben, ist wirklich bemerkenswert«, fuhr er fort. »Einen so hohen Geldbetrag innerhalb einer so engen Frist zusammenzubekommen ist beispiellos.«

»Ich habe den Scheck über die gesamte Summe«, sagte ich und öffnete meine Handtasche.

Doch der Dekan hob die Hand. »Das weiß ich«, sagte er. »Lord Strathcona hat mir telegrafisch angekündigt, dass Sie das Geld vorlegen werden. Wir wissen die Geste zu schätzen, Miss White, glauben Sie mir. Die Universität könnte das Geld gut gebrauchen. Aber hier geht es nicht nur um Geld.«

Ich hatte den Umschlag aus der Tasche geholt und hielt ihn jetzt vor mich wie einen Schild.

»Die Ergebnisse bisheriger Experimente mit gemeinsamen Studiengängen für Männer und Frauen sind, vorsichtig ausgedrückt, gemischt«, fuhr der Dekan fort. »In Toronto hat dieses Unterfangen, wie Ihnen vermutlich bekannt ist, zu Gewaltausbrüchen geführt.«

Dr. Hingston wandte zum ersten Mal den Blick vom Fenster und drehte sich um. »Es ist völlig undenkbar.«

Der Dekan berührte ihn am Arm. »Gerard«, sagte er, »ich würde das gern zu Ende führen, wenn es recht ist.« Er zwinkerte verschwörerisch, als wäre er im Begriff, die Pointe eines Witzes loszulassen, aber was dann aus seinem Mund kam, war überhaupt nicht lustig. »Ich kann beim besten Willen die

McGill nicht in Aufruhr stürzen – nur wegen der Wünsche einer einzelnen jungen Dame, so intelligent und begabt sie auch sein mag.«

Ich senkte den Blick und sah jetzt erst, dass meine Handschuhe schmutzig waren. Ein dunkler Streifen zog sich von der Spitze des linken Zeigefingers bis zur Mitte des Handtellers. Der Schmutzstreifen wurde plötzlich undeutlicher und breiter, und ich merkte, dass ich weinte. Der ganze Raum verschwamm, als hätte jemand das Dach abgehoben und den Regen hereingelassen. Nicht!, ermahnte ich mich streng. Ich versuchte, gleichmäßig zu atmen, aber es ging schwer, weil meine Brust so eng und voll war. Ich durfte es mir jedoch vor diesen Männern nicht anmerken lassen.

»Es geht nicht nur um mich«, sagte ich. »Ich bin keine einzelne junge Dame.« Bis heute weiß ich nicht, woher ich die Luft zum Sprechen genommen habe.

Meine Antwort wirkte, als hätte ich Dr. Hingston einen Handschuh ins Gesicht geschleudert. »Das ist uns bekannt«, sagte er, und vor Zorn zitterten seine Stimme und seine Hände. »Ihr Beispiel ist ansteckend, Miss White. Das wissen wir alle nur zu gut. Aber glauben Sie nicht, dass Sie Felicity mit hineinziehen können. Glauben Sie das nur ja nicht!«

Der Dekan musste wieder intervenieren und hatte diesmal wesentlich größere Schwierigkeiten, seinen Kollegen zum Schweigen zu bringen. Zu meinem Erstaunen sprang mir William Howlett zur Seite. »Miss White hat nichts Unrechtes getan, Gerard. Freundschaft ist eine Tugend. Du hast doch auch deinen Aristoteles gelesen.«

»Freundschaft ja«, sagte Dr. Hingston. »Aber was diese junge Frau mit meiner Tochter gemacht hat, ist etwas anderes. Sie hat Felicity verhext! Und was Aristoteles betrifft – in seiner *Ethik* bezieht er sich nie auf Mädchen. Wo soll das denn hinführen, Miss White? Haben Sie es je zu Ende gedacht? Es sind doch nicht nur ein paar Studienjahre. Danach müssten Sie praktizieren! Haben Sie sich überlegt, was für ein Leben Sie dann führen würden?«

»Das ist der zentrale Hinderungsgrund«, bestätigte Howlett und wandte sich mit ernster Miene an mich. »Was wissen Sie über das Leben eines Arztes, Miss White? Ich wage zu behaupten, Sie haben keine Vorstellung.«

»Selbst Männer nehmen dieses Leben nicht aus einer Laune heraus auf sich«, sagte der Dekan, als wäre mein Wunsch eine Laune. »Wir müssen uns mit Dingen befassen, denen Frauen nicht ausgesetzt sein sollten. Ich muss Ihnen leider sagen« – er senkte die Stimme, als würde das den Schlag abmildern –, »dass wir Sie trotz der Viertelmillion nicht zulassen können. Unser Komitee ist heute Vormittag zusammengetreten, und die Entscheidung ist einstimmig.« Er reichte mir einen Umschlag, auf dem in Schreibmaschinenschrift säuberlich mein Name stand. »Ein jedes Ding hat seine Zeit, Miss White. Und ich fürchte, Ihre Zeit ist noch nicht gekommen.«

Stumm stand ich auf. Brachte kein Wort über die Lippen. Mit Mühe und Not schaffte ich es, meinen Körper aus diesem Stuhl und aus Laidlaws Büro hinauszumanövrieren, ihn den Blicken dieser Männer zu entziehen, die nie vorgehabt hatten, mich zuzulassen, ganz gleich, welche Großtaten ich vollbrachte. Das hatte ich jetzt endgültig begriffen. Dr. Howlett sprang sofort auf und bot mir seinen Arm, aber ich nahm ihn nicht. Ich konnte es nicht ertragen, an mein Geschlecht erinnert zu werden. Im Vorzimmer schaute mich die Sekretärin fragend an, aber ich ging stumm an ihr vorbei. Ein Wort, und die Schleusen hätten sich geöffnet.

Der Flur war hell und leer, bis auf Andrew F. Holmes, der selbstzufrieden an der Wand hing. Ich blieb kurz stehen, um mich zu fassen, die Handtasche an mich gedrückt und mit ihr die Schecks, von denen ich in meiner Naivität geglaubt hatte, sie würden mir die Türen dieser Fakultät öffnen.

William Howlett kam mir nach. »Sagen Sie nicht, ich hätte Sie nicht gewarnt.«

Ich vermochte ihn nicht anzusehen. Er hatte gegen mich gestimmt. An dieser Tatsache konnte nichts etwas ändern.

In beruhigend vernünftigem Ton, so wie er vermutlich auch mit seinen Patienten redete, begann er, die Sache noch einmal zu erörtern, und jetzt kamen mir doch die Tränen. Die ganze Traurigkeit, die ganze Wut brach aus mir heraus, alles, was ich so mühsam unterdrückt hatte. Bald war mein Taschentuch durchweicht.

»Ich kenne das Arztleben«, sagte ich, als ich endlich wieder sprechen konnte. »Ich kenne es sehr gut.« Ich hörte mich an wie ein Kind, aber das war mir jetzt gleichgültig. »Mein Vater war Arzt«, erklärte ich ihm. »Sie haben ihn gekannt. Mich haben Sie damals auch gekannt.«

William Howletts Augen verengten sich.

»Ich heiße nicht White«, sprudelte es aus mir heraus. »Das ist nicht mein richtiger Name. Ich bin Agnès Bourret. Mein Vater war Honoré.«

William Howlett schwieg für einen Moment. Dann lachte er. »Stimmt«, sagte er. »Ich kenne Sie. Tatsächlich. Das ist ja unglaublich. Sie waren das kleine Mädchen.« Er räusperte sich, die Faust vor dem Mund. »Sie sehen ihm ähnlich.« Er musterte mich. »Jetzt sehe ich's. Natürlich.«

Wir sprachen noch eine Weile lang miteinander. Er sagte, mein Vater sei ein guter Mensch gewesen, aufrecht und verlässlich. Er erwähnte den Mord. Nicht direkt, aber indem er mir zu verstehen gab, dass mein Vater unschuldig war. Ich hätte wieder auf die Knie fallen können.

Er begleitete mich zum Ausgang, und diesmal nahm ich seinen Arm. Draußen regnete es nicht mehr, aber es wehte ein Wind, der das Laub trocknete und im Hof aufwirbelte. Wir standen schweigend an der Tür, während ich mich in mein Schultertuch hüllte.

»Es ist besser, Sie behalten Ihre Verwandtschaft mit Dr. Bourret für sich«, sagte Howlett, als wir uns verabschiedeten. »Innerhalb dieser Mauern auf jeden Fall.«

Ich nickte. »Die Geschichte mit meinem Vater ist sehr komplex«, sagte ich, »auch wenn ich genau wie Sie glaube, dass er unschuldig ist.«

»Behalten Sie die Geschichte unter Ihrem Hut«, sagte er augenzwinkernd. »Oder unter Ihrer Haube – oder worunter auch immer.«

»Und Sie tun das auch?«

Er lächelte, nickte und zog ein imaginäres Kreuz über seinem Herzen. *Ich schwör's bei meinem Leben*, hatten Laure und ich als kleine Mädchen immer mit dieser Geste beteuert. Es war kindisch, aber mich tröstete es. Ich lächelte ebenfalls.

Howlett drückte die schwere Tür auf, und da erst merkte ich, wie stürmisch es draußen war. Sobald ich hinaustrat, blähte sich mein Schultertuch wie ein Segel. Dr. Howlett rief mir etwas nach, vielleicht noch eine Warnung, vielleicht auch nur eine Abschiedsfloskel. Wegen des Windes konnte ich nichts verstehen. Seine letzten Worte an diesem Tag sollten mir, wie fast alles an diesem Mann, viele Jahre lang ein Rätsel bleiben.

8

Juni 1890

Ich weiß nicht mehr, wie ich nach dem Gespräch mit Laidlaw nach Hause gekommen bin, nur, dass ich zu Fuß gegangen sein muss. Laut Großmutter war alles, was ich am Leib trug, vollständig durchnässt, meine Stiefel und mein Unterrock starrten vor Schlamm. Mein Schirm und irgendwie auch mein Schultertuch waren auf der Strecke geblieben, aber die Handtasche mit dem Geld und dem Ablehnungsschreiben des Dekans umklammerte ich immer noch fest.

Zum Glück war Großmutter da, als ich in die Wohnung kam. Sie und Laure waren gerade von ihrem Besuch bei Mrs Stewart zurück, der erfolgreicher verlaufen war, als sie es zu hoffen gewagt hatten. Laure war jetzt offiziell verlobt. Huntley Stewart hatte ihr, mitten im Salon seiner Mutter kniend, einen Antrag gemacht. Mit der Hochzeit wollten sie warten, bis Laure achtzehn war, aber ab jetzt würde sie einen Diamanten am linken Ringfinger tragen. Eigentlich waren es sogar mehrere Diamanten – ein erdnussgroßer in der Mitte und ringsum kleinere, in Weißgold gefasst. Es sei ein Erbstück, hatte Mrs Stewart erklärt, als Huntley den Ring hervorholte.

Zu Hause endete die Bejubelung des Rings abrupt, als ich

zur Tür hereinstolperte. Großmutter zog mich aus und packte mich sofort ins Bett. Und da blieb ich, bis ich eine Woche später in den Zug nach St. Andrews East stieg. Das Leben schrumpfte auf die Größe einer Matratze, und die, auf der ich nun im Gästezimmer der Priory lag, war schmaler, als meine Matratze in Montreal gewesen war.

»Atmen«, sagte der Arzt und atmete mir vor, als verstünde ich kein Englisch mehr. Ich saß im Bett. Er hatte mir das Stethoskop unters Nachthemd geschoben und den kalten Abhörkopf unterhalb des linken Schlüsselbeins platziert. Sein Atem roch nach Pfefferminzpastillen, aber darunter lag ein trauriger Geruch nach Vergorenem. Dr. Osborne war Trinker. Schon früh am Morgen zitterten seine Hände.

»Wie lange geht das schon so?«, fragte er. »Einen Monat?«

»Sechs Wochen«, sagte Großmutter, die an der Zimmertür stand und uns beobachtete.

»Sie hätten mich früher rufen sollen.«

Großmutter sagte nichts. Sie hatte mich eine Zeit lang mit ihren Hausmitteln behandelt – Baldrianwurzel zum Schlafen, immer wieder einen Löffel Cognac, um den Appetit anzuregen –, aber das hatte alles nichts genutzt. Ich hatte Ringe unter den Augen und mehr als fünf Kilogramm abgenommen. Meine lange nicht mehr gewaschenen Haare rochen wie der Pelz eines Tiers.

»In solchen Fällen kann es ganz plötzlich bergab gehen. Aber Agnes ist ein gescheites Mädchen«, sagte er und zog den Stethoskopkopf mit einem kleinen, feindseligen Lächeln wieder hervor. »Das wissen wir ja aus der Zeitung. Sie wird der Vernunft gehorchen und aufhören, ihre arme Großmutter mit dieser ganzen Aufregung und diesem Unsinn zu strapazieren.«

Archie Osborne setzte sich schwerfällig auf den Rand der Matratze. Er kannte uns schon viele Jahre und hatte auch meinen Großvater gekannt, was ihm ein gewisses Recht zu familiärem Verhalten gab. Vor sechzehn Jahren hatte er Laure auf die Welt geholfen. Und er hatte auch unserer Mutter in den letzten Stunden ihres Lebens beigestanden. Die Leute in St. Andrews East achteten ihn, obwohl sie seine Schwächen kannten. Er war altmodisch: Er verordnete Senfpflaster gegen Bronchitis, Blutegel gegen Bluterkrankungen und Brandy gegen so ziemlich alles andere.

»Die hier werden Sie kurieren«, sagte er, zog ein Pillenfläschchen aus der Tasche und entkorkte es. Dann klopfte er sich zwei Pillen in die Hand und hielt sie mir hin, zusammen mit dem Wasserglas von meinem Nachttisch. »Kommen Sie, Agnes, schön runterspülen.«

Ich sank auf die Matratze und drehte mich weg, weil mir von der Mischung aus Pfefferminz und Selbstgerechtigkeit schlecht wurde.

Der Arzt wiederholte seine Aufforderung, diesmal an meine Schulterblätter gerichtet. Als ich mich nicht rührte, wurde er ärgerlich. »Jetzt hören Sie mal gut zu, Agnes. Ihre Großmutter ist nicht mehr die Jüngste. Sie müssen sich zusammenreißen.«

Ich zog stattdessen das Laken über mich, und mein ungewaschener Geruch war nach Archie Osbornes Ausdünstungen eine Wohltat. Ich wollte es nicht zugeben, aber was Großmutter betraf, hatte er recht. Sie war über achtzig. Das Letzte, was sie brauchen konnte, war, dass ihre Enkelin zusammenklappte. Ich lag schwer und schlaff da, fühlte, wie sich die Matratze der Form meiner Hüfte anpasste und wie sie jedes Mal bebte, wenn ich einatmete. Ich war viel zu lange stark gewesen. Das war das Problem. Ich hatte so viele Schläge weggesteckt. Manchmal war ich unter der Wucht ins Stolpern geraten, hatte mich aber immer wieder aufgerappelt und weitergemacht, als wäre nichts gewesen. Stärke war Lüge. Das begriff ich jetzt. Ich war so kaputt, dass ich mir nicht vorstellen konnte, mich je wieder von diesem Pfuhl aus Gänsedaunen zu erheben.

Eine Stunde später, als Dr. Osborne gegangen war und Großmutter sich mit Laure den Arbeiten im Haushalt widmete, lag ich im Bett und betrachtete das braune Fläschchen auf meinem Nachttisch. Lebertabletten, von einem fliegenden Händler gekauft. Wahrscheinlich bestanden sie nur aus Zucker und Wasser mit einer Prise Koffein oder sonst irgendeinem Anregungsmittel, das die Kranken und Matten etwas munterer machte. So gut wie nutzlos.

Es war ein schwüler Junitag. Ein Dienstag, wurde mir klar, weil Großmutter und Laure im Garten waren, um Laken auszuwringen und an die Wäscheleine zu klammern. Dienstag war unser Waschtag. Durch mein Fenster sah ich zu, wie die beiden die Laken strammzogen und in sich verdrehten, bis kaum noch ein Tropfen herauskam. Es fiel kein Wort. Sie waren in ihre Arbeit versunken, nahmen nichts anderes wahr.

Großmutter arbeitete gern. In gewisser Weise hielt die Arbeit sie bei Kräften. Sie wusch dienstags die Bettwäsche und putzte mittwochs ihr Silber. Der Donnerstag war dem Staubwischen vorbehalten, und am Freitag blieb sie in der Küche, um Kuchen und Plätzchen zu backen. Über sechzig Jahre hielt sie dieses geordnete Haushaltsritual jetzt schon ein. Die Priory war makellos sauber, die Speisekammer voll und das Leben so ausgefüllt, dass Großmutter nie auch nur einen Augenblick mit der Sinnlosigkeit konfrontiert gewesen war, die sich vor einem Monat wie ein Abgrund vor mir aufgetan hatte.

Großmutters weißes Haupt wippte in der Sonne. Der Junischneefall hatte eingesetzt. Flauschflöckchen drifteten träge vor einem azurblauen Himmel dahin. Kühe muhten auf den Weiden, und eine zwischen meiner Fensterscheibe und dem Gazevorhang gefangene Fliege summte sporadisch, wenn sie sich aufbäumte. Es war Sommer, eine Jahreszeit, die ich in St. Andrews East sonst immer geliebt hatte, weil man im Sommer Pause vom Lernen machte und stundenlang durch die Wälder streifen konnte. Aber dieses Jahr war es nicht wie sonst. Am Ende des Sommers wartete nichts, worauf ich mich freuen konnte.

In zwei Tagen war die feierliche Diplomübergabe. Wir waren in meinem Jahrgang an der McGill nur neun Mädchen gewesen, und sie alle würden auf die Bühne von Redpath Hall steigen, um ihr Diplom in Empfang zu nehmen. Alle außer mir. Ich hatte Großmutter erklärt, ich würde nicht hingehen. Daraus entwickelte sich eine lange Diskussion, und Großmutter bearbeitete mich, es bitte doch zu tun. Was für eine Ironie des Schicksals – die alte Frau, die früher so erbittert dagegen gewesen war, dass ich auch nur einen Fuß in die Universität setzte, befahl mir jetzt praktisch hinzugehen. Nach Dr. Osbornes Besuch ließ sie das Thema fallen.

Ich schloss die Augen, ließ die Sonne glühend rote Wirbel auf die Innenseite meiner Lider malen. Was hielt die Zukunft bereit? Laure würde Huntley Stewart heiraten und sich in Montreal niederlassen. Großmutter würde irgendwann sterben. Und was wurde aus mir, aus der hässlichen Schwester mit dem nutzlosen Universitätsabschluss, die keinerlei Heiratsaussichten hatte, dafür aber Intelligenz für drei besaß?

Nach dem Fiasko mit dem Medizinstudium hatten sich verschiedene Freundinnen eingeschaltet. Anfang Mai war ein Brief von Miss Symmers gekommen, in dem sie mir riet, mich an einem Lehrerinnenseminar zu bewerben. Wenn ich die Lehrerinnenprüfung abgelegt hätte, könnte meine ehemalige Schule mir eine Stelle anbieten. Felicity Hingston ging diesen Weg. Sie hatte schon ihre Studiengebühren am Lehrerinnenseminar bezahlt.

Ich strampelte die schmuddeligen Laken von mir. Eins der Mädchen aus meinem McGill-Jahrgang hatte vor, in Kingston Medizin zu studieren. Für mich kam das nicht infrage. Großmutter besaß einfach nicht das Geld, einen weiteren Haushalt zu finanzieren. Das Bishop's College, die einzige andere Hochschule in Montreal, hatte eine kleine medizinische Fakultät, an der Juden und sonstige von der McGill ausgeschlossene Gruppen studieren konnten. Aber leider galt das immer noch nicht für Frauen. Der dortige Dekan hatte sich auf dem Höhepunkt meiner McGill-Auseinandersetzung lautstark gegen weibliche Ärzte ausgesprochen.

Ich konnte vermutlich Arbeit als Gouvernante finden. Bei diesem Gedanken überkam mich eine so abgrundtiefe Verzweiflung, dass ich erschöpft wieder zurücksank, das Gesicht zum Fenster gewandt, die Arme um den Bauch geschlungen. Die Sonne schien warm auf meine Haut. Großmutter war immer noch draußen, aber jetzt kam sie aus irgendeinem Grund über den Rasen aufs Haus zu, obwohl die Wäsche erst zur Hälfte aufgehängt war. Sie rief Laure zu sich. Ich beobachtete das mit wachsender Verwunderung, vergaß die merkwürdige Szene aber sofort wieder, sobald die beiden außer Sicht waren. Als es an meine Zimmertür klopfte, war ich schon wieder eingeschlafen. Ich dachte, es sei Großmutter, die meine Bettwäsche holen wollte, aber der Kopf, der durch den Türspalt lugte, war braunhaarig, nicht weiß, und hatte einen vertrauten Derby-Hut auf.

»Miss Skerry!«, rief ich und vergaß für einen Moment meinen ganzen Kummer. Es war vier Jahre her, dass ich sie das letzte Mal gesehen hatte. Als ich auf die McGill gegangen war, hatte sie bei Großmutter aufgehört und war nach Ontario gezogen. Zuerst hatten wir uns noch regelmäßig geschrieben, doch bald war ich an der Universität so beschäftigt gewesen, dass die Korrespondenz einschlief. Meine letzte Information war, dass sie in Ottawa bei der Familie eines Richters arbeitete.

»Agnes«, sagte sie, während sie den Hut abnahm und kurzsichtig in meine Richtung blinzelte, »ich bin sofort gekommen, als ich hörte, du seist krank.«

Mein Lächeln erlosch. Nur der Himmel mochte wissen, wie ich aussah, nachdem ich einen Monat im Bett gelegen hatte. Und der Geruch musste auch ziemlich schlimm sein. Ich versuchte wieder zu lächeln, aber es war bestimmt nicht sehr überzeugend.

Wortlos begann Miss Skerry, mein Bettzeug glatt zu streichen. Sie hievte mich in eine sitzende Position und schüttelte die Kissen auf, sammelte dann Taschentücher und Schreibzeug vom Boden auf.

Ich schaute ihr zu. Ich hatte auch einmal solche Energien besessen – dumpfe, animalische Energien, die blind immer weitermachten, bis Krankheit oder Tod dem Ganzen ein Ende setzten. Jetzt erschöpfte es mich schon, wenn ich sah, wie Miss Skerry umherhuschte und Ordnung schaffte. Die ganze Plackerei, dieses Bücken und Aufheben, Glätten und Räumen – wie vergeblich mir das alles erschien! Ordnung und

Sinn waren Lügen, hatte ich festgestellt. Die Menschen mühten sich ab, um am Ende doch nirgends hinzugelangen. Konnte Miss Skerry mit ihrem scharfen Blick und ihrem noch schärferen Verstand das nicht sehen?

»Geben Sie eigentlich nie auf?«

Die Gouvernante hielt inne, ein Tablett mit unberührtem Toast und Tee in den Händen. Zu meiner Überraschung lachte sie. »Einmal habe ich es getan«, sagte sie. »Und in meinem Fall war das genug. Aus dem einen Mal habe ich gelernt.«

»Wann war das?«, fragte ich, schockiert und mehr als neugierig.

»Direkt nach dem Tod meines Vaters.«

»Da haben Sie getrauert«, sagte ich. »Das zählt nicht. Nach dem Tod eines Elternteils hat man das Recht zusammenzubrechen.«

Miss Skerry sah mich nachdenklich an. »Ja, aber es ging nicht nur um seinen Tod. Ganz plötzlich gehörte ich nirgendwo mehr hin. Ich konnte mir nicht vorstellen, welche Form, welche Gestalt mein Leben annehmen sollte.«

Mein Atem setzte aus, als ob meine Lunge ihre Funktion eingestellt hätte. »Und was ist dann passiert?« Ich war wie ein Kind, das um eine Gutenachtgeschichte bettelt.

»Dann kam ich nach St. Andrews East.«

»In die Priory?« Ich saß jetzt aufrecht. »Zu uns? Heißt das, Ihr Vater war gerade erst gestorben? Das wusste ich nicht!«

»Ich wollte damals nicht darüber reden«, sagte sie und trug das Tablett auf den Flur hinaus, wodurch sie ihr Gesicht vor mir verbergen konnte.

»Sie haben gar keinen traurigen Eindruck gemacht«, sagte ich, als sie wieder ins Zimmer kam, und dachte an die junge

Frau mit dem ironischen Humor, die mir geholfen hatte, das Eichhörnchen zu sezieren. Nicht viele Menschen hätten es an Energie und Fantasie mit ihr aufnehmen können.

»St. Andrews East war ein Segen, Agnes. Es war das Beste, was mir passieren konnte.«

Ich musterte sie verdutzt. Wie konnte sie diese trostlose kleine Stadt einen *Segen* nennen? Waren eine abgelegene Scheune mitten im Winter und die Zuständigkeit für zwei Waisenkinder alles, was diese Frau brauchte, um glücklich zu sein? »Waren Laure und ich Ihre ersten Schülerinnen?«, fragte ich.

Miss Skerry wurde rot. »Ja, obwohl ich das eurer Großmutter nicht gesagt habe. Sie sollte nicht wissen, dass ich keine Erfahrung hatte. Ich hatte ja bis dahin bei meinem Vater gewohnt. Es wäre mir nie eingefallen, dass ich einmal Gouvernante werden könnte. Ich war dazu gezwungen, so ähnlich wie Jane Eyre.«

»Aber es hat sich als Segen entpuppt?« Die Frage stellte ich aus eigener Betroffenheit, wenn Miss Skerry das auch sicher nicht ahnen konnte.

Meine ehemalige Gouvernante lachte wieder. »Eure Großmutter hat mich in ihr Haus und ihr Herz aufgenommen, Agnes. Sie hat mir Büchergeld gegeben. Und dann war da dein Mikroskop in der Scheune, und du und ich, wir konnten fast jeden Tag durch die Wälder streifen.« Miss Skerrys Augen leuchteten. »Mein Vater war sehr lange krank gewesen. Ich glaube, ich hatte vergessen, was Leben ist.«

»Dann sind Sie also gern Gouvernante?«, fragte ich hoffnungsvoll.

Miss Skerry warf mir einen kurzen Blick zu. »Das wäre zu viel gesagt, Agnes. Ich meine – St. Andrews East war ein

Glanzlicht.« Sie drehte sich um, stand ganz still da und schaute durchs Fenster in den Garten mit der wehenden Wäsche. »Es ist eine Art, seinen Lebensunterhalt zu verdienen«, sagte sie langsam. »Und es hat seine Freuden, wenn man sie sucht.«

Ich seufzte. Ich konnte mir nicht vorstellen, auf Gedeih und Verderb anderen Leuten ausgeliefert zu sein, mich um ihre Kinder zu kümmern, an ihrem Tisch zu essen und in ihrem Dienstbotenbett in einem Raum neben der Küche zu schlafen. Mitleid mit Miss Skerry, das war es, was ich empfand – tiefes Mitleid.

Miss Skerry drehte sich zu mir um. Ihren Mund umspielte ein kryptisches und nicht ganz edelmütiges Lächeln. »Mach dir um mich keine Gedanken, Agnes White. Es gibt schlimmere Arten, sein Geld zu verdienen, als dem Kind einer anderen Frau den Hintern abzuwischen.«

Ich starrte auf den Bettpfosten und merkte, dass ich vor Verlegenheit rote Wangen bekam. Konnte sie Gedanken lesen?

»Du würdest eine hervorragende Gouvernante abgeben. Ich kann mir bildlich vorstellen, wie du Eichhörnchen jagst und darauf bestehst, dass deine Schützlinge die Innereien analysieren. Die Mütter würden ein großes Geschrei machen, aber du würdest sie vermutlich herumkriegen. Mit deinem McGill-Diplom wärst du sehr gefragt. Apropos McGill …« Sie schaute mich mit spöttischen Eulenaugen an. »Deine Großmutter hat mir erzählt, dass demnächst deine Examensfeier ist.«

Ich nickte.

»Und du hast entschieden, nicht hinzugehen.«

Ich schloss die Augen. Schon beim Gedanken an die McGill wurde mir schlecht.

»Geh hin, Agnes. Das bist du dir schuldig. Zeig, dass du dich nicht geschlagen gibst.«

»Aber ich bin geschlagen. Stimmt doch, oder?«

Die Gouvernante sah mich fast grimmig an. »Du unterschätzt dich.«

»Sie überschätzen mich.«

Miss Skerry nahm ihre Brille ab und putzte sie bedächtig. »Da irrst du, Agnes White. Ich glaube, ich sehe dich sehr genau.« Sie setzte die Brille wieder auf.

Ich fing an zu weinen. Die Gouvernante machte keine Anstalten, mich zu trösten. Stattdessen lächelte sie und begann, von ihrer neuen Stellung zu erzählen. Sie war erst kürzlich wieder nach Montreal gezogen und sagte, wie schön es sei, wieder in Quebec zu leben.

Ich hörte ihr nur mit halbem Ohr zu. Meine Tränen waren versiegt, aber meine Nase war verstopft, und die Haut um meine Augen fühlte sich wund an. Ich hasste Miss Skerry, die über ihre derzeitigen Schützlinge schwatzte – zwei Mädchen, wie Laure und ich, nur dass sie *beide* wissenschaftlich hochbegabt waren. Diese Stellung habe man ihr unter anderem wegen ihrer naturkundlichen Kenntnisse angeboten. Der Vater der Mädchen habe für das Schulzimmer ein gebrauchtes Mikroskop erworben. »Es ist eine aufgeklärte Familie«, sagte Miss Skerry. »Der Vater ist ein bekannter Montrealer Arzt.«

Ich hielt im Augenreiben inne.

»Er weiß natürlich von dir und hat gedacht, du bist eine kleine Xanthippe – bis ich die Dinge richtiggestellt habe.« Sie tätschelte durch die Decke hindurch mein Bein und lachte, als hätte sie einen guten Witz erzählt. »Ich musste bei meiner Seele schwören, dass du ein überaus reizendes, ruhiges und ausgeglichenes Mädchen bist.«

»Wie heißt er?«

Die Gouvernante sah mich an und wartete einen Moment, ehe sie antwortete: »Campbell.«

Ich packte ihren Arm und, meine ganze Müdigkeit vergessend, stieß ich hervor: »Sie sprechen doch nicht vom Dekan der Medizin am Bishop's College?«

Miss Skerry legte verschmitzt den Kopf schief. »Und wenn doch?«

Ich warf die Decke von mir und sprang aus dem Bett. »Wollen Sie mir erzählen, Sie arbeiten beim Dekan der medizinischen Fakultät der Bishop's?«

»Das versuche ich dir seit einer Weile zu sagen, ja.« Miss Skerry lachte. »Dr. Campbell weiß übrigens, dass ich hier bin. Er hat mich gebeten, das hier zu überbringen.«

Sie reichte mir einen kleinen, cremefarbenen Umschlag. Darin steckte eine von Dr. F. Wayland Campbell handgeschriebene Mitteilung auf einem Briefbogen mit dem geprägten Briefkopf der Hochschule. Das Bishop's College, stand da, würde sich freuen, mir zum Herbstsemester 1890 einen Studienplatz an der medizinischen Fakultät zur Verfügung zu stellen.

»Aber dieser Mann findet die Vorstellung, dass Frauen den Arztberuf ausüben, widerlich!«, sagte ich. »Das hat er selbst der Zeitung gesagt.«

»Mag ja sein«, meinte die Gouvernante. »Aber Dr. Campbell ist kein Dummkopf. Es ist für das Bishop's College ein Geschenk des Himmels, dass es sich in dieser Situation liberaler zeigen kann als die McGill. Die beiden Hochschulen konkurrieren doch miteinander – oder nicht?«

Plötzlich wurde mir bewusst, dass ich nur ein Nachthemd anhatte, also rannte ich zum Kleiderschrank, um meinen

Morgenrock überzuwerfen, und bombardierte dabei Miss Skerry mit Fragen, wie es zu diesem Angebot gekommen sei.

Miss Skerry stand nur steif da und betrachtete mich mit ihrem eigentümlichen Lächeln. Lewis Carrolls Cheshire-Katze in Person. Nach einer ganzen Weile sagte sie schließlich: »Hm.«

»Hm – was?«, fragte ich, kribbelig vor Ungeduld. Ich wollte endlich Antwort auf meine vielen Fragen.

»Kann es sein, Dr. White, dass wir ein Heilmittel gefunden haben?«

II
ARS MEDICA

Die Seltenheit von Herzfehlern, ihre unklaren Ursachen und Symptome sowie ihre oft schwerwiegende klinische Bedeutung machen die angeborenen Herzleiden zu einem Thema von größter Wichtigkeit.

– MAUDE ABBOTT, »ANGEBORENE HERZFEHLER«

9

SEPTEMBER 1898

Als ich hinaus auf die Straße trat, tat mir das Licht in den Augen weh. Der Praxisraum, den ich im obersten Stockwerk dieses Stadthauses in der Mansfield Street gemietet hatte, war so klein und dunkel, dass meine Pupillen ständig verengt blieben. Aber weil ich nicht auf einem Fenster beharrt hatte, war auch die Miete sehr niedrig. Solange ich oben war, merkte ich das gar nicht, aber hier draußen im Freien wurde ich mir des Mangels schmerzhaft bewusst.

Mein Mantel, den ich mir vor drei Jahren für meine Europareise gekauft hatte, war zu dick für diesen Tag. Gestern, als die Wolken wie in Panik geratene Herden über den Himmel jagten und die Temperatur abstürzte, war ich noch froh gewesen, dass ich ihn hatte. Aber heute war die Luft anders, mild und schmeichelnd, voller Verheißungen, die sie nicht erfüllen konnte. An solchen Herbsttagen konnte man hier in Montreal fast denken, dass das Wetter für immer so schön sein würde.

Die Büroangestellten machten Mittagspause, in Hemdsärmeln und mit Hosenträgern. Ein Mann ging pfeifend an mir vorbei, und ich beschleunigte meinen Schritt, um mit ihm mitzuhalten. Das Klacken meiner Absätze folgte dem Rhythmus seiner Schritte auf dem hölzernen Gehsteig. Vermutlich hatte der Herr einen Termin, oder er wollte sich vor der nächsten Sitzung noch etwas zu essen holen. Für mich galt das alles nicht. Es interessierte keine Menschenseele, ob ich mich für den Rest des Tages von meinem Praxisraum verabschiedete. Oder sogar für den Rest des Jahres. Ich hatte keine Termine, keine Verpflichtungen. Der Tag lag vor mir wie ein unbeschriebenes Blatt.

Im vergangenen Frühjahr war ich von meinen Studien in Europa zurückgekehrt, sprudelnd vor Energie. Die Reise hatte mir gutgetan. Die europäischen Universitäten waren fortschrittlicher als die in Nordamerika, und sie hatten mich empfangen, wie sie jeden anderen jungen Doktor empfangen hätten, der kommt, um sein Können und sein Wissen zu erweitern. In Europa wurde die Kompetenz von Frauen wie selbstverständlich anerkannt. Das erste Jahr verbrachte ich in Zürich, wo die Universität seit über zehn Jahren Frauen zum Medizinstudium zuließ. Ich studierte Geburtshilfe und Gynäkologie bei Professor Wyder und stieg in der kantonalen Frauenklinik bis zum Rang einer Unterassistentin auf. Außerdem arbeitete ich in einem Pathologie-Labor und besuchte die Vorlesungen von Dr. Forel, einem Hypnose-Spezialisten, der seinen Lebensunterhalt damit verdiente, dass er Störungen im Seelenleben der Schweizer behandelte.

Von Zürich ging ich nach Wien, dem anerkannten Zentrum der medizinischen Wissenschaft, wo ich bei Albrecht Pathologie studierte und Innere Medizin bei Ortner. Ich kannte ihre Bücher, aber ich hätte niemals zu hoffen gewagt, dass ich sie persönlich kennenlernen würde. Dass ich sehr gut mit dem Mikroskop umgehen konnte, wurde schnell bemerkt, und ehe ich mich versah, war ich die ausländische Starstudentin, höher geachtet als meine männlichen Kollegen. Bezahlte Anstellungen hatten geholfen, meine Reisekosten zu bestreiten.

Ich vermisse es, Deutsch zu sprechen, dachte ich und ging etwas langsamer, sodass der pfeifende Mann mir bald weit voraus war. Und ich vermisste auch die Gesellschaft von Männern. Vor allem aber vermisste ich die Arbeit, dieses Gefühl, abgesehen von meinen eigenen kleinen Sorgen und Nöten etwas zu haben, dem sich mein Geist und Verstand Tag für Tag zuwenden konnten.

In der Sherbrooke Street bog der pfeifende Herr nach rechts ab. Ich hörte ihn nicht mehr richtig. Er hatte eine vereinfachte Version von »Eine kleine Nachtmusik« gepfiffen, die Laure immer an Weihnachten in St. Andrews East für uns spielte. Allerdings war es schon eine Weile her, dass Laure das Klavier berührt hatte. Es ging ihr nicht besonders gut. Während meiner dreijährigen Abwesenheit hatten ihre Briefe immer ganz munter geklungen. Sie waren zwar meistens ziemlich kurz, aber Laure hatte seit jeher die Musik lieber gehabt als die Sprache. Erst bei meiner Rückkehr sah ich, was mit meiner jüngeren Schwester los war.

Gleich nachdem sie Huntley geheiratet hatte, war sie schwanger geworden, worüber sich alle sehr freuten. Doch im sechsten Monat hatte sie das Kind verloren. Ich wusste, was eine so späte Fehlgeburt bedeutete. Es war eine Geburt – die gleichen Schmerzen, das gleiche Atmen und Pressen, aber am Ende der ganzen Qualen stand statt des Lebens der Tod. Laure erzählte mir, dass ich eine Nichte gehabt hätte. Sie hatte das Kind gesehen, ein perfektes Geschöpf, hübsch wie eine Puppe, bis auf die graue Haut.

Seither war es mit Laure ständig bergab gegangen. Sie hatte zwischendurch immer noch gute Momente – das mussten die Tage gewesen sein, an denen sie mir geschrieben hatte, aber von Huntley hatte ich jetzt erfahren, dass es ganze Wochen gab, in denen seine Frau nicht aus dem Bett aufstand. Und dann wieder war sie wochenlang so nervös und gereizt, dass er sie kaum wiedererkannte. Er gewöhnte sich an, die Abende in seinem Club zu verbringen. Manchmal, so hörte ich, schlief er auch dort.

Großmutter sagte, ich solle mir keine Sorgen machen. Eine Ehe könne schwierig sein, zumal in den Anfangsjahren. Großmutter war davon überzeugt, dass Laure und Huntley einen Weg finden würden. Ich war da weniger optimistisch. Ich hatte Angst um meine Schwester, die so zart war wie meine Mutter. Ich war auch besorgt um Großmutter, die allein in der Priory lebte. Das Haus musste dringend renoviert werden.

Kaum hatte mein Schiff in Montreal angelegt, begab ich mich zu Laure. An dem Tag ging es ihr allerdings so schlecht, dass sie keinen Besuch empfangen konnte, und am nächsten Tag war es auch nicht besser. Es dauerte eine ganze Woche, bis ich sie endlich sehen durfte.

Ich schwor, dass ich die Priory herrichten würde, weil sie schrecklich vernachlässigt worden war, aber wie sich zeigte, war es extrem schwer, das notwendige Geld zusammenzukratzen. Seit ich mein Schild aufgehängt hatte, waren genau drei Patientinnen in meine Praxis in der Mansfield Street gekommen. Die erste war die Frau, die den Raum putzte und mit der ich die Dienstleistungen austauschte. Die zweite war die treue Felicity Hingston. Und die dritte war Laure, die eine Heilung der Seele, nicht des Körpers brauchte.

Ich überquerte die Sherbrooke Street, wich einer Straßenbahn aus und kam zum Eingang der McGill-Universität. Huntley Stewart hatte übrigens recht gehabt mit den Straßenbahnen. Sie waren jetzt elektrisch, aber dadurch nicht weniger gefährlich als die alten, die von Pferden gezogen wurden. Inzwischen fuhren hier auch Autos, zusätzlich zu den elektrischen Straßenbahnen, wodurch die Pferde noch leichter scheu wurden. Es war noch nie so vertrackt gewesen, die Sherbrooke Street zu überqueren.

Der Campus war wie ein kleines Paradies mitten in diesem Verkehrsdschungel. Welche Wendung mein Leben genommen hatte, seit ich das letzte Mal auf dem Universitätsgelände herumgelaufen war! Ich war jetzt Ärztin – was ich aber bekanntlich nicht dieser Einrichtung zu verdanken hatte. Die medizinische Fakultät der McGill schloss Frauen immer noch von den Vorlesungen aus. Was für eine kleinliche, engstirnige Institution – und trotzdem mochte ich sie, allen Vernunftgründen zum Trotz. Als ich durch das Eingangstor ging, sah ich das Gesicht meines Vaters vor mir, und eine tiefe Sehnsucht überkam mich.

Auf dem Rasen vor dem Gebäude der Geisteswissenschaften spielte eine Gruppe von Männern Football. Ich kannte die Regeln dieses Spiels nicht. Für mich sah es so aus, als würden sich die Männer völlig unmotiviert aufeinanderstürzen und dann plötzlich, aus unerklärlichen Gründen, wieder voneinander ablassen. Sie nahmen das Spiel ernst. Einen Augenblick waren sie kurz davor, sich gegenseitig umzubringen, im nächsten umarmten sie ihre Gegner, die sie doch gerade noch in den Matsch gedrückt hatten.

Meine Schuhe machten im Laub ein raschelndes Geräusch. Ein Stück weiter vorn war ein Mann dabei, die Blätter zusammenzurechen, aber sie fielen so rasch von den Bäumen, dass seine Bemühungen nahezu vergeblich waren. Ich fühlte mich alt. Die Studenten – wie alt waren sie? Sechzehn? Siebzehn? Kinder, deren Hoffnungen und Träume noch unangetastet vor ihnen lagen.

Ich hatte meinen Traum verwirklicht, aber was hatte mir das gebracht? Reichtum? Ich schaute auf mein Kleid, das ich jetzt schon viel zu viele Tage trug, ohne es zu waschen, und auf den geflickten Mantel unter meinem Arm. Ruhm und Ansehen? In meiner Studienzeit war ich berühmt gewesen, aber jetzt hätte ich genauso gut tot sein können. Glück? In meinen Augen brannten Tränen. An jenem Tag, als ich meinen Titel bekam, dachte ich, mein Leben würde sich vollkommen verändern. Ich hatte das verbotene Land meines Vaters betreten. Nichts würde mehr so sein wie vorher. Aber in Wahrheit passierte gar nichts. Ich blieb dieselbe unscheinbare Agnes White, weder reicher noch berühmter noch glücklicher als zuvor.

Auf der anderen Seite des Weges saß ein Mädchen, das ein bisschen aussah wie Laure. Es legte sein Buch weg und schaute zu mir herüber, wandte dann aber schnell den Blick wieder ab. Da erst merkte ich, dass ich es angestarrt hatte. Wurde ich bereits exzentrisch und löste bei jüngeren Menschen Unbehagen aus, mit meinen hungrigen, sehnsüchtigen Augen? An meinen Schläfen hatte ich neulich die ersten grauen Strähnen entdeckt. War es nicht Jane Austen, die geschrieben hatte, dass eine Frau mit siebenundzwanzig verbraucht sei? In welchem ihrer Bücher – in *Emma?* In *Verführung?* Miss Skerry hätte das bestimmt gewusst.

Ich war neunundzwanzig, und ich besaß zwei Diplome, die schwarz gerahmt in meinem jämmerlich kleinen Raum an der Wand hingen. Stumm ging ich weiter. Das Mädchen steckte die Nase wieder in sein Buch. Ach, wie sehr ich mir wünschte, wieder in den Schutz des Studiums zurückkehren, Bücher lesen und Referate für die Dozenten schreiben zu können! In meine selbstmitleidigen Gedanken versunken, hatte ich den gepflasterten Weg zur Hälfte überquert, als mich plötzlich jemand anschrie. Es war der Fahrer eines Pferdewagens, der mir gerade noch ausweichen konnte. Die Augen des Pferdes traten vor Schreck fast aus den Höhlen. Schaum erschien auf seinem Metallbiss. Das Tier war so dicht vor mir, dass ich seinen Atem riechen konnte.

»Passen Sie doch auf, wo Sie hingehen!«, brüllte der Fahrer, während ich hastig die Flucht ergriff. »Das hätte Sie fast das Leben gekostet.« Er klatschte auf die Flanke des Pferdes, und der Wagen rollte weiter.

Ich wollte schon in die Sherbrooke Street zurückschleichen, in der gesichtslosen Menge untertauchen und mich in meinem höhlenartigen Praxisraum verkriechen, als ich meinen Namen hörte.

Ein Stück entfernt sah ich einen Mann in einem grauen Anzug, der mir lebhaft zuwinkte. Er trug keinen Hut, sodass der Wind seine Haare zerzauste. Ich erschrak – es war Dr. Samuel Clarke, der Mann, bei dem ich am Bishop's College Allgemeinmedizin gehört hatte. »Dr. White!«, rief er. »Wo haben Sie sich denn die ganze Zeit versteckt? Begleiten Sie mich doch, wenn Sie ein bisschen Zeit haben.«

Ich war so überrascht, dass ich sofort meinen Schritt beschleunigte. Dr. Clarke war immer charmant gewesen, und ich hatte mich in seiner Gegenwart sehr respektiert gefühlt. Das war typisch für ihn – er erweckte den Eindruck, als würde er mich bitten, ihm Gesellschaft zu leisten, während es in

Wirklichkeit genau umgekehrt war. Schon vor Monaten hatte ich erfahren, dass er inzwischen Dekan der medizinischen Fakultät an der McGill war.

»Arbeiten Sie hier in der Nähe?« Sein Blick sagte, dass es ihn tatsächlich interessierte. Dr. Clarke hatte sich als einziger meiner Medizinprofessoren während meines Studiums für mich interessiert. Als die einzige Frau im Jahrgang war ich aufgefallen wie ein bunter Hund. Die anderen Professoren hatten mich vor allem als Beleidigung und Bedrohung gesehen.

Ich erzählte ihm kurz von meiner Arbeit in Zürich und Wien und gab ihm eine Karte mit meiner Adresse in der Mansfield Street.

Er machte eine Bemerkung in der Richtung, dass weibliche Ärzte dringend gebraucht würden, weil sich Mütter und Kinder von ihnen entspannter behandeln ließen. Andere Leute hatten das auch schon zu mir gesagt, aber bei Dr. Clarke klang es aufrichtig. Ich verschwieg, dass nur wenige Mütter an meine Tür geklopft hatten, seit mein Schild dort hing.

»Sie sollten unbedingt mal im Vic vorbeischauen«, sagte Dr. Clarke und deutete auf das große Gebäude am Südhang des Mount Royal. Das Royal Victoria Hospital war gebaut worden, während ich in Europa war. Es erinnerte mich an ein Schloss, umgeben von goldenen Blättern, die in der Herbstsonne leuchteten.

Dr. Clarke schaute mich aufmerksam an. Plötzlich sah ich mich mit seinen Augen: das langweilige Kleid, das ich jeden Tag anhatte, als wäre ich eine Nonne, der geflickte Mantel, die abgetragenen Schuhe. Auf dem Weg zurück zu meinem Praxisraum musste ich unbedingt schwarze Schuhcreme kaufen. Wieso hatte ich mich nur so gehen lassen?

Er musterte mich immer noch. Am College hatte er mich in eine Gruppe von Studenten eingeladen, die er betreute. Zu dieser Gruppe hatte auch Joseph gehört, ein Schwarzer aus Jamaika, sowie mehrere Juden. Clarke nahm mich dazu, weil ich die einzige Frau im Jahrgang war. Ihm war es wichtig, uns namentlich zu kennen, und er legte die Veranstaltungen so, dass die jüdischen Studenten freitags früh nach Hause konnten, um den Sabbat zu begehen. Nachdem wir unseren Abschluss gemacht hatten, half er einigen von uns, eine Stellung zu finden. Es ging das Gerücht, Clarke sei selbst Jude. Er war Mitglied der presbyterianischen Kirche und mit einer Anglikanerin verheiratet. Seine Söhne hießen Christopher und Luke. Aber das Gerücht hielt sich hartnäckig.

»Ich muss mich jetzt leider von Ihnen trennen«, sagte er, als wir am Eingang der medizinischen Fakultät angekommen waren.

Ich nickte. Wer konnte ihm vorwerfen, dass er sich so rasch verabschiedete? Warum sollte der Dekan der Medizin an der McGill seine Zeit mit Leuten wie mir verschwenden?

»Wir müssen uns bald mal treffen.«

Wieder nickte ich, dankbar für seine zuvorkommenden Umgangsformen, aber ich hörte ihm nicht mehr richtig zu.

»Wie wäre es mit morgen? Ist Ihnen neun Uhr zu früh?« Seine dunkelbraunen Augen ließen mich nicht los.

Ich war so verdutzt, dass ich nicht gleich antwortete. Dr. Clarke meinte es ernst. Er war nicht einfach nur höflich.

»Also – um neun?«, wiederholte er und ließ mich nickend auf dem Pfad stehen.

Jetzt saß ich genau am selben Ort auf genau demselben Stuhl, auf dem ich vor acht Jahren gesessen hatte, damals, als Dekan

Laidlaw mich zu sich gebeten hatte. Laidlaws Sekretärin, die korpulente Dame mit den herzlichen Umgangsformen, hatte ihre Stelle behalten und war jetzt Dekan Clarkes Schreibhilfe. Was für ein komischer Gedanke – während ich mein Examen am Bishop's College gemacht hatte und um die halbe Welt gereist war, hatte diese Frau hinter demselben Schreibtisch immer dieselbe Rolle erfüllt. Wie viele junge Männer waren durch die Türen der McGill gegangen, seit ich das letzte Mal hier gewesen war? Wie viele Frauen? Von der gegenüberliegenden Wand blickte immer noch Andrew F. Holmes mit unerbittlichem Stolz auf mich herunter.

Junge Männer in Talaren kamen vorbei, plaudernd und lachend, unterwegs zu einer Vorlesung. Ich kannte keine Menschenseele hier. Wie schrecklich es wäre, wenn ich William Howlett begegnen würde! Oder sonst irgendeinem Mitglied des Zulassungskomitees, das mich und die riesige Summe, die für mein Anliegen zusammengekommen war, abgewiesen hatte. Eine Glocke läutete, der Gang leerte sich, und es wurde so still, dass ich eine Uhr ticken hörte, in dem Raum in der Nähe, der als Empfangszimmer zu dienen schien. Ich kniff die Augen zusammen, um die Uhr besser sehen zu können. In dem Moment kam Dr. Clarke aus seinem Büro und sah mich auf meinem Stuhl sitzen. Er breitete die Arme aus, als wollte er mich umarmen, überlegte es sich dann aber anders und schwang die Hände auf den Rücken. »Willkommen, Dr. White.«

In seinem Büro standen die Fenster weit offen, und man hörte das Gurren der Tauben draußen im Gebälk. Dekan Clarke hatte die Möbel umgestellt und seinen Schreibtisch auf die Seite geschoben, sodass die Besucher auf die Bäume hinausblicken konnten – Pappeln, die, auf dem Rasen in einer Reihe gepflanzt, ins helle Morgenlicht ragten.

»Ich habe Tee für uns bestellt«, sagte er.

Wie anders das heute war als beim letzten Mal, als der Raum erfüllt wurde von Dr. Mastros Zigarrenrauch und von Dr. Hingstons Feindseligkeit. Die Sekretärin, die, wie ich inzwischen wusste, Mrs Burke hieß, brachte ein Tablett mit Tee herein. Während ich an meiner dampfenden Tasse nippte, brachte mich Dr. Clarke auf den neuesten Stand und berichtete, was sich in der Fakultät in den letzten Jahren ereignet hatte. Von dem Komitee, das meine Zulassung abgelehnt hatte, war nur noch einer da: Dr. Mastro. Er war jetzt der Leiter der Physiologie-Abteilung. Dr. Howlett, dessen Position er übernommen hatte, arbeitete in den USA, wo er offenbar ein Vermögen scheffelte und zu Ruhm und Ehren gelangte. Dekan Laidlaw war im Ruhestand, und Dr. Hingston lebte nicht mehr. Diese letzte Information war schon bis zu mir durchgedrungen. Laure hatte mir den Nachruf nach Wien geschickt, woraufhin ich Felicity, die immer noch zu Hause bei ihrer Mutter wohnte, einen unbeholfenen Beileidsbrief geschrieben hatte.

Dr. Clarke verhielt sich mir gegenüber so, als wäre ich eine Kollegin und als stünde es mir zu, dass er sich mit ihr abgab. Das war mir angenehm, aber zugleich fand ich es strapaziös. Ich hatte ein sauberes Kleid angezogen, doch besonders vorteilhaft war es nicht.

Der Dekan war ein gut aussehender Mann, mit den glatten Wangen eines Jungen und mit dichten Haaren, die erst jetzt, mit Ende fünfzig, etwas grau wurden. »Entwaffnend« war das Adjektiv, das einem bei ihm in den Sinn kam. »Gentleman« war das passende Substantiv dazu. Aber in dieser Situation machte er mich nervös. Während unseres ganzen Gesprächs hatte er mir noch nicht in die Augen geschaut. Er blickte erst zur Decke, dann aus dem Fenster. »Ich möchte Ihnen ein Angebot machen.«

Ich stellte meine Tasse ab. Einen verrückten Moment lang dachte ich, er würde sich vorbeugen und mir etwas Unmoralisches vorschlagen.

»Schon seit einigen Monaten«, sagte er nach einer unbehaglichen Pause, »suchen wir jemanden.«

Ich holte hektisch Luft, verschluckte mich und musste husten. Bestimmt hatte ich ihn missverstanden. Die McGill-Universität ließ immer noch keine Frauen zum Medizinstudium zu. Dr. Clarke konnte mir also unmöglich eine Arbeitsstelle anbieten. Die Sonne kletterte genau in diesem Augenblick über die Pappeln, und ich rückte meinen Stuhl wieder in den Schatten.

»Es geht um das medizinische Museum«, fuhr er fort. »Wir brauchen jemanden, der es übernimmt.« Er schüttelte bedauernd den Kopf. »Die Aufgabe ist nicht unbedingt fesselnd, ich weiß, und die Bezahlung …« Er ließ den Satz unvollendet.

»Wollen Sie mir diese Stelle anbieten?«

»Es tut mir leid, Dr. White.«

Ich musste mich zusammenreißen, um nicht laut loszulachen. Dr. Clarke entschuldigte sich, weil er mir eine Anstellung an der McGill anbot, die auch noch bezahlt wurde. Er schloss die Türen zu dieser Institution für mich auf! Am liebsten wäre ich ihm um den Hals gefallen.

»Ich nehme Ihr Angebot an«, sagte ich. Ich musste es noch einmal sagen und dann sogar noch ein drittes Mal, betont langsam, bis er endlich verstand.

In dem Raum war es sehr dunkel. Überall Staub. Dr. Clarke hielt sich ein Taschentuch vor den Mund. Es gab keine Deckenlampe. »Es tut mir leid, Agnes«, sagte er wieder, nachdem er die Tür geöffnet hatte. Hierher waren noch keine Stromkabel gelegt worden, und er musste eine Gaslampe anzünden, die alles in ein gelbliches Licht hüllte. Die Fakultätsbüros befanden sich im Stockwerk unter uns, und darunter waren die Hörsäle. Nur selten kam jemand hier herauf. Im Flur standen verwaist ein paar Stühle und kaputte Schreibtische herum.

»Mastro hätte wenigstens dafür sorgen können, dass hier geputzt wird«, brummelte Dr. Clarke in sein Taschentuch. »Er ist der Kurator.«

Der Name ließ mich zusammenzucken. »Dr. Mastro?«

Dr. Clarke nickte. »Das Museum gehört zum Lehrstuhl für Physiologie.« Er fuhr über die Oberfläche des zentralen Arbeitstisches und hielt mir die schwarze Fingerspitze hin. »Mastros Frau ist in Saranac Lake im Sanatorium, sie hat Schwindsucht. Er muss sich um andere Dinge kümmern als um das medizinische Museum.«

Meine Augen gewöhnten sich allmählich an das Dunkel. Ich bemerkte die hohe Decke, die Regale an den Wänden. Irgendwann hatte hier Ordnung geherrscht, jemand hatte sich um eine Struktur bemüht. Ich begriff jetzt auch, warum es so dunkel war, ging ans andere Ende des Raumes und zog an einer Schnur. Eine Jalousie schnurrte nach oben und enthüllte ein großes, schmutziges Fenster.

»*Fiat lux!*«, rief der Dekan. Ich konnte ihn jetzt besser sehen, er grinste jungenhaft übers ganze Gesicht.

Die Gläser und der düstere Raum führten meine Gedanken zurück an einen anderen Ort, in eine andere Zeit. Still stand ich da und atmete das Formalin ein. Gerüche bleiben bei einem. Ich musste an die Scheune in St. Andrews East denken und an meine frühen Versuche als Kuratorin, aber die

Erinnerungen gingen sogar noch weiter zurück. Ich hatte schon einmal solche Gläser, solche Regale gesehen. In dem Raum hinten in unserem Haus in Montreal.

Schließlich verabschiedete sich der Dekan mit dem Versprechen, mir gleich den Hausmeister samt einem Eimer und dem übrigen Putzzeug, das ich brauchte, zu schicken. Er entschuldigte sich auch dafür. Als wäre es angesichts meiner Ausbildung unter meiner Würde zu putzen.

In der folgenden halben Stunde tat ich nichts anderes, als auf einem Hocker an dem großen Arbeitstisch zu sitzen und die Staubdecke zu betrachten. Die Sonne hatte den Zenit erreicht, und ihre Strahlen leuchteten durch das schmutzige Fenster, das nach Süden ging, auf den McGill-Campus hinaus. Ich würde den ganzen Tag über Licht haben.

Dr. Clarke hatte meine Pflichten noch nicht umrissen, aber die ersten Aufgaben waren unübersehbar. Das Museum war wie eine Rumpelkammer, die Objekte standen völlig beliebig herum, manche waren umgekippt. Etwas Weißes fiel mir ins Auge. Um einen Metallstab beugte sich unbeholfen ein Skelett. Es war klein. Als ich es aufrichtete, löste sich der rechte Arm aus dem Schultergelenk, sodass ich ihn in der Hand hielt.

Ich drückte den Arm an mich. Die Besitztümer meines Vaters waren erhalten geblieben. William Howlett musste sie hierhergebracht haben, und jetzt würde ich ihre Hüterin sein. Hatte Dr. Clarke auch nur die geringste Ahnung, was für ein Geschenk er mir gerade gemacht hatte? Meine Augen füllten sich mit Tränen.

Genau wie das Skelett musste fast jeder Gegenstand hier im Museum repariert werden. Darauf freute ich mich richtig! Ich legte die Armknochen, die ich immer noch in der Hand hielt, beiseite. Sie waren porös und erstaunlich leicht. Ich begann, die Gläser zu inspizieren. Manche Präparate stammten von Tieren. In einem Glas befanden sich Schnitte einer Schweinelunge, ausgewählt wegen der Parasiten, die die Bronchien blockiert hatten. »Strongylus« stand da in einer Handschrift, die ich nie hatte näher kennenlernen dürfen. Meine eigene Schrift ist eher gedrungen, vor allem, wenn ich in Eile bin. Seine hingegen war hoch und schmal und lief nach oben spitz zu, als wollte sie davonfliegen.

Ein Regal enthielt nichts anderes als präparierte menschliche Herzen. Auf dem ersten Glas stand »Verfettetes Herz mit Ruptur«, in der Schrift meines Vaters. Diese Präparate waren sehr alt, mit moosigen Oberflächen, die man nicht unbedingt berühren wollte. Auf einem anderen stand: »Akute eitrige Perikarditis«. Das Herz hatte einer Frau gehört und nach den Aufzeichnungen meines Vaters einen halben Liter »löblichen Eiter« produziert. Diese Exponate hatten ihm gehört. Er hatte sie selbst herausgeschnitten und konserviert. Das war unfassbar.

»Das Horrorkabinett«, sagte ich laut und musste grinsen bei dem Gedanken. Ich schaute mich um und begutachtete das Ausmaß an Unordnung. Es würde viel Zeit und Mühe kosten, alles zu sortieren, aber ich hatte Tage und Monate zur Verfügung, und Dr. Clarke würde mich dafür bezahlen.

Als der Dekan nach dem Mittagessen zurückkam, hatte ich schon angefangen zu fegen. Meinen dunkelgrauen Rock hatte ich zusammengeknotet, damit der Saum nicht zu staubig wurde, und um den Kopf hatte ich mir ein buntes Tuch geschlungen. Mehrere Gläser standen bereits aufgereiht auf dem Arbeitstisch, ein erster Schritt, um das Durcheinander zu lichten. Dr. Clarke nieste ausführlich.

»Ich fürchte, ich habe viel Staub aufgewirbelt«, sagte ich und wedelte mit der Hand durch die trübe Luft.

Er lachte. »Ist das nicht Ihre Spezialität, Dr. White?«

Ich wollte gerade protestieren, als ein zweiter Mann im Türrahmen erschien und mich verstummen ließ. Ich erkannte ihn sofort.

»Ich dachte, Sie sollten einander kennenlernen«, verkündete Clarke leutselig.

Dr. Mastro trat nicht näher, sondern blieb auf der Schwelle stehen. Seine breiten Schultern hatten sich etwas gerundet, die Hände hielt er in den Taschen vergraben.

»Wir hatten bereits das Vergnügen«, sagte ich und neigte zur Begrüßung den Kopf. Ich achtete darauf, dass meine Stimme herzlich klang.

»Ich habe soeben von Ihrer Anstellung erfahren«, sagte er. »Entschuldigen Sie meine Überraschung.«

Dr. Clarke gab ein kurzes, verlegenes Lachen von sich. Offenbar hatte er den Vorsitzenden der Physiologie bei seiner Entscheidung übergangen. Und ebenso offensichtlich war es, dass Dr. Mastro nicht entzückt war. »Dr. White ist höchst qualifiziert …«

»Davon bin ich überzeugt«, erwiderte Mastro und verlagerte sein Gewicht, als wäre er ein Boxer und wollte auf uns losgehen. Er musterte mich unverwandt. Meine Erscheinung glich eher der einer Putzfrau als der eines Mitglieds der medizinischen Fakultät. Dann ging er an mir vorbei und trat mitten hinein in das Durcheinander. »Nun gut«, sagte er nach einer Pause. »Irgendjemand muss das ja machen.«

»Und Sie sind oft weg, Ed«, plädierte Dr. Clarke. »Sie können es nicht übernehmen. Ich dachte, Sie sind erleichtert.«

Dr. Mastro lächelte. »Ja, selbstverständlich bin ich das.« Er knallte die Hacken zusammen wie ein Soldat und machte eine wegwerfende Handbewegung. »Wenn Sie beide mich jetzt entschuldigen würden – ich muss eine Vorlesung vorbereiten.«

Als er sich entfernte, klackten seine Schuhe über die Fliesen. Dr. Clarke lachte wieder, aber ich schaffte es nicht, mit einzustimmen. Ich hatte heute Morgen mehr als Staub aufgewirbelt. Das Museum war voller Geister, die alle erwachten.

III

DAS HOWLETT-HERZ

Das Herz kann sich erweitern zu einer hohlen Ausbuchtung.

– MAUDE ABBOTT, »ANGEBORENE HERZFEHLER«

10

April 1899

Ich hatte den ersten Winter an der McGill überstanden, aber außer Dr. Clarke hatte ich unter meinen Kollegen keine Freunde gewonnen. Niemand blieb auf dem Gang stehen, um mit mir zu plaudern, und als ich mich ein einziges Mal während der Kaffeepause ins Dozentenzimmer wagte, starrten mich alle so fassungslos an, dass ich mich nicht traute, es zu wiederholen. Meine Anwesenheit an der McGill irritierte sie. Ich war nicht eingestellt worden, um zu lehren und zu forschen, und doch wurde ich bezahlt. Zwar sagte nie jemand etwas Gehässiges zu mir, alle hatten viel zu viel Respekt vor dem Dekan, um offen ihre Missachtung zu zeigen. Aber untergründig war trotzdem ein gewisser Widerstand da. Keiner, außer Dekan Clarke, sprach mich mit der förmlichen Anrede »Doktor« an. An meiner Tür befand sich kein Schild mit meinem Namen und dem Titel. Ich gehörte einfach nicht dazu.

Ich wickelte meinen Schal fester um den Hals. Das Fenster hatte an einer Seite einen Riss, wodurch der Ausblick auf den Campus verzerrt wurde, und zudem drang kalte Zugluft herein. Im November hatte ich mich bei Mastro darüber beschwert, aber bisher war nichts unternommen worden. Es war die geringste seiner Sorgen. Er hielt sich oft in Saranac Lake auf, und deshalb blieb es mir überlassen, das Museum zu führen. Und inzwischen war es April geworden. Zwar würde es voraussichtlich nicht mehr schneien, aber kalt war es immer noch.

Die Scheibe zitterte. Ich war mir sicher, dass sie in Kürze herausfallen würde. Einen Moment lang hielt ich inne und schaute mich in meinem kleinen Königreich um. Weil es draußen bewölkt war, wirkten die Ausstellungsstücke farbloser als sonst. An sonnigen Tagen schimmerten die Gläser, und ihr Inhalt leuchtete. Ich hatte hart gearbeitet, seit ich den Raum im September das erste Mal betreten hatte. Jedes einzelne Glas hatte ich überprüft und gründlich abgestaubt, und dann hatte ich alles nach Organen oder Funktionssystem geordnet. Aber meine erste Tat war gewesen, alles sauber zu putzen und die Regale zu streichen. Und es blieb immer noch genug zu tun. Bei vielen Gläsern war die Versiegelung beschädigt, wodurch der Verwesungsprozess eingesetzt hatte. Bei anderen waren die Glasröhrchen, die die Präparate stützten, verrutscht oder zerbrochen.

In meinen schlimmsten Augenblicken dachte ich allerdings, dass es doch ein Fehler gewesen war, die Stelle anzunehmen. Als Dr. Clarke den Vorschlag machte, war es mir vorgekommen, als ob alle meine Wünsche in Erfüllung gehen würden. Aber ich hätte Fragen stellen sollen. Das war mir jetzt klar. Eine erfahrenere Person hätte ein angemessenes Gehalt ausgehandelt, statt sich Dekan Clarke gleich vor die Füße zu werfen. Mittlerweile hatte ich begriffen, wieso sich sonst niemand auf die Stelle gestürzt hatte.

Vor mir auf dem Tisch stand eine Ansammlung von Herzen. Drei Dutzend, in verschiedenen Größen und Formen. Die ersten waren vor siebzig Jahren in die Sammlung gelangt, und danach waren weitere hinzugekommen, bis vergangene Woche. Die Behälter bestanden aus dickem Glas, das funkelte wie Kristall. In einigen hatte sich das Formalin gelblich verfärbt, in anderen hatte es einen leichten Blaustich. Manche der Organe waren vollständig, andere segmentiert. Gleichgültig, in welchem Zustand sie waren – sie wirkten alle unglaublich schön, aber eben auch mit Mängeln behaftet. Die Defekte waren nicht zu übersehen – kleine Risse in der Herzscheidewand, vernarbtes Gewebe an den Herzklappen, welches das Öffnen und Schließen erschwerte, eine Verengung der Aorta, Vertauschung von Aorta und Lungenarterie. Zu Lebzeiten der Kranken waren die Anzeichen dieser Störungen sicher nicht so gravierend gewesen: Atemnot, wiederkehrende Schmerzen, Blässe, bläulich-violette Hautfarbe. Für den Spezialisten wären allerdings noch Geräusche dazugekommen. Ein Stethoskop auf dem Brustkorb des jeweiligen Patienten hätte eine schaurige Symphonie preisgegeben.

Die neueren Präparate waren nicht beschriftet. An diesem gottverlassenen Ort war vor meiner Ankunft überhaupt herzlich wenig beschriftet worden. In einer Ecke hatte ich für die gebrochenen Herzen zwei Regale freigeräumt. Eine Herz-Ecke, wie mein Vater sie in seinem Horrorkabinett besessen hatte. Aber im Moment standen die präparierten Herzen noch völlig ungeordnet auf dem Arbeitstisch, umgeben von kleinen Pfützen aus chemischer Flüssigkeit und von meinen fleckigen Notizblättern.

Ich nahm das Glas in die Hand, das am nächsten stand. Darin befand sich das größte Herz der Sammlung, grau wie eine Taubenbrust, mit fedrig ausgefranstem Gewebe, wodurch die Konturen verschwommen waren. Es war beschriftet mit »Geschwürige Endokarditis«, in der Handschrift meines Vaters.

Es klopfte, und Dr. Clarke steckte den Kopf zur Tür herein. Ich schaute auf meine Armbanduhr. Es war elf, und ich hatte gesagt, dass ich ihn um diese Zeit erwarten würde. Aber dann hatte ich es vergessen. Mein Laborkittel müsste gewaschen werden, dachte ich plötzlich. Und ich roch, als wäre ich selbst in Konservierungsmittel eingelegt worden. Mit hochrotem Kopf versuchte ich mich aus dem Kittel zu befreien, während Dr. Clarke auf mich zukam.

»Wie läuft's mit dem System?«, fragte er und gab mir die Hand.

Das »System« hatte ich mir ausgedacht, als mir klar wurde, wie umfangreich die mir anvertraute pathologische Sammlung tatsächlich war. Die ältesten Stücke stammten von 1823, also aus dem Jahr, in dem die medizinische Fakultät gegründet worden war. In den darauffolgenden Jahren waren Hunderte von Präparaten gesammelt worden. Mit einer gewissen Regelmäßigkeit kamen nun eimerweise Präparate aus dem General Hospital und dem Royal Victoria Hospital dazu, was das Chaos noch verschlimmerte. Es war zwar genügend Platz vorhanden, aber das Ziel war ja, die Sammlung so zu organisieren, dass die einzelnen Stücke schnell und problemlos hervorgeholt werden konnten.

In Zürich hatte ein Arzt die Dewey'sche Dezimalklassifikation für anatomische Präparate abgeändert. Ursprünglich war dieses System 1876 für das Ordnen von Büchern in Bibliotheken entwickelt worden. Bei meiner Version, von der Dr. Mastro und auch andere Mitglieder der Fakultät sehr beeindruckt schienen, wurde eine entsprechende Pathologie-Nummer hinter das Dezimalkomma gesetzt. Ich hatte vier Monate gebraucht, um dieses System im Detail auszuarbeiten und es dann auch umzusetzen. Außer den Herzen waren seit dieser Woche sämtliche identifizierten Exponate mit einem Etikett versehen.

Die Präparate, die neu hinzukamen, machten nicht so viele Schwierigkeiten. Es lag stets ein Autopsiebericht dabei, und wenn dieser Bericht missverständlich war, musste ich mich nur an Mastro oder an den zuständigen Arzt wenden. Es waren die älteren Präparate, die mir Kopfzerbrechen bereiteten. Oft fühlte ich mich wie Sisyphus, der versucht, einen Felsbrocken den Berg hinaufzuwälzen – nur damit der Stein wieder herunterrollt und ihn zu zerquetschen droht. Dabei war die Anatomie noch meine leichteste Aufgabe. Viel schwieriger war es, die pathologische Anomalie zu bestimmen. Ich musste die Präparate mit einem Datum versehen, und dafür war es erforderlich, alte Krankenhausakten zu durchforsten, weil ich ja herausfinden wollte, was dort über die Organe notiert worden war. Eine zeitraubende, extrem mühselige Arbeit.

»Fertig!«, sagte ich theatralisch zu Dr. Clarke.

Er lachte und schüttelte mir die Hand. »Sie sind ein wunderbares Mädchen.«

Weil ich Tag für Tag mit den Präparaten herumhantierte, waren meine Finger ganz rau. Schnell zog ich die Hand zurück.

Dr. Clarke tat so, als würde er das nicht merken. »Also, was haben Sie ausgegraben, Agnes?«

Am Abend zuvor hatte ich ihm einen Zettel auf den Schreibtisch gelegt. Für gewöhnlich vermied ich es, ihn irgendwie zu beanspruchen. Er hatte viel zu viele Verpflichtungen. Zusätzlich zu seinen Aufgaben in der Verwaltung veröffentlichte er wissenschaftliche Artikel und betrieb eine Privatpraxis. Außerdem betreute er als Mentor viele Studenten und jüngere Kollegen.

Ich deutete auf das Glas mit dem großen Herzen, das ich den ganzen Vormittag studiert hatte. Es war ein ausgewachsenes Organ, aber so seltsam deformiert, dass man sich fragte, wie sein Besitzer die Kindheit überlebt hatte.

Clarke nahm das Glas und betrachtete das Herz. Wegen der schlechten Beleuchtung musste er die Augen zusammenkneifen. »Geschwürige Endokarditis?«

»Das Etikett ist falsch.«

»In der Tat«, stimmte Clarke zu. »Es liegt eine Anomalie vor, so viel ist klar, aber keine, die ich je gesehen habe. Schauen Sie nur, wie stark die Aurikel erweitert sind.«

Ich war dabei, den Mut zu verlieren. Meine Arbeit hier war wie der Versuch, ein riesiges Puzzle zusammenzufügen, bei dem verschiedene Teile fehlten, während andere gar nicht passten. »Heißt das, es sagt Ihnen nichts?«

Langsam drehte er das Glas. »Das Herz hat nur drei Kammern – ein Ventrikel fehlt«, murmelte er und schüttelte verwundert den Kopf. »Wie bei einem Reptil!«

Ich nickte. Als mir das Herz zum ersten Mal aufgefallen war, hatte ich gedacht, dass es unmöglich von einem Menschen stammen konnte. Das Museum besaß ja auch einige präparierte Tierorgane. Gehörte es vielleicht in diese Kategorie? Ich erwähnte diese Möglichkeit.

»Zu groß«, sagte er und rieb sich das Kinn. »Alles, außer der fehlenden Kammer, weist eindeutig auf einen Menschen hin.«

»Nicht ganz«, wandte ich ein und zeigte auf die Stelle direkt unterhalb der Lungenarterie rechts oben. »Dort ist ein Hohlraum, sehen Sie? Ich vermute, das ist der Ersatz für die fehlende Kammer.«

In Gedanken versunken drehte Clarke das Glas noch einmal, die Lippen gespitzt. »Wissen Sie, wer Ihnen da weiterhelfen könnte?«

Mir stockte der Atem. Ich wagte es nicht, ihn anzuschauen. Das Herz war alt, vermutlich stammte es sogar aus der Ära vor meinem Vater, der allerdings zu jener Zeit, als es erworben wurde, bereits an der Fakultät der Experte für pathologische Veränderungen gewesen war. Vielleicht hatte er es obduziert. Ich blickte zu Boden, weil ich beim besten Willen nicht wusste, wie ich mich verhalten würde, wenn er den Namen, dessen Erwähnung ich einerseits fürchtete, andererseits aber herbeisehnte, aussprechen sollte.

»William Howlett«, sagte der Dekan und legte die Fingerspitzen aneinander.

Überrascht hob ich den Kopf und sah ihn an.

»Er kennt die Sammlung hier besser als sonst irgendjemand«, erklärte Clarke. »Als er hier gelehrt hat, benutzte er die Präparate in seinen Vorlesungen – zu Demonstrationszwecken für seine Studenten.«

Ich nickte und versuchte zu lächeln. *William Howlett.* Dieser Name war mir überhaupt nicht in den Sinn gekommen.

»Jawohl«, sagte Dr. Clarke. »Howlett ist genau der Mann, den Sie brauchen. Sie haben doch sicher schon von ihm gehört?« Er stellte das rätselhafte Präparat wieder auf den Tisch. »Er hat einen exzellenten Ruf erworben, seit er von Montreal fortgegangen ist.«

Wieder nickte ich zaghaft, was Dr. Clarke auslegen konnte, wie er wollte.

»Sie sollten ein Treffen mit ihm vereinbaren, Dr. White. Aus verschiedenen Gründen – nicht nur wegen dieses Herzens.«

II

Mai 1899

Das Erste, was mir an Baltimore auffiel, war die Farbe. Grüne Blätter, die sich an den Zweigen von Ulmen und Eichen entfalteten, welche die ruhigen Straßen säumten, grüne Knospen an allen Hecken, grünes Gras auf den großen, gepflegten Rasenflächen. Als ich vor zwei Tagen in der Windsor Station in den Zug gestiegen war, hatte sich Montreal noch ganz in Grau gehüllt. In meiner Heimatstadt hatte der Frühling gerade erst begonnen, aber auf der Fahrt nach Süden war zunehmend Farbe in die Landschaft gekrochen, und hier in Baltimore kam es mir vor, als hätte sich eine Hand vom Himmel nach unten gereckt und das Land mit üppigen Frühjahrsfarben koloriert.

Ich war hier wegen Dr. Clarke. Er war es, der diese Reise angeregt und die Finanzierung geregelt hatte, auch gegen den Widerstand von Dr. Mastro und anderen Fakultätsmitgliedern. Mein Ziel war das Army Medical Museum in Washington, in dem nach Aussage von Clarke die größte Sammlung pathologischer Präparate in Nordamerika untergebracht war. Es würde, so versprach er, viel dazu beitragen, mich für meine Arbeit zu inspirieren. Auf dem Weg dorthin solle ich in Baltimore Station machen, schlug er vor, um dort das medizinische Institut und das Krankenhaus von Johns Hopkins zu besuchen. Dr. Mastro hatte einen ziemlichen Aufstand veranstaltet, als er von den Plänen erfuhr. Er wollte nicht einsehen, warum Universitätsgelder – die selbst in guten Zeiten nicht ausreichten – für eine Person ausgegeben werden sollten, die nicht einmal zum Lehrkörper gehörte.

Clarke hatte die Unternehmung trotzdem durchgesetzt, und nun war ich hier in Baltimore, saß in der ratternden Straßenbahn und war unterwegs zur renommiertesten medizinischen Fakultät in den Vereinigten Staaten. Auf dem Schoß hielt ich eine Tasche, die ausgestopft war mit Tüchern und alten Zeitungen. In dieser Verpackung versteckte sich das Glas mit dem rätselhaften Herzen, das nur drei Kammern besaß und mich nicht mehr losließ, seit ich es zum ersten Mal gesehen hatte. Ich hoffte, dass ich kurz davor war, sein Geheimnis zu lüften. Außer dem Glas befand sich in meiner Tasche noch ein Empfehlungsschreiben an den Chefarzt des Krankenhauses, an Dr. William Howlett.

Ich freute mich darauf, ihn wiederzusehen, und war schon sehr aufgeregt. Bestimmt erinnerte er sich noch an mich – schließlich war ich ihm im Dekanszimmer an der McGill sozusagen vor die Füße gefallen, um dann unter Tränen meine wahre Identität zu enthüllen. Ich wollte ihm zeigen, dass ich es zu etwas gebracht hatte.

Das Herz ruhte schwer auf meinen Knien. Es war im buchstäblichen Sinne eine Last. Ich hatte es von Montreal bis hierher geschleppt und es die ganze Zeit nicht aus den Augen gelassen. Das Glas war zwar dick, aber zerbrechlich war es trotzdem. Ich hoffte, dass ich es für die Dauer meines Aufenthalts in Howletts Büro abstellen konnte.

Unter mir dehnte sich der Hafen. Dazu ein Labyrinth aus Straßen. Baltimore war eine Industriestadt. Es gab wohlhabende Wohnbezirke, zu denen auch das Viertel gehörte, in dem sich mein Hotel befand, mit riesigen alten Villen aus Backstein, aber in den meisten Stadtteilen drängten sich dicht an dicht die Reihenhäuser und Wohnblocks. Offenbar gab es hier eine breite Arbeiterschicht, die hauptsächlich aus deutschen Immigranten bestand, so hatte ich gehört. Die persönlichen Bediensteten hingegen waren durchweg Farbige. Als ich am Morgen auf die Straßenbahn gewartet hatte, waren nicht weniger als fünf schwarze Frauen an mir vorbeigegangen, und jede schob einen Kinderwagen mit einem weißen Baby.

Das Johns Hopkins Hospital liegt mitten in Baltimore auf einem Hügel und blickt hinunter auf die Chesapeake Bay. Es wurde in den 1870ern gebaut, ehe Pasteur die Erkenntnis verbreitete, dass Ansteckung über die Luft erfolgt. Damals hatte man den Hügel, der die frische Brise vom Meer abbekam, bestimmt als sehr gesundheitsfördernd betrachtet. Über Nacht hatten sich jedoch die Theorien verändert, und der Ort war ein Anachronismus geworden. Ich hatte irgendwo gelesen, dass nicht nur die Theorie mit der Seeluft nicht stimmte, sondern dass der Architekt kein angemessenes Abwassersystem und zudem keine richtige Belüftung geplant hatte. Trotzdem galten das Krankenhaus und die medizinische Fakultät als die besten in ganz Nordamerika.

Die Straßenbahn keuchte bergauf. Sie war elektrifiziert. Nur ein dünnes Kabel sorgte dafür, dass wir nicht rückwärts hinab in die Chesapeake Bay rutschten. Meine beiden Mitreisenden schien das nicht zu beunruhigen. Es handelte sich erstens um ein junges Mädchen, das seine Nase in ein Lehrbuch steckte. Ich saß nahe genug bei ihr, um in einem Meer aus gedrucktem Text die rosaroten Abbildungen der Organe zu erkennen.

Der zweite Mitreisende war ein Mann, der eher in meinem Alter war, mit sehr kurzen Haaren und einer militärischen Haltung. Er hatte keine Bücher bei sich und beachtete weder mich noch das Mädchen, sondern starrte die ganze Zeit aus dem Fenster. Seine Gesichtsfarbe war zu kräftig für einen Patienten, aber er konnte auch kein Medizinstudent sein, denn die wohnten oben auf dem Hügel. Warum saß er dann morgens um halb neun in dieser Bahn? »Residenzpflicht« gehörte zu den Erfordernissen, wenn man sich an der Johns Hopkins immatrikulierte. Man musste alleinstehend sein und bereit, im Krankenhaus zu schlafen. Diese Regeln hatte Dr. Howlett aufgestellt, der davon überzeugt war, dass bei der Ausbildung von zukünftigen Medizinern eine Art praktische Lehrzeit wesentlich sinnvoller war als das Lesen von Büchern. Die wenigen Frauen, die zu dem Programm gehörten, waren allerdings von dieser Vorschrift ausgenommen; sie hatten Zimmer in der Stadt oder wohnten in den Schwesternhäusern, die sich ebenfalls oben auf dem Hügel befanden.

Als die Straßenbahn ihr Ziel erreichte, war es kurz vor neun Uhr. Der Mann stieg als Erster aus. Er machte keinerlei Anstalten, mir vielleicht mit meiner klobigen Tasche behilflich zu sein, sondern eilte sofort in Richtung Krankenhaus. Das Mädchen lief hinter ihm her, schwer beladen mit ihren Büchern, und warf nur einen kurzen Blick auf ihre Uhr.

Ich kletterte ebenfalls rasch aus dem Wagen. Als Reaktion auf meinen Brief an William Howletts Büro, in dem ich um ein Treffen gebeten hatte, war von der Sekretärin die Ermahnung gekommen, ich solle auf keinen Fall zu spät erscheinen.

»Dr. Howlett ist immer sehr pünktlich«, hatte sie geschrieben. »Das Gleiche erwartet er auch von Ihnen.«

Gern hätte ich gewusst, was er von meiner Bitte um einen Termin bei ihm hielt. Und wie würde er mich begrüßen? Neun Jahre waren seit unserem unglücklichen Zusammentreffen in Montreal vergangen. Bei dem Gedanken an die Feindseligkeit des Komitees biss ich die Zähne zusammen. Die ganze Angelegenheit war dermaßen demütigend gewesen! Miss Skerry sagte immer, die schlimmsten Situationen seien auch die fruchtbarsten, weil man aus ihnen sehr viel lerne. Aber die Erfahrung damals hatte mich nicht viel gelehrt. Das Ganze war nur ein unauslöschliches Fiasko gewesen.

Dr. Howlett hatte in den Monaten nach unserer Begegnung nicht mit mir Kontakt aufgenommen. Vielleicht war er verärgert gewesen. Oder die Erwähnung meines Vaters hatte ihn erschüttert. Aber warum auch immer – innerhalb eines Jahres hatte er Montreal verlassen und war in die USA gegangen, um dort zu arbeiten, zuerst nach Philadelphia und ein paar Jahre später nach Baltimore. Und jetzt würden wir uns wiedersehen. Ich umklammerte den Griff meiner schweren Tasche noch fester. Ohne die Ermutigung von Dr. Clarke hätte ich mich nicht an ihn gewandt, aber vermutlich war er wirklich der einzige Mensch auf der Welt, der das Rätsel meines Herzens lösen konnte.

Majestätisch erhob sich das Krankenhaus vor mir. Die meisten Gebäude waren aus Backstein. Ein Turm besaß eine Kuppel, wodurch der ganze Komplex eher an ein Märchenschloss erinnerte. Drinnen, in der Nähe des Eingangs, standen ein paar Patienten mit ihren Angehörigen – so vermutete ich jedenfalls – und unterhielten sich. Ein Aufpasser saß an einem Schreibtisch und schnitzte etwas mit einem Taschenmesser. Noch bevor ich den Mund öffnen konnte, erklärte er mir mit ein paar knappen, gut einstudierten Handbewegungen den Weg.

Als ich am Treppenabsatz im ersten Stock die Tür zum Flur öffnete, sah ich eine riesige Menschenansammlung vor mir. Ich schwitzte, weil es so anstrengend gewesen war, mit der schweren Tasche die Stufen hinaufzusteigen, und ich blieb stehen. Wer waren diese Leute? Was spielte sich hier ab? Alle redeten aufgeregt durcheinander. Dann trat plötzlich Stille ein, und jeder schaute in die Richtung, wo sich gerade eine Bürotür geöffnet hatte. Dr. Howlett kam heraus. Ich sah, wie er verschiedenen Personen lächelnd die Hand schüttelte.

In den neun Jahren hatte er sich kaum verändert. Er war immer noch makellos gekleidet. Diesmal trug er einen legeren Anzug und dazu einen Zylinder, den er nicht abnahm, obwohl auch Frauen anwesend waren. In der linken Hand hielt er einen Gehstock, und im Knopfloch steckte ein kleiner lilafarbener Fliederzweig, an dem er kurz schnupperte, während er sprach. Sein Gesicht war schmaler als früher, aber seine Augen waren noch genauso lebhaft.

Die Leute, die hier versammelt waren, hatten ihm vermutlich alle geschrieben, genau wie ich, und um eine private Unterredung gebeten. Hatte er meinen Brief vielleicht überhaupt nicht gelesen? Womöglich wusste er gar nicht, dass ich hier war! Ich beobachtete, wie er sich freundlich und mit kurzen Bemerkungen einen Weg durch die Menge bahnte. Ich entdeckte das junge Mädchen aus der Straßenbahn, das inzwischen seine Bücher gegen einen Notizblock ausgetauscht hatte. Sie lächelte schüchtern, als Howlett ihr etwas ins Ohr flüsterte. Die beiden hätten gut ein Liebespaar sein können, so intim war diese Geste. Der Mann mit der militärischen

Haltung war ebenfalls anwesend. Er hatte jetzt ein Stethoskop umgehängt und verfolgte Howletts Bewegungen mit einem Blick, den ich nur als sehnsüchtig beschreiben konnte. Diese Leute waren alle nur hier, um Howlett zu sehen. Das erklärte, weshalb der Aufpasser gleich gewusst hatte, wohin er mich schicken musste, auch ohne dass ich ihn fragte. Als Dr. Howletts Sekretärin das Treffen vereinbart hatte, war ich überzeugt gewesen, es sei ein persönliches Privileg. Die ganze Nacht hatte ich mich in meinem Hotelbett hin und her geworfen und mir vorgestellt, wie ich Dr. Howletts Büro betreten würde. Ich hatte mir verschiedene Ansprachen ausgedacht. Doch offensichtlich hätte ich mir diese schlaflose Nacht sparen können, dachte ich jetzt.

Würde ich überhaupt die Möglichkeit haben, mit Howlett über das Präparat zu reden, das ich aus Montreal hierhergeschleppt hatte? Das erschien mir nun alles andere als sicher. Dr. Howlett begann seine Morgenrunde. Allem Anschein nach war es Sitte, dass er dazu viele Studenten und Kollegen einlud. Ich lehnte mich an die Wand und stellte die Tasche mit dem Herzen auf den Boden, neben meine Schuhe, die ich heute Morgen um halb sechs sorgfältig geputzt hatte.

»Guter Gott – sind *Sie* das?«

Ich blickte hoch und blinzelte.

William Howlett stand vor mir. »Ja, Sie sind es tatsächlich! Ich wusste doch, dass ich mich nicht irre. Was für eine Überraschung. Agnes White.«

Seine Haut war immer noch dunkel, als hätte selbst an den trübsten Wintertagen eine private Sonne ihn beschienen. Er sah besser aus als in meiner Erinnerung. Der Schnurrbart war nach oben gezwirbelt und an den Spitzen gewichst. Ich starrte ihn verdutzt an, aber dann fasste ich mich wieder und murmelte irgendetwas von Dr. Clarke, McGill und Montreal.

Howlett reichte mir lächelnd die Hand und schaute mich an. Ich wandte als Erste den Blick ab und sah mich nervös um. Alle Augen ruhten auf mir.

»Samuel Clarke?«, sagte Howlett dann. »Das ist wirklich ein Name, der das Feuer der Erinnerung schürt.« Er nahm das Empfehlungsschreiben entgegen und öffnete es gleich, als handelte es sich um ein Geschenk. »Na, so was!«, rief er, nachdem er es gelesen hatte. »*Doktor* White. Ich heiße Sie willkommen.« Wieder nahm er meine Hand, und diesmal führte er sie an seine Lippen.

Mit unverhohlenem Neid verfolgten die Leute um uns herum die Begegnung und versuchten zu erraten, wer ich war und warum ich die besondere Aufmerksamkeit des großen Mannes verdiente. Ich spürte Howletts Lippen auf meiner Haut. Was, um Himmels willen, hatte Dr. Clarke geschrieben? Ich hatte durchaus damit gerechnet, dass sich Howlett an mich erinnerte, aber dass er mich so überschwänglich begrüßen würde, hätte ich selbst in meinen kühnsten Träumen nicht zu hoffen gewagt.

Er ließ meine Hand los und wandte sich wieder den übrigen Anwesenden zu, wodurch er mir die Chance gab, mich zu sammeln. Mit seinem Gehstock deutete er zur Station, knallte die Hacken zusammen, vielleicht als eine Art Salut an mich oder vielleicht auch als allgemeines Zeichen, dass nun die Visite begann, und schon setzte sich der ganze Tross in Bewegung. Zügig ging Howlett den Korridor hinunter. Als ich aufblickte, beachtete mich kein Mensch mehr. Ich strich mein Kleid glatt, nahm die Tasche und folgte den anderen. Es stellte sich ziemlich schnell heraus, dass die Behandlung, die

Howlett mir gerade eben hatte zukommen lassen, keineswegs die Ausnahme war.

Howlett war der Inbegriff eines weltgewandten Charmeurs. Auch bei jedem Patienten blieb er stehen und schenkte ihm einen Moment lang seine ungeteilte Aufmerksamkeit, sodass der Betreffende völlig hingerissen war. Ich sah bei allen Leuten den gleichen verzückten Gesichtsausdruck.

Nach zwei Stunden war die Visite abgeschlossen. Ich hätte nie gedacht, dass ein Mensch so geschickt und so klug sein konnte. Howlett musste ja einerseits die Patienten zufriedenstellen und gleichzeitig auch die Studenten und die Mitarbeiter sowie die ihn besuchenden Ärzte, die hinter ihm her gingen. Er schloss die Kranken nicht aus und sprach nie über jemanden in der dritten Person, jedenfalls nicht, solange er sich in Hörweite befand. Seine Kommentare waren abwechslungsreich und interessant und stets mit Scherzen und Anekdoten gespickt.

Der Grundton des Vormittags war ungezwungen, und man musste genau zuhören, um die zahlreichen Informationen, die Howlett vermittelte, richtig mitzubekommen. Auch während er scherzte und plauderte, beobachtete er ganz genau. Wenn er einem Kranken die Hand auf den Fuß legte, war das mehr als eine freundliche Geste. Von dem Fuß gewann Howlett Erkenntnisse über den Pulsschlag und über Durchblutungsstörungen. Wenn sein Blick dann zum Gesicht dieses Mannes wanderte, überprüfte er es auf Blässe, auf die gelbe Färbung durch Gallensekret, auf die bläuliche Haut der Zyanose. Was er wahrnahm, kam schneller über seine Lippen, als die Assistenten oder Angestellten es mitschreiben konnten. Der junge Mann aus der Straßenbahn machte sich Notizen und konnte kaum die Patienten anschauen, weil er so damit beschäftigt war, nur ja kein Wort zu verpassen.

Schließlich war der Rundgang zu Ende, und die Versammlung löste sich allmählich auf. Die Studenten mussten in ihre Vorlesungen und die Mitarbeiter zu ihren Aufgaben im Krankenhaus. Ein paar Leute blieben noch, so wie ich, aber Howlett fand eindeutig, dass er uns nun genug Zeit gewidmet hatte. Er zog den Hut und entfernte sich.

Mir wurde plötzlich schwer ums Herz. War alles nur eine Pose gewesen? Wohlwollen, so gleichmäßig verteilt, dass meine Anwesenheit letztlich gar nicht richtig registriert worden war? Hatte er keine Lust, mit mir zu sprechen und etwas über Dr. Clarke oder die McGill zu erfahren – oder warum ich die weite Reise nach Baltimore auf mich genommen hatte? Ich drückte die Tasche fest an meine Brust.

Ich stand in der Tür zwischen der Station und dem Flur, von dem die Türen zu den Büros der Professoren abgingen, als Howlett an mir vorbeilief. Er war kaum eine Armlänge von mir entfernt, doch er hob nicht den Blick, sondern schaute auf den Boden. Ich stützte mich mit der rechten Hand am Türrahmen ab, während ich in der linken die schwere Tasche trug. Ich wollte unbedingt, dass Howlett mich bemerkte. Ich wollte seinen Blick noch einmal auf mich lenken.

Der Mann aus der Straßenbahn drängte sich an mir vorbei, drehte sich um und gestikulierte heftig. Dabei schrie er irgendetwas, das mit der Tür zu tun hatte. Ich starrte ihm verständnislos in die Augen. Seine Pupillen erweiterten sich blitzschnell, sie füllten die ganze Iris aus, und seine Stimme war verblüffend hoch, als wäre sie noch nicht gebrochen, wodurch er wie ein kleiner Junge klang. Aber vielleicht stimmte auch irgendetwas nicht mit ihm. Hatte er womöglich einen Anfall? Eigentlich glaubte ich das nicht, weil seine Haut übernatürlich weiß war, was ihm eine zarte, ruhige Schönheit verlieh. Um diesen Teint beneideten ihn bestimmt alle Frauen. Einen merkwürdig intimen Moment lang – bevor die Tür zufiel und mir den Ringfinger abquetschte – stellte ich mir vor, ich würde die Hand nach ihm ausstrecken und sein Gesicht berühren.

Das Nächste, woran ich mich erinnerte, war, dass der Mann verschwunden war und ich in ein anderes Gesicht starrte. In ein dunkles Gesicht. Braun wie Kaffee mit ganz wenig Milch und mit einem Schnurrbart, der über die Oberlippe hing. Ich bewegte mich nicht und versuchte, die Situation irgendwie zu begreifen. Ein Geruch lag in der Luft, der mir bekannt vorkam, den ich aber gleichzeitig nicht richtig zuordnen konnte, weil er so weit weg schien. Gewürze mit Schokolade vermischt, aber darunter lag noch etwas Bitteres. Ich wollte mich aufrichten, klappte aber gleich wieder zusammen.

Howlett half mir, mich flach hinzulegen. »Sie ist wieder da«, sagte er, und diese Aussage war ein ebenso ernüchterndes Stimulans wie Riechsalz. Der Raum hörte auf, sich zu drehen. Ich blickte in Howletts Augen und spürte das bleischwere Gewicht meiner Blamage.

Ich war in Ohnmacht gefallen wie die Jungfrau im Märchen und dabei Dr. Howlett direkt vor die Füße gesunken, vor seine eleganten Schuhe. Was dachte er jetzt von mir? Ich hatte mich so danach gesehnt, ihn zu beeindrucken, ihm meine mühsam erworbene Stärke und mein Durchsetzungsvermögen zu zeigen. Langsam erweiterte sich mein Wahrnehmungsfeld wieder, ich hörte flüsternde Stimmen um mich herum und sah verschwommene Gesichter.

»Reichen Sie mir ihre Brille.« Das war wieder Howletts Stimme. Das Gestell wurde mir auf die Nase gesetzt und die Bügel vorsichtig um meine Ohren gelegt.

Ich war sprachlos. Krankenschwestern, Ärzte, Studenten und sogar Patienten im Nachthemd hatten einen Kreis um mich gebildet und schauten erschrocken auf mich herunter. Ich versuchte zu protestieren und wollte meinen Protest mit der linken Hand unterstreichen, aber sie schien mir nicht mehr zu gehören. Und sie sah fürchterlich aus. Mein Ringfinger war völlig zerquetscht. Blut tropfte auf den Fußboden, auf meinen Mantel und auf das Kleid. Aber ich spürte nichts. Ich betrachtete die Wunde eines anderen Menschen.

Howlett nahm meine Hand und legte sie vorsichtig auf meinen Bauch. »Drehen Sie den Kopf – oder Sie verlieren wieder das Bewusstsein«, sagte er sanft. »Es sieht schlimmer aus, als es ist, wir brauchen nur ein Antiseptikum. Sie sind gleich wieder auf den Beinen.« Er winkte jemanden zu sich, der hinter ihm stand, und der Mann, der zuvor so laut geschrien hatte, trat näher.

»Ich habe versucht, sie zu warnen«, sagte er piepsig. Sein Blick schoss hin und her, und er vermied es, mich direkt anzusehen.

»Da war nichts zu machen, Rivers. Sie haben getan, was Sie konnten.« Howlett war beim Klang der Stimme nicht zusammengezuckt, woraus man schließen konnte, dass der andere immer so sprach. »Dr. Rivers ist ein Experte in Sachen Erste Hilfe. Er wird sich um Sie kümmern. Und wenn es Ihnen wieder gut geht, wird er mit Ihnen die große Besichtigungstour machen. Einverstanden?«

Mein Finger pulsierte. Ich konnte nicht sagen, ob die Spitze noch dran war oder nicht.

Aber der Unfall verschaffte mir Zutritt zur Pathologie. Dankbar schaute ich Dr. Rivers an. Er schien nicht besonders begeistert zu sein – nicht nur, weil er wegen der Tür ein schlechtes Gewissen hatte. Seine Mundwinkel waren nach unten gezogen, als würde er schmollen.

Howlett hatte wieder das Wort ergriffen und lud mich zum Abendessen ein. Gleich heute, bei ihm zu Hause. Das sei das Mindeste, was er für mich tun könne, sagte er, um mich für die Schmerzen zu entschädigen. Er wolle nicht, dass ich Baltimore später mit ausschließlich negativen Erinnerungen verlasse. Ich war so benommen, dass ich mit Mühe und Not einen Dank stammeln konnte, mehr nicht.

Howlett klopfte den Staub von seiner Hose und ergriff den Gehstock. »Meine Damen und Herren«, verkündete er an die Menschen ringsum. »Die Vorführung ist zu Ende. Diese junge Dame hier war intelligent genug, sich in einer der besten medizinischen Einrichtungen der Welt zu verletzen. Sie wird gut versorgt werden, darauf können Sie sich verlassen. Und nun gehen Sie bitte zurück auf Ihre Stationen und zu Ihren Studien.« Er machte eine lebhafte Bewegung, als wollte er alle verscheuchen, und verschwand in seinem Büro.

Nur der Mann mit der hohen Stimme und ich blieben in dem menschenleeren Gang zurück. Er schickte eine Krankenschwester los, sie solle ein Desinfektionsmittel holen sowie eine Binde, und während wir warteten, plauderte er mit mir, damit ich mich entspannte. Wie sich zeigte, war er sympathischer, als man auf den ersten Blick vermutet hätte. Er wurde fast gesprächig, und die Art, wie er meine verletzte Hand hielt, war vertrauenerweckend und sanft. Er war in Kanada geboren, in Ontario. Sein medizinisches Examen hatte er in Toronto abgelegt, wo er eine Goldmedaille bekam.

Die Ausbildung, so sagte er, sei allerdings nur zweitklassig gewesen, kein Vergleich zu dem, was er nun hier am Johns Hopkins lerne. Seit einem Jahr war er nun hier in Baltimore und arbeitete als Assistenzarzt in der Pathologie.

Sobald er über Howlett zu reden begann, veränderten sich seine Augen. Vorher waren sie braun und stumpf wie Baumrinde gewesen, jetzt aber fingen sie plötzlich an zu blitzen und zu funkeln. Er schaute mich nicht an beim Reden, sondern richtete seinen Blick auf eine Stelle irgendwo über meiner linken Schulter. Ich drehte mich ein paarmal um, weil ich dachte, es stehe vielleicht jemand hinter mir, aber ich sah nur die Krankenhauswand. Seine Stimme veränderte sich ebenfalls, und in seiner Begeisterung geriet er ganz außer Atem. Alle paar Wörter keuchte er auf, als könnte sein Mund mit der Vielzahl seiner Gedanken nicht mithalten. Einmal, nach einer besonders enthusiastischen Lobeshymne, krümmte er sich stöhnend zusammen.

Als es passierte, hielt er meine Hand. Ich lag immer noch auf dem Krankenhausflur, mit angezogenen Knien, damit ich nicht wieder in Ohnmacht fiel, und er hatte mich gerade verbunden, nachdem die Schwester das Material gebracht hatte. Dann rang er plötzlich nach Luft. Ich hatte einmal gesehen, wie ein kleines Kind an so etwas starb – es bekam nicht genügend Sauerstoff in die Lunge –, aber bei erwachsenen Männern kam das selten vor. Der Anfall war so schnell vorüber, wie er gekommen war, und Dugald Rivers ließ sich auf einen Stuhl sinken. »Entschuldigen Sie bitte«, sagte er. »Es kommt wahrscheinlich von den Baumpollen. Anscheinend haben wir heute beide Probleme mit der Gesundheit.«

Ein paar Minuten später kniete er wieder bei mir und sicherte den Verband an meinem Finger mit einem letzten

Knoten. »Das wär's«, verkündete er, und beim zweiten Wort überschlug sich seine Stimme etwas. »Mit diesem Ding sehen Sie aus wie ein Soldat. Heute Abend wird die Wunde ein großartiger Gesprächsgegenstand sein.«

Ich lachte. Inzwischen hatte ich es geschafft, mich aufzurichten, und in meinem Kopf drehte sich nicht mehr alles. Allmählich gewöhnte ich mich auch an Rivers' Stimme, aber es war mir peinlich, dass ich ihn so schwach gesehen hatte. Um die Spannung zu lösen, hob ich die Hand mit dem verbundenen Finger, der jetzt natürlich viel länger war als die anderen, und deutete damit auf ihn. Er grinste und hob die Hände wie ein Gefangener.

Dieser Dugald Rivers war Howlett hörig. Da gab es keinen Zweifel. Und damit war er eindeutig nicht allein. Wir waren alle Mitglieder eines riesigen Clubs. Von diesem großen Mann zum Abendessen eingeladen zu werden war eine Ehre, nach der sich viele sehnten. Aber wie sollte ich es anstellen? Fast alle Kleidungsstücke, die ich mitgebracht hatte, hatten Blutflecken oder waren sonst wie schmutzig. Ich konnte nichts mehr waschen, zumal ich ja nur eine Hand zur Verfügung hatte. In meinem Schrank im Hotel hing noch ein sauberes Kleid. Aber welche Schuhe sollte ich tragen? Und auch meine Tasche war ruiniert. »Ich sehe furchtbar aus«, murmelte ich und schaute an mir hinunter. Überall war trocknendes Blut.

Rivers grinste. »Da habe ich schon Schlimmeres gesehen. Sie sprechen mit einem Arzt, das dürfen Sie nicht vergessen.«

Seine Worte waren nicht gerade ein Trost.

»Den Chief stört das bestimmt nicht«, versicherte er mir dann. Während der Visite hatte immer wieder jemand Howlett als *Chief* tituliert. »Er ist schließlich auch Mediziner. Und

Sie können sich darauf verlassen, dass Mrs Chief sich höflich verhält.«

Ich musterte ihn fragend. »Mrs Chief?«

Rivers nickte. »Kitty Revere Howlett. Die Ehefrau.«

Es gab also eine Ehefrau. Bei einem so erfolgreichen Mann wie Howlett hätte ich mir das eigentlich denken können, aber aus irgendwelchen Gründen war mir diese Möglichkeit gar nicht in den Sinn gekommen.

»Sie ist nicht übel«, sagte Rivers freundlich. »Wenn man ihren Puppen-Spleen ignoriert.«

»Ihren Puppen-Spleen?«, wiederholte ich, weil ich dachte, ich hätte mich verhört.

»Das Haus ist voller Puppen. Gut ist allerdings, dass Mrs Chief nie lange dabei bleibt. Gleich nach der Mahlzeit verabschiedet sie sich immer. Sie mag keine Medizinergespräche.«

Ich nickte und schielte verstohlen zu meiner Tasche hinüber. Auf jeden Fall wollte ich sie heute Abend mitnehmen, aber ich musste aufpassen, dass Mrs Chief den Inhalt nicht zu sehen bekam.

»Der Junge ist niedlich. Seinem Vater wie aus dem Gesicht geschnitten.« Rivers schwieg kurz und holte dann tief Luft. »Ich weiß nicht, wieso ich Ihnen das alles erzähle«, sagte er. »Vielleicht, weil Sie großes Glück haben. Das hier« – er zeigte auf meinen Finger – »ist ein verkappter Segen. Sie können mir dafür danken, dass ich ihn in die Tür geklemmt habe, und sollten mich deswegen nicht nur verfluchen. Der Chief hat seit Wochen kein Abendessen mehr gegeben, und wir sind alle etwas ausgehungert.«

Die Abendessen bei den Howletts waren offenbar ein regelmäßiges Ereignis. Wie sich herausstellte, hatte der »Chief« die Angewohnheit, alle Mitarbeiter samstagabends zum Essen einzuladen. »Er ist für uns wie ein Vater«, erklärte Rivers, nun wieder kurzatmig, und seine Stimme kippte.

Es war Zeit, das Thema zu wechseln und den armen Rivers ein wenig abzulenken, ihm selbst zuliebe. Ich erkundigte mich nach Rivers' Forschungsarbeit an der Johns Hopkins, aber so sehr ich auch versuchte, das Gespräch in andere Richtungen zu lenken, es kehrte immer wieder zu dem großen Mann zurück, zu Howlett.

»Heute Abend werden Sie sehen, wo er wohnt«, sagte Rivers atemlos. »Für uns ist die Einladung so wichtig! Wir sind ja monatelang in unsere Wohnheime eingesperrt. Er ist der Einzige unter den Fakultätsmitgliedern, der so etwas macht. Die anderen vergraben sich am Wochenende zu Hause, aber bei Dr. Howlett ist es anders. Er gibt uns etwas …« Der Rest des Satzes ging unter, weil Rivers einen Hustenanfall bekam.

12

Mai 1899

Vor der West Franklin Street Nummer eins befand sich eine große Rasenfläche. Eine mit Kopfsteinpflaster ausgelegte, gewundene Zufahrt führte zum Haus. Howlett wohnte nicht weit von meinem Hotel, also war ich zu Fuß gegangen, in Schuhen, die noch nass waren, weil ich versucht hatte, sie sauber zu schrubben. Ich hatte mich umgezogen, trug aber tapfer die blutbefleckte Tasche mit mir herum.

Die große Tour mit Dugald Rivers hatte länger gedauert als erwartet. Er hatte mich in sein Labor geführt und mir das Projekt gezeigt, an dem er gerade arbeitete, woraufhin ich ihm das Herz vorführte.

»Phänomenal!«, rief er, nachdem er es mindestens eine Minute lang sprachlos angestarrt hatte. »Eine Verirrung der Natur.« Er habe bis jetzt schon an die hundert Autopsien gemacht, aber noch nie etwas derart Ungewöhnliches gesehen, sagte er. »Warum schleppen Sie es mit sich herum, wenn ich fragen darf?«

Diese Frage kam so impulsiv aus seinem Mund, dass ich lachen musste. Ich setzte mich auf einen seiner Laborhocker. »Ich dachte, ich könnte es Dr. Howlett zeigen.«

Rivers nickte, als wäre dieser Gedanke der logischste auf der Welt.

Bevor Howlett in die Vereinigten Staaten gegangen sei, habe er an der McGill gelehrt, erklärte ich, er stamme aus Kanada. An der McGill hatte er immer Präparate aus dem pathologischen Museum in seinen Vorlesungen als Anschauungsmaterial verwendet. Ich hoffte also inständig, dass er den Ursprung dieses anomalen Herzens kannte. Möglicherweise hatte er es selbst bei einer Autopsie entdeckt? Ich hatte es ohne korrektes Etikett vorgefunden, ohne entsprechenden Bericht, und wollte unbedingt erfahren, was dahintersteckte.

Rivers war mindestens so fasziniert wie ich und drängte mich fast, das Herz am Abend zu der Einladung mitzunehmen. »Sie müssen es ihm unbedingt zeigen, Dr. White. Auf jeden Fall! So etwas liebt er. Eine junge Dame, die mit einem Herzen in der Tasche von Kanada hierherreist. Das ist groß, Dr. White. Wirklich groß.«

Rivers' Gesellschaft war zwar sehr anregend gewesen, aber jetzt wünschte ich mir, wir hätten uns nicht so viel Zeit genommen. Ich war spät dran, als ich wieder in mein Hotel zurückkam, und hatte es kaum geschafft, mich umzuziehen, meine Schuhe zu putzen und die blutverschmierte Tasche in der kleinen Waschschüssel im Hotel sauber zu schrubben. Ich musste mich furchtbar beeilen, und deshalb war ich jetzt recht abgehetzt und schwitzte.

Ich blickte an der Fassade des Hauses hoch. Mir blieben genau fünf Minuten, um mich zu erholen und um mich ein bisschen umzublicken. Die Straße lag still da. Die Sonne stand immer noch ziemlich hoch, aber es hatte sich bereits ein Hauch der abendlichen Feuchtigkeit in die Luft geschlichen. Die Kinder hier im Viertel waren bestimmt alle schon zu Hause, wurden gebadet oder aßen mit ihren Kindermädchen zu Abend. Dieser Teil von Baltimore wirkte äußerst gut betucht. Männer in respektablen Positionen wohnten hier, mit ihren respektablen Ehefrauen und Kindern. Sie stellten Leute ein, die sich um die Rasenflächen und die Hecken kümmerten, und ließen in regelmäßigen Abständen ihre Veranda streichen.

Howletts Haus war die Nummer eins, und die Straße war nach einer der berühmtesten Figuren der amerikanischen Geschichte benannt. Alles passte zusammen. Es war ein imposantes Gebäude aus rotem Backstein, mit weißen Fenster- und Türrahmen. Die Veranda war grün, mit weißen Vertikalen zwischen den Stufen. Ein Lattenzaun umschloss den großen, gepflegten Rasen. Neben dem Gartentor stand ein Briefkasten, geschmückt mit dem Namen Dr. William E. Howlett.

Unsicher schaute ich auf meine Schuhe hinunter, die bei jedem Schritt vor Nässe quietschten. Meine Tasche hatte einen dunklen, hässlichen Fleck in der Mitte. Ich gehörte nicht hierher. Eine Person wie mich, die so am Rande der Gesellschaft lebte, allein, ohne Ehemann und ohne Kind, die für ihren Lebensunterhalt arbeitete und anfällig war für Unfälle – eine solche Person konnte ein Haus wie dieses hier nicht dulden.

Ehe ich noch den Klopfer berührte, öffnete sich schon die Tür, und ein Mann sagte meinen Namen. Er hatte eine dunkle Haut, wie offenbar alle Bediensteten in Baltimore, und hob nicht den Blick, um mich anzuschauen. Er nahm mir den Mantel ab und wollte auch die Tasche verstauen, wobei er taktvoll den Fleck übersah. Ich schüttelte den Kopf und drückte sie fest an mich.

Als ich im Vorraum einen kurzen Blick in den Spiegel warf, um meine Frisur zu überprüfen, hatte ich das starke Gefühl, beobachtet zu werden. Es war aber nicht der Bedienstete, es musste noch jemand anwesend sein. Der Spiegel war so angebracht, dass ich den größten Teil des Flurs überblicken konnte. Etwas Rotes fiel mir ins Auge: Ein Kind in einem roten Hemd und mit einem Pistolenhalfter um den Bauch schielte hinter einem Türrahmen hervor, in der Hand eine Spielzeugwaffe, mit der es auf mich zielte. Unsere Blicke begegneten sich kurz, der kleine Junge verzog das Gesicht und verschwand.

Ohne lange zu überlegen, hob ich meinen Verband an die Nase und zielte. »*Peng!*«, rief ich laut, was den Diener irritierte und vielleicht auch den Jungen. »*Peng, peng, peng!*« Jetzt konnte ich ihn sehen. Er steckte wieder den Kopf durch die Tür und fixierte mich mit funkelnden Augen. Ich begutachtete meinen Finger und pustete auf die Spitze, als würde sie qualmen. Verblüfft verfolgte der Junge meine Aktion. Ebenso der Bedienstete – er schaute mir jetzt sogar in die Augen. In Baltimore hatten Frauen offensichtlich keine Schusswaffen dabei, wenn sie zum Essen eingeladen wurden.

Ich wurde eine geschwungene Treppe zum Arbeitszimmer hinaufgeführt, wo Dr. Howlett mich erwartete, wie es hieß. Außer mir und dem Bediensteten schien keiner in der Nähe zu sein. Ich konnte riechen, dass gekocht wurde, was ein Hinweis darauf war, dass irgendwo, und zwar nicht allzu weit entfernt, menschliches Leben stattfand.

Auf halber Strecke war ein Treppenabsatz, mit einem bleigefassten Fenster. Auf dem Sims saßen drei große Puppen, einander zugewandt, als würden sie über etwas tratschen. Kittys Sammlung. Genauso, wie Dugald Rivers gesagt hatte.

Die Puppen waren aus Bienenwachs, genau wie Laures Puppen früher. Mit der Kleidung hatte sich Kitty viel Mühe gemacht – sie war kunstvoll und farbenfroh. Alle drei trugen weiße Handschuhe, und eine von ihnen hielt sich einen Fächer vor den Mund.

In einer Nische im ersten Stock saßen zwei weitere Puppen mit bleichen Gesichtern, und außerdem stand da eine Vase mit frisch geschnittenen Osterglocken. Eine weibliche Note. Auch der blassrosa Läufer und die geblümte Tapete gingen garantiert auf den Einfluss einer Frau zurück. Meine Hand umklammerte den Griff der Tasche noch etwas fester. Was hatte ich mir nur dabei gedacht, in solch eine Umgebung ein präpariertes Herz mitzunehmen?

Der Diener räusperte sich dezent, um meine Aufmerksamkeit zu gewinnen. Sicher fand er es nicht angemessen, dass ich alle Details im Hause Howlett mit so unverhohlener Neugier studierte.

Nach ein paar weiteren Schritten roch ich den Rauch. Am Ende des Flurs im ersten Stock wurde der Geruch richtig penetrant. Man musste mir eigentlich gar nicht den Weg zeigen. Ich brauchte nur meiner Nase zu folgen, zu der verschlossenen Tür, hinter der sich der Urheber des Qualms befand. Ich blieb auf der Schwelle stehen und atmete den pfeffersüßen Geruch von Pfeifentabak ein.

Im Zimmer raschelte etwas, nachdem der Diener geklopft hatte. Ich hörte, dass jemand sich erhob. »Treten Sie ein, meine Liebe, treten Sie ein!«, rief Howlett und öffnete die Tür weit. Durch das schütter werdende Haar, das von der hellen Deckenbeleuchtung angestrahlt wurde, schimmerte seine Kopfhaut. Ohne den Zylinder erkannte man besser als am Morgen, wie alt er war. War es Eitelkeit, dass er in der Öffentlichkeit den Hut nicht abgenommen hatte? Sein Schnurrbart wurde an manchen Stellen weiß, was mir bis jetzt noch nicht aufgefallen war. Aber seine Augen waren unverändert. Sie tanzten vergnügt und verliehen ihm eine jugendliche Aura. Er entließ den Diener und wandte sich mir mit einem warmen Lächeln zu. »War es schwierig, herzufinden?«

Ich schüttelte den Kopf. Mein Hotel liege nur ein paar Straßen weiter, erklärte ich. Dann kam eine Abfolge von Banalitäten aus meinem Mund, wie trockene kleine Kröten: Das Haus sei wunderschön. Die Wohngegend großartig. Und was für ein perfekter Tag, um zu Fuß hierherzukommen. Am Ende schloss ich verzweifelt den Mund.

Er schien alles genau und wohlwollend zu betrachten: das nonnenartige Kleid, das ich im Hotel angezogen hatte, weil ich fand, dass es seriös aussah, den jetzt schon etwas schmuddelig aussehenden Verband an meinem Finger und schließlich mein erhitztes Gesicht. Mit meiner guten Hand presste ich die Tasche fest an mich. Er sah darauf hinab.

»Honorés Tasche«, sagte er leise.

Ich schaute ihm in die Augen, und zu meinem großen Entsetzen brach ich in Tränen aus. Das war mir unendlich peinlich. Ich wollte unbedingt stark sein, ihm zeigen, aus welchem Holz ich geschnitzt war, und stattdessen fing ich an zu weinen. Howlett hätte allen Grund gehabt, mich fortzuschicken. Stattdessen kam er um seinen Schreibtisch herum und reichte mir ein Taschentuch. Er berührte mich nicht, vielleicht, weil wir allein waren und die Situation etwas verfänglich wirkte, aber als er sich zu mir beugte, spürte ich die Wärme, die von ihm ausging. Er lud mich ein, Platz zu nehmen, dann holte er noch einen Stuhl und setzte sich neben mich.

»Ihr Vater hat sie immer in unsere Vorlesungen mitgebracht«, sagte er ernst und voller Ehrfurcht.

Eine neue Tränenwelle stieg in mir hoch. Die Abneigung, die ich ihm gegenüber empfunden hatte, weil er sich so negativ verhalten hatte, als es um meine Zulassung zur McGill ging, löste sich endgültig auf wie Nebel in der Morgensonne seiner Zuwendung. Es war für mich unfassbar, dass jemand ohne Verbitterung oder Befangenheit über meinen Vater sprach. Ich biss mir innen auf die Wangen, aber das steigerte nur noch meine Qual. Was musste er jetzt von mir denken? Bestimmt machte ich einen absolut desolaten Eindruck.

Aber er klang sehr gütig, als er weitersprach. »Sie haben Ihren Vater sehr geliebt, nicht wahr? Nun, es war leicht, Honoré zu lieben.«

Er sprach darüber, dass mein Vater sein Mentor gewesen war. Er habe ihn zutiefst verehrt, ja geradezu angebetet. »Seinetwegen habe ich angefangen zu rauchen, müssen Sie wissen«, sagte er und hielt seine Pfeife hoch. »Wir haben gepafft wie die Schlote im Totenhaus, um den Gestank zu überdecken.« Ich zuckte zusammen, und dann fiel mir ein, dass mein Vater ihn wahrscheinlich auch zu dem Schnurrbart inspiriert hatte. Ich musste mich richtig bemühen, um mir vorzustellen, dass William Howlett, der von so vielen seiner eigenen Studenten bewundert wurde, vor meinem in Ungnade gefallenen Vater solch gewaltigen Respekt hatte.

Er atmete tief durch. »Aber – genug von Ihrem Vater, Agnès.« Er sprach meinen Namen genauso aus, wie mein Vater es immer getan hatte. »Sie müssen mir von sich selbst erzählen.«

Das war mir alles zu viel. Mein Kopf fühlte sich an wie ein ausgehöhlter Kürbis. Als wäre mein Gehirn mit einem Löffel entfernt worden. Wenn ich die Möglichkeit gehabt hätte zu fliehen, wäre ich auf der Stelle davongelaufen, aber ich saß fest, hypnotisiert von seinem Blick. Ich schaute auf seine Schreibtischunterlage mit den verschlungenen blauen Spuren, weil sie auch als Tintenlöscher diente. Ich studierte das Bücherregal hinter ihm, dessen Bretter sich unter den Büchern bogen: Rudolf Virchows *Die Cellularpathologie in ihrer Begründung auf physiologische und pathologische Gewebelehre,* Jacob Bigelows *Discourse on Self-Limited Disease.* Ich entdeckte auch das Lehrbuch, das Howlett selbst verfasst hatte und auf dessen Rücken in goldenen Lettern sein Name prangte.

Er hatte die Hände im Schoß gefaltet. Nach ein paar Sekunden sagte er etwas, das mich mit großer Dankbarkeit erfüllte: »Sie sind stärker, als Sie scheinen. Sie haben durchgehalten.« Er schwieg, zog an seiner Pfeife und schaute dem Rauch dann so konzentriert nach, dass er mich ganz zu vergessen schien.

Ich begann zu sprechen. Es fiel mir jetzt leichter, weil er mich nicht mehr anschaute. Ich öffnete den Mund, und meine ganze Geschichte sprudelte aus mir heraus. Diese Geschichte, die sich während der schwierigen Jahre als junge Frau in mir aufgestaut und nur darauf gewartet hatte, dass ich den Korken zog. Ich erzählte ihm, wie sehr mich die McGill enttäuscht hatte. Dass die Erfahrung damals der absolute Tiefpunkt meines Lebens gewesen war. Ich ging nicht ins Detail, sprach nicht von meinem Zusammenbruch und dass ich viele Monate im Bett verbracht hatte. Ich schämte mich deswegen, und außerdem wollte ich nicht verbittert oder giftig wirken. Die Sache mit der McGill war ihm überhaupt nicht peinlich, er nahm den Bericht über meine Qualen ganz neutral auf. Manchmal schien er gar nicht richtig zuzuhören, wodurch ich unbefangener weiterreden konnte. Ich berichtete, dass ich dann auf die Medical School des Bishop's College gegangen sei, dank der Initiative einer treuen Freundin, die Beziehungen zu dieser Universität hatte. Die Freundin war, versteht sich, meine Gouvernante, aber das erwähnte ich nicht. Ich erzählte, dass ich als Assistenzärztin im Montreal General Hospital gearbeitet hatte, ich erzählte von meinen Reisen nach Zürich und Wien, wo ich an einigen der besten Universitäten der Welt im Labor gearbeitet hatte. Ich spickte meinen Bericht mit den Namen prominenter Mediziner. Immerhin hatte ich bei den Pathologen Kolisko und Albrecht studiert und bei Ortner innere Medizin.

Howletts Augen wurden groß vor Hochachtung. Ja, dachte ich stumm, ich habe diese Männer kennengelernt und mit ihnen Präparate seziert, und das alles ohne seine Hilfe und ohne die Unterstützung der McGill.

Ich erzählte ihm von meiner Rückkehr nach Kanada. Dieser Teil kam etwas unzusammenhängend heraus. Ich hatte zwar aufgehört zu weinen, aber ich musste mir immer wieder die Nase putzen, und mein Mund war von den Gefühlswallungen und vom vielen Reden ganz ausgetrocknet. Trotzdem hörte ich nicht auf zu reden. Ich hatte das noch nie getan, ich hatte meine Lebensgeschichte bisher nie in Worte gefasst, als wäre sie etwas, was sich anzuhören lohnte.

Howlett schaute die meiste Zeit weg, während ich sprach, betrachtete die Wände und die Decke, blickte auf seinen Schreibtisch. Als ich schließlich endete, drehte er sich zu mir. »Lobenswert.«

Lobenswert. Nur ein Wort, aber mir bedeutete es unendlich viel. Dadurch wurde endgültig ausgelöscht, dass er bei dem McGill-Fiasko als Komplize der Universität fungiert hatte.

Und dass er in all den Jahren nicht versucht hatte, mit mir Kontakt aufzunehmen, obwohl er wusste, dass ich die Tochter seines Mentors war. *Lobenswert.* Jetzt war alles wieder gut.

Er paffte an seiner Pfeife und zündete ein Streichholz an, wodurch eine frische Rauchwolke aufstieg. »Und nun?«, fragte er, eingehüllt in einen nebligen Heiligenschein. »Was haben Sie jetzt mit Ihrem Leben vor?«

Es erschien mir ganz natürlich, dass der Blick seiner dunklen Augen auf mir ruhte. Ich konnte es kaum glauben, wie nahe wir uns innerhalb von zwanzig Minuten gekommen waren. Ich hatte das Gefühl, als würde er mich schon immer kennen. Was konnte ich sagen, um uns noch näher zusammenzubringen? Er wollte bestimmt nichts über meine Arztpraxis hören, da war ich mir sicher. Ich war ja auch nicht gerade ein Paradebeispiel für Erfolg. Das Museum eignete sich besser, auch wenn ich mich dort bisher vor allem als Putzfrau betätigt hatte.

Howlett zog weiter an seiner Pfeife. Er schien sich nicht zu langweilen, aber sein Blick galt nicht mehr mir, sondern wanderte vom Bücherregal zum Oberlicht und dann zu den Beinen meines Stuhls. Ich sprach über Dr. Clarke und dass er sich mir gegenüber sehr großzügig gezeigt hatte. Ich berichtete von dem Durcheinander im Museum, als ich dort zu arbeiten anfing, und wie zeitaufwendig und mühsam es war, Ordnung herzustellen. Ich sprach von den Präparaten: Gläser, die aufgereiht dort standen und die alle darauf warteten, dass ich mich ihnen widmete. Viele Leute fanden es merkwürdig, dass eine junge Frau freiwillig ihre Zeit in einem Raum mit lauter sterblichen Überresten verbrachte. Sie konnten das nicht verstehen. Was sie nicht wussten, flüsterte ich mit so leiser Stimme, dass Howlett sich vorbeugen musste, um mich zu verstehen – was sie nicht wussten, war, dass ich schon als Kind mit solchen Dingen gespielt hatte.

Howlett legte seine Pfeife auf einen kleinen weißen Teller, der auf seinem Schreibtisch stand, und lächelte. »In Honorés Arbeitszimmer«, sagte er.

»Ja.« Ich sah den Raum vor mir.

Howlett nickte sehr ernst, aber gleich darauf lächelte er erneut. »Sie waren schon immer anders als die anderen, nicht wahr, Agnès? Ihnen hat es dort gefallen. Deshalb ist das alles nur logisch – es ist, als würde die Vorsehung Sie leiten. Sie können sich glücklich preisen.«

Das staubige alte Museum an der McGill hatte plötzlich eine große Würde erhalten. Howlett holte eine wissenschaftliche Zeitschrift von einem der Regale. »Hier drin steht ein Artikel, den Sie dringend lesen müssen. Über das pathologische Museum in London«, sagte er. »Ich habe praktisch dort gelebt, als ich mich während des Studiums vorübergehend in London aufhielt. Es ist herrlich – ein Schrein des Todes und zugleich ein Schrein des Lebens. Die Mysterien der Natur wurden dort enthüllt.« Er fixierte mich mit seinen lachenden Augen. »In Amerika gibt es so etwas noch nicht, Agnès. Vielleicht ist es an der Zeit, dass wir Abhilfe schaffen, Sie und ich?«

Ich nickte, und irgendwie konnte ich es gar nicht richtig glauben, dass ich tatsächlich mit dem großen Mann sprach. Er interessierte sich für meine Arbeit, so sehr, dass er sogar eine Art Partnerschaft vorschlug. Wir waren nun derart vertraut, dass ich beschloss, ihm das Herz zu zeigen. Der passende Moment war gekommen. Doch genau da klingelte eine Glocke und kündigte das Essen an.

Wir zuckten beide zusammen. Howlett legte seine Pfeife wieder auf den weißen Teller und erhob sich. »Wir müssen gehen. Kitty erwartet uns im Speisezimmer, und sie möchte immer, dass ich pünktlich bin. Aber wir werden diese Diskussion weiterführen, das verspreche ich Ihnen.«

Ich war so glücklich, dass ich kaum atmen konnte. Schnell nahm ich meine Tasche und stand ebenfalls auf. Vor vielen Jahren hatte dieser Mann mich abgewiesen, hatte mich nicht zu der Institution zugelassen, die ich unbedingt besuchen wollte, und nun war ich bei ihm in seinem Arbeitszimmer und erzählte ihm meine Lebensgeschichte, als hätte er die ganze Zeit darauf gewartet. Als hätte ich es verdient, dass man sich mir widmete.

Auf dem Weg zur Tür spürte ich leicht seine Hand auf meiner Taille. Natürlich, er wollte mich auf den Korridor hinausmanövrieren, daher war die Geste eigentlich nicht ungebührlich, aber ich war trotzdem schockiert. Die Geräusche wurden lauter. Der Pfeifenrauch roch jetzt extrem stark. Das Blumenmuster der Tapete sprang mir fast grell entgegen. Und mittendrin spürte ich eine Sache überdeutlich – die glühende Stelle unter seiner Hand, da, wo mein Beckenknochen hervorragte.

Ich wiederholte in Gedanken immer wieder den Namen seiner Frau, wie ein Gebet. Howlett war verheiratet. Gleich würde ich mich an einen Tisch setzen, um eine Mahlzeit zu mir zu nehmen, die seine Ehefrau zubereitet hatte. Sie erwartete mich in ihrem Speisezimmer und überlegte sich vielleicht gerade, wie ich wohl aussah. So wie ich mir meinerseits *sie* vorstellte. Die Hand ruhte noch immer auf meiner Taille. Ich spürte den Druck, spürte die Wärme und schloss die Augen.

Der Mahagoni-Tisch glänzte. Ein fünfarmiger Leuchter funkelte in der Mitte. Das Silberbesteck schimmerte. Oben am

Tisch stand Kitty Revere Howlett und blickte uns entgegen, als wir eintraten.

Sie war genauso atemberaubend schön wie der Tisch, den sie für uns gedeckt hatte. Feines goldenes Haar. Ihr Kleid war elegant, aus hellem Samt, der ihren perfekten Teint betonte. Neben ihr fühlte ich mich buckelig und plump. Ich war mir plötzlich meiner eigenen Haare bewusst, die struppiger waren als sonst, weil ich mich im Hotel ja nur mit einer Hand hatte frisieren können. Und mein lächerliches Kleid hätte ich am liebsten irgendwo versteckt. Der Verband hatte inzwischen die Farbe von schmutziger Asche angenommen. Ich war also schlecht frisiert, nicht fein genug gekleidet und auch sonst völlig unzulänglich. Wie war ich nur auf den Gedanken gekommen, Howlett könnte sich zu mir hingezogen fühlen? Ich hatte es nur geträumt, das war alles. In einem kurzen Moment der Schwäche hatte ich vergessen, dass sich eine Frau in meiner Position solch einen Luxus gar nicht erlauben konnte.

Während Howlett den Braten aufschnitt, führte Kitty mich zu meinem Platz. Ihr Blick fiel auf meine Tasche, und sie bot mir an, der Diener könne sie doch in den Flur bringen, aber ich erklärte, dass ich mich nicht von ihr trennen wolle, und stellte sie neben meine Füße, an ein Tischbein gelehnt.

Der kleine Junge speiste mit uns, was ich merkwürdig fand. Er war höchstens fünf, also viel zu jung, um dem Gespräch der Erwachsenen zu folgen. Außerdem reichte er kaum mit der Nase auf den Tisch. Seine Eltern nannten ihn Revere, nach dem Mädchennamen seiner Mutter.

Ich lächelte ihm zu, aber er war zu schüchtern, um meinen Blick zu erwidern. Wahrscheinlich hatte ich ihn bei unserem Schusswechsel in der Halle eingeschüchtert. Kitty hingegen verhielt sich alles andere als zurückhaltend. Sie stellte alle möglichen Fragen, besonders über meinen Unfall im Krankenhaus. »Wie schade, dass Sie sich ausgerechnet im Urlaub verletzt haben!«, rief sie.

»Ich bin beruflich unterwegs«, entgegnete ich reflexartig. »Offiziell halte ich mich im Auftrag der McGill hier auf.«

»Oh, ja, selbstverständlich«, sagte Kitty, ein wenig betroffen, weil ich sie zurechtgewiesen hatte. »Willie hat es schon erwähnt. Sie sind Arzt in Montreal.«

Mit offenem Mund starrte mich der kleine Junge an. »Arzt – so wie Vater?« Die Wörter kamen aus seinem Mund, ehe er es verhindern konnte, und er wurde rot vor Verlegenheit.

»Ja, wie dein Vater«, sagte Howlett, der immer noch an der Anrichte stand und sich dem Fleisch widmete.

»Aber das kann doch gar nicht sein!«, protestierte der Junge.

Vielleicht wusste er nicht, dass auch Frauen Ärzte sein konnten. Oder er vermochte sich nicht vorzustellen, dass ich so schlau war. Wir sollten allerdings seine Gründe für diese Bemerkung nicht erfahren, weil sich Kitty einmischte und ihren Sohn ermahnte, er möge sich bitte benehmen.

»Ja, ich bin Ärztin«, erklärte ich, vordergründig an die Mutter gerichtet, aber auch an den Jungen gewandt, der ja jetzt zum Schweigen verurteilt war. »Aber ich leite auch ein Museum. Das ist momentan mein Hauptberuf. Ihr Mann kennt unsere Sammlung.«

»Ein Museum! Wie wunderbar«, schwärmte Kitty. »Und was für Objekte sind dort ausgestellt?«

Ich warf einen fragenden Blick zu Howlett, aber er war immer noch an der Anrichte beschäftigt und drehte mir den Rücken zu. Ich war mir selbst überlassen. Kitty wollte bestimmt nichts von kranken Organen hören, während wir an diesem so fein gedeckten Tisch saßen. Rivers hatte mich zudem vorgewarnt und gesagt, ich solle heute Abend keine medizinischen Themen ansprechen, aber Kitty schaute mich so erwartungsvoll an, dass ich gezwungen war, irgendetwas zu antworten.

»Dinge, die für die Studenten nützlich sind«, sagte ich ausweichend und machte mit meiner guten Hand eine hilflose Bewegung. »Wir sind der medizinischen Fakultät angegliedert.«

Zu meiner Erleichterung ließ Kitty das Thema Museum fallen. Sie gehörte vermutlich zu den Frauen, die eine Liste von Dingen im Kopf hatten, über die man bei Tisch sprechen konnte, und wehe, wenn ein Gast von dieser Liste abwich.

»Willie war auch an der McGill, wie Sie sicher wissen. Er war ganz begeistert von dieser Universität.«

In dem Moment unterbrach Howlett das Gespräch und stellte die Platte mit dampfendem Huhn auf den Tisch. Man konnte selbst bei der einfachen Betätigung des Fleischschneidens sehen, wie systematisch sein Gehirn arbeitete. Dünne Brustscheiben befanden sich auf der einen Hälfte der Platte, die Schlegel und das dunkle Fleisch auf der anderen, während die Füllung säuberlich in der Mitte aufgeschichtet war. »Es kann losgehen, meine Damen – und mein Herr«, sagte er und verbeugte sich theatralisch. »Ein wunderschön gebratener Vogel, den wir unserer exzellenten Gastgeberin zu verdanken haben, Kitty Revere Howlett.«

Kitty wurde rot und sprach dann das Tischgebet. Wegen meiner Hand konnte ich die Platten und Schüsseln nicht so gut weiterreichen wie die anderen. Ich musste jede Schüssel mit meiner guten Hand nehmen, sie vor mir auf den Tisch stellen, mit derselben Hand den Servierlöffel oder die Gabel ergreifen, mich bedienen, den Löffel zurücklegen und dann die Schüssel zu Howlett weiterschieben, der rechts neben mir saß. Der kleine Junge verfolgte den Ablauf sehr aufmerksam und zuckte immer zusammen, wenn ich meine verbundene Hand hob.

Nachdem sich alle bedient hatten, wurde es still im Raum. Howlett und sein Sohn waren Kitty gegenüber fast schüchtern, als wäre das Speisezimmer für sie fremdes Territorium. Howlett schien immer auf Stichwörter von ihr zu warten. Der Junge sagte gar nichts mehr, sein Blick schoss von seinem Vater zu mir und dann zu seinen eigenen Füßen, mit denen er unter dem Tisch hin und her pendelte. Das Essen interessierte ihn nicht im Geringsten. Ich kaute tapfer. Allerdings hatte ich nicht viel mehr Appetit als Revere, wie mir schien, und der Verband verstärkte meine sonstige Unbeholfenheit.

Was macht man bei solch einer Mahlzeit?, fragte ich mich. Wie muss man sich verhalten? Im Gegensatz zu Laure und Großmutter war ich ohne den sechsten Sinn dafür auf die Welt gekommen. Es passierte manchmal, dass ich mich ernsthaft danebenbenahm, ohne es zu merken. Ich lobte das Essen. Da konnte ich nicht viel falsch machen, und Kitty schien sich zu freuen. Dann sagte ich, dass mir das Haus sehr gut gefalle. Unerträglich langweilige Worte kamen mir über die Lippen! Und die Puppen, hörte ich mich selbst sagen, die Puppen auf dem Treppenabsatz seien wirklich besonders hübsch.

Bestimmt würde Howlett mir gleich etwas an den Kopf werfen – eine Gabel voll Erbsen, ein Brötchen, irgendetwas, nur um mich zum Schweigen zu bringen. Was hätte ich darum gegeben, wieder über Medizin sprechen zu können! Ich wollte mehr über seine Arbeit an der Johns-Hopkins-Universität erfahren und über die Unterschiede, die er zwischen der medizinischen Praxis in Baltimore und Montreal beobachtete. Er schrieb gerade ein Lehrbuch. Er unterrichtete. Es gab Hunderte von spannenden Dingen zu besprechen. Ich blickte auf, aber Howlett kaute zufrieden. Zu meiner Verblüffung lächelte Kitty mir freundlich zu. Sie war sogar so entzückt, dass sie beschloss, mich zu belohnen, indem sie die Konversation auf ein Thema lenkte, das mich ihrer Ansicht nach bestimmt interessierte.

»Willie ist sehr dafür, dass Frauen Medizin studieren.« Diese unverbürgte Bemerkung kam aus heiterem Himmel durchs Speisezimmer gesegelt. Eine Kerze tropfte auf die glänzende Tischplatte. Kitty wusste offenbar nichts über meine Vergangenheit und dass ich ihrem Ehemann schon einmal begegnet war. Während sie die Kerze aufrichtete, nahm sich Howlett eine zweite Portion.

»Wir sind dazu uneingeschränkt fähig«, sagte ich vorsichtig. Ich war mir nicht sicher, was Howlett wirklich über diese Frage dachte, und ich kannte Kitty nicht gut genug, um ihre Einstellung zu erahnen. »Wir können genauso intelligent sein wie Männer.«

Kitty nickte, allerdings mit leicht gerunzelter Stirn. »Ja, aber ich bin skeptisch wegen der enormen Wissensmenge. Ich weiß nicht, ob ich es ertragen könnte, all die Dinge zu erfahren, die Sie lernen mussten.«

»Aber das ist doch gerade der Sinn der Sache«, erwiderte ich. Kitty hatte einen Nerv getroffen. »Das Wissen ist genau der Grund, *warum* ich es tue.«

Howlett hob die Augen von seinem Teller, ein langsamer, warnender Blick.

Die Kerzen warfen überall im Zimmer tanzende Schatten. Kittys Gesicht wirkte plötzlich älter, hagerer. Sie schaute mich nicht mehr an. »Letztes Jahr gab es hier ein Mädchen«, sagte sie. »Du erinnerst dich bestimmt an sie, Willie. Dieses jüdische Mädchen. Stein hieß sie, glaube ich.«

»Sie war außergewöhnlich«, sagte Howlett.

»Sie sind alle außergewöhnlich. Aber diese junge Frau bestand ganz und gar aus Gehirn. Kein Herz, keine Anmut. Sie hatte nichts außer ihrem Intellekt. Sie war absolut anomal.«

»Na ja«, entgegnete Howlett. »Das ist ein bisschen übertrieben.«

Kitty lachte. »Du hast recht. Ich klinge altmodisch, nicht wahr? Aber Miss White ist ganz anders. Deshalb habe ich das Beispiel genannt. Sie besteht nicht nur aus Gehirn. Sie ist offensichtlich wohlerzogen.«

Ich fühlte mich wie bei einem Tennismatch – ich schaute zu, wie der Ball von einer Seite des Tisches zur anderen hüpfte, und wagte es nicht, mich einzumischen.

»Dr. White ist intelligent«, sagte Howlett lächelnd. »Das kann ich nur bestätigen.«

»Selbstverständlich ist sie das«, erwiderte Kitty. »Aber sie mag auch Puppen.«

Das Blut stieg mir in die Wangen. Prüfend musterte ich Kittys Gesichtsausdruck, konnte aber keine Spur von Ironie entdecken.

»Guinevere Stein hat die Puppen gar nicht bemerkt, als sie zum Essen hier war«, fuhr sie fort.

»Gertrude«, verbesserte Howlett seine Frau. »Gertrude Stein.« Und an mich gewandt fügte er hinzu: »Eine seltsame Person mit höchst eigenwilligen Ansichten, die sie immer im unpassenden Augenblick vorbringen musste. Vergangenes Frühjahr wurde sie gebeten, sich zurückzuziehen.«

»Ja«, sagte seine Frau. »Und raten Sie mal, wer sie gebeten hat?« Mit hochgezogenen Augenbrauen deutete sie auf Howlett.

Dieser zuckte die Achseln. »Sie hatte nicht die Begabung, Arzt zu werden«, sagte er und schob abwesend ein paar Erbsen auf seine Gabel. »Viel zu unkonventionell.«

»Ihre Puppen sind aus Wachs«, sagte ich, um das Thema zu wechseln.

Kitty nickte. »Ja, das stimmt. Die älteste stammt aus dem Jahr 1760.«

Ich schaffte es, das überraschte Entzücken zu zeigen, das Kitty erwartete. »Aus England, nehme ich an?«

Wieder nickte Kitty. »Richtig. Wachs bedeutet immer England. In Frankreich verwendete man zu dieser Zeit Porzellan für die Köpfe.«

»Meine Schwester und ich, wir hatten als Kinder Wachspuppen«, erzählte ich. So ganz stimmte das nicht. Die Puppen hatten alle Laure gehört. Ich hatte sie nur geduldet, als Trennwand, die ihre Bettseite von meiner abgrenzte. Aber die kleine Lüge schien Kitty zu gefallen, denn sie bot mir noch eine Portion Erbsen an.

Ich streckte meine verletzte Hand nach der Schüssel aus, aber sie war zu schwer. Die Schüssel rutschte weg und kippte um, sodass sich der Inhalt auf dem Tisch verteilte. Ich versuchte, den Schaden mit meiner Serviette zu beheben, aber Kitty hielt mich zurück. »Das macht gar nichts«, sagte sie. Allem Anschein nach konnte sie gut mit Unfällen umgehen. Sie blieb ruhig und gelassen. Eine Dienerin wurde gerufen, und in kürzester Zeit war alles wieder in Ordnung. Ich setzte mich hin. Gerade hatte Kitty die Unterhaltung wieder aufgenommen und erzählte, wie jemand bei ihrem Hochzeitsessen Bratensoße verschüttet hatte, als plötzlich Revere einen lauten Schrei ausstieß.

Er saß nicht mehr auf seinem Stuhl. In dem Durcheinander wegen der Erbsen hatte niemand gemerkt, dass er verschwunden war. Ich schaute erst Kitty fassungslos an, dann Howlett. Was war geschehen? Howlett beugte sich zur Seite und schaute unter den Tisch. Dann verschwand er aus unserem Blickfeld. »Kleiner Schlingel!«, rief er lachend.

»Er sitzt da unten?« Kitty wollte ebenfalls nachschauen, aber ihr Kleid war so steif, dass sie es nicht schaffte.

Ich lehnte mich zurück und neigte mich seitwärts, bis ich den Jungen sehen konnte. Und was ich sah, ließ mir das Blut in den Adern gefrieren.

»Was hast du da?«, fragte Howlett. »Gib es mir.«

Er kroch zu seinem Sohn unter den Tisch. Man hörte ein kurzes Gerangel. Ich konnte Revere nicht ganz sehen, aber ich bekam mit, dass er meine Tasche festhielt und hektisch versuchte, das Glas wieder hineinzustopfen, doch sein Vater war schneller. Die Balgerei hörte auf, und kurz trat Stille ein – bis Howlett begriff, was er da in der Hand hielt. Er begann zu lachen.

»Mein Sohn ist ein Schnüffler«, verkündete er, stand auf und klopfte sich die Hosenbeine ab. Zu meinem Entsetzen stellte er das Laborglas vor sich auf den Tisch. »Ich nehme an, das hier gehört Ihnen, Dr. White?«

Ich wurde feuerrot und warf einen kurzen Blick auf die Gastgeberin, die allerdings keine Ahnung zu haben schien, was sich gerade abspielte. Sie lächelte, weil sie davon ausging, dass wir uns immer noch im Bereich der normalen gesellschaftlichen Umgangsformen befanden. Zögernd schaute ich Howlett an, dessen Augen schalkhaft blitzten. »Es stammt aus dem Museum«, stieß ich hervor. »Entschuldigen Sie bitte vielmals.«

Kittys Gesicht veränderte sich. Sie schielte zu dem Glas hinüber, wandte aber blitzschnell den Blick wieder ab.

Howlett grinste immer noch. »Ein bemerkenswertes Präparat.«

Was sollte ich sagen? Der schlimmste annehmbare Unfall war eingetreten. Und ich konnte nichts rückgängig machen. Was hatte ich mir nur dabei gedacht, das Herz zu dieser Einladung mitzunehmen?

Howlett widmete sich seinem Sohn, der nach einigem guten Zureden wieder unter dem Tisch hervorkam. Das Ding in dem Glas sei ein Herz, erklärte ihm sein Vater. Ob das Herz tot sei?, wollte der kleine Junge wissen. Howlett nickte. Ja, es sei tot, aber es gebe keinen Anlass, Angst davor zu haben. Man könne sehr viel daraus lernen, wenn man es studiere. Das sei auch der Grund, warum Dr. White es bei sich habe.

Revere beäugte mich misstrauisch. Garantiert hielt er mich für eine Hexe, die einen Finger hatte, mit dem sie schießen konnte, und die in einer blutverschmierten Tasche ein Herz mit sich herumschleppte.

Kitty Revere erhob sich abrupt. »Das reicht, Willie. Ich finde das vollkommen unpassend. Dieses Ding da«, sagte sie und deutete auf das Glas, »gehört nicht auf einen Esstisch. Ich wäre dankbar, wenn du und Dr. White es entfernen würdet.«

Howlett schaute mich an. Sein Gesicht war ernst, aber seine Augen verrieten ihn. Er stand auf, nahm das Glas in beide Hände und wiegte das Herz hin und her wie ein Baby. »Meine Liebe«, sagte er zu seiner Ehefrau. »Wir haben dich erschreckt. Vielleicht sollten wir uns mit diesem anstößigen Gegenstand ins Raucherzimmer zurückziehen.«

Kitty trat hinter ihren Sohn und legte ihm schützend die Hände auf die Schultern. Howlett und ich verließen das Zimmer. Ich murmelte noch eine Entschuldigung, aber es war klar, dass unsere gemeinsame Zeit abgelaufen war.

Im Gegensatz zu den anderen Räumen im Haus der Howletts war das Raucherzimmer dunkel und fast beengend. Gebeizte Holztäfelung an den Wänden. Schwere burgunderrote Vorhänge an dem einzigen Fenster. Und es roch nach Zigarrenrauch. Aschenbecher – in einem lagen noch zwei schwarze Stummel – waren strategisch auf mehrere kleine Tischchen verteilt.

Ich ließ mich in einen Sessel fallen und schlug die Hände vors Gesicht. »Verzeihen Sie mir«, stammelte ich. »Wie konnte ich nur so dumm sein.«

Howlett lachte. »Sie haben doch gar nichts getan«, sagte er, vor mir stehend. »Es war mein Sohn. Revere hat die ärgerliche Eigenschaft, in alles seine Nase zu stecken, genau wie sein alter Herr.«

Er wollte mich trösten, wollte nett zu mir sein. Ich merkte das natürlich, schämte mich aber trotzdem furchtbar. »Kitty hält mich jetzt bestimmt für ein Monster.«

Howlett hielt das Glas unter eine Lampe. »Es ist fantastisch«, sagte er und drehte es langsam, sodass die Ausbuchtung an der rechten Herzkammer uns anschaute. »Sehen Sie sich nur diese Kompensation hier an. Was für ein Wunder.«

»Es sieht gar nicht richtig menschlich aus«, sagte ich und vergaß einen Moment lang die peinliche Situation.

Wieder lachte Howlett. »O doch, es ist durchaus menschlich. Ich habe das gleich gewusst, als ich es das erste Mal zu Gesicht bekommen habe.«

Ich beugte mich begeistert vor. »Das heißt, Sie kennen es? Sie haben es schon einmal gesehen?«

»Ob ich es schon einmal gesehen habe? Ja, selbstverständlich – ich war dabei, als sein Besitzer gestorben ist.« Er legte das Glas in seine Armbeuge und wiegte es wieder. »Es wurde für mich eine Art persönliches Markenzeichen an der McGill. Die anderen haben es immer ›das Howlett-Herz‹ genannt. Ich hätte nie gedacht, dass ich es noch einmal wiedersehen würde.«

Ich erzählte ihm, dass ich es im Museum entdeckt hatte. Das Etikett sei falsch gewesen, und das habe mich verunsichert, denn es gebe keinen Bericht dazu.

»Meine Schuld«, sagte Howlett. »Ich habe dieses Herz so oft in meinen Vorlesungen verwendet, dass der Bericht verloren gegangen sein muss. Ich kann die Sachlage für Sie sofort richtigstellen.«

Dr. Clarke hatte also recht gehabt. Ich nahm meine Brille ab und rieb die Gläser sauber. Meine Finger zitterten leicht vor lauter Vorfreude. »Der Besitzer war Ihr Patient?«

Howlett machte ein seltsames Gesicht.

Ich setzte die Brille wieder auf und musterte ihn genauer. »Sie haben doch gesagt, Sie waren dabei, als er gestorben ist.« Ich spürte bei ihm ein gewisses Unbehagen.

Er beäugte mich. »Darf ich Ihnen eine Zigarre anbieten, Dr. White?«

Ich zögerte, schockiert von dem Angebot. Zigarren waren strikt für Männer reserviert.

»Vielleicht einen Digestif?«

Wieder zögerte ich. Howlett wollte, dass ich mit ihm allein

etwas trank, in seinem Raucherzimmer? Ich hatte seine Frau doch schon einmal beleidigt, deshalb wollte ich auf keinen Fall noch einen Fauxpas begehen und das bisschen Ansehen, das ich noch besaß, endgültig verspielen.

»Ich bin ratlos«, sagte er schließlich, was meine eigene Verfassung widerspiegelte.

»Bitte!« Ich deutete auf die Flaschen und Karaffen im Regal. »Tun Sie sich keinen Zwang an. Ich brauche nichts.«

Er zuckte die Achseln und goss sich ein Cognacglas ein. »Brandy ist ein Tonikum. Vor allem gut fürs Blut«, sagte er. »Das wissen Sie doch bestimmt, Dr. White. Außerdem geben Sie mir das Gefühl, ein schlechter Gastgeber zu sein. Sind Sie ganz sicher, dass Sie nicht doch etwas haben wollen?«

Er bestand darauf, mir ebenfalls einen Brandy einzugießen. Die Flüssigkeit hatte eine Farbe wie kandierter Zucker, das Aroma brannte mir in den Augen. Weil er mich drängte, nahm ich einen Schluck, spuckte aber das meiste wieder zurück in mein Glas.

Howlett brach in schallendes Gelächter aus. »Immer schön langsam. Sie müssen nicht alles auf einmal in sich hineinkippen.«

Er schwenkte sein Glas, sodass ein regelrechter Tornado entstand. Dann schnupperte er mit geschlossenen Augen daran.

Als ich es ihm nachmachte, lachte er wieder. »Sie lernen schnell, nicht wahr, Dr. White? Sie sind für fast alles offen.«

Er beugte sich vorwärts, so nahe zu mir, dass er flüstern konnte. Und dann erzählte er mir die Geschichte des Herzens. Es war, als hätte ich eine Prüfung bestanden. Er hatte Maß genommen, nach Kriterien, die nur er selbst kannte, und er hatte mich für würdig befunden. Der Patient, sagte er, sei ein Notar gewesen, ein Mann, der meistens im Sitzen arbeitete, was vielleicht seine relative Langlebigkeit erklärte. Zwischen dreißig und vierzig hatte er Schmerzen in der Brust bekommen und war ins Montreal General Hospital eingeliefert worden. Das war 1872. Howlett studierte noch, aber man erlaubte ihm, bei der ersten Untersuchung zu assistieren. Diese hatte allerdings nichts ergeben, außer einer leichten Zyanose bei Belastung und Schmerzen in der Brust. Kein ungewöhnliches Rasseln oder Pfeifen in der Thoraxhöhle beim Abhören. Keine anomale Atmung. Als der Patient einen Monat nach diesem Krankenhausbesuch starb, wollte Howlett unbedingt bei der Autopsie dabei sein.

»Es wurde nie ein Bericht darüber geschrieben«, erinnerte ich ihn. »Ich kann Ihnen gar nicht sagen, wie viele Stunden ich damit verbracht habe, die Literatur zu durchkämmen.«

»Reine Zeitverschwendung«, sagte Howlett. »Es gab einen Bericht, aber den können Sie gar nicht finden.«

Ich musterte ihn prüfend, vermochte seinen Gesichtsausdruck aber nicht zu entschlüsseln. Er klang trotzig, fast stolz.

»Der Bericht wurde nie veröffentlicht.«

»Aber es ist doch so ein wichtiger Fall!«, protestierte ich. »Die Zeitschriften hätten sich darauf gestürzt.«

»Unter normalen Umständen mag das sein«, sagte Howlett und schwenkte dann schweigend seinen Brandy, sodass wieder kleine Wellen entstanden. »Der Arzt, der den Bericht geschrieben hat …«, erneut machte er eine Pause und warf mir einen kurzen Blick zu, »… geriet in Schwierigkeiten.«

Jetzt fügten sich die Teile zu einem Ganzen zusammen. Howlett hatte ja schon erzählt, dass er als Student vor allem einen Mentor hatte, an den er sich heftete wie ein Schatten.

»Mein Vater«, murmelte ich leise.

Howlett nickte. »Honoré Bourret hat die Autopsie vorgenommen.«

Ich richtete mich auf. Viele Wochen lang war ich also von etwas besessen gewesen, das früher *ihm* gehört hatte. Ich hatte es meilenweit mit mir herumgeschleppt, ohne auch nur den geringsten Verdacht zu haben. Ich beugte mich vor, um das Glas mit seinem Präparat noch einmal genau zu studieren. Doch im Schein der Lampe konnte ich nur das Herz erkennen, das sich in der Flüssigkeit bewegte wie eine geschlossene Faust.

13

Januar 1900

Als meine Nadel das Herz durchstach, stieß sie auf Widerstand. Ich hatte es mir weich vorgestellt, eine schwammige Masse, die unter der Berührung möglicherweise zerfallen würde, aber es war ziemlich fest. Seit meiner Rückkehr aus Baltimore hatte diese Aufgabe ganz oben auf einer langen Liste gestanden. Doch dann waren verschiedene Ereignisse dazwischengekommen und hatten mich daran gehindert, die Sache in Angriff zu nehmen.

Es gab viel zu tun, und die Ansprüche an mich wuchsen. Großmutter war krank geworden, und ich musste mich in St. Andrews East um sie kümmern. Sie war fünfundneunzig, zäh und unabhängig. Man konnte sich kaum vorstellen, dass sie nicht ewig leben würde. Im Laufe der Jahre war sie langsamer geworden, doch bis zum Schluss machte sie dienstags die Wäsche, putzte am Mittwoch das Silber, während der Freitag dem Backen vorbehalten war. In dem Sommer, als ich aus Baltimore zurückkam, konnte sie sich zum ersten Mal nicht um den Garten kümmern. Das war eine Arbeit gewesen, die sie über alles liebte. Immer hatte sie für exzellente Tomatensauce und für eingelegte Rote Bete gesorgt, die sie mir dann nach Montreal mitgab – in Gläsern, die ich früher für völlig andere Zwecke verwendet hatte. Sie klagte nie über ihre Gesundheit. Letztlich war es der ungepflegte Garten, der ihren Zustand verriet. Als wir den Arzt riefen, bestätigte sich mein Verdacht. Was sie als Verdauungsstörungen abgetan hatte, war in Wirklichkeit ein Darmtumor in fortgeschrittenem Zustand. Bei Patienten in ihrem Alter wächst eine Krebsgeschwulst in der Regel sehr langsam, aber dieser Tumor war schon so groß, dass er ihr Schmerzen bereitete und sie eine schwere Verstopfung bekam.

Ich vergoss nicht viele Tränen bei der Beerdigung, im Gegensatz zu Laure, die so bitterlich schluchzte, dass sie noch vor der Trauerrede an Huntleys Arm die Kirche verlassen musste. Die Leute hielten mich bestimmt für gefühllos, für unnatürlich verhärtet durch meinen Beruf, aber in Wirklichkeit konnte ich einfach nicht richtig begreifen, dass Großmutter tot war. Der Verlust war noch nicht bis zu mir durchgedrungen.

Am Tag nach dem Begräbnis ging ich am Morgen in die Küche, um zu frühstücken. Unsere Küche in der Priory war groß, auf den Regalen standen Steinguttöpfe für Mehl und Zucker sowie mehrere Kessel mit Kupferboden, die blitzblank gescheuert waren. Alles sauber und an seinem Platz. Und mir war diese Umgebung so vertraut, sie war so ganz und gar Ausdruck meiner Großmutter, dass ich laut ihren Namen sagen musste.

Es gab also viele gute Gründe, weshalb ich das Howlett-Herz bis zum Winter vernachlässigte. Ich schob die Sache vor mir her, Monat für Monat, aber ich wusste, dass ich mich eines Tages daranmachen musste. Das Herz war mein Spitzenexponat, nachdem jetzt auch noch mein Artikel veröffentlicht worden war: William Howlett hatte nämlich vorgeschlagen, dass ich über das Herz schreiben sollte, und hatte sogar einen Verlag gefunden. In der Tat war dieses Herz etwas ganz Besonderes. Es wich vollkommen von der Norm ab. Auf der ganzen Welt gab es nur zwei Präparate dieser Art. Das andere Herz befand sich in London, wie ich inzwischen herausgefunden hatte. Ein Pathologe hatte mir geschrieben, nachdem mein Artikel erschienen war. Die Kollegen in Montreal, die bisher nicht einmal grüßend genickt hatten, wenn wir uns auf den Fluren begegneten, blieben jetzt stehen und erkundigten sich danach. Die Anerkennung ging sogar über die Fakultät an der McGill hinaus. Meinen Namen kannten inzwischen Mediziner in den Vereinigten Staaten, in England und im übrigen Europa. Howlett hatte dafür gesorgt, dass meine erste Veröffentlichung in einer angesehenen wissenschaftlichen Zeitschrift erschien, die überall gelesen wurde.

Jedes Mal, wenn ich Leute hereinführte, die das Präparat betrachten wollten, schämte ich mich. Es war eins der größten Herzen in der Sammlung. Genau deswegen waren vermutlich die Glasröhrchen, die es stützten, weggerutscht. Es hing schief an einem einzigen Faden und sah finster und verwest aus. Das Formalin, in dem es schwamm, war trüb und gelb wie konzentrierter Urin. Seit Monaten hatte ich einfach nicht genug Muße gefunden, um mich damit zu beschäftigen. Jetzt war Zeit kein Problem mehr: Ich hatte wegen des Todesfalls eine ganze Woche frei. Vor zwei Tagen hatten Laure und ich unsere Großmutter in dem Familiengrab gleich hinter der Kirche von St. Andrews East beigesetzt. Dieses Grab hatte ihr Schwiegervater 1822 erstanden. Meine Mutter lag dort begraben, genau wie mein Großvater, den ich nie kennengelernt hatte. Der Schnee war so hoch, dass man die Grabsteine mit ihren Namen kaum noch sehen konnte.

Was für eine Erleichterung, wieder in Montreal zu sein, fort von den anderen Trauernden! Laure war noch in St. Andrews East geblieben und kümmerte sich um die Priory, wo wir beide übernachtet hatten, nur jetzt in getrennten Schlafzimmern. Laure und Huntley hatten unser altes Zimmer übernommen, während ich in dem Raum schlief, der von der Küche abging und in dem früher Miss Skerry gewohnt hatte. Auf keinen Fall wollte ich in Großmutters Zimmer schlafen, in dem Bett, in dem sie gestorben war. Wir hatten ihre Leiche dort liegen lassen, als eine Art informelle Aufbahrung, ehe der Bestatter kam. So winzig klein hatte sie ausgesehen, als sie da lag, wie ein Kind.

Eine ihrer Cousinen war gekommen, um sie in den letzten Lebenswochen zu pflegen. Das war die beste Lösung, denn zu dieser täglichen Pflege wäre Laure nicht fähig gewesen, und ich konnte meine Arbeit auch immer nur kurz im Stich lassen. St. Andrews East und das Leben, das ich früher geführt hatte, erschienen mir jetzt unglaublich weit entfernt. Ich hatte ein neues Zuhause und ein neues Leben, eine Situation, die durch Großmutters Krankheit noch unterstrichen wurde.

Insgesamt begann eine neue Ära. Während Großmutter auf dem Sterbebett lag, wurde das zwanzigste Jahrhundert geboren. Es hatte Reden und Paraden gegeben. Die Zeitungen waren voll mit Rückblicken und mit hoffnungsvollen Prognosen. Die Begeisterung war ansteckend. In meiner kleinen Ecke im zweiten Stock der medizinischen Fakultät an der McGill spürte auch ich die Veränderung. Die pathologische Sammlung wuchs. Ich hatte etwa drei Viertel der Präparate identifiziert und klassifiziert, eine Leistung, die Dr. Clarke als ein Wunder bezeichnete. Aber mit einem Wunder hatte das nichts zu tun. In den letzten sechs Monaten hatte ich unermüdlich geschuftet, war schon Stunden, bevor die Vorlesungen anfingen, ins Museum gekommen und bis spätabends dageblieben. Als der Gemeinschaftsraum der Professoren renoviert wurde, erbte ich ein Sofa, auf dem ich nun gelegentlich übernachtete. Dr. Clarke und die anderen wären entsetzt gewesen, wenn sie das erfahren hätten, aber sie kamen immer zu spät, um es zu merken.

Meine Pflichten schienen zu expandieren wie ein organisches Gewächs. Ich musste Präparate etikettieren, einschließlich der neuen, die täglich vom Montreal General Hospital und vom Royal Vic Hospital eintrafen, was das Chaos natürlich vergrößerte. Und seit September unterrichtete ich auch noch.

Ich begann damit, ohne es richtig zu merken. Zwei Studenten kamen vorbei, um sich nach dem Howlett-Herzen zu erkundigen. Sie studierten bei Dr. Mastro und waren in seinem Physiologiekurs eingeschrieben. Ich zeigte ihnen noch ein paar andere Präparate, erklärte Funktionen und Anomalien. Am nächsten Morgen kamen die beiden wieder und brachten ihre Freunde mit. Bald darauf traf ich mich mit der Hälfte der Teilnehmer von Dr. Mastros Kurs. Dadurch konnte ich mich natürlich meinen anderen Pflichten weniger intensiv widmen, und als die Krankheit meiner Großmutter ihren Höhepunkt erreichte, waren diese Kurse eine zusätzliche Belastung, aber sie machten mich zugleich unsäglich froh. Ich stellte einen Stundenplan auf, damit immer höchstens fünf Studenten auf einmal kamen. Außerdem kochte ich stets Tee für sie, weil es im Museum extrem zugig war und weil die Diskussionen so lange dauerten. Ja, ich bot ihnen sogar Kekse an.

Am Ende des Semesters überreichten mir Dr. Mastros Studenten einen Umschlag. Ich war so tief gerührt, dass ich vor ihnen in Tränen ausbrach, weil mir plötzlich bewusst wurde, dass ich an der McGill unterrichtete, genau wie mein Vater es getan hatte. Und wie William Howlett, der Mann, der meinen Vater als Mentor gehabt hatte.

Ich liebte diese Arbeit. Es war mir gar nicht in den Sinn gekommen, Geld dafür zu verlangen. Ich verdiente genug, um davon zu leben, und was noch wichtiger war: Ich verfügte inzwischen auch über eine großzügigere Finanzierung für das Museum allgemein. Howlett steuerte Geld bei. Er schickte es an den Dekan, eindeutig für mich gekennzeichnet. Es war ein Scheck, der für die Erhaltung der Sammlung gedacht war und meiner Einschätzung nach fünf Jahre lang den Bedarf decken würde. Im November hatte ich einen Mann beauftragt, das Fenster auszuwechseln, außerdem ließ ich elektrisches Licht installieren. Mein Arbeitsraum war jetzt warm und hell.

Die Regale, auf denen am Anfang solch ein Durcheinander geherrscht hatte, waren inzwischen ordentlich aufgeräumt. Jedes Glas stand mit einer Handbreit Abstand neben dem nächsten und besaß ein getipptes, detailliertes Etikett. Die McGill-Sammlung enthielt ganz verschiedene Präparate, von einem enormen Haarknäuel in Form eines menschlichen Magens bis zu dem derben, mit Pilz infizierten Kiefer einer Kuh. Beide Präparate gingen auf meinen Vater zurück, wie ich kürzlich herausgefunden hatte. Die Haarkugel war mein Liebling – eine zufällige Entdeckung bei einer Autopsie, die er in den 1860ern vorgenommen hatte, und zwar an einer geisteskranken Frau, die sich zwanghaft die Haare ausgerissen und sie gegessen hatte. Das Ganze war so bizarr, dass er seinen Fund unbedingt in einem Glas ausstellen wollte. Jedenfalls malte ich mir aus, dass es so gewesen sein musste, da der pädagogische Effekt dieses Präparats doch eher beschränkt war. Es gab kein Etikett, das mitteilte, auf welchen Mediziner es zurückging, doch Howlett hatte mich in das Geheimnis eingeweiht.

Die schriftlichen Unterlagen, die die Beiträge meines Vaters dokumentierten, waren entfernt worden, oder man hatte seinen Namen herausgeschnitten. Wenn bei älteren Präparaten das Etikett fehlte oder eindeutig falsch war, ging ich in der Regel davon aus, dass es sich um seine Arbeit handeln musste. Das war zwar immer nur eine Vermutung, aber oft genug bewiesen die Gespräche mit Howlett, dass ich recht hatte, oder ich fand Hinweise in wissenschaftlichen Veröffentlichungen anderer Mediziner. Allem Anschein nach war der Name meines Vaters systematisch aus den Annalen der Fakultät getilgt worden. Man hatte gezielt all seine Spuren gelöscht. Vom Verstand her begriff ich, was passiert war – der Name meines Vaters wurde mit einem Mord in Verbindung gebracht, und die McGill wollte nichts damit zu tun haben –, aber emotional konnte ich es nicht fassen. Es erschien mir gnadenlos, alle Hinweise auf seine Leistungen verschwinden zu lassen, zumal er ja vom Gericht freigesprochen worden war. Meine archivarische Detektivarbeit bekam zunehmend einen persönlichen Charakter.

Im Gegensatz zu meinem Vater hinterließ William Howlett überall Spuren. Er war bestrebt, alles zu dokumentieren, was er als Pathologe je angefasst hatte. Eine meiner frühen Entdeckungen war eine Sammlung von Autopsie-Aufzeichnungen: drei Bände, in denen jeder Fall, an dem er gearbeitet hatte, detailliert besprochen war, von seiner Studentenzeit bis zu den Jahren, in denen er als Chefpathologe am Montreal General Hospital gearbeitet hatte. Was für eine Goldmine an Informationen! Das Material aus seinem Studium war der Schlüssel zum Werk meines Vaters, die Quelle, die zahlreiche Geheimnisse aufdeckte. Die meisten seiner frühen Autopsien, erzählte mir Howlett bei einem Gespräch, hatte er unter der Aufsicht von Honoré Bourret vorgenommen. Mein Vater war sein Lehrer gewesen und später auch sein Freund. Er habe ihm während seiner Ausbildung mehr über Medizin und über das Leben im Allgemeinen beigebracht als sonst irgendjemand. Howlett war sehr pedantisch in Detailfragen. Jede Fallakte enthielt nicht nur die Ergebnisse der Autopsie, sondern auch die Krankengeschichte des Patienten, sodass man Verbindungen herstellen konnte zwischen den Symptomen zu Lebzeiten und den Läsionen, die nach dem Tod gefunden wurden. Und was in meinen Augen fast genauso wichtig war: Howlett erwähnte immer, wer bei der Autopsie anwesend gewesen war und wer tatsächlich das Messer geführt hatte.

Bei meiner Arbeit, während ich mit formalingetränkten Präparaten herumfuhrwerkte und verstaubte Bücher wälzte, um die Exponate ordnen und bezeichnen zu können, wurden mir William Howlett und mein Vater in Gedanken immer vertrauter. Ihre Hände hatten dieselben Gläser berührt, die ich nun Tag für Tag anfasste. Ihr Skalpell hatte die Organe bearbeitet, die sich darin befanden, hatten Membranen und Fett entfernt, hatten verborgene Probleme offengelegt. Jedes Mal, wenn ich das Museum betrat, fühlte ich ihre Anwesenheit. Abends, in meinem gemieteten Zimmer in der Union Street, gleich östlich vom Campus, spürte ich ihre Nähe ebenfalls: Ich verbrachte meine Abende damit, Howletts Veröffentlichungen durchzugehen und immer tiefer in sie einzudringen. Ich schlief ein, mit seinen Worten auf meiner Brust und mit seinem Gesicht vor meinem inneren Auge.

Das Herz lag in meiner linken Hand. Der Faden führte jetzt durch den Herzbeutel. Im Endeffekt war es einfacher gewesen, als ich gedacht hatte. Ich zog die beiden Enden gleich lang und fädelte eins durch das winzige Loch in dem Glasröhrchen. Es roch nicht gut, dieses Herz. Nicht direkt vermodert, aber einfach nicht sauber. Ich füllte das Glas mit frischem Konservierungsmittel, so klar und farblos wie Wasser. Irgendwo hatte ich über Menschen in Portugal gelesen, die in den Familienkrypten immer die Knochen ihrer Vorfahren abstaubten. Es gab einen speziellen Tag dafür, und jeder tat es, überall im Land. Mein momentaner Job war ähnlich, das ganze Jahr hindurch.

Ich nahm das Herz in beide Hände. Es war glitschig, wie ein Stein, den man aus dem Fluss holt. Ganz, ganz vorsichtig ließ ich es zurück ins Glas gleiten. Eine Sekunde lang fürchtete ich, es könnte vielleicht nicht funktionieren. Doch dann klickten die Röhrchen an ihren Platz. Ich hörte das leise, befriedigende Klirren. Ich hatte es geschafft. Das Herz hing jetzt gerade, perfekt justiert.

14

Februar 1900

An einem Sonntag Anfang Februar schrak ich morgens aus dem Schlaf hoch. Zum ersten Mal seit dem Begräbnis hatte ich tief und fest geschlafen. Ich hatte vom North River in St. Andrews East geträumt. In meinem Traum war offenbar Herbst gewesen, denn ich hatte kahle Bäume gesehen, der Fluss war nicht gefroren gewesen, und ins Tal drängte sich der Novembernebel. Ich stand am Ufer, barfuß und im Nachthemd, und suchte Großmutter, die meinen Namen rief. Ihre Stimme schien aus dem Fluss zu kommen, doch der Nebel war so dicht, dass ich nichts sehen konnte.

Ich richtete mich auf und merkte, dass ich verschlafen hatte: Es war fünf Minuten vor acht. Jemand klopfte laut an meine Tür und rief meinen Namen. Es war Peter, der Mann, der für meine Schwester arbeitete. Als ich die Tür öffnete, starrte er mich mit großen Augen an. Anscheinend fand er es seltsam, dass ich um diese Zeit im Morgenmantel herumlief und mich noch nicht frisiert hatte. Dabei war doch heute der Tag, den Gott zum Ausruhen bestimmt hatte. Aber es war tatsächlich extrem ungewöhnlich für mich, was er natürlich nicht ahnen konnte. Im Winter ging ich normalerweise vor Tagesanbruch aus dem Haus und ins Museum. Die Sonntage bildeten da keine Ausnahme, außer dass ich mir am Vormittag eine Pause gönnte, um den Gottesdienst in der St. James's Church zu besuchen. Aber am Tag zuvor hatte ich bis spät in die Nacht gearbeitet. Ich schaute hinter mich. Überall auf dem Boden lag Papier. Ein Teller mit einer halb gegessenen Teigtasche stand unübersehbar mitten in dem Durcheinander.

»Peter!«, rief ich munterer, als ich mich fühlte. »Was führt Sie hierher?«

Er blickte schnell nach rechts und links und murmelte dann seine Botschaft, wagte aber nicht einzutreten. Meiner Schwester gehe es nicht gut. Mr Stewart bitte mich, sofort zu kommen. Einzelheiten nannte er nicht. Ich versprach, mich augenblicklich auf den Weg zu machen, und schickte ihn wieder zu Huntley.

In Windeseile zog ich mich an, frisierte mir die Haare und trat hinaus auf die strahlend weiße Straße. Am Abend hatte es geschneit, aber heute schmolz der Schnee schon wieder. Die Sonne schien so warm, dass ich meinen Schal lockern musste und den Mantel aufknöpfte. Es war erst Februar, aber bei diesem Tauwetter zeigte sich eindeutig ein Hauch von Frühling. In den Rinnsteinen plätscherte Wasser. Die Erde wurde wärmer. Das Wetter schaffte es allerdings nicht, meine Stimmung aufzuhellen. Ich war immer noch angespannt wegen meines Traums, und dass Peter an einem Sonntagmorgen plötzlich mit schlechten Nachrichten auftauchte, verstärkte die innere Unruhe noch. Ich ging sehr schnell und dachte dauernd an meine Schwester. Peter war so wortkarg gewesen, dass ich nicht beurteilen konnte, wie ernst die Lage war.

Laure wohnte nicht weit von mir. Man brauchte kaum eine Viertelstunde von meinem Zimmer in der Union Street zu ihrem Haus in der Mountain Street. Meine Stiefel machten ein Geräusch wie Hufgeklapper. Sie hatten dicke Sohlen, fast wie die Schuhe der Farmer in St. Andrews East. Huntley hatte gelacht, als er mich das erste Mal mit diesen Stiefeln sah, aber das störte mich nicht. Sie waren viel praktischer als diese feinen, instabilen Dinger, die er immer für Laure kaufte.

Mein Schwager und ich konnten immer noch nicht recht etwas miteinander anfangen. Laure zuliebe beherrschten wir uns und waren nicht offen feindselig, aber ich bemühte mich vor allem, ihm aus dem Weg zu gehen. Wenn ich meine Schwester besuchte, tat ich das meistens, wenn Huntley nicht da war, oder ich bat Laure, zu mir zu kommen. Heute war definitiv eine Ausnahme. Es musste etwas Schlimmes vorgefallen sein, wenn Huntley nach mir schickte.

Seit der Beerdigung hatte ich Laure nicht mehr gesehen. Ich zählte die Tage. Elf. Unmöglich! Wieso war ich nur so nachlässig gewesen? Ich hatte auf meine Art getrauert und mich im Museum bei meinen Herzen verkrochen. Gerade erst war ich damit fertig geworden, einhundert von Howletts kardiologischen Fällen zu kompilieren, sie nach ihren Anomalien zu klassifizieren und die Ergebnisse zusammenzufassen. Er war so erfreut gewesen, als ich es ihm erzählte, dass er sofort nach einem Verlag suchte. Aber jetzt musste ich den Preis dafür bezahlen, dass ich mir den Luxus erlaubt hatte, mich zurückzuziehen und zu arbeiten.

Ich war von der Union Street in die Sherbrooke Street eingebogen und ging jetzt die Mountain Street hinauf. Die Sonnenstrahlen streichelten meinen Kopf, sie ließen den Schnee auf den Dächern und Fenstersimsen der Häuser glitzern, sodass diese aussahen wie zuckrige Lebkuchenhäuser. Ein viel zu strahlender Tag für Katastrophen, sagte ich mir, viel zu hell, viel zu sonnig.

Huntleys Grundstück war sehr ansehnlich und von einem Zaun umgeben. Sein Vater hatte gleich nach der Hochzeit für das junge Paar dieses Anwesen und das imposant renovierte Haus gekauft. Huntley und Laure sprachen immer von ihrer »Trophäe«. Im oberen Stockwerk befanden sich sechs Schlafzimmer und zwei Badezimmer mit fließend Wasser und Toilette. Sie hatten elektrisches Licht, und die Heizung wurde mit Öl befeuert. Ein Haus, in dem man eine Dynastie gründen konnte, hatte Huntley lachend bemerkt, als er und Laure mich nach meiner Rückkehr aus Europa dort herumführten.

Nach fünf Ehejahren war allerdings noch keine Spur von Dynastie zu sehen. Kein Stewart-Erbe war geboren worden. Huntleys Mutter hatte mit Laure gesprochen, sie mit Fragen bombardiert. Großmutter hatte ihr geraten zu beten – ein altehrwürdiges Mittel gegen alle Probleme. Aber Laures Menstruationszyklus war schon immer unregelmäßig gewesen, seit ihrer Jugend. Diese Schwierigkeit konnte nicht mit Gebeten behoben werden.

In der Mitte der Haustür befand sich ein stark oxidierter Klopfer in Form eines Fisches, der aus London importiert war. Huntley sammelte Antiquitäten. Das ganze Haus war voll mit wertvollen Gegenständen, und Laure verbrachte den größten Teil ihrer Zeit damit, diese so aufzustellen, dass die Dienstmädchen sie putzen und polieren konnten. Nachdem ich das zweite Mal mit dem Fisch an die Tür geklopft hatte, riss Peter sie auf. Er kniff die Augen zusammen, weil der Schnee ihn blendete. Ich spähte an ihm vorbei ins Haus, weil ich Laure erwartete, doch der Flur lag dunkel und verdächtig ruhig da.

Dann tauchte Huntley auf, frisch rasiert und förmlich gekleidet. Er lächelte nicht und brachte auch keine Begrüßung über die Lippen, und ich reagierte entsprechend.

»Wo ist sie?«

»Deine Schwester« – er vermied es offenbar bewusst, zu erwähnen, in welcher Beziehung *er* zu Laure stand –, »deine Schwester hat sich im Schlafzimmer eingeschlossen und weigert sich herauszukommen. Die Situation ist so entartet, dass man sie schon als absurd bezeichnen muss. Deine Schwester ist in dem Zimmer, seit sie aus St. Andrews zurückgekommen ist. Zuerst habe ich ihr Verhalten ignoriert« – er beschrieb seine Strategie, als ginge es um den Umgang mit einem schwierigen Kind –, »und du weißt ja selbst, dass sie sehr launisch sein kann. Meine Erfahrung sagt mir, wenn ich sie in Ruhe lasse, kommt sie nach ein, zwei Tagen wieder zur Vernunft. Aber diesmal ist es leider nicht so.«

Ich zog meine Stiefel aus und ging zur Treppe, aber Huntley stellte sich mir in den Weg. »Ich muss dich warnen, Agnes. Es ist diesmal wirklich schlimm. Schlimmer als je zuvor.«

Ich schob ihn beiseite und rannte nach oben, immer zwei Stufen auf einmal nehmend. Huntley folgte mir auf den Fersen.

Die Schlafzimmertür war verschlossen. Ich rüttelte am Türknauf und klopfte. Keine Reaktion. »Sie ist wirklich da drin?«, fragte ich Huntley.

Er nickte. »Den elften Tag.«

»Den elften Tag!« Verzweifelt hämmerte ich gegen die Tür. »Hat sie was zu essen? Und Wasser?«

Huntley zuckte die Achseln. »Mary bringt dreimal am Tag ein Tablett und stellt es vor der Tür ab, aber Laure rührt nie etwas an. Vor zwei Tagen hat sie die arme Frau sogar mit einem Messer verjagt.«

Das konnte ich mir nicht vorstellen. Meine zarte Schwester wollte eine Bedienstete erstechen? »Sie fällt doch schon in Ohnmacht, wenn sie nur an Blut *denkt.*«

»Sie hat den Verstand verloren, Agnes. Ich glaube, sie ist wirklich übergeschnappt.«

Hinter der Tür knarrten die Dielen. Jemand stand dort und horchte.

Ich kniete mich vors Schlüsselloch, sah aber nichts als Dunkelheit. »Laure?« Stille. Ich hörte nur das Geräusch meines eigenen Atems, aber ich gab nicht auf. »Ich bin's, Agnes. Es ist alles gut, keine Gefahr. Du kannst jetzt die Tür öffnen.«

Wieder folgte eine längere Pause. Dann fragte Laure mit leiser Stimme: »Ist Huntley bei dir?« Sie klang wie ein Kind.

Ich drehte mich um. Huntley hatte die Hände hinter dem Rücken verschränkt und biss sich auf die Unterlippe. »Ja«, antwortete ich. »Er ist hier, Laure. Er ist krank vor Sorge um dich.«

Für eine Weile war erneut alles still, dann hörte man, dass Möbel über den Boden geschoben wurden.

»Sie verbarrikadiert sich«, sagte Huntley.

»Was hast du vor? Mach die Tür auf! Niemand will dir etwas tun, Laure.« Das Möbelrücken hörte auf. Ich wartete und zählte meine Atemzüge.

»Geh weg!«, rief Laure. »Ich bin bewaffnet.«

Huntley schüttelte den Kopf und schaute den Gang hinunter. Als er mich wieder ansah, liefen ihm Tränen übers Gesicht. Ich erschrak. »Damit habe ich nicht gerechnet«, sagte er. »Ich hätte auf meine Mutter hören sollen, statt meinem dummen Herzen zu folgen. Wohin hat es mich geführt?« Mit einem resignierten Achselzucken starrte er zur Decke. »Das hier ist ein grauenvolles, unfruchtbares Haus.«

Ich stand auf und zog ihn fort, außer Hörweite. Offensichtlich war er zu verzweifelt, um an die Gefühle meiner Schwester zu denken. Er schob die Unterlippe vor. Dann befreite er den Arm aus meinem Griff und zupfte seine Manschette zurecht. »Alles, was ich mir gewünscht habe, war ein Leben mit Kindern und mit einer Frau, die mich liebt. Und was habe ich stattdessen bekommen?« Zuckend schlossen sich seine Augenlider.

»Schluss jetzt«, sagte ich streng. »Das reicht.«

Aber Huntley war noch nicht fertig. »Ich habe viel dafür getan, um zu erreichen, was ich bisher erreicht habe. Ich habe fleißig studiert. Ich habe mich an der McGill durch exzellente Leistungen hervorgetan. Du hast mich ja dort gekannt. Habe ich diesen Zustand jetzt verdient? Ich bin der Präsident des Metropolitan Club, Herrgott noch mal! Das kann doch gar nicht wahr sein.«

»Das reicht!«, sagte ich noch einmal, aber lauter. Am liebsten hätte ich ihn geschüttelt, ich musste mich geradezu beherrschen. »Sie trauert, Huntley. Großmutters Tod hat sie sehr getroffen.«

Huntley machte eine abwehrende Handbewegung. »Das ist nicht nur wegen eurer Großmutter. Ihre Seele war schon vorher aus dem Gleichgewicht.«

Ich hatte schon länger den Verdacht gehegt, dass die Gehässigkeit, die Huntley sonst speziell für mich reserviert zu haben schien, auch bei anderen ans Tageslicht kam. Diesen Argwohn sah ich jetzt bestätigt. Meine arme Schwester war in einer Zeit, in der sie sehr verletzlich war, solch einer Behandlung ausgesetzt gewesen. »Du könntest ein bisschen Mitgefühl zeigen«, fuhr ich ihn an.

»Ich sage nur die Wahrheit. Ihr beide seid ohne Mutter aufgewachsen. So ein Trauma hinterlässt seine Spuren. Euer Vater hat euch im Stich gelassen. Die Whites wirken wie stabile Menschen, aber ihr zwei habt euer Leben nicht als Whites angefangen, stimmt's? Ihr hattet früher einen anderen Namen. Einen französischen.«

Huntley wusste also über die Vergangenheit Bescheid. Es war ja auch nur logisch, dass Laure ihm alles erzählt hatte.

»Sie trauert, Huntley. Es hilft nichts, wenn du sie so streng behandelst.«

Er schien mir gar nicht zuzuhören. Irgendwie hatte er vergessen, dass ich neben ihm stand, denn er redete einfach weiter, den Blick auf seine Füße gerichtet. »Ich hätte die Zeichen erkennen müssen, aber ich war von ihrer Schönheit geblendet, abgelenkt durch das, was jeder wahrnehmen konnte, der Augen im Kopf hat. Verflucht sei der Tag, an dem ich sie das erste Mal gesehen habe!«

Ich schickte ihn fort. Es dauerte eine Weile, bis er ging, weil er unbedingt Laure die ganze Schuld an der Situation in die Schuhe schieben wollte. Was ihn am meisten beunruhigte, war, dass womöglich sein Ruf darunter litt.

Als der Flur leer war, kniete ich mich wieder vor das Schlüsselloch. Ich konnte immer noch nichts sehen, aber ich spürte die Gegenwart meiner Schwester, und ein paarmal hörte ich die Dielen knarren. Ich setzte meine ganze Überredungskunst ein, bis ich es schließlich schaffte, dass Laure wieder etwas sagte.

»Ist er noch da?« Ihre Stimme klang fremd.

Huntley ist fort. Ich wiederholte das immer wieder, bis sie sich beruhigte. Endlich schloss sie die Tür auf.

Ich quetschte mich durch die enge Lücke zwischen der Wand und einer schweren Mahagoni-Kommode, mit der sie die Tür verbarrikadiert hatte. Erstaunt stellte ich fest, dass das ganze Zimmer weiß war. Der Spiegel an der Wand, an der die Kommode gestanden hatte, war mit einem Laken verhängt. Ein Nachttisch war ebenfalls bedeckt, genau wie der kleine Schreibtisch beim Fenster. Nur das Bett nicht, aber dafür waren Matratze und Kopfkissen abgezogen. Es sah aus, als hätte jemand den Raum für eine längere Abwesenheit vorbereitet.

Laure stand mitten in diesem eigenartigen Arrangement. Im Nachthemd. Sie war furchtbar blass, ihre Augen lagen tief in den Höhlen, ein Hinweis auf Dehydration. Ihre Haare waren ungewaschen und strähnig, und sie war barfuß. Unwillkürlich stieß ich einen Schrei aus und stürzte auf sie zu, aber sie wehrte mich ab. In der Hand hielt sie etwas, das aussah wie ein Messer.

Ich blieb wie angewurzelt stehen. Diese Methode hatte ich in Zürich gelernt, wo ich mehrere Monate in einer Irrenanstalt als Assistenzärztin arbeitete: Wenn ein Patient gewalttätig wird, soll man sich nicht bewegen. *Setze nur die Stimme ein, bleibe ruhig, versuche die Person zu besänftigen*. Das Messer war gar kein Messer, sondern ein silberner Brieföffner. Laures Arm zitterte. Sie war erschöpft, kurz vor dem Zusammenbruch. An ihrem Unterarm sah ich Spuren von Schnittverletzungen, die teilweise verheilt schienen. Selbstverstümmelung. Der Brieföffner war eine Gefahr für sie selbst, nicht für andere.

Ich begann zu reden und wendete dabei die Strategien an, die ich in der Schweiz gelernt hatte. Die Sätze kamen fast automatisch, was logisch war, denn die Person, auf die ich diese Methode anwandte, war Laure, meine kleine Schwester, die ich besser kannte als mich selbst. Ich nahm ihr den Brieföffner ab und schloss sie in meine Arme. Das ging verblüffend leicht, denn letzten Endes sehnt sich jeder Mensch, auch wenn er noch so verängstigt und aggressiv ist, nach Zuspruch und Trost.

Was Laure dann sagte, war völlig zusammenhanglos, aber die Geschichten, die sie erzählte, wiesen auf eine tiefe Paranoia hin. Huntley habe den ganzen Haushalt gegen sie aufgehetzt, um sie in den Wahnsinn zu treiben. Immer wieder seien Leute in ihr Schlafzimmer eingedrungen und hätten die Möbel beschädigt. Der Schaden war jedes Mal gerade so schlimm gewesen, dass nur sie ihn bemerken konnte. Überall waren kleine Kerben im Holz, winzige Kratzer und Risse, die über Nacht plötzlich auftauchten. Sie schloss die Tür ab, aber Huntley besaß natürlich einen Schlüssel und agitierte immer weiter gegen sie. Das passierte alles, während sie schlief. Sie versuchte, ihn zu überlisten. Deshalb hatte sie die Möbel mit Laken verhängt. »Er will, dass ich vollkommen den Verstand verliere«, flüsterte sie und befreite sich abrupt aus meiner Umarmung. »Und dann schickt er mich fort, weil er mich los sein will.«

»Du musst das, was er sagt, nicht so ernst nehmen. Huntley ist verzweifelt, und er merkt gar nicht, was für einen Unsinn er redet.«

»Er weiß genau, was er tut.« Sie schwieg einen Moment lang und schaute mich an. »Wir sind voller Mängel, nicht wahr, Agnes? Wir passen nicht dazu.«

Ich antwortete nicht. Anders als meine Schwester war es in meinen Augen kein lohnendes Ziel, »dazuzupassen«. Im Gegenteil.

»Ich habe geglaubt, dass ich es schaffen kann, als Huntley

sich um mich bemüht hat«, sagte Laure. »Aber das war ein Irrtum. Wir sind schmutzig. Wir machen andere schmutzig.«

»Unsinn.« Ich legte ihr die Hand auf den Arm, um sie zu beruhigen. »Du hast ein medizinisches Problem, Laure. Ein Problem, das deine Fruchtbarkeit beeinträchtigt. Es ist nicht deine Schuld.«

Sie begann zu weinen. »Er sagt immer, dass er mich wegschickt.«

Ich nahm sie wieder in die Arme und wiegte sie wie ein Kind. Über ihre Schulter hinweg fiel mein Blick auf den Raum: der Brieföffner auf der Matratze, die zugehängten, verwundeten Möbel. Huntley hatte recht. Laures Zustand hatte nicht nur mit ihrer Trauer zu tun. Sie wies alle Anzeichen einer Psychose auf. Und deswegen lehnte er sie ab. Er tat immer so, als wäre er der Fels in der Brandung, doch er ergriff die Flucht.

»Alles wird gut«, sagte ich leise. Die wiegende Bewegung war für mich genauso tröstlich wie für sie. »Alles wird gut, Laure. Ich bin bei dir.«

Ich hatte keine Ahnung, wie ich es organisieren sollte, aber mir war sonnenklar, dass Laure nicht mehr mit Huntley unter einem Dach leben konnte. Also zog ich ihr ein Kleid und einen Schal an und frisierte ihre Haare einigermaßen. Dabei war mir die ganze Zeit bewusst, war für eine Ironie des Schicksals es war, dass ich mich um das Äußere meiner Schwester kümmerte. Laure saß völlig teilnahmslos da, ließ mich mit ihren Kämmen und Haarnadeln hantieren, als würde ihr Aussehen sie überhaupt nicht mehr interessieren.

In der Vorhalle kam Huntley zu uns, während ich Laures Stiefel suchte. Peter hatte ihm mitgeteilt, dass Laure aus dem Zimmer gekommen sei. »Du hast es geschafft, sie rauszuholen?«

Ich kniete vor dem Garderobenschrank und wühlte darin herum. Ich merkte, wie Laure neben mir zusammenzuckte und vor ihm davonlaufen wollte. »Ja«, sagte ich und ergriff ein Paar Damengaloschen. »Du kannst sie direkt ansprechen, Huntley. Sie spricht Englisch.«

Huntley starrte auf die Gummiüberschuhe. »Was hast du mit diesen Dingern vor?«

Ich reichte Laure die Galoschen, und sie begann, sie anzuziehen. »Laure braucht sie als Schutz für ihre Schuhe.« Jetzt musste ich noch einen passenden Mantel finden.

»Moment mal«, sagte Huntley. »Du kannst sie doch nicht einfach mitnehmen!«

Ich drehte mich zu ihm um. »Ich nehme sie nicht mit, Huntley. Sie begleitet mich freiwillig, aus eigenem Antrieb. Es ist nicht zu übersehen, dass sie hier nicht bleiben kann. Sie hat nicht mehr gegessen und nicht geschlafen. Sie braucht jemanden, der für sie sorgt.«

»Für so etwas gibt es entsprechende Einrichtungen.«

Ich war einen ganzen Kopf kleiner als er, aber ich ging entschlossen auf ihn zu. Ich roch das Rasierwasser, das er nach seiner morgendlichen Rasur aufgetragen hatte, und konnte praktisch jedes Härchen in seinen Nasenlöchern zählen. »Das werde ich nicht zulassen, bedaure.«

Laure begann zu weinen.

»Sie ist krank«, protestierte Huntley. »Sie braucht einen Arzt.«

Ich starrte ihn verwundert an. »Und was, in Gottes Namen, bin ich?«

»Hör zu, Agnes – du arbeitest den ganzen Tag im Museum.

Du bist nicht die Art Arzt, wie ihn deine Schwester jetzt braucht. Außerdem kann ich es nicht zulassen, dass das Ganze sich herumspricht. Wenn du sie mitnimmst und sie wie ein Haustier in deiner Wohnung hältst, erfährt das jeder. Ich werde zum Stadtgespräch.«

Das steckte also dahinter. Huntley Stewart dachte nur an den Skandal. Er wollte Laure weit fortschicken, damit niemand sie sehen konnte und an sie erinnert wurde. Der Schandfleck sollte verborgen werden oder zumindest vertuscht. Bis die ganze Angelegenheit in Vergessenheit geriet.

Plötzlich hatte ich einen Plan. »Sie braucht einen Ort, wo sie Ruhe findet«, verkündete ich. Ich wählte meine Worte sehr sorgfältig, damit sich weder Huntley noch meine arme Schwester aufregten. »Sie kann in der Priory wohnen, bis sie wieder zu Kräften gekommen ist. Ist das weit genug fort? Dadurch gibt es weniger Gerede, als wenn sie in eine Anstalt geht, Huntley. Du kannst den Leuten sagen, dass sie Großmutters Erbe ordnet. Und wir werden jemanden einstellen, der sie da draußen versorgt.«

Huntley schien erleichtert. Er besorgte uns einen Wagen und verabschiedete sich an der Haustür von uns.

15

April 1900

Drei Studenten kamen zu meinem letzten Tutorium am Semesterende. Ich hatte das Fenster weit aufgerissen, was, wie sich herausstellte, unter den gegebenen Umständen ein Fehler war. Die Sonne schien hell ins Zimmer, und in der Luft lag der Geruch von Erde und modrigen Blättern. Das Gezwitscher der Stare drohte meine Worte zu übertönen. Die jungen Männer neben mir am Tisch wurden unruhig und seufzten. Von der akademischen Leistung her waren sie die drei schwächsten ihres Jahrgangs. Wahrscheinlich hätten sie schon im ersten Semester ausgemustert werden sollen, aber aus irgendeinem Grund waren sie geblieben.

Einer von ihnen – er hieß Hornby – klaubte getrockneten Matsch von seinem Stiefel. Neben ihm saß Sean Falconbridge und wandte seinen Kopf auf dem kurzen Hals hin und her, als fiele es ihm schwer, ihn gerade zu halten. Nur der dritte junge Mann, Derek Sloan, schaute auf seine Notizen, aber die waren völlig unleserlich, weshalb sie ihm nicht viel halfen. Normalerweise hätte ich Tee gekocht, aber diese drei waren dermaßen desinteressiert, dass ich keine Lust hatte, mir die Mühe zu machen. Was sollte man mit solchen Studenten anfangen? In fünf Tagen hatten sie Prüfung, und es war hoffnungslos, sie waren nicht besser in Diagnostik als im September, als sie mit Pathologie angefangen hatten.

Vor uns auf dem Tisch standen drei Laborgläser, und in jedem befand sich ein Herz. Ich schob das kleinste zu ihnen hin, so ähnlich, wie man einem schlafenden Hund einen Knochen anbietet.

Dieses Herz gehörte zu meinen Schätzen. Es war nicht größer als mein Daumen und so aufgehängt, dass man den versteckten Defekt sehen konnte. Howletts Werk. Meine besten Stücke stammten entweder von ihm oder von meinem Vater, auch die drei Herzen, die wir heute betrachteten. Der Spender dieses Exemplars war ein kleines Mädchen gewesen, das noch am Tag der Geburt gestorben war.

Ich schaute Falconbridge an und fragte ihn nach der Todesursache.

Er zuckte die Achseln. Derek Sloan warf den Begriff *Stenose* in die Debatte, wusste aber nicht, was er bedeutete. Hornby starrte mit leeren Augen vor sich hin.

Ich half ein bisschen nach. »Denken Sie an Drähte, die sich überkreuzen. Denken Sie an die Arterien.«

Sie verstanden immer noch nicht, was gemeint sein könnte, also erklärte ich es ihnen. Es war eine Transposition, eine Vertauschung der Blutgefäße, was bei etwa jedem zehnten Neugeborenen mit Herzfehler der Fall war. Die Aorta und die Lungenarterie waren vertauscht und kamen aus der falschen Herzkammer. Neugeborene mit diesem Problem waren von Kopf bis Fuß blau, obwohl ihr Herz ganz normal klang.

Die Studenten waren noch dabei, dies in ihre Notizhefte zu schreiben, als Dr. Clarke hereinkam. Sofort erhoben sie sich und wirkten dynamischer als den ganzen Vormittag.

»Guten Tag, meine Herren«, sagte der Dekan. Lächelnd neigte er den Kopf vor mir. »Entschuldigen Sie bitte, dass ich Sie bei der Arbeit störe, Dr. White.«

Arbeit war kaum das richtige Wort für das, was ich hier machte, aber ich schwieg, vor allem, als ich merkte, dass er nicht allein war. Hinter ihm stand ein dunkelhaariger junger Mann.

Ich spürte sofort, dass mit diesem Mann irgendetwas nicht stimmte, aber zuerst wusste ich nicht, was. Er wirkte viel zu jung, um zum Lehrkörper zu gehören. Wirre Locken, die nicht besonders frisch gewaschen aussahen, hingen ihm bis auf die Schultern. Seine Kleidung war mehrere Nummern zu groß, wodurch er an einen Straßenjungen erinnerte. Der Anzug selbst schien ganz annehmbar – zumindest früher einmal, aber jetzt war er so zerknittert, als würde er ihn nie ausziehen. Der Hemdkragen war schmutzig und ausgefranst. Am meisten irritierte mich allerdings das Gesicht des Mannes. Es war vollkommen ausdruckslos, zeigte keinerlei Emotionen. Seine Augen waren jedoch sehr aktiv. Sie wanderten von den am Tisch stehenden Studenten zu den Regalen mit den Glastüren, in denen die etikettierten Gläser standen. Aber meinem Blick begegneten sie nicht.

»Ich möchte Ihnen Jakob Hertzlich vorstellen«, verkündete der Dekan.

Ich reichte dem jungen Mann die Hand. Seine war trocken und kühl, obwohl es so heiß war. Die Spitze des Mittelfingers war gelblich verfärbt, und sein Jackett roch nach kaltem Zigarettenrauch.

»Jakob gehört von jetzt an zu unserer Fakultät«, fuhr der Dekan fort.

Ich musterte den Mann etwas gründlicher. Er war gar nicht

so jung, wie ich zuerst gedacht hatte. Vermutlich Mitte zwanzig. Zu alt, um noch Student zu sein. Aber ein Professor war er mit Sicherheit auch nicht. Dass er in seinen Kleidern geschlafen hatte, daran gab es für mich keinen Zweifel. Ein miefiger Geruch ging von ihm aus.

»Sie bekommen endlich Unterstützung, Dr. White. Jakob ist Ihr neuer Assistent.«

Fassungslos starrte ich erst den Dekan an, dann den jungen Mann, der immer noch meinem Blick auswich. Er griff in seine Tasche und holte eine ovale Dose heraus, die er kurz schüttelte. Dann steckte er sich etwas in den Mund. Was für ein merkwürdiger Mensch! Während sich seine Finger mit der Dose beschäftigten, wanderten seine Augen dauernd hin und her.

»Gut«, sagte ich, um das Schweigen zu brechen. Die Situation barg eine gewisse Ironie, das musste ich zugeben. Seit Monaten lag ich Clarke in den Ohren, weil ich unbedingt einen Assistenten brauchte, aber so einen seltsamen, mürrischen Knaben hatte ich mir natürlich nicht vorgestellt. Außerdem musste ich daran denken, wie ich selbst hier angeworben wurde und wie Clarke Dr. Mastro davon in Kenntnis gesetzt hatte. Anscheinend bereitete es dem Dekan Freude, Menschen zusammenzuspannen, die eindeutig nicht zueinanderpassten.

»Er hat erstklassige Referenzen«, erklärte Clarke. »Und eine medizinische Ausbildung.«

Von den drei Studenten am Tisch kam ein unterdrücktes Schnauben. Vor lauter Schreck hatte ich sie ganz vergessen. Falconbridge tat so, als würde er sich die Nase putzen, was aber wenig überzeugend wirkte.

»Gut«, sagte der Dekan und wiederholte damit das einzige

Wort, das ich bisher hervorgebracht hatte. Es konnte so viel bedeuten, dass es letzten Endes gar nichts aussagte. Im Grund war es nur ein Ton, der in meinem Fall dazu gedient hatte, die eigentlichen Empfindungen zu kaschieren. Ich lächelte bitter. Manchmal wurden Wünsche auf absurde Art erfüllt.

Clarke räusperte sich. »Ich will Sie jetzt nicht länger von Ihrer Arbeit abhalten, Agnes. Mr Hertzlich muss in meinem Büro verschiedene Papiere unterschreiben.«

Als die beiden weg waren, ließ ich mich auf meinen Stuhl sinken. Dr. Clarke neigte dazu, die Dinge auf seine spezielle Art zu regeln. So vermied er die Streitigkeiten, die unter Akademikern sehr verbreitet waren, aber gleichzeitig brachte er die Leute gegen sich auf. Ich dachte wieder an Mastro. Unser Verhältnis hatte sich in letzter Zeit verbessert, worüber ich mich sehr wunderte. Nach Großmutters Tod war er in meine Praxis gekommen, um mir sein Beileid auszusprechen. Was ich allerdings noch erstaunlicher fand, war, dass er seinen Studenten gegenüber meine Arbeit immer wieder lobte. Offensichtlich hatte sich der Leistungsdurchschnitt in seinem Physiologiekurs in diesem Jahr verbessert, was er hauptsächlich auf meine Tutorenstunden zurückführte. Er hatte deshalb mit dem Dekan gesprochen und bestand jetzt darauf, dass das Tutorium im kommenden Jahr offiziell in den Lehrplan aufgenommen wurde. Seinem Einsatz hatte ich es zu verdanken, dass ich in den Rang einer Dozentin aufgestiegen war.

Ich kam also mit Dr. Mastro besser zurecht, was verblüffend war, aber ich bezweifelte, ob es auch für den jungen Mann mit dem schlecht sitzenden Anzug Hoffnung gab.

»Er ist Jude, Miss«, flüsterte Hornby.

»Sei doch nicht so engstirnig, Horn«, wies Falconbridge ihn

zurecht, der plötzlich aufgewacht war. »Aber was Sie wirklich wissen sollten, Miss – er ist ein Spinner.«

Die anderen beiden fingen an zu lachen.

»Sie kennen ihn?«

»Persönlich begegnet bin ich ihm noch nie«, antwortete Falconbridge, »aber ich habe schon genug über ihn gehört. Er ist eine Legende.«

Jakob Hertzlich war anscheinend vor einiger Zeit das große Ausnahmetalent in seinem Studentenjahrgang gewesen und hatte sämtliche Auszeichnungen bekommen, die es gab. Aber dann war er plötzlich verschwunden, ohne jede Vorwarnung. Es ging das Gerücht, er sei in eine Anstalt eingewiesen worden, das Studium habe ihn wahnsinnig gemacht. Am Ende der Geschichte brachen die drei in lautes Gelächter aus.

»Tut mir leid, dass ich Ihnen so schlechte Nachrichten überbringen muss«, sagte Falconbridge voller Schadenfreude und nahm seine Bücher.

Ich zuckte die Achseln. Es fiel mir schwer, mir nicht anmerken zu lassen, wie ungeduldig mich diese Studenten machten. Keiner von ihnen würde das Abschlussexamen schaffen. Und eine Auszeichnung würden sie sowieso nie bekommen.

»Viel Glück mit dem Spinner!«, rief Falconbridge noch, bevor er zur Tür hinausging. Man hörte sein Gelächter durch den Flur hallen.

Viel Glück! Nun, in letzter Zeit hatte ich wirklich wenig Glück gehabt. Ich stand auf und trat ans Fenster. Die Luft roch frisch und verheißungsvoll. Ich konnte es nicht fassen, was Dr. Clarke getan hatte. Was hatte er sich dabei gedacht, als er beschloss, den jungen Hertzlich bei mir abzuliefern? Ich hatte ihm von Laure erzählt. Bei jedem anderen als bei Clarke hätte ich sadistische Motive vermutet. Aber der Dekan hatte ein mitfühlendes Gemüt. Bestimmt lag da die Erklärung. Jakob Hertzlich war ein Außenseiter, ein Jude, und den meisten anderen von der Intelligenz her weit überlegen. Genau die Art Individuum, die Clarke aussuchte. Ich selbst hatte ja auch von seinem Mitgefühl profitiert. Warum also nicht dieser seltsame Junge?

Weil ich davon betroffen war! Weil ich im Moment schon mit genug Irrsinn zu kämpfen hatte! Bei der Arbeit hatte mir das gerade noch gefehlt. Das Museum war doch meine Zuflucht! Mit dem übrigen Leben kam ich zwar auch zurecht, aber nur mit Mühe und Not. Eigentlich hatte ich gedacht, Samuel Clarke wäre klug genug, um meine Situation zu erfassen.

Ich hatte Laure in die Priory gebracht, wo sie sich gut aufgehoben fühlte und wo sich Huntley nicht einmischte. Dazu hatte er allerdings auch gar keine Lust, vermutete ich. Er schien froh zu sein, dass Laure ihn nicht mehr belastete. Miss Skerry hatte eine hervorragende Stelle in der Stadt aufgegeben, um nach St. Andrews East zu kommen und für meine Schwester zu sorgen. Aber Laure war extrem anstrengend. An manchen Tagen war sie ganz sie selbst, an anderen wie ein fremder Mensch. Erst letzte Woche hatte sie einen Kessel mit kochendem Wasser nach Miss Skerry geworfen. Die musste ein paar Bauernknechte aus der Nachbarschaft rufen, damit sie ihr halfen, Laure zu bändigen.

Und jetzt erwartete Dr. Clarke von mir, diesen Jungen mit dem ausdruckslosen Gesicht und dem unmöglichen Benehmen in mein Leben zu integrieren. Was sollte ich tun?

Ein leises Geräusch ließ mich aufschrecken. Ich drehte mich blitzschnell um und sah den jungen Mann, an den ich gerade gedacht hatte, direkt vor mir stehen, keinen Meter entfernt.

»Was tun Sie hier?«

Er antwortete nicht, sondern senkte nur stumm den Kopf, während er in seinen Händen die mysteriöse ovale Blechdose hin und her drehte, bis er sie schließlich öffnete und sich etwas in den Mund steckte. Dabei wirkte er eigentlich nicht nervös. Er lutschte und schaute sich merkwürdig ziellos um. Wahrscheinlich wäre er noch ewig so stehen geblieben, wenn ich ihn nicht noch einmal angesprochen hätte.

»Was ist das?«

»Was?« Seine Stimme war tiefer, als ich erwartet hatte. Eindeutig keine Knabenstimme.

»Das, was Sie sich gerade in den Mund gesteckt haben.«

»Ach so«, sagte er und hielt mir die Dose hin. »Lakritz aus Holland. Möchten Sie eins?«

Ich nahm die Dose und schüttelte mir ein Lakritzbonbon auf die Hand. Es war winzig, hart und pechschwarz.

»Ich versuche, das Rauchen aufzugeben. Aber mein Mund vermisst die Zigaretten.«

»Wann fangen Sie an zu arbeiten?«, fragte ich so neutral, als würden wir uns über eine Stelle auf dem Markt unterhalten und nicht über eine Position in meinem Museum.

»Jetzt.« Er schob sich noch ein Lakritz in den Mund.

Es gab keinen Ausweg. Durch das Lakritz merkte ich, wie durstig ich war, also fragte ich Jakob, ob er eine Tasse Tee trinken wolle. Er nahm mein Angebot an und trank so langsam, als wäre der Tee etwas Besonderes, das man bewusst genießen musste.

Als ich mich wieder einigermaßen gefangen hatte, wies ich ihm eine Aufgabe zu. Nichts Kompliziertes. Als Erstes sollte er irgendwelche Sachen sortieren. In den nächsten Tagen wollte ich ihn testen, nahm ich mir vor, und stufenweise den Schwierigkeitsgrad steigern. Wenn er einen Fehler machte, und sei er auch noch so geringfügig, würde der Dekan sofort davon erfahren. Verrückt sein, das ging ja noch. Aber Inkompetenz konnte ich nicht dulden.

Nach einer Stunde kam er zu mir. Er hatte so still in seiner Ecke gehockt, dass ich mich ebenfalls hingesetzt und zu arbeiten begonnen hatte. »Schon fertig?«, fragte ich. Das war völlig unmöglich!

Er schüttelte den Kopf. »Nein, aber mir ist etwas aufgefallen.«

Seine Direktheit war rührend. Er schaute zur Wand. »Da drüben.«

Meine Augen folgten seinem Blick. Er schaute zu der beschrifteten Zeichnung eines Herzens, die ich aufgehängt hatte, um einen Riss im Verputz zu überdecken. Die Zeichnung hatte mir noch nie besonders gefallen: Aorta, Lungenarterie, Vorhöfe und Kammern des Herzens waren in grellem Rosarot koloriert.

»Das passt nicht«, sagte er nur.

»Wie bitte?«

Die Hände in den Taschen vergraben, sah er aus wie ein Professor, der gleich zu dozieren beginnt. »Ich habe früher hier studiert«, erklärte er. »Ich kenne dieses Plakat, und es hat mich schon immer gestört. Zu meiner Zeit hing es in der Bibliothek.«

»Die Farben sind scheußlich«, stimmte ich ihm zu.

»Es sind nicht die Farben, die mich irritieren – obwohl es wirklich kriminell ist, dieses Rosarot neben die grünen Venen zu setzen.«

Ich musste lachen. Jakob Hertzlich hatte Humor.

»Es ist was Schlimmeres«, fuhr er fort. »Sehen Sie sich die Lungenarterie an.«

Ich kniff die Augen zusammen.

»Der Künstler war nicht nur farbenblind, er muss auch auf dem Kopf gestanden haben.«

Tatsächlich. Die Aorta war da, wo eigentlich die Lungenarterie hätte sein müssen. Ich schaute Jakob verwundert an. Wie viele Monate hatte ich hier unter dem Plakat gearbeitet, ohne dass mir dieser eklatante Fehler aufgefallen war? Der Zeichner war nicht der Einzige mit schlechten Augen.

16

SEPTEMBER 1900

Im Herbst, gleich zu Beginn des neuen Semesters an der McGill, traf ich vor dem Dozentenraum der medizinischen Fakultät auf Dr. Rivers. Er hatte ein Forschungsstipendium in der Pathologie bekommen, was ihm ermöglichte, gleichzeitig an der McGill zu lehren und im Montreal General Hospital zu arbeiten. Sein Gehabe war noch militärischer als bei unserer letzten Begegnung. Die Haare hatte er sehr kurz geschnitten, und seine für einen so großen Mann verblüffend schmalen Schultern waren stocksteif und gerade. Vor Kurzem erst war er von einem einjährigen Militäreinsatz zurückgekommen. Er habe mit der Geschützgruppe D der kanadischen Feldartillerie gegen die Buren gekämpft, erzählte er mir mit seiner seltsam hohen Stimme.

In der Zeitung hatte ich vom Burenkrieg und von den Protesten der französischen Studenten in Montreal gelesen. Ich war eindeutig auf der Seite der Demonstranten, musste ich zugeben. Was fiel Großbritannien ein, seine Nase in die Angelegenheiten eines Landes zu stecken, das so weit entfernt war wie Südafrika? Mit welcher Begründung konnten Kanadier wie Dugald Rivers eingezogen werden, um irgendwo in der Ferne ihr Leben aufs Spiel zu setzen? Rivers sah darin kein Problem. Als er seinen Dienstgrad nannte, klang er richtig stolz, während ich überhaupt nichts mit diesen Begriffen anzufangen wusste. »Geschützgruppe« klang gewalttätig, und »Feld« ließ mich eher an die Farmen rund um St. Andrews East denken. Ich unterbrach seine Soldatengeschichten und lud ihn zum Tee ein. Er sei im Museum stets willkommen, sagte ich, gleichgültig an welchem Tag und zu welcher Stunde. »Bitte, schicken Sie mir alles, was Sie in der Leichenhalle für mich ergattern können. Halten Sie die Augen offen.«

Zum ersten Mal besuchte mich Dr. Rivers Ende September im Museum. Es war ein besonders warmer Tag, an dem alle Leute vergaßen, dass der Winter vor der Tür stand. Ich öffnete die obere Hälfte des großen Fensters. Sonnenlicht flutete in den Raum und tauchte alles in matten Goldglanz. Tauben gurrten im Gebälk unterhalb des Dachvorsprungs. Rivers trug in der einen Hand einen Karton mit Gebäck, in der anderen einen Eimer. Er trat über die Türschwelle, wich aber einen Schritt zurück, als Jakob und ich uns zu ihm umdrehten und ihm bewusst wurde, dass er ja noch nicht hereingebeten worden war. Ich erhob mich schnell, um ihn zu begrüßen.

Er blieb im Türrahmen stehen, beschienen vom goldenen Licht. Mit seinen kurzen Haaren und dem erwartungsvollen Lächeln auf dem Gesicht sah er gar nicht aus wie ein ernsthafter Pathologe. Als er hier ankam, hatte er bei den Krankenschwestern für einigen Aufruhr gesorgt. Er sah gut aus, das war nicht zu leugnen: kastanienbraune Haare und eine erstaunlich reine, helle Haut. Außerdem trat er mit einer gewissen Autorität auf, wofür Frauen ja oft eine Schwäche haben. Aber irgendetwas fehlte, fand ich. Bei mir lag es nicht am Äußeren eines Mannes, wenn ich aufblickte, sobald er den Raum betrat. Es ging um etwas anderes, um eine bestimmte Energie, die auch in einem mickrigen, hässlichen Körper stecken konnte. Was immer es mit dieser Energie auf sich hatte – Rivers besaß sie nicht. Mir fiel auf, dass ich im Umgang mit ihm völlig unbefangen war. Vielleicht war das der Grund, warum er aus der großen Schar von Frauen, die ihn in seinem ersten Herbst in Montreal umschwärmten, ausgerechnet mit mir Freundschaft schloss.

»Ich habe Ihnen etwas mitgebracht«, verkündete er und stellte mit Schwung den Eimer auf meinen Schreibtisch.

Jakob Hertzlich und ich spähten hinein. Ein frisch entnommenes Herz schwamm darin in seinem Saft.

»Ich komme direkt aus der Leichenhalle«, sagte Rivers. »Ich dachte, zu Fuß ist man am schnellsten hier.«

Normalerweise ignorierte Jakob alle Fremden und ließ sich nicht bei seiner Arbeit stören. Aber heute machte er eine Ausnahme.

»Heißt das, Sie sind vom Krankenhaus hierhergelaufen?«, fragte er, sichtlich beeindruckt. Die Leichenhalle befand sich in einem Anbau des General Hospital, an der Ecke Dorchester und St. Dominique Street, also gut zwanzig Fußminuten von hier entfernt.

Ich musste lachen.

»Ja, mit einer kurzen Unterbrechung«, sagte Rivers und hob die Gebäckschachtel hoch.

»Sie waren unterwegs noch einkaufen?«, fragte ich. »Und niemand hat gesehen, was in dem Eimer ist?«

Rivers grinste verschmitzt. »Doch, eine Dame hat reingeschaut. Sie dachte, es sei ein Rinderherz, und hat mir ein Rezept für Innereienpastete gegeben.«

Mir tat der Bauch weh vor Lachen. Jakob schmunzelte nur. Mit dem Finger stupste ich an das Geschenk, das sehr groß und rot war. Nach der Größe zu urteilen musste es das Herz eines erwachsenen Mannes sein, sorgfältig obduziert, damit man die Läsion genau erkennen konnte.

»Vorhof-Septumdefekt«, stellte ich fest und nickte. »Ausgezeichnetes Beispiel dafür.«

Rivers nahm das Lob mit vornehmer Gelassenheit entgegen. »Ich habe den Autopsiebericht und eine Patientenanamnese für Sie«, sagte er. »Ich finde, dieses Exemplar hier ist wirklich mustergültig. Es grenzt an ein Wunder, dass der Mann überhaupt die vierzig erreicht hat. Bis vor ein paar Tagen hatte ich keine Ahnung von seinem Problem, bis plötzlich der Blutdruck nach oben schoss.«

»Vorhofdefekte können heimtückisch sein«, stimmte ich ihm zu. »Das einzige Anzeichen ist meistens der Blutdruck. Kammer-Septumdefekte erkennt man immer gleich am Herzgeräusch.«

»Stimmt genau.«

Nun war es an mir, Gelassenheit zu zeigen. »Jedenfalls weiß ich genug, um vorherzusagen, dass dieses Exemplar hier bald übel riechen wird, wenn wir uns nicht an die Arbeit machen. Sie entschuldigen, wenn sich Jakob noch vor dem Tee damit beschäftigt? Besten Dank, Dugald.«

Das neue Fakultätsmitglied war überrascht und sichtlich erfreut, dass ich ihn so anredete. Im Museum sprachen wir uns alle mit Vornamen an. Das hatte ich eingeführt. Ich war Agnes, Jakob war Jakob, und Rivers würde bald Dugald sein. Der Ärmste. In der Armee waren nur Nachnamen gestattet, und für gewöhnlich ging es in Krankenhäusern nicht weniger förmlich zu als in Militärbaracken.

Ich reichte Jakob den Eimer. Im Laufe der Monate hatte ich vollstes Vertrauen zu ihm gewonnen und war davon überzeugt, dass er jede Aufgabe im Museum genauso gut und effizient erledigen konnte wie ich. Er war intelligent und fleißig, und überhaupt hatte sich herausgestellt, dass Dr. Clarke mit ihm eine brillante Wahl getroffen hatte.

Als ich mich wieder Dugald zuwandte, blickte dieser gerade interessiert auf die Wand. »Gutes Bild«, sagte er und zeigte auf das Plakat, das Jakob mitgebracht hatte, kurz nachdem er hier angefangen hatte. Es war eine Tuschezeichnung auf Zeichenkarton, dezent koloriert mit Aquarellfarben. Drei Herzen aus verschiedenen Blickwinkeln. Die einzelnen Teile waren säuberlich beschriftet.

»Es stammt von meinem Assistenten«, sagte ich.

Dugald Rivers blickte erstaunt hoch. »Von ihm?«, flüsterte er und schaute zu der Ecke des Raums, wo mein bescheidener Helfer unser neuestes Präparat reinigte. »Von dem Knaben da drüben?«

Ich nickte.

»Er hat Talent.«

Das gehörte zu den vielen verwunderlichen Dingen an Jakob Hertzlich, die ich mit der Zeit entdeckt hatte: Er war ein Künstler. Ein echter Künstler. Am liebsten verbrachte er den Tag damit, auf seinem Notizblock Skizzen zu entwerfen. In seiner Freizeit zeichnete er unablässig, und die Ergebnisse waren manchmal atemberaubend.

Ich lud Rivers ein, doch bitte Platz zu nehmen. Mir gefiel es, wenn man das Teetrinken zelebrierte, und um die Angelegenheit etwas festlicher zu gestalten, breitete ich ein von Laure und Miss Skerry besticktes weißes Tuch über das eine Ende des Seziertischs. Rivers stellte seine Gebäckschachtel auf den

Tisch, und während wir warteten, bis das Wasser im Kessel kochte, plauderten wir über die Fakultät und über Rivers' Aufgaben dort, und ich wollte natürlich wissen, wie die McGill im Vergleich mit seinen Erfahrungen in Baltimore abschnitt.

»Übrigens«, sagte er unvermittelt, »haben Sie etwas über das Herz herausgefunden? Sie wissen schon – dieses rätselhafte Reptiliending, das Sie damals im Zug mitgeschleppt haben. Ich muss oft daran denken.«

Ich nahm das Glas von seinem Ehrenplatz auf meinem Schreibtisch und hob es hoch. »Das hier, nicht wahr?«

Dugald Rivers nickte und seufzte tief. »Es ist wirklich ein Wunder.«

»Wunder hin oder her«, erwiderte ich verschmitzt, »ich habe ihm fast einen Rausschmiss aus der West Franklin zu verdanken.« Ich erzählte ihm die Geschichte vom kleinen Revere und seiner Aktion unter dem Tisch.

Dugald sagte lachend, er könne sich die Szene gut vorstellen: das alte Herz, das wie eine Bombe unter Kitty Howletts pedantisch ordentlichem Tisch tickte.

»Ich habe es geschafft, die Hintergründe herauszufinden«, berichtete ich. »Dr. Howlett hat ein enormes Erinnerungsvermögen. Die Obduktion fand vor siebenundzwanzig Jahren statt. Im Oktober 1873.« Ich machte eine kurze Pause, damit er die Information verdauen konnte. »Das heißt, es ist fast sechzig Jahre alt.«

Dugald pfiff leise durch die Zähne. »Das ist wirklich fantastisch. Howlett hat mehr zu bieten als ein enormes Erinnerungsvermögen, das kann ich Ihnen versichern. Sehen Sie doch nur, wie er die Herzkammer geöffnet hat. So viel Fingerspitzengefühl.«

»Das ist nicht Howletts Arbeit.«

Er musterte mich verwirrt.

»Die Sache ist irreführend, weil jahrelang jeder nur vom Howlett-Herzen gesprochen hat.« Ich nahm das eingerahmte Exemplar eines Artikels von der Wand, den ich mit Dr. Howletts Hilfe im *Montreal Medical Journal* veröffentlicht hatte.

»*Burritt*«, sprach Dugald den Namen meines Vaters beim Vorlesen aus.

»Dr. Honoré *Bourret*«, korrigierte ich ihn, mit französischer Aussprache und Betonung. Der Name kam mir mit Leichtigkeit über die Lippen. Ich schaffte es sogar, Dugald dabei in die Augen zu sehen. Der Name sei französisch, erklärte ich, auch wenn Bourret wie die meisten ehrgeizigen französischen Montrealer als Erwachsener meistens Englisch gesprochen habe.

Dugalds Neugier war geweckt. »Aber was ist William Howletts Rolle bei dem Ganzen? Warum ist es das Howlett-Herz?«

»Bourret war sein Mentor«, sagte ich. »Er war hier Professor. Die beiden haben viel zusammengearbeitet. Der Mann mit diesem Herzen war ein Patient von Bourret, und Howlett wurde zur Obduktion eingeladen.«

»Also war Bourret der entscheidende Mann?«

Ich nickte. Ja, aber es gab einen Skandal, und Bourret musste die McGill verlassen.« Ich bemühte mich, möglichst unbeteiligt zu klingen, und wich Dugalds Blick aus.

»Und daraufhin wurde Howlett eingestellt? Als dieser Bourret ging?«

Ich konnte mich nicht auf meine Stimme verlassen. Also nickte ich nur.

»Der Glückliche!« Rivers seufzte. »Ich habe mich ohnehin

schon gefragt, wie er es geschafft hat, in so jungen Jahren an die Fakultät berufen zu werden. Im Grunde bekam er gleich nach dem Abschlussexamen eine Professur und war der einzige Pathologe am hiesigen General Hospital.«

Meine Kehle war wie zugeschnürt. Ich brauchte dringend einen Schluck Tee.

»Er ist wirklich ein Glückspilz«, murmelte Dugald.

Dann wandte er sich ab, und sein Blick schweifte ziellos durch den Raum. War ich genauso durchschaubar wie er? Seit ich aus Baltimore zurückgekommen war, schien ich mehr oder weniger zu schweben. Dr. Clarke und Miss Skerry hatten beide schon eine Bemerkung fallen lassen, ich sei so stark und voller Energie, obwohl meine Großmutter gestorben war. Und trotz Laures Zusammenbruch.

Der Grund war Howlett. Meine Arbeit im Museum, die ich jetzt mit seinem Segen und mit seinem Geld durchführte, war mein Lebenselixier. Ebenso der Briefwechsel mit ihm. Wenn sein Name fiel, begannen meine Wangen zu glühen. Ich war mir meiner Gefühlslage durchaus bewusst, aber erst jetzt, während ich Dugald Rivers beobachtete, fragte ich mich, ob man mir das alles auch von außen anmerkte. Beim kleinsten Hinweis auf Howlett bekam Dugald nämlich sofort diesen sehnsüchtigen Gesichtsausdruck. Das war jämmerlich und amüsant zugleich. Ich schielte zu Jakob hinüber, der uns von seiner Ecke aus beobachtete. Ich konnte nur hoffen und beten, dass ich etwas diskreter war als der schwärmerische Dugald Rivers.

Am liebsten hätte ich ihn geschüttelt, damit er aufwachte. »Es war nicht nur Glück.« Howlett hatte viel Disziplin und Energie investiert, um dahin zu kommen, wo er heute stand. Seine Publikationsliste war imposant. Die Anzahl der von ihm durchgeführten Autopsien – 787 in nicht einmal zehn Jahren – war astronomisch.

Ich versuchte, Dugald das zu erklären. »Ich bin noch nicht einmal mit der Klassifizierung fertig, aber ich würde sagen, gut zwei Drittel der Präparate stammen von ihm. Es ist ungeheuerlich, wie viel er gearbeitet hat, Dugald. Und alles wurde sorgfältig niedergeschrieben, entweder in Stichworten oder als Veröffentlichung.«

Dugald war still, während ich Howletts Verdienste ausführte. Er schaute sich bedächtig um. »Sie wollen damit behaupten, dass fast alles hier William Howlett zuzuschreiben ist?«, sagte er dann.

Ich lächelte. »Einige Präparate stammen auch von Bourret. Und zurzeit treffen so häufig Materialien aus dem Royal Victoria und dem General Hospital hier ein, dass ich kaum mithalten kann. Ich nehme an, dass auch von Ihnen Beiträge kommen werden«, sagte ich mit einer Kopfbewegung zu dem Eimer. »Doch ja, die meisten Präparate sind von Howlett.«

Jetzt lachte Dugald freundlich. »Und das macht Sie zu seiner Hohepriesterin, wie bei Apollos Orakel.«

Ich stimmte in sein Lachen ein, jedoch etwas befangen. »Aber kommen Sie bitte nicht zu mir, um die Wahrheit zu hören. Ich kann Ihnen nur Tee anbieten, nichts so Erhabenes wie die Wahrheit.«

»Was wurde denn aus dem illustren Dr. Bourret?«, wollte Rivers wissen und stellte das Glas mit dem Howlett-Herzen wieder auf meinen Schreibtisch. »Ich glaube nicht, dass ich schon einmal von ihm gehört habe.«

Ich schaute beiseite. Auf diese Frage hatte ich keine Antwort, und das entsprach der Wahrheit, wohingegen der Rest der Geschichte, die ich ihm erzählt hatte, von Auslassungen durchlöchert war. Ich hatte William Howlett mit Fragen bedrängt, aber er hatte nichts mehr von seinem ehemaligen Mentor gehört oder gesehen. »Er ist verschwunden.«

Dugald rieb sich das stoppelige Kinn. »Das muss ja ein übler Skandal gewesen sein, wenn er so eine Karriere ruinieren konnte.« Er schaute mich fragend an und erwartete offensichtlich eine Erklärung, aber ich vermochte nicht weiterzureden. Meine Kehle war wie ausgetrocknet. Wenn ich auch noch ein Wort zu dem Thema sagte, würde Rivers merken, wie tief ich emotional in diese Geschichte verstrickt war. Sekunden vergingen. Ich spürte, wie mir langsam die Röte ins Gesicht stieg – und dann stand plötzlich Jakob mit dem Wasserkessel neben mir.

»Er wollte gerade anfangen zu pfeifen«, sagte er. »Können Sie mir sagen, wo ich die Teekanne finde?«

Eine Welle der Dankbarkeit durchströmte mich, aber ich ließ es mir nicht anmerken, sondern zeigte ihm die Kanne. Dann stellte ich die Tassen auf den Tisch und maß mit übertriebener Sorgfalt zwei Löffel Rauchtee in die Kanne. »Haben Sie schon einmal Lapsang Souchong probiert?«, fragte ich Dugald. Hoffentlich klang meine Stimme einigermaßen normal.

Dr. Rivers schüttelte den Kopf.

»Dieser chinesische Tee ist etwas Besonderes.« Mit dem Thema hatte ich mich auf weniger gefährliches Terrain begeben. »Und falls er Ihnen nicht schmeckt, finden Sie einen gewöhnlichen Schwarztee auf dem Regal.« Ich hatte die Situation wieder einigermaßen im Griff. Lächelnd schnitt ich mit einem Skalpell das Band der Gebäckschachtel durch. Zwei meiner Lieblingstörtchen leuchteten mir entgegen wie die aufgehende Sonne. »Aprikose!«, rief ich entzückt. »Ich glaube, wir werden gute Freunde, Dugald Rivers.«

Milch gab es leider nicht, aber ich hatte einen Vorrat an Zuckerstücken und noch ein halbes Baguette, das vom Mittagessen übrig geblieben war. Ich bat Dugald, es aufzuschneiden, während ich eine Gurke schälte.

»Gurkensandwiches?«, murmelte er. »Wie kultiviert.«

»Man muss einen gewissen Standard halten, Dugald. Vor allem bei unserer Tätigkeit.«

Jakob setzte sich zu uns. Er mochte Dugald, was ich absolut verstehen konnte. Ich schnitt die Törtchen einmal durch, damit er auch etwas abbekam. Es machte Freude, ihn zu verköstigen. Aufgrund seines mageren Lohns schien er ständig Hunger zu haben.

Im Verlauf des Gespräches erzählte Jakob, dass ich für Howlett arbeite. »Sie schreibt wissenschaftliche Abhandlungen für diesen Mann in Baltimore, den Sie offenbar so sehr bewundern.«

Rivers hörte auf zu kauen. Er stellte seine Teetasse ab und wurde rot.

Jakob blickte zwischen uns hin und her. »Sie verfasst ein Kapitel für sein Lehrbuch, das demnächst erscheint.«

Dugald musterte mich neugierig. »Stimmt das, Dr. White?«

Ich nickte. Ich war die einzige Frau unter einhundertundvier Medizinern, die aufgefordert worden waren, einen Beitrag zu der von Dr. Howlett herausgegebenen mehrbändigen Reihe zu schreiben. Dugald begann leicht zu keuchen. Man musste mit diesem Mann, der völlig unfähig war, seine Gefühle zu überspielen, wirklich Mitleid haben.

»Über welches Thema?«

»Das Herz«, antwortete ich stolz. Ich wusste, dass ihn das noch mehr aufwühlen würde. Die Katalogisierungsarbeit hatte schnell Früchte getragen. »Damit hat alles angefangen«, sagte ich und deutete auf das eingerahmte Exemplar meiner ersten Veröffentlichung.

An meiner ersten Forschungsarbeit über dieses Herz, das fälschlicherweise Howlett-Herz genannt wurde, hatte Howlett gesehen, dass ich schreiben konnte. Er hatte mich beauftragt, eine statistische Erhebung über einhundert seiner anderen, weniger spektakulären Herzen durchzuführen. Und er hatte mir auch geholfen, diese Arbeit zu veröffentlichen.

»Dr. Howlett ist ein Experte auf dem Gebiet des Blutkreislaufs, aber er brauchte Hilfe bei den angeborenen Faktoren«, erklärte ich. Genau genommen gab es niemanden, der angeborene Herzfehler zum Schwerpunkt seiner Arbeit machte. Man konnte in diesen Fällen nicht viel mehr tun, als eine Diagnose stellen und später die Obduktion vornehmen. Geld gab es dafür nicht.

»Sie haben verdammt viel Glück«, murmelte Dugald.

Ich zuckte abwehrend die Achseln. Es war keine besonders große Ehre, diese Arbeit machen zu dürfen. Konkret bedeutete es schlaflose Nächte an der Schreibmaschine, nach anstrengenden Tagen an meinem Arbeitstisch im Museum. Ich hätte sofort mit Dugald Rivers getauscht. Er arbeitete in einem Krankenhaus und führte die Autopsien durch, die ich lediglich in Nachhinein untersuchte und tabellarisch dokumentierte. »Sie sind derjenige, der Glück hat. Sie haben ein Forschungsstipendium an der McGill bekommen.«

Wir aßen und tranken, Dugald Rivers war begeistert von meinem Rauchtee, ich von seiner Gebäckauswahl, und mithilfe des hungrigen Jakob Hertzlich verspeisten wir alles bis auf den letzten Krümel.

IV

DER VERSTAND DES HERZENS

Le cœur a ses raisons que la raison ne connaît point.
(Das Herz hat seine Gründe, die der Verstand nicht kennt.)
— BLAISE PASCAL

17

April 1905

Ich arbeitete schon beinahe sieben Jahre im Museum, als Dr. Howlett seinen Besuch ankündigte. Das Museum war für mich inzwischen eine Art zweite Heimat geworden – oder eigentlich die dritte, wenn man die Priory mitzählte – und eine große Stütze in meinem Leben, das mir ansonsten eine unverhältnismäßig große Anzahl an Problemen aufzuladen schien. Laures Zustand besserte sich nicht. Ich hatte keine Ahnung, wie Miss Skerry mit der Situation fertig wurde, denn meine Schwester hatte draußen auf dem Familiengrundstück in St. Andrews East immer weniger gute Tage. Huntley hatte sie praktisch abgeschrieben, was in jeder Hinsicht eine Erleichterung war – außer finanziell. Die Instandhaltung der Priory, Miss Skerrys Gehalt und der Lebensunterhalt für meine Schwester und meine ehemalige Erzieherin ruhten allein auf meinen Schultern. Miss Skerry war anspruchslos und einfallsreich und mit wenig zufrieden, aber es machte mir viel aus, dass ich ihr nicht mehr geben konnte, da doch ihr Leben und das meiner Schwester ohnehin schon so eingeschränkt und hart waren. Geld war immer knapp und ein Grund zur Sorge. Ich wurde von der McGill absolut unterbezahlt. Nur dank der Zuschüsse von Dr. Howlett kam ich einigermaßen durch.

Und nun wollte er also kommen. Er hatte schon mehrmals einen Besuch angekündigt, war aber terminlich immer so ausgelastet, dass er es bisher nicht geschafft hatte. Diesmal hatte jedoch der Kanzler ein Porträt von Howlett in Auftrag gegeben, das im Medizingebäude aufgehängt werden sollte. Howlett plante, zwei ganze Tage hier zu verbringen, »um meine lieben alten Montrealer Freunde zu sehen«, hatte er vor einigen Wochen in einem Brief geschrieben, »und um für das verdammte Porträt zu sitzen«.

Das Porträt war alles andere als »verdammt«. Am liebsten hätte ich Kanzler und Maler umarmt, denn es bewirkte etwas, was ich mit all meinen Bittschreiben und Einladungen nicht erreicht hatte. Uns trennte inzwischen ein Ozean, denn Howlett lebte in Oxford, war der königliche Professor für Medizin. Dazu hatte er eine neue Staatsbürgerschaft erworben und einen neuen Zusatz zu seinem Namen. Er hieß jetzt Sir William Howlett, denn er war britischer Bürger und in den Ritterstand erhoben worden, seit wir uns das letzte Mal gesehen hatten. Er wurde also nicht nur in ganz Kanada und in den Vereinigten Staaten gefeiert, sondern auch in England. Dekan Clarke hatte mir erzählt, Howlett sei der Privatarzt des britischen Premierministers.

Der Tag des Besuchs war nass und kalt. April war in Montreal allgemein ein sehr unzuverlässiger Monat. Innerhalb weniger Stunden konnte das Wetter von warm auf bitterkalt umschlagen. Doch dieser Tag nun war besonders schlimm. Ein starker Wind pustete mich über den Weg durch den Campus, bis zur medizinischen Fakultät. In der Sherbrooke Street war ich auf dem Eis ausgerutscht und hatte mir Löcher in die Strümpfe gerissen. Sobald ich im Gebäude war, hob ich meinen Rock an, um den Schaden zu begutachten. Beide Knie waren aufgeschürft und bluteten. Gut, das Blut konnte ich abwaschen, aber die Strümpfe, die ich erst vor einer Woche speziell für diesen Anlass gekauft hatte, waren ruiniert. Aus London importierte Seidenstrümpfe, die meine Mittel bei Weitem überstiegen …

Studenten strömten herein, um ihre Kurse zu besuchen, mit geröteten Gesichtern und die Mäntel fest zugeknöpft. Ein schüchterner junger Mann winkte mir im Vorbeigehen zu. Die höheren Jahrgänge kannten mich alle von meinen Tutorien. In meinem ersten Jahr an der McGill hatte kein Mensch mir zugewinkt. Vor den Weihnachtsferien hatte es eine informelle Umfrage gegeben, und die Studenten hatten mich als eines der besten Mitglieder des Lehrkörpers gewählt. An Tagen, wenn keine Tutorien stattfanden, kamen die Studenten oft vor den Kursen oder während der Mittagspause ins Museum, um sich mit mir zu unterhalten. Das war schmeichelhaft, obwohl es natürlich bedeutete, dass ich die Vormittage nicht mehr für mich hatte. Ich hatte mir angewöhnt, immer schon eine Stunde vor Jakob zu kommen, Teewasser aufzusetzen und ungestört herumzuwerkeln.

An Tagen wie heute sehnte ich mich nach meiner früheren Unsichtbarkeit. Hoffentlich klopfte niemand an meine Tür, um in aller Frühe ein wenig zu plaudern und eine Tasse Tee zu trinken. Ich konnte mir keine Unterbrechung leisten. Am vergangenen Abend war ich viel zu lange aufgeblieben, um noch zu arbeiten, und als heute Morgen der Wecker klingelte, hatte ich ihn überhört und war deswegen die ganze Strecke hierher gerannt.

Drei Studenten warteten vor meiner Tür. Einer von ihnen

lehnte an der Wand, das Knie nach vorn gestreckt. Ein zweiter stand vor ihm und stellte sich immer wieder auf die Zehenspitzen, wippte auf und ab, auf und ab, den Kopf konzentriert gesenkt. Der dritte sah mich zuerst und machte die anderen auf mich aufmerksam.

»Bedaure, meine Herren«, sagte ich, während ich meine Schlüssel herauskramte. »Ich bin spät dran, wie Sie sehen.«

»Wir wollten Sie fragen, ob Sie vielleicht eine Minute Zeit für uns hätten«, sagte der Student, der mich zuerst bemerkt hatte.

»Nein, leider keine einzige Minute.« Ich öffnete die Tür und atmete den vertrauten, dumpfen Museumsgeruch ein.

»Es dauert bestimmt nicht lange.«

Ich gab nach. Wie immer. Jakob fand, ich müsse das Wort »nein« in mein Vokabular aufnehmen. Ich befrachte mein sowieso schon viel zu komplexes Leben mit solchen Gefälligkeiten über Gebühr. »Das ist Ihre weibliche Seite«, sagte Jakob. Ich wusste immer noch nicht, ob das eine Beleidigung war oder ein Kompliment.

Die drei jungen Männer hängten ihre Mäntel an die Haken, die ich innen an der Tür angebracht hatte, und blieben verlegen neben dem Tisch stehen. Normalerweise hätten sie sich längst hingesetzt und ihre Bücher aufgeschlagen, um bestimmte Themen mit mir zu besprechen. Heute ging das nicht. Der Tisch stand so voll, dass kein Platz war.

»Frühjahrsputz?«, fragte einer von ihnen.

Ich musste lachen. »In gewisser Weise, ja.« Wenn sie doch nur verschwinden würden! Mein linkes Knie pochte. Ich hätte die Wunde möglichst schnell auswaschen sollen. Stattdessen stand ich hier herum und musste mich um drei junge Männer kümmern. Heimlich schaute ich auf die Taschenuhr, die ich von meinem Großvater geerbt hatte und immer um den Hals trug.

Gleich darauf klopfte es, und Jakob Hertzlich erschien. Meine Rettung. Er kannte seine Anatomie in- und auswendig. Er konnte meine Rolle übernehmen.

Jakobs Ohren waren knallrot. Er setzte nie eine Mütze oder einen Hut auf. Wahrscheinlich besaß er so etwas gar nicht. Er begrüßte die jungen Männer, aber sie schwiegen stur, mit gesenkten Blicken. Bei Jakob benahmen sich viele Studenten so. Er ignorierte das und widmete sich seinen Aufgaben, als wäre solch ein Verhalten unabänderlich, wie schlechtes Wetter. Ich war nicht so fatalistisch wie er, sondern musterte die drei vorwurfsvoll und verfluchte sie innerlich.

Aber gleich wanderte mein Ärger weiter, zu Jakob. Er hatte dieselben Sachen an wie am Tag vorher. Den Mantel konnte ich ihm ja noch verzeihen. Jakob hatte kein Geld, und außerdem würde Howlett diesen Mantel gar nicht zu Gesicht bekommen. Aber er hätte wenigstens ein frisches Hemd anziehen können! Seine Hosen waren mehrere Nummern zu groß und wurden von einem alten Gürtel zusammengehalten. Jakob war so dünn, dass er zusätzliche Löcher ins Leder gebohrt hatte. Keine Krawatte. Dabei hatte ich ihn ausdrücklich gebeten, eine Krawatte anzuziehen.

»Mr Hertzlich!«, rief ich. »Tun Sie uns die Ehre und übernehmen Sie das Tutorium.«

Die drei Studenten hoben gleichzeitig den Kopf, wie Hunde, die Witterung aufnehmen.

»Wir müssen los«, sagte der Erste.

»Es klingelt gleich«, sagte der Nächste.

Ich fixierte sie wieder mit meinem Blick, während Jakob lediglich die Achseln zuckte, als sie hinaustrabten. Sobald sie die Tür hinter sich geschlossen hatten, wandte er sich mir zu. »Es ist wieder Winter.« Er hauchte auf seine geröteten Hände.

»Eine Mütze wäre hilfreich«, sagte ich.

»Das sagen Sie öfter.«

»Sie hören mir ja nie zu.«

»Ich höre sehr wohl zu«, sagte er mit funkelnden Augen. »Sie haben bereits mehrmals gesagt, dass ich nie meine Ohren bedecke.«

Getroffen. Ich lächelte ihn an, aber er erwiderte mein Lächeln nicht.

»Ja«, sagte ich. »Heute sind sie jedenfalls so rot wie Tomaten.« Er schien schlecht gelaunt zu sein. Vielleicht wegen der Studenten.

»Sie hören sich an wie meine Mutter.«

Jetzt lachte ich laut. Selbst schlecht gelaunt war Jakob Hertzlich erfrischend. Vor allem nach den belanglosen Gesprächen mit meinen schwächeren Studenten, wie zum Beispiel mit den drei Knaben, die gerade gegangen waren. Wie konnten sie es wagen, Jakob so verächtlich zu behandeln! Es war nicht nur so, dass er mehr von Anatomie und Pathologie verstand als sonst irgendjemand in der ganzen Fakultät oder dass er intelligenter war als alle anderen zusammen. Noch wichtiger schien mir, dass er immer er selbst war. Bei ihm konnte ich stets auf eine ehrliche Antwort zählen.

Er kniete jetzt auf dem Boden und suchte etwas im Eiskasten beim Fenster. Meistens brachte ich ihm morgens Brötchen und Milch mit. Ich empfand so etwas wie mütterliche Gefühle für ihn, nicht nur für seine Ohren, sondern auch für seinen hungrigen Magen.

»Magere Ausbeute«, verkündete er.

»Ich habe leider keine Milch gekauft. Aber die Zeit reicht sowieso nicht, um Tee zu trinken.« Mein Mitgefühl ließ bereits etwas nach.

Er knallte die Tür des Eiskastens zu. »Wann kommt er?«

Dann hatte er es also doch nicht vergessen! Dass er keine Krawatte umgebunden und nichts gefrühstückt hatte, lag nicht daran, dass es ihm entfallen war. Jakob Hertzlich gehörte nicht zu den vergesslichen Menschen. Er gab hingegen immer deutlich zu verstehen, wenn er etwas für Zeitverschwendung hielt.

»Gleich«, antwortete ich kurz angebunden. »Ich habe verschlafen, deshalb müssen wir uns sputen, um alles vorzubereiten, aber zuerst muss ich in den Waschraum.«

»Wann sind Sie gestern Abend nach Hause gegangen?« Seine Stimme klang misstrauisch.

Ich wollte es ihm nicht sagen, weil ich wusste, dass er mir Vorwürfe machen würde. Seiner Ansicht nach war es gefährlich, wenn ich spätabends noch allein hier arbeitete. Er war nur gegangen, weil ich versprochen hatte, gleich nach ihm aufzuhören. Um nicht antworten zu müssen, lief ich schnell hinaus in den Flur, wo sich um diese Zeit zahlreiche Studenten drängten. Die medizinische Fakultät der McGill war so schnell gewachsen, dass sie sich nach oben ausgedehnt hatte, dorthin, wo bisher mein diskreter Flügel gewesen war. Ein Lagerraum neben dem Museum war erst vor Kurzem in ein Labor umgebaut worden.

Es war rührend von Jakob, dass er sich Sorgen um mich machte. Überhaupt war er sehr in Ordnung, ein Mensch, der ohne zu klagen und ohne an Essen oder Schlafen zu denken, stundenlang an meiner Seite arbeitete. Er vertiefte sich genauso in die Arbeit wie ich. An den Wänden des Museums hingen inzwischen fünf seiner Zeichnungen, alle von Howletts Geld bezahlt. Auf diese Weise erreichte ich, dass Jakob genug Unterstützung bekam.

Ich hatte eine Zeichnung des Howlett-Herzens in Auftrag gegeben, und Jakob hatte es wunderbar getroffen. Ich ließ die Zeichnung rahmen, und sie hing jetzt in meinem Schlafzimmer. Eigentlich hatte ich vorgehabt, sie für den heutigen Tag mitzubringen, damit alle sie sehen konnten, aber in der morgendlichen Hetze hatte ich es vergessen.

Ich musste meine Taschenuhr festhalten, weil sie bei meinen ausholenden Schritten heftig hin und her pendelte. Mir blieben noch ungefähr zwanzig Minuten, bis Howlett eintraf. Meine Knie bluteten nicht mehr, aber ich wollte sie trotzdem waschen, und meine Haare, die ich zu Hause in aller Eile hochgesteckt hatte, lösten sich auf. Ich war durcheinander, aus dem Gleichgewicht. Dass ich auf dem Eis ausgerutscht war, konnte man nicht als Zufall betrachten, sondern eher als Ausdruck meines inneren Zustands. Freud hatte in Wien Bücher zu diesem Thema veröffentlicht, aber ich brauchte sie nicht zu lesen – ich hätte selbst etwas über die dunklen Mächte und Zwänge schreiben können. Ich war schon fast an der Toilettentür, als ich ihn sah.

Die Zeit stand still. Irgendwo weit entfernt läutete die Neun-Uhr-Glocke. Die Studenten versanken im Hintergrund. Die Szene kam mir vor wie in einem der Filme, die ich mir manchmal in der Salle Poirier anschaute, die stumme Bilder zeigen. Ein ozeanisches Rauschen wogte in meinen Ohren.

»Dr. White!«

Seine Stimme klang genauso wie in meiner Erinnerung.

Aber er war so klein! Das hatte ich ganz vergessen. Als wir voreinander standen, waren wir praktisch auf Augenhöhe.

Sechs Jahre war es her, aber William Howlett hatte sich nicht verändert, obwohl er doch nach England gezogen und in den Ritterstand erhoben worden war. Er war jetzt sechsundfünfzig, ein Alter, in dem die meisten Männer behäbig wurden, aber er war schlank und beweglich, mit Augen, die jede Einzelheit in seiner Umgebung gierig aufzunehmen schienen.

Er nahm meine Hand und hob sie hoch. Wollte er sie küssen? In Panik schaute ich mich um. Medizinstudenten machten sich über alles lustig, und wenn ein wenig elegantes altes Mädchen wie ich am helllichten Tag geküsst wurde, lieferte das bestimmt großartiges Futter für ihre Spottlust. Aber Howlett hatte etwas anderes im Sinn. Er überprüfte meine Fingerspitzen.

»Gut verheilt.«

Er hatte es nicht vergessen.

»Es ist wunderbar, hier zu sein«, sagte er mit einer ausholenden Handbewegung. »Das Gebäude hat sich überhaupt nicht verändert. Nur dass Sie jetzt hier sind, um mich zu begrüßen – so wie es früher Ihr Vater getan hat.«

Mehrere Sekunden lang brachte ich kein Wort über die Lippen. Er hatte es getan. Er hatte den Mut, es offen auszusprechen, es nicht zu verbergen. Ich schaute mich um, weil ich wissen wollte, ob irgendjemand ihn gehört hatte.

»Ich … wir hatten Sie erst später erwartet«, sagte ich verlegen. Wie ungeschickt von mir! Gleich mein erster Satz klang so, als wäre er nicht willkommen. Er machte ein langes Gesicht. »Entschuldigen Sie«, sagte ich. »Sie haben mich überrumpelt. Es ist so eine wunderbare Überraschung nach all den Jahren, so eine Freude – ich kann es gar nicht in Worte fassen …« Vollkommen albern. Mein Magen verkrampfte sich, in meinem Kopf drehte sich alles. Ich musste mich an der Wand abstützen.

Als wir zum Museum kamen, saß Jakob Hertzlich oben auf dem Eiskasten und kaute an einem alten Stück Brot. Er erhob sich nicht, als wir eintraten, ja, er hörte nicht einmal auf zu kauen. Am liebsten hätte ich ihm etwas an den Kopf geworfen. Er sah viel jünger aus als achtundzwanzig, mit seinem missmutigen, unrasierten Gesicht.

»Das ist mein Assistent«, sagte ich und nannte seinen Namen.

Jakob nickte kurz und schluckte. Erst als ich ihn bat, doch bitte Mastro, Rivers und Dekan Clarke zu holen, sprang er vom Eiskasten und ging zur Tür, nachdem er sich noch ein Stück Brot in den Mund gesteckt hatte.

Howlett beobachtete ihn schweigend. Als sich die Tür hinter ihm geschlossen hatte, zog er die Augenbrauen hoch.

»Noch etwas ungeschliffen.« Ich bedauerte meine Worte gleich, nachdem ich sie ausgesprochen hatte. Jakob Hertzlich hatte mir erzählt, in der orthodoxen Version seiner Religion musste man, wenn man über jemanden hinter seinem Rücken geredet hatte, später mit dieser Person sprechen und den Verstoß zugeben.

Aber da irrte sich Jakob, oder? Er war oft unfreundlich zu den Leuten in der Fakultät. Auch zu mir. Was gute Manieren waren, wusste er nicht. Wie konnte er es wagen, sich gegenüber Sir William Howlett dermaßen aufzuführen?

Mein distinguierter Gast legte seinen Mantel und seinen Gehstock auf einen Stuhl und begann, sich im Museum umzusehen. Er schaute in meine Glasschränke, die an allen

Wänden des Raumes standen, vom Boden bis zur Decke. Dabei strich er sich immer wieder über den Schnurrbart.

Dekan Clarke erschien als Erster. Er ergriff Howletts Hand mit beiden Händen und schüttelte sie herzlich. Dann trat Dr. Mastro ein und begrüßte Howlett mit einem feierlichen Handschlag. Er wirkte nervös. In der vergangenen Woche war er ein paarmal im Museum vorbeigekommen, um sich nach meinen Vorbereitungen zu erkundigen, als hätte er Angst, dass sie nicht genügten. Als Letzter erschien Dugald Rivers. Er murmelte betreten eine Entschuldigung. »Ich habe gedacht, wir würden uns erst um zehn treffen«, sagte er und warf mir einen finsteren, bedeutungsvollen Blick zu, als hätte ich das frühere Treffen absichtlich so eingerichtet, weil ich Howlett ganz für mich haben wollte. Aber Howletts freundliche Begrüßung verbesserte seine Laune augenblicklich.

An diesem Vormittag waren wir also zu fünft – Dekan Clarke, Dr. Mastro, Dugald Rivers, Jakob Hertzlich und ich. Fünf Verehrer, oder besser gesagt, vier, denn Jakob Hertzlich gab deutlich zu verstehen, dass er rekrutiert worden war. Ich hatte ihn in den vergangenen Wochen auf diesen Besuch vorbereitet, hatte ihm verschiedene Anekdoten erzählt und ihm Artikel und Texte zu lesen gegeben, aber es war nicht zu übersehen, dass meine Bemühungen eine völlig andere Wirkung hatten, als wenn man mit diesem Menschen zusammengearbeitet oder bei ihm studiert hatte. Ich hatte versucht, ihm Howletts Einzigartigkeit zu vermitteln, aber meine Schilderungen waren auf taube Ohren gestoßen. Am Tag vorher war Jakob nach Dienstschluss noch geblieben und hatte mir geholfen, alles bereitzulegen: sechsundachtzig Präparate, nach Funktion geordnet, und an jedem Glas lehnte eine unbeschriebene Karte.

Das waren meine Rätselfälle, das heißt, Exponate, die ich immer noch nicht richtig identifiziert hatte. Die Mehrzahl von Howletts Präparaten hatte ich bereits katalogisiert, aber bei diesen sechsundachtzig kam ich einfach nicht weiter. Howlett nahm das dicke Buch, das auf dem Tisch lag und dessen Bindung so alt war, dass braune Rückstände an seiner Hand kleben blieben. Es war einer seiner Autopsie-Bände. Ich war davon ausgegangen, dass er ihn vielleicht anschauen wollte.

Seufzend blätterte er darin. »Das ist, als ob man einen alten Freund wiedersieht.« Er nahm meine Hand. »Die Arbeit, die diese Frau geleistet hat …«, sagte er und zeigte auf die Regale. »Da verschlägt es mir einfach den Atem.«

Ich bewegte mich nicht. Seine Berührung war ein Schock und lähmte mich, während sein Lob mich wärmte.

Howlett holte einen Füllfederhalter aus seiner Brusttasche und schraubte ihn auf. »Ich nehme an, diese hier warten darauf, dass ich sie beschrifte?«, sagte er und deutete mit der Feder auf die leeren Karten.

»Wenn es nicht zu viel verlangt ist«, sagte ich enthusiastisch. Dugald strahlte, während Mastro einen Schritt näher trat, um sehen zu können, was der große Mann schrieb. Wir umkreisten ihn wie Monde. Wir konnten uns alle seiner Anziehungskraft nicht entziehen, außer Jakob Hertzlich.

Obwohl es schon zwanzig Jahre her war, dass Howlett diese Präparate das letzte Mal gesehen hatte, machte er sich sofort an die Arbeit. Ich wäre schon froh gewesen, wenn er vielleicht die Hälfte von ihnen bestimmt hätte, aber am Ende gelang es ihm bei dreiundsiebzig Stück. Er war eine wandelnde Informationsquelle. Jedes Glas hob er hoch und drehte es schweigend hin und her. Nach einer kurzen Pause kam eine Anekdote. Die Geschichten waren medizinisch faszinierend, aber auch deswegen interessant, weil sie ein Licht auf Howletts Denkweise und seine Persönlichkeit warfen. Seine Beobachtungsgabe, sein Erinnerungsvermögen und seine Konzentrationsfähigkeit waren phänomenal. Und gleichzeitig legte er eine charmante Bescheidenheit an den Tag.

»An diesen Herrn hier erinnere ich mich gut«, sagte er und schrieb etwas auf die Karte, die an einem Aorta-Aneurysma lehnte. »Es gab keinen Hinweis auf einen Blutpfropf, aber merkwürdigerweise lag eine Aortenruptur in der rechten Pleura vor. Es dauerte eine ganze Weile, dies zu diagnostizieren. Der Mann klagte ständig über Erschöpfung. Eines Tages kam er zu uns ins Krankenhaus mit Pulsationen im rechten und linken Interkostalraum, also steckte ich ihn ins Bett und verabreichte Kaliumjodid. Dosis: hundertzwanzig Gran pro Tag. Die Pulsationen verschwanden, und ich wollte ihn schon triumphierend entlassen, doch dann ist er gestorben.«

Jakob, der beauftragt worden war, Protokoll zu führen, blickte von seinem Notizblock hoch. Ich sah ihm an, dass er fasziniert war. Das was typisch Howlett – er gestand seine eigenen Grenzen ein und auch die Grenzen des Berufs, während er gleichzeitig zu verstehen gab, dass niemand mehr für die Rettung des Patienten hätte tun können als er selbst. Wir lachten alle. Jakob hielt Howletts Kommentare und Geschichten fest.

Howlett schaute ihn prüfend an. »Verstehen Sie, was ich meine, wenn ich von Pulsationen und Interkostalräumen spreche?«, fragte er. »Sie sehen ja sicherlich das Aneurysma der Aorta?« Dann wandte er sich an mich, in meiner Funktion als Museumsleiterin. »Wie viel Vorwissen kann ich bei dem Schreiber voraussetzen?«

Jakobs Ohren wurden wieder ganz rot, aber diesmal nicht vor Kälte. Ich antwortete hastig, ehe er eine unhöfliche Bemerkung machen konnte. »Er hat Medizin studiert. Hier an der McGill«, sagte ich ein wenig defensiv. »Er kennt sich aus und weiß genau, was was ist.«

Inzwischen waren auch Jakobs Wangen rot gefleckt. Man hätte denken können, er habe einen Sonnenbrand. Stur hielt er den Blick auf seinen Notizblock gerichtet, und es brodelte sichtlich in ihm. Howlett beachtete ihn nicht weiter, sondern widmete sich nun einem kleinen, nicht etikettierten Präparat, das mich schon lange verwirrte. Es sah aus wie ein gesundes Stück Brustaorta, aber in der Wand war eine Schwachstelle mit einer mandarinengroßen Ausstülpung, die sich an die Speiseröhre anlehnte. »Das hier«, erklärte Howlett, »ist ein außergewöhnlicher Fall eines mykotischen Aortenaneurysmas, mit Ruptur in den Ösophagus. Die Frau ist ohne jede Vorwarnung gestorben.« Howlett wollte wissen, ob mir schon ähnliche Fälle begegnet seien.

»Dr. Rivers hat mir das hier letzte Woche gebracht«, sagte ich und holte ein Glas von einem Nachbarregal.

Howlett wandte sich an Rivers. »Sie werden einen Bericht schreiben, nicht wahr? Graben Sie meinen auch wieder aus, und stellen Sie die beiden Fälle nebeneinander. Ich habe meinen Bericht nie veröffentlicht. Das Ganze würde einen erstklassigen Artikel ergeben, finden Sie nicht?« Er warf Dugald das Glas zu, das dieser grinsend auffing. Er war so glücklich, dass er nur noch nicken konnte, mit hochrotem Kopf.

Wir gingen von einem Präparat zum nächsten. Es war

schon kurz vor zwölf, und eins der letzten Gläser auf dem Tisch war das Howlett-Herz. Anders als die übrigen Präparate stand davor eine getippte Karte, da Howlett mir ja vor sechs Jahren die ganze Geschichte erzählt hatte.

Er nahm das Glas in die Hand und lächelte. »Und was ist mit dem hier, Agnes? Mit Ihrem Markenzeichen? Wieso steht es hier unter den Mysterien? Ich habe Ihnen die Geschichte doch schon erzählt.«

Ich erwiderte sein Lächeln. »Ja, und dafür bin ich Ihnen sehr dankbar, Sir, weil ich deshalb einen Weg eingeschlagen habe, der sich für mich als richtungsweisend herausgestellt hat. Aber es gibt einen Aspekt, der mich immer noch beschäftigt und der mit Ihren Aufzeichnungen zusammenhängt, die ich sorgfältig studiert habe.«

Ich ergriff die gebundenen Berichte und schlug die Passage auf, die mich nicht losließ. Vor einem Monat erst war ich darauf gestoßen, und seither grübelte ich ständig darüber nach. Normalerweise hätte ich Howlett geschrieben und die Sache schriftlich geklärt, aber ich war zu dem Schluss gekommen, dass es warten konnte, bis wir uns persönlich trafen. Bestimmt gab es eine absolut einleuchtende Erklärung, auch wenn ich allein nicht dahinterkam.

Ich deutete auf einen Eintrag vom Herbst 1872. Zu der Zeit hatte Howlett fast jeden Tag in der Leichenhalle von Montreal gearbeitet, nicht lange nach seinem Abschlussexamen an der McGill. »Diese Notiz hier bezieht sich auf das Howlett-Herz«, erklärte ich. »Sie schreiben, dass Sie die Arbeit gemacht haben, Dr. Howlett, und zwar allein. Aber ich dachte immer, dass Dr. Bourret der zuständige Mediziner war. So haben Sie es mir jedenfalls berichtet. Ich habe es auch in meinem Artikel so dargestellt.«

Dr. Howlett zog den Band näher zu sich. »Das kann nicht stimmen. Irgendetwas muss hier verwechselt worden sein.« Er überflog den Eintrag.

»Die Beschreibung des Herzfehlers passt«, sagte ich. »Und das Datum ebenfalls. Ich bin mir sicher, dass es um dasselbe Herz geht.«

»Ja, das stimmt«, sagte Howlett und las den Text mit gerunzelter Stirn noch einmal durch. »Daran gibt es keinen Zweifel.« Sein Gesicht war sehr ernst, aber plötzlich fing er an zu lachen und schaute uns an. »Jetzt weiß ich es wieder! Damals ist etwas Unerwartetes eingetreten, und wir konnten nicht sicher sein, ob Dr. Bourret an dem Tag überhaupt kommen würde. Er übertrug mir die Aufgabe, weil wir schon häufig zusammengearbeitet hatten. Ich ging davon aus, dass ich allein arbeiten würde, aber dann kam er doch noch, in letzter Minute.«

»Also ist es ein Fehler«, sagte Jakob undiplomatisch. Ich zuckte zusammen.

»Richtig, junger Mann«, sagte Howlett mit einem kalten Lächeln. »Es ist ein Fehler. Da auch ich nur ein Mensch bin, passiert mir das gelegentlich.«

Jakob schaute Howlett jetzt direkt in die Augen und richtete seine ganze Konzentration auf ihn. Ich kannte diesen Blick nur zu gut. »Aber Sie haben den Bericht bestimmt *nach* der Obduktion geschrieben, und zu dem Zeitpunkt wussten Sie doch, wer sie geleitet hat.«

Ich wollte ihm unter dem Tisch einen Tritt gegen das Schienbein versetzen, aber meine Beine waren zu kurz. Jakob besaß kein Taktgefühl. Nicht die Spur. Er hatte unsere Diskussion in ein Verhör verwandelt, und unser Gast war in den Zeugenstand gerufen worden. Wenn ich doch nur das Thema nicht angeschnitten hätte!

Der neue königliche Medizinprofessor aus Oxford suchte jedoch keinen Streit. »Nun ja«, entgegnete er mit einem Achselzucken. »Wir machen alle Fehler, Mr Hertzlich. Es war ein Versehen.«

Aber Jakob ließ nicht locker. »Wollen Sie damit sagen, dass dieser Bourret die Arbeit gemacht hat?«

»Hören Sie, Hertzlich«, mischte sich nun Dr. Mastro ein. »Ich glaube, unser Gast hat sich klar ausgedrückt.«

»Stimmt«, sagte ich, obwohl ich mir nicht sicher war, ob ich wirklich überzeugend klang. Denn ich suchte ja auch eine Antwort auf Jakobs Frage. Nur war ich nicht so hartnäckig wie er. »Fehler kommen immer wieder vor. Wir alle machen welche, Dr. Howlett, wie Sie schon sagten. Aber Ihre Aufzeichnungen sind sehr gewissenhaft. Das hier ist der erste und einzige Irrtum, auf den ich gestoßen bin, glaube ich.«

Ich meinte das als Kompliment, um die Gemüter zu beruhigen, aber William Howlett legte meine Bemerkung anders aus. »*Mea culpa*, Dr. White«, erwiderte er, ohne mich anzusehen. »Aber ich finde, wir sollten jetzt weitermachen – wenn Sie nichts dagegen haben.«

Der Vormittag war nicht vollständig ruiniert. Aber der Umgangston hatte sich geändert. William Howlett erholte sich als Erster. Er trat einen Schritt vom Tisch zurück, lockerte seine Krawatte und begann von seiner Zeit an der McGill zu erzählen. Immer wieder stupste er Dekan Clarke an, wenn ihm irgendein Name oder ein Detail nicht gleich einfiel. Er war in der Provinz Ontario aufgewachsen, und als er nach Quebec kam, fand er es anfangs schockierend, wie gesetzlos es hier zuging. »Selbstverständlich gab es Gesetze«, sagte er. »Aber niemand schien sich daran zu halten.« Es gab zum Beispiel ein Gesetz, das vorschrieb, dass Leichen, die von niemandem abgeholt wurden, den medizinischen Fakultäten der Universitäten von Quebec zur Verfügung gestellt werden sollten. Die katholische Kirche war jedoch mit dieser Praxis nicht einverstanden, weshalb es nie genug Tote für Autopsien gab. Manche Studenten entwickelten ein gewisses Geschick im Beschaffen von Leichen und finanzierten mit dem Geld, das sie dafür kassierten, ihr Medizinstudium. Howlett erzählte, wie er einmal mit dem Schlitten die Côte des Neiges Road vom katholischen Friedhof hinuntergefahren war, im tiefsten Winter, mit einem frisch ausgegrabenen Toten. In einem anderen Fall erklärte er sich bereit, zum Bahnhof Windsor zu kommen und einen stinkenden Saratoga-Koffer abzuholen, der mit dem Zug über die amerikanische Grenze geschickt worden war. Er erinnerte sich auch an einen bestimmten Abend, als die medizinische Fakultät von der Polizei durchsucht wurde, weil ein Nonnenkloster das Verschwinden mehrerer Leichen gemeldet hatte. Die toten Nonnen wurden nie gefunden. Howlett und ein paar andere Studenten hatten sie in einer Schneewehe hinter dem Theatre Royal verscharrt, nicht weit von dem Medizingebäude, das sich damals an der Ecke Saint Urbain Street (oder Rue Saint-Urbain) und Viger Street befand.

Howlett war ein begnadeter Geschichtenerzähler und wusste genau, an welcher Stelle er noch ein anschauliches Detail hinzufügen musste, und schon bald lachte ich wieder fröhlich. Aber seine Anekdoten stimmten mich trotzdem nachdenklich. Dieser Mann, den ich so bewunderte, hatte Leichen aus einem Nonnenkloster gestohlen! Klar, er war noch jung gewesen, und vermutlich hatten seine Kommilitonen ihn dazu angestachelt, aber mein Bild von ihm veränderte sich an jenem Tag. Jedenfalls ein bisschen. Und die Ungenauigkeit bei der Dokumentation über das Howlett-Herz konnte nicht als jugendlicher Übermut abgetan werden. Irgendetwas passte hier nicht ins Bild.

Der Zauber des Morgens war verflogen, und das hatte ich allein mir zuzuschreiben – und natürlich Jakob Hertzlich, meinem Zauberlehrling, der drüben in seiner Ecke saß, seine Schreibhand ausschüttelte und dabei eine Grimasse zog. »Fast fünfzig Seiten«, ächzte er, an niemanden direkt gewandt. »Ich glaube, ich brauche einen Arzt.«

Alle lachten unbehaglich. »Wir müssen uns um diesen jungen Mann kümmern«, verkündete ich mitleidig. »Sehen Sie doch nur, was seine Hand leistet.«

Howlett war spürbar der Meinung, seine Arbeit für den Vormittag sei abgeschlossen, aber ich wollte nicht, dass er auf die Uhr schaute, deshalb wies ich ihn auf die Zeichnungen hin, die die Museumswände schmückten.

»Die stammen von Ihnen, Hertzlich?«, fragte Dr. Howlett.

Jakob hielt den Kopf wieder gesenkt.

»Ich suche jemanden wie Sie«, sagte Howlett und wandte sich dann zu uns um. »Ich habe eine Nachricht aus England bekommen. Unser Herz-Buch wird neu aufgelegt, Dr. White. Vielleicht können wir Mr Hertzlichs Zeichnungen als Illustrationen verwenden? Das wäre für ihn eine ausgezeichnete Möglichkeit, ins Licht der Öffentlichkeit zu treten. Wir haben soeben drüben in London einen Preis gewonnen, der, wie man mir sagt, sehr renommiert ist. Das wollte ich Ihnen heute mitteilen.«

Mir stockte der Atem. Das Herz-Buch, in dem mein Name direkt nach Howletts genannt wurde, war mit einem Preis ausgezeichnet worden. Er fasste mich an den Armen und blickte mir ins Gesicht. »Sie sind eine Preisträgerin, meine Liebe. Ich wollte, ich hätte Lorbeerblätter dabei, damit ich Ihnen einen Kranz flechten könnte.«

Eine ganze Weile lang hielt er mich so fest.

Der Preis kam von der Londoner pathologischen Gesellschaft. »Sie müssen unbedingt im November zur Verleihung nach London kommen«, fuhr Howlett fort. »Wir werden die Urkunde und das Geld gemeinsam entgegennehmen.« Ich könne bei ihm und Lady Howlett in Oxford wohnen, sagte er, vielleicht das Pathologiemuseum in London besuchen und auch nach Edinburgh fahren, um die dortigen Kuratoren kennenzulernen. Die entsprechenden Kontakte herzustellen sei für ihn kein Problem.

Ich nickte stumm. Klar, ich war mit allem einverstanden! Die Nachricht fegte die Probleme und die Konfusion des Vormittags weg. Howletts Mitteilung und die Einladung nach Oxford überwältigten mich so, dass ich nicht mehr angemessen reagieren konnte, schon gar nicht auf meine Kollegen von der McGill, die mir lächelnd gratulierten. Dekan Clarke schien sich wirklich zu freuen, während Rivers und Mastro Mühe hatten, ihren Neid zu überspielen. Mastros Miene gefror, und Rivers hüstelte in seine Hand. Ich hatte weder die Zeit noch die Kraft, mich nach Jakob umzusehen, und deswegen bemerkte ich nicht, dass er verschwand. Erst als wir alle zur Tür gingen und uns voneinander verabschiedeten, fiel mir auf, dass er nicht mehr da war. Aber da hatte ich erst recht keine Ruhe, um über ihn nachzudenken. Howlett steckte seinen Arm in den Mantelärmel. Clarke hielt den Gehstock für ihn bereit.

Ich konnte ihn nicht einfach gehen lassen. Sechs Jahre des Wartens waren zu lang, um durch solch einen kurzen Besuch kompensiert zu werden. Ich wollte Howlett noch so viel fragen, so viel von ihm wissen. Die Aussicht auf eine Londonreise im Herbst war vielversprechend, aber bis dahin würden noch Monate vergehen. Ich redete planlos auf ihn ein. An einem Punkt ertappte ich mich sogar dabei, dass ich ihn am Ärmel packte.

Er nahm seinen Gehstock von Dr. Clarke entgegen und rückte seinen Hut zurecht. »Das Treffen hat wirklich enorm viel Freude gemacht«, versicherte er uns, während wir ihn mit eifrigen Gesichtern anschauten. »Und Sie, Dr. White«, fuhr er fort und nahm meine Hand, diesmal nicht, um sie zu überprüfen, sondern um sie zu küssen, »Sie haben hier wirklich Großartiges geleistet.«

Sein Blick ruhte auf mir. Seine Lippen ebenfalls, und in dem Moment hätte ich fast alles getan, um diesen Zustand zu verlängern. Da kam mir eine Idee.

»Bitte, kommen Sie morgen wieder«, sagte ich und staunte selbst über meine Dreistigkeit. »Ich bestehe darauf. Sie haben noch nichts von meinen Teestunden gehört, Dr. Howlett. Die darf man sich nicht entgehen lassen.«

Dugald lachte. »Ja, dafür ist sie berühmt. Diese Einladung dürfen Sie nicht ausschlagen. Tee im Museum. Sie werden sich fast wie in England fühlen.«

»Wir werden miteinander feiern«, sagte ich, und die Vorfreude stieg in mir hoch wie Fieber. »Alle sind willkommen. Passt Ihnen sechzehn Uhr?« Dugald nickte sofort. Dekan Clarke und Dr. Mastro waren ebenfalls einverstanden.

Sir William Howlett streckte mir seine behandschuhte Hand hin. »Ich werde sehen, was ich tun kann.«

»Ich bestehe darauf, Sir William.« Meine Stimme klang schrill.

Er musterte mich kurz. »Mein Terminkalender ist voll, aber ich werde sehen, was ich tun kann.«

»Also – um vier Uhr?«

Er verneigte sich leicht, tippte mit dem Stock an den Hut und ging.

18

April 1905

Am nächsten Morgen stand ich auf, als es gerade hell wurde. Den größten Teil der Nacht hatte ich damit verbracht, in meine Decke gehüllt eine Liste für meine Einkäufe aufzustellen. Wie sollte ich alles organisieren? Der Wecker tickte beharrlich und signalisierte das unaufhaltsame Entschwinden der Zeit.

Im Augenblick sah ich aus wie eine ganz normale Hausfrau, während ich mit mehreren Taschen am Arm die noch morgendlich feuchte Straße entlangging. Vielleicht ein bisschen sorgfältiger gekleidet als die meisten Frauen, denen ich begegnete. Mit meinen Haaren hatte ich mir große Mühe gegeben und sie so präzise festgesteckt, dass sogar Laure stolz auf mich gewesen wäre. Bei dem schönen Wetter musste ich die Haare auch nicht unter einem Hut verbergen. Außerdem hatte ich frische Strümpfe angezogen – nicht aus Seide, wie die Strümpfe, die ich zerrissen hatte, aber doch von so guter Qualität, dass sie meine Beine umschlossen wie eine glänzende zweite Haut. Mein Kleid war grün, der Stoff mit kleinen burgunderroten Blumenknospen gemustert. Laure und Miss Skerry hatten es mir zu Weihnachten geschenkt, das Schnittmuster stammte von einem bekannten Modeschöpfer. Es war das eleganteste Kleidungsstück in meiner Garderobe. Und so modisch, dass ich bisher nur einmal gewagt hatte, es anzuziehen, nämlich am Weihnachtstag in St. Andrews East, damit die Schenkerinnen mich darin sehen konnten. Bestimmt hatte Miss Skerry den Löwenanteil der Handarbeit übernommen. Laures Stimmungsschwankungen waren inzwischen so heftig, dass man sich nicht recht vorstellen konnte, wie sie sich längere Zeit auf ein bestimmtes Projekt konzentrierte. Aber das Kleid war wunderschön, ganz unabhängig davon, welche Hände es genäht hatten. Ich kam mir darin fast hübsch vor.

St. Lawrence Boulevard war die erste Station auf meiner Route. Es waren schon viele Leute unterwegs und drängten sich auf dem Bürgersteig. Direkt vor mir rief ein Junge mit durchdringender Sopranstimme: »*Herald!* Kaufen Sie Ihren *Montreal Herald!*« Ein Mann, der rote Reklametafeln umgehängt hatte, versuchte ein paar Schritte weiter, ihn zu übertönen. Er pries geräucherten Fisch an.

Ich bewegte mich mitten in dieser lebhaften, lärmenden Szenerie und ließ mich von der Energie der Menschenmenge weitertreiben. Die Sonne stand schon ziemlich hoch, und ich blickte nach oben, um ihre wärmenden Strahlen auf meinem Gesicht zu spüren. Was für eine Veränderung im Vergleich zum Tag zuvor! Das Eis war so gut wie verschwunden, und durchweichte Grasflächen wurden sichtbar. In den Rinnsteinen neben den Holzplanken des Gehwegs plätscherte munter das Wasser.

Endlich erreichte ich die Obsthalle. Dort kaufte ich sehr gern ein. Allerdings schaffte ich es sonst nur selten hierher ins Zentrum. Die Halle war so riesig, dass ich mir vorkam wie ein Kind. Im Erdgeschoss befanden sich ganz normale Stände, mit Fässern voller Äpfel und Wurzelgemüse, geerntet im vergangenen Herbst. Das eigentliche Wunder lag darunter, im Kellergewölbe. Ich begab mich zu den Schätzen dort, die aus fernen Gegenden importiert waren, von Orten, die ich nur als Punkte auf der Landkarte kannte. Hier gab es Orangen, Pflaumen und Ananas mit spitzen Blättern, unreif gepflückt und dann nach Norden gebracht in Schiffen, in deren Tiefen sie während des Transports langsam reiften.

Ein Genuss für Augen, die nach sechs Monaten Winter ermattet waren. Wie es sich wohl anfühlte, in einer Gegend zu leben, in der das ganze Jahr über solch ein Überfluss herrschte? Die Menschen, die dort wohnten, fanden es wahrscheinlich überhaupt nicht berauschend, wenn sie im April Orangen sahen. Vielleicht war ein gewisses Maß an Entbehrung notwendig, damit man sich richtig freuen konnte, so wie Leid ein wesentlicher Bestandteil der Freude war.

Die Ananas lagen direkt vor mir. Ich erinnerte mich daran, wie ich diese Früchte zum ersten Mal gegessen hatte – bei der Party, die Mrs Drummond vor fünfzehn Jahren zu meinen Ehren gegeben hatte. Ich hatte das Gefühl gehabt, als würde ich Sonnenstrahlen essen und die Helligkeit direkt in mich aufnehmen. Ich nahm eine Frucht in die Hand und schnupperte daran. Der Geruch war nur schwach, aber ich erkannte ihn: Sonnenschein direkt unter der Haut.

Aber ich war nicht hier, um Ananas zu kaufen. Das Obst, das ich wollte, war so früh im Jahr noch nicht frisch zu haben. Auf einem großen Tisch in der Ecke fand ich, was ich suchte: Gläser mit leuchtenden Erdbeeren, mit Zucker und Pektin eingemacht, um den Winter zu überdauern. Sie waren zwar nur ein kläglicher Ersatz für die frischen Beeren, aber besser als nichts. Auf dem Weg zur Kasse entdeckte ich außerdem noch Gurken und steckte zwei Stück in meine Tasche.

Anschließend ging ich in das Käsegeschäft und kaufte einen Brie. Quebec gehörte zu den wenigen Gegenden in Nordamerika, wo man exzellenten Weichkäse kaufen konnte. Siedler aus der Bretagne und der Normandie hatten im siebzehnten und achtzehnten Jahrhundert begonnen, in den englischen und schottischen Gemeinden diese flachen runden Torten zu produzieren. Der Käse, den ich kaufte, kostete mich ein halbes Wochengehalt, aber der Mann versicherte mir, dieser Brie sei gerade richtig reif und qualitativ erstklassig, verpackt in einer Holzschachtel, was sehr günstig war, denn ich musste noch verschiedene andere Besorgungen machen und wollte ihn auf keinen Fall zerquetschen. Als Nächstes begab ich mich in die Konditorei und ging schließlich in den Weinladen, der um diese Tageszeit noch leer war. Ich hatte Hemmungen, ihn zu betreten – eine Frau allein –, aber der Verkäufer behandelte mich sehr respektvoll. Das konnte ich allerdings auch von ihm erwarten, denn ich kaufte eine Magnum seines besten Champagners, womit ich meinen Geldbeutel bis aufs Letzte strapazierte.

Als ich mit meinen vollgepackten Taschen zum Campus kam, läuteten die Mittagsglocken, und die Sonne stand hoch. Vor der Einladung musste ich ein bisschen auslüften und meine Haare wieder feststecken, aber es war schön gewesen, vormittags zur Abwechslung draußen im Freien zu sein. Ich hatte fast vergessen, dass außerhalb der Mauern der McGill eine so schöne, sinnliche Welt existierte.

Das Eis auf der zentralen Rasenfläche des Campus war gerade erst geschmolzen. Ich atmete die Duftmischung aus Matsch, Chlorophyll und Exkrementen ein, die Fäulnis, die das erste frische Grün nähren würde. Mein ganzes Selbst öffnete sich der Sonne, das spürte ich richtig, genau wie die Pflanzenwelt, die durch die dampfende Erde drang. Vor mir gingen ein Junge und ein Mädchen nebeneinander her. Sie waren noch kein Paar – was ich daran merkte, dass die junge Frau jedes Mal erstarrte, wenn der Arm des Jungen sie berührte. Er streifte sie immer wieder, scheinbar zufällig, aber sie wussten beide, dass er es absichtlich tat. Das Mädchen lachte, und die Sonne strömte auf uns herab wie Honig und salbte uns alle.

Ich war zu voll bepackt, um nach meinem Schlüssel zu kramen. Zum Glück war die Tür zum Museum nur angelehnt. Ich stapfte hinein, begleitet von dem Geruch, der draußen herrschte, und mit Matsch an den Schuhen. Im Raum war es so stickig, dass ich am liebsten wieder umgekehrt wäre. Jakob Hertzlich saß am Tisch und blies Rauchkringel in die Luft. Ich beobachtete, dass einer aufwärts waberte und wie ein schiefer Heiligenschein über seinem Kopf hing.

»Guten Morgen!«, rief ich, um ihn wissen zu lassen, dass ich endlich da war.

Es folgte eine Pause. Jakob machte sich nicht die Mühe, aufzustehen oder den Kopf zu heben. »›Guten Tag‹ wäre passender, wenn ich mich nicht täusche.«

»Also dann: guten Tag.« Er war immer so pedantisch! Bei der Arbeit wusste ich das zu schätzen, aber jetzt hätte ich ihn gern angeschrien. »Was machen Sie da?«, fragte ich ihn und deutete mit dem Kinn in Richtung Rauch.

Er tat so, als verstünde er meine Frage nicht. »Ich arbeite.«

Ich stellte meine Einkäufe ab. »Wollen Sie damit andeuten, dass ich nicht arbeite?«

»Ich will es nicht *andeuten*.« Endlich blickte er hoch und

blinzelte durch die verrauchte Luft. »Sie wissen, was Sie vorhaben. Es liegt mir fern, ein Urteil darüber zu fällen.«

»Sehr richtig.« Ich wedelte mit der Hand, um den Rauch zu vertreiben. »Und was soll das?«

»Sie waren nicht hier. Da dachte ich, es störe niemanden.«

Ich stöhnte und trat ans Fenster. Es zu öffnen war gar nicht so leicht. Man brauchte eine Stange, und am Ende dieser Stange befand sich ein Metallhaken, den man mit einem Ring oben an den Fensterscheiben verbinden musste. Ich dachte instinktiv an eine Harpune, während ich mit der Stange herumwerkelte. Ich war einfach zu klein! Da lag das Problem. Wenn ich dreißig Zentimeter größer gewesen wäre, hätte ich keine Schwierigkeiten gehabt. Die Stange schwankte hin und her, und manchmal streifte der Haken kurz den Ring. Ich kam aber nie dicht genug ran, um ihn richtig zu erwischen.

Jakob bot nicht an, mir zu helfen. Nicht, weil er Wichtigeres zu tun hatte. Nein, er saß da und rauchte seine Zigarette zu Ende. Ich legte die Stange wieder fort und zog meinen Mantel aus. Auf meiner Oberlippe hatten sich Schweißperlen gebildet. Ich schmeckte das Salz, roch den unangenehmen Geruch meiner eigenen Frustration. Dann nahm ich noch einmal Anlauf, als ginge es um Leben und Tod, als würde die Welt untergehen, wenn ich dieses Fenster nicht öffnete.

Weil ich mich auf diese Aufgabe konzentrieren musste, wurde ich ruhiger. Arbeit hatte meistens diese Wirkung auf mich. Wie Meditation. Ein Pfad zu stilleren Wassern. Der Haken griff, und ich zog mit aller Kraft. Es war ähnlich wie beim Angeln: die Phase der Stille, dann die Aufregung, wenn die Angel zuckte. Die Scheibe kippte nach unten, nur aufgehalten durch zwei Ketten, die an der obersten Leiste angebracht waren. Sie federte dreimal, ehe sie zur Ruhe kam. Luft rauschte herein. Der frische, grüne Duft des Frühlings. Zum ersten Mal, seit ich ins Museum gekommen war, atmete ich tief durch.

»Ich habe heute Morgen das Tutorium gehalten.«

Ich erstarrte. »Du lieber Gott«, murmelte ich. Freitags kam immer mein bester Student. Ein Jude, wie Jakob. Er hieß Segall. Man ging davon aus, dass er dieses Jahr die Auszeichnung in Physiologie bekommen würde. »Das habe ich völlig vergessen. War er sehr aufgebracht?«

Jakob lachte verächtlich. »Nein. Er war eher besorgt, wenn Sie es genau wissen wollen. Sie kommen sonst nämlich nie zu spät.«

»Ich musste verschiedene Einkäufe erledigen. Ich habe eingelegte Früchte gekauft, außerdem Käse, Brot und Champagner.«

Mit ausdrucksloser Miene starrte Jakob vor sich hin. Erst da begriff ich. Er war nicht dabei gewesen, als ich die Einladung aussprach, weil er schon vorher gegangen war.

»Wir feiern«, sagte ich schnell.

»Sie und ich?«

Ich musste mich beherrschen, sonst hätte ich ihn jetzt gepackt und geschüttelt. »Stellen Sie sich nicht so dumm«, zischte ich ihn an. »Wegen Howlett natürlich.«

Jakob machte sich wieder an die Arbeit. Er trug dasselbe Hemd wie gestern, wie ich bemerkte. Und wie vorgestern. Er hatte sich weder rasiert noch gekämmt. »Sie können damit jetzt aufhören, Mr Hertzlich.« Ich schob die Präparate außer Reichweite und seine Notizen zur Seite. »Wir müssen aufräumen.«

»Ich bin kein besonders stolzer Mensch«, sagte er und schaute mich an. »Aber Einladungen für Schaumschläger standen nicht in dem Vertrag, den ich hier unterschrieben habe.« Er nahm seine Notizen und setzte sich an meinen Schreibtisch.

Ich holte meine Taschenuhr vor. Es war kurz vor eins. Mir blieb nicht mehr viel Zeit. Wenn Jakob Hertzlich nicht helfen wollte – gut, meinetwegen. Ich würde diese Aufsässigkeit allerdings nicht vergessen, vielleicht würde ich sogar mit Dekan Clarke darüber sprechen, aber daran war Jakob selbst schuld.

Ich stellte die Gläser, die zurzeit mit Etiketten versehen wurden, auf die Regale in der Nähe. Dabei ging ich nicht besonders systematisch vor. Ich musste mich jetzt vor allem beeilen. Wenn Howlett wieder fort war, würde ich den Prozess der Etikettierung noch einmal neu anfangen, aber im Moment musste ich sie einfach aus dem Weg räumen. Es war auch unbedingt nötig, den Tisch gründlich abzuwischen. Er war fleckig und stank nach Chemikalien, sehr unappetitlich, auch wenn Howlett noch so sehr an solch eine Umgebung gewöhnt war. Schlimm genug, dass er von herausgeschnittenen Organen umgeben sein würde, während er Delikatessen knabberte und Champagner trank.

Aus einer meiner Taschen holte ich ein gefaltetes Bettlaken, das ich als Tischdecke vorgesehen hatte. Es besaß keine Stickerei und war auch nicht mit Spitzen verziert, aber es war sauber und gestärkt und auf jeden Fall besser als die fleckige, zerkratzte Holzoberfläche des Arbeitstischs. Das Laken passte genau, und schon wirkte der ganze Raum viel festlicher.

Jakob beobachtete meine Aktivitäten aus dem Augenwinkel, und als ich mit einem Besen um seine Füße herum den Boden fegte, brummte er: »Es lohnt sich nicht.«

Ich kehrte unbeirrt weiter. Um mein Kleid zu schützen, trug ich einen Laborkittel, aber er half mir nicht, meine Gefühle zu beschützen. Es war demütigend, wie ein Dienstmädchen zu arbeiten und den Staub einzuatmen, während Jakob auf meinem Stuhl saß und zuschaute. Ich war schließlich seine Vorgesetzte! Das alles wäre ganz anders, wenn ich ein Mann wäre.

»Sie überanstrengen sich.«

Diese Unverfrorenheit! Nicht zu fassen. Seit über einer Stunde schuftete ich, und er hatte keinen Finger gerührt. »Ich müsste mich nicht so abrackern, wenn Sie mir helfen würden.«

Jakob zeigte keine Reaktion. »Warum machen Sie solche Umstände?«

»Zum Beispiel deswegen, weil Ihr Gehalt von ihm abhängt«, erinnerte ich ihn. »Genau wie mein eigenes.«

Wieder schnaubte er verächtlich. »Heißt das, es geht um Geld? Deshalb das ganze Theater?«

Ich warf den Besen beiseite. Staub wirbelte durch die Luft. »Natürlich nicht! Er ist ein guter Mensch, Jakob. Er ist uns gegenüber sehr großzügig, sehen Sie das denn nicht? Er hat mich die ganze Zeit mit seinem Geld unterstützt, während sonst niemand bereit war, auch nur zehn Cent zu geben. Er hat mir geholfen, Artikel zu veröffentlichen. Ohne ihn hätte ich auch nie diesen Preis gewonnen.«

»Da irren Sie sich.«

Ich schloss die Augen und zählte. Jakob war manchmal wirklich eine Nervensäge.

»Er hat es nicht verdient, auf einem Podest zu stehen, Agnes.« Jakob verzog das Gesicht, wühlte dann in seiner Tasche und zog eine halb gerauchte Zigarette heraus.

»Wagen Sie das nur ja nicht.«

Zum Glück hatte er kein Streichholz. Versonnen starrte er auf den Zigarettenstummel und drehte ihn langsam zwischen den Fingern hin und her. »Sie verhalten sich wie ein Kind, Agnes«, sagte er schließlich. »Und das ist nicht gut. Letzten Endes werden Sie leiden.« Er schaute mich nicht an, doch er drückte die Zigarette so fest, dass das Papier riss. »Sie merken das nicht, aber so wird es kommen. Ihm ist das egal. Sie sind ihm egal, und ganz bestimmt ist das alles hier ihm egal.« Mit einer ausholenden Handbewegung umfasste er den Raum, der inzwischen viel ordentlicher aussah als vorher.

»Es gibt nur eine einzige Sache, die Dr. William E. Howlett *nicht* egal ist«, fuhr Jakob fort, und er spuckte die Silben des Namens regelrecht aus. »Und das ist William E. Howlett.«

»Es reicht!«, rief ich. Die Energie, die mich heute Morgen beflügelt hatte, schwand dahin und mit ihr auch das Glücksgefühl. Mein Kopf tat weh und fühlte sich ganz eng an.

Aber Jakob Hertzlich war noch nicht fertig. »Bis gestern habe ich gedacht, dass das, was wir hier tun, ein lohnendes Unterfangen ist. Das Museum, meine ich. Es hat mir nichts ausgemacht, so viele Stunden zu arbeiten, weil wir für die Menschen, die etwas über Medizin und über Krankheiten lernen wollen, Sinnvolles leisten. Sie müssen die Organe und das Gewebe präpariert sehen, damit sie alles in ihrer klinischen Praxis wiedererkennen. Wir dienen der Wissenschaft, der *ars medica* und dem ganzen erbaulichen Quatsch. Das habe ich geglaubt. Aber jetzt sehe ich die Lage klarer. Wir dienen hier nicht der Wissenschaft. Wir dienen William E. Howlett und seinem aufgeplusterten Ego. Das Museum ist sein Denkmal, stimmt's? Kein Wunder, dass er Ihnen Geld schickt. Wenn er stirbt, wird man es nach ihm benennen. Agnes White wird nirgends erwähnt werden, darauf können Sie sich verlassen.«

Ich starrte auf den zusammengefegten Schmutz zu meinen

Füßen. Mein Schweigen versetzte Jakob in Wut. Er schlug mit der Hand auf den Schreibtisch. »Und Sie sind hemmungslos bereit, sein Spiel mitzuspielen! Machen Sie endlich die Augen auf! Sehen Sie denn nicht, dass alles, wobei er Ihnen hilft, nur dazu da ist, *ihm* zu helfen? Er bastelt an seiner eigenen Karriere, nicht an Ihrer, Agnes. Hat er Sie so hypnotisiert, dass Sie blind sind?«

Mit etwas leiserer Stimme verkündete er dann, er müsse jetzt unbedingt eine Zigarette rauchen. »Nicht hier, keine Sorge. Ich will Sie ja nicht bei Ihren Vorbereitungen stören.« Er nahm seinen Mantel und verschwand.

Kaum war er fort, ließ ich mich auf den Stuhl fallen, auf dem er gesessen hatte – auf meinen Stuhl, der immer noch warm war von ihm. Sein ganz persönlicher Geruch – eine Mischung aus Zigaretten und dem jugendlichen Aroma seiner Haut – hing in der Luft. Es fiel mir schwer, mich mit Jakobs Worten auseinanderzusetzen.

Howlett war nicht alles egal. Er kümmerte sich um mich. Jakob Hertzlich war doch nur eifersüchtig, neidisch, das war alles. Er war verbittert. Seine Hoffnungen waren zunichtegemacht worden. In Zukunft musste ich vorsichtiger mit ihm umgehen. Und ich musste die Sache mit Dekan Clarke besprechen. Ich hatte zwar während dieser Konfrontation keine Angst vor Jakob gehabt, aber über die Heftigkeit seiner Wut war ich doch sehr bestürzt.

Ach, Jakob hatte keine Ahnung von der Verbindung zwischen mir und Howlett. Er sah nur meine Verehrung, die sicher etwas albern wirkte, so wie ich es bei Rivers empfand, von außen betrachtet. Doch Jakob wusste nicht, dass mein Vater wie ein Schatten hinter Howlett stand, wenn wir uns begegneten. Ich konnte es Jakob nicht zum Vorwurf machen, dass er davon nichts ahnte, trotzdem war es absolut unnötig, dass er sich dermaßen in seine Wut hineinsteigerte.

Ich war gerade dabei, die Gurken für die Sandwiches zu schneiden, als Mrs Greaves im Türrahmen erschien. Sie war die Sekretärin des Dekans, eine imposante Frau, deren gefärbte Haare straff aus der Stirn gezurrt waren. Ihr Kopf drehte sich langsam, um alles zu begutachten: den frisch gefegten Fußboden, das weiße Tischtuch, das Essen, festlich und dekorativ, das ganze Museum wie ein Bankettsaal. Als ihr Blick schließlich zu mir gelangte, lächelte sie grimmig. »Für Sie ist soeben ein Anruf gekommen, Miss White«, sagte sie.

Howlett hatte sich gemeldet. Das Modellsitzen für das Porträt zog sich länger hin als erwartet. Die Teegesellschaft musste auf den November in Oxford verschoben werden, womit er mir hoffentlich keine Ungelegenheiten bereitete. Das alles trug Mrs Greaves mit tonloser Stimme vor. Als sie fertig war, bildeten ihre Lippen einen schmalen Strich. »Sieht so aus, als würde die Absage Ihnen Ungelegenheiten bereiten«, sagte sie und deutete mit einer Kopfbewegung zum Tisch. »Was für ein gelungenes Arrangement.«

Ich brachte kein Wort hervor.

»Möchten Sie, dass ich Ihnen helfe, alles wegzuräumen?«, bot Mrs Greaves an, als sie merkte, wie betroffen ich war.

Ich schüttelte den Kopf und trat an meinen Schreibtisch, wo ich den Laborkittel aufknüpfte, ohne mich noch einmal umzudrehen.

Nach einer Weile verstand sie meine Botschaft und ging. Eine halbe Stunde später saß ich immer noch da, das Kinn in die Hand gestützt. Vor mir lagen mehrere Zettel – Jakob Hertzlichs Notizen. Wenn also jemand hereinschaute, dachte er bestimmt, ich würde arbeiten. Aber ich konnte meine Gedanken nicht sammeln. Ich starrte nur auf das Papier und auf den Kontrast zu meiner grünen Schreibtischauflage. Mein Körper war wie betäubt.

Dugald Rivers streckte den Kopf zur Tür herein. »Ich bin gerade Mrs Greaves begegnet«, sagte er leise. »Schade, dass es mit dem Treffen nicht geklappt hat.« Sein Blick schweifte über den Tisch. Dann schaute er mich an. »Und Sie haben sich so viel Mühe gemacht, liebe Agnes!«

Zu meinem großen Verdruss begann mein Kinn zu zittern.

»Aber wer wird denn ...«, murmelte Dugald und kam zu mir, seine Augen groß vor Mitleid.

»Entschuldigen Sie«, murmelte ich und tupfte mir mit meinem neuen Kleid die Augen. »So wichtig ist es nicht.«

Er tätschelte mir unbeholfen den Rücken. Sein Gesicht war rot und glänzte. »Doch«, sagte er mit einer Stimme, die noch höher war als sonst. Diese unfreiwillige Intimität fiel ihm schwer. »Glauben Sie mir, Agnes, ich verstehe Sie sehr gut.«

Ich nickte und deutete auf die Platte mit den Sandwiches. »Möchten Sie etwas?«

Dugald schnupperte anerkennend.

»Nehmen Sie die Sandwiches, Dugald. Bitte.«

Zu Belohnung bekam ich einen kurzen Kuss auf die Wange. »So ist's gut, White. Sich nicht unterkriegen lassen, heißt die Parole. Sie werden es überleben.« Er ging davon, die Sandwich-Platte auf seinen Handflächen tragend.

Nachdem er fort war, begann ich, Jakobs Notizen zu sortieren. Er hatte ziemlich viel gearbeitet, während ich die exotischen Obststände aufsuchte, und ich beschloss, da weiterzumachen, wo er aufgehört hatte. Ich schrieb Howletts Bemerkungen auf Karten, die Jakob dann später für den Katalog abtippen würde. Man musste dabei sehr gewissenhaft vorgehen. Die Arbeit war in keiner Weise kreativ, aber sie absorbierte mich vollkommen. Genau das Gegengift, das ich jetzt brauchte. Ich merkte kaum, wie um drei Uhr die Glocke im Flur klingelte, dann wieder um vier und um fünf. Um diese Zeit kam Jakob zurück.

»Ich hab's gehört«, sagte er und nahm einen Stapel Papier von meinem Schreibtisch, um mir bei der Übertragung behilflich zu sein. Er klang gar nicht mehr feindselig. »Wirklich schade.«

Ich sagte nichts. Die Arbeit trug mich, und ich traute mich nicht, sie zu unterbrechen. Ich wollte mir keine weiteren Bemerkungen von Jakob anhören, das hätte ich nicht ausgehalten. Also schrieb ich und schrieb und brachte Ordnung in das Chaos vor mir. Diese Aktivität hinderte mich am Grübeln, und – was noch wichtiger war – sie erlaubte mir nicht, meinen Gefühlen nachzuspüren. Doch immer wieder stieß ich einen Seufzer aus.

Jakob schloss das Fenster und machte Licht. Da merkte ich erst, dass ich nahezu im Dunkeln gearbeitet hatte. Draußen sah ich die Spiegelung einer lodernden Gasflamme. Im Gebäude war es still, kein Schritt war im Korridor zu hören. Nach einiger Zeit ertönte eine Glocke, und jetzt zuckte ich zusammen. Ich holte meine Taschenuhr hervor und stellte zu meiner Verwunderung fest, dass es bereits acht Uhr war.

Jakob hatte sich wieder an den Tisch gesetzt und seinen Stift ergriffen. Er schaute auf die Blätter, aber ich hatte das Gefühl, dass er nicht las, was da stand. Seine Haut wirkte im Schein der Deckenbeleuchtung fast gelblich, und er hatte dunkle Ringe unter den Augen. Sein Hemd war so groß, dass ich die Konturen seines Körpers nicht erkennen konnte. Vermutlich hatte er heute noch keinen Bissen zu sich genommen, dafür rauchte er dauernd diese verdammten Zigaretten.

»Was würden Sie zu einem kleinen Imbiss sagen?«

Er schaute unbeteiligt zu, während ich Käse und Cracker auspackte. Teller gab es nicht, stattdessen nahmen wir die Servietten aus gestärktem Leinen, die ich von meiner Großmutter geerbt hatte. Jakob breitete seine Serviette auf dem Tisch aus und begann, sie vollzupacken.

Wir wechselten kein Wort. Ich hatte ebenfalls den ganzen Tag noch nichts gegessen, nicht einmal gefrühstückt, weil ich so früh aufgebrochen war. Das Innere des Brie floss heraus, sobald Jakob mit seinem Messer die Rinde anschnitt. Wir belegten unsere Cracker damit und aßen. Nach seinem vierten oder fünften Cracker hielt Jakob inne, blickte sich im Raum um und ging zum Waschbecken. Er fragte nicht lange, sondern holte die Flasche aus dem Eimer, in dem das Eis inzwischen größtenteils geschmolzen war, und entfernte die Drahtsicherung. Gleich darauf zischte der Korken über uns hinweg und knallte oberhalb der Tür an die Wand, sodass die bunten Luftschlangen aus Krepppapier, die ich dort aufgehängt hatte, leise raschelten. Schaum quoll aus der Flasche, deshalb lief ich schnell mit einer Teetasse zu Jakob.

»*Cheers!*«, rief er und verschüttete dabei ein bisschen Champagner. »Das ist belebender als Tee.«

Ich hob meine Tasse, und wir stießen an. Jakob Hertzlich hatte noch nie in seinem Leben Champagner getrunken. Das erzählte er mir aber erst später, nachdem wir uns an Käse und Erdbeeren und Crackern sattgegessen hatten. Jakob Hertzlich hatte überhaupt noch nie einen Schluck Alkohol getrunken, wie er mir gestand. Bei Juden war es nicht Sitte, Alkohol zu sich zu nehmen, außer dem Wein, der am Sabbat serviert wurde, und dieser war so widerlich süß, dass er einem den Genuss solcher Getränke für immer austreiben konnte. »Aber das hier«, sagte er und hob theatralisch seine Teetasse, »das ist ein echtes Lebenselixier.«

Ich hatte auch erst einmal Champagner getrunken – und nur einen kleinen Schluck, als Dekan Clarke mich an Silvester zu einer Party zu sich nach Hause eingeladen hatte. Ich konnte mich nur an die Bläschen erinnern, die mir in der Nase gekribbelt hatten. Ich schwenkte meine Tasse, und ein goldener Wirbel entstand. Der Geschmack war so schwerelos, dass er nicht von dieser Welt zu sein schien. Ich goss uns eine zweite Tasse ein.

Jakob begann, mir seine Geschichte zu erzählen. Er ging so weit zurück, dass ich Anekdoten über seinen Vater Otto Hertzlich und seine Mutter Craina zu hören bekam. »Wir haben in Berlin gelebt«, berichtete er, »wo die Hertzlichs seit mehreren Generationen im Tabakhandel tätig gewesen waren. Mein Vater stellte feine Zigarren her und verkaufte sie in ganz Europa. Er war sehr erfolgreich, aber dann ist etwas passiert.«

Die Details wusste er nicht genau, aber irgendwie verlor Otto Hertzlich viel Geld, und die Gläubiger verfolgten ihn. »Ich war damals erst drei«, sagte er. »Aber ich weiß noch, dass wir mitten in der Nacht das Haus verlassen haben, um aus der Stadt zu fliehen, wie Diebe. Unterwegs hat uns jemand erkannt. Meine erste richtige Erinnerung ist, dass ein Mann in einer dunklen Berliner Straße auf unseren Wagen zugerannt kommt, sein Gesicht wutverzerrt, und uns laut beschimpft.«

Ich war gefesselt von seiner Erzählung. Viele Immigranten hatten solche Geschichten im Gepäck – wie sie ihre alte Heimat verließen, oft in Eile und unter Lebensgefahr. Das prägte die Menschen, die hier lebten, und machte sie vielleicht ein wenig zäher als andere. Auf jeden Fall wussten sie ihre neue Umgebung zu schätzen.

Von Anfang an war Otto Hertzlich von Kanada begeistert. Das Land am Südufer des St. Lawrence River stellte sich als ideal für den Tabakanbau heraus, und er begriff rasch, dass er dank des Hafens von Montreal und einer wachsenden Einwohnerzahl glänzende Aussichten für die Zukunft hatte.

»Mein Vater ist ein kluger Mann, Agnes. Er lernte schnell Englisch, auch wenn er seinen Akzent immer noch nicht verloren hat. Er ist charmant. Er verwendet Redensarten aus der alten Welt und küsst Frauen die Hand. Von der Elite in Montreal ist er nie ganz akzeptiert worden, aber bemerkt hat ihn jeder. Meine Mutter ebenfalls. Sie war hübsch, dunkel und zierlich. Meine Eltern« – er machte eine kurze Pause, um noch einen Schluck Champagner zu trinken –, »meine Eltern hatten in ihrem neuen Leben alles, was sich ein junges Paar nur wünschen kann.« Er stellte seine Tasse auf den Tisch und schaute mich an. »Alles, außer einem passenden Sohn, heißt das.«

Ich wusste nicht, was ich sagen sollte. Aber Jakob wollte sowieso weitererzählen. Ich konnte nur zuhören.

»Als ich auf die Welt kam, hat mein Vater damit gerechnet, dass sein Sohn so ähnlich werden würde wie er selbst. Dass sein Sohn in seine Fußstapfen treten und später, wenn er alt war, das Geschäft übernehmen würde. Ich war ein schüchternes Kind. Ein Träumer. Mein Vater und ich waren grundverschieden. Er und Craina wollten unbedingt noch mehr Kinder, aber aus irgendeinem Grund klappte es nicht. Als ich sieben oder acht war, widmete mein Vater seine ganze Aufmerksamkeit ausschließlich mir.

Wahrscheinlich sollte ich es als Kompliment betrachten. Er weigerte sich, die Hoffnung aufzugeben, dass ich doch noch so werden könnte, wie er es sich vorstellte. Aber diese Hoffnung hatte wenig mit mir zu tun, mit dem, wie ich war. Mein Vater war ein Geschäftsmann, und wenn seine Arbeit ihn irgendetwas gelehrt hatte, dann, dass sich Zähigkeit auszahlt. Er zwang mich, im Sommer in der Fabrik zu arbeiten, um mir auf diese Weise ein bisschen gesunden Menschenverstand einzuimpfen. Er bezahlte mir Boxunterricht. Boxunterricht, Agnes! Ich im Ring – können Sie sich das vorstellen? Ich muss ausgesehen haben wie eine Witzfigur, mit diesen dicken Handschuhen. Als das alles fehlschlug – was unvermeidlich eintrat –, drängte mein Vater mich zu studieren. Medizin war ein Gebiet, auf dem ein Jude es weit bringen konnte. So wie mein Vater in der Geschäftswelt.«

Wie sich herausstellte, war die Medizin ein Fach, das zu Jakob Hertzlich passte. Obwohl es an der McGill eine Quote für Juden gab, wurde er zugelassen. Er war besonders fleißig, gewann Preise und Auszeichnungen und wurde von allen Professoren respektiert. Er erfüllte die Erwartungen seines Vaters, aber gleichgültig, wie sehr er sich anstrengte, egal, wie viele Medaillen oder schön gebundene Bücher er verliehen bekam – Otto Hertzlich war nie zufrieden.

»Eines Morgens bin ich mit einem seltsamen Gefühl aufgewacht«, sagte Jakob. »Es war ein Gefühl, als wäre in meinem Inneren plötzlich ein Vorhang aufgegangen. Mein Vater würde nie zufrieden sein.« Er trank noch einen Schluck Champagner. »An dem Tag blieb ich sehr lange im Bett. Am nächsten Tag ebenfalls. Ein Arzt kam und verschrieb mir Beruhigungsmittel und sagte zu meinen Eltern, die Strapazen des Studiums seien möglicherweise für einen so empfindlichen Jungen wie mich zu viel. Meine Mutter glaubte, ich hätte einen Nervenzusammenbruch. Mein Vater hielt es für Trotz. Aber ich«, sagte er mit Stolz in der Stimme, »ich weiß, es war der Tag, an dem ich endlich aufgewacht bin. Der Tag, an dem mein Leben anfing.«

Für mich war es unvorstellbar, wie jemand ein Medizinstudium aufgeben konnte, vor allem, wenn er an der McGill zugelassen worden war. »Sie wären ein genialer Arzt geworden. Sie hatten es doch schon fast geschafft.«

Jakob Hertzlich lachte und trank die letzten Tropfen aus seiner Tasse. »Es war nicht der richtige Weg für mich«, sagte er ruhig. »Ich bin davon überzeugt, dass meine Entscheidung richtig war, auch wenn andere es nicht so sehen mögen. Ich wäre nicht da, wo ich heute bin.« Er starrte mich eindringlich an. Auf einmal war seine Miene ganz ernst. »Und Sie, Dr. White? Welche Geschichten verbergen Sie unter diesem Mantel der Effizienz? Sie sind mir Ihre Geschichte schuldig.«

»Ich bin eine miserable Erzählerin.«

Jakob zog die Mundwinkel nach unten, in zwei säuberlichen Falten. Ich musste kichern. Der Champagner machte uns beide albern. Ich stellte meine Teetasse auf den Tisch, betont vorsichtig, weil ich meinen Händen nicht mehr traute.

Mein Mitarbeiter ließ sich nicht so leicht mit Ausreden abspeisen. »Es gibt keine Geschichten von einem Vater oder einer Mutter?«

Ich schüttelte den Kopf. »Ich bin Waise.«

»Das hat seine eigene Dramatik!«, rief Jakob. »Dann erzählen Sie mir die Geschichte eines elternlosen Kindes.« Er beugte sich vor, und seine Augen leuchteten.

Und ehe ich mich versah, sprudelten die Geheimnisse aus mir heraus. Das heißt, sie sprudelten nicht, sondern kamen langsam nach oben, eins nach dem anderen, wie die perlenden Bläschen im Champagner. Ich redete über meinen Vater. Dass er Arzt war, ein genialer Arzt. Ich erwähnte nicht, wo er gearbeitet hatte, und ich nannte auch nicht seinen Namen. Ich beschrieb, wie er fortging, als ich noch sehr klein war. Ich erzählte Jakob von meiner Mutter, die bald nach seinem Abschied gestorben war, an Lungentuberkulose. Ich erzählte von meiner Schwester, die so schön war und so zerbrechlich. Jakobs Gesicht war so dicht vor meinem, dass ich seinen Atem riechen konnte – süß und zugleich sauer vom Alkohol. Ein Tropfen Champagner hing an einem Barthaar über seiner Lippe. Am liebsten hätte ich diesen Tropfen mit der Zunge abgeleckt. Der Gedanke erschreckte mich, aber nur vage. Ich begriff, dass ich betrunken war.

Vor meinem inneren Auge erschien ein anderes Gesicht, mit Barthaaren auf der Oberlippe – das Gesicht meines Vaters, die Mundwinkel traurig verzogen. Das Gesicht war so nahe vor mir, so real, dass ich es näher zu mir zog. Ein Teil von mir wusste, dass es nicht meinem Vater gehörte. Ein Teil von mir wusste, dass dies eigentlich nicht sein durfte, aber ich zog das ungepflegte Gesicht trotzdem zu mir.

Jakob wunderte sich nicht. Das weckte mich auf. Seine Augen blieben kühl, sie ließen mich nicht los, bis ich schließlich seinen forschenden Blick beendete, indem ich ihn auf den Mund küsste. Seine Lippen waren so süß und sauer wie sein Atem, aber auch auf eine Art tröstlich, die ich nicht erwartet hätte. Unsere Lippen blieben beieinander. Ich ließ die Augen geschlossen, und plötzlich entstand eine prickelnde Spannung, wie Strom.

Doch dann änderte sich etwas. Meine Augen sprangen auf, als ich seine Zunge in meinem Mund spürte. Ich wich zurück, aber er folgte mir, sein Mund ruhte immer noch auf meinem. Seine Augen waren jetzt geschlossen, als schliefe er, doch eine Zunge forschte weiter, und auf einmal bekam ich Angst. Machten das alle Leute? Er war wie ein Fisch, der in mir herumschwamm. Ich stieß ihn fort.

Dann stand ich auf und flocht verlegen die Finger ineinander. Ich konnte ihn nicht anschauen. »Es tut mir leid.«

»Dafür gibt es keinen Grund.« Er zog mich an sich, und jetzt leistete ich keinen Widerstand mehr. Ich war noch nie so berührt worden, wurde mir in dem Augenblick bewusst, noch nie in meinem Leben. Ich hatte danach gehungert, aber bis heute hatte ich das nicht einmal geahnt. Der Champagner, den ich für Howlett gekauft hatte, rauschte durch meine Adern. Jakobs Hand wanderte unter mein Kleid und tastete nach dem komplexen System aus Knöpfen und Haken.

Zu meiner Verwunderung genierte ich mich nicht. Ich hatte es mein ganzes Leben über bedauert, dass mein Körper so stämmig war, hatte ihn unter kaschierenden Schichten aus Stoff verborgen, aber das kümmerte mich jetzt nicht mehr. Ich half Jakob, die Haken zu öffnen. Seine Hände fassten an eine Brust, und es war, als würde er einen Schalter anknipsen. Ich dachte nicht mehr an seine Hände, nicht an das Gesicht, das sich zu mir beugte, und auch nicht daran, dass ich später vielleicht alles bedauern würde. Meine Bedenken waren wie weggewischt.

19

November 1905, Oxford

Obwohl er vom britischen König zu Sir William Howlett ernannt worden war, hatte er sich nicht in einen Engländer verwandelt. Sein Haus in Oxford war der Beweis dafür. Er hatte eine Zentralheizung eingebaut, ein Luxus, der selbst in den wohlhabendsten Wohngegenden von London beispiellos war. Erst recht natürlich in einer Universitätsstadt. Seit dem Nachmittag drei Tage zuvor, als ich die Landungsbrücke des Schiffs hinuntergegangen war und wieder festen Boden betreten hatte, war mir nicht mehr warm gewesen. Keine einzige Minute, drei Tage lang. Eine permanente Kältewolke schien über England zu hängen. Sir William sagte, diese Wolke würde mindestens vier Monate lang nicht verschwinden, also hätten er und Lady Kitty beschlossen, es sich wenigstens zu Hause angenehm einzurichten.

Ich hatte in einem Gasthaus gewohnt, weil am Tag meiner Ankunft das Haus von Sir William belegt war. Lady Kittys Bruder und seine Familie waren aus Boston zu Besuch. Sir William hatte das Problem mit der gewohnten Eleganz gelöst, hatte eine Unterkunft für mich ausgesucht, für die er die Kosten übernahm. Ja, er hatte sogar ein Dienstmädchen vorbeigeschickt, das nachfragen sollte, ob das Zimmer auch angemessen sei. Ich konnte nicht klagen. Doch das Gasthaus war feucht, die Bettwäsche klamm und eiskalt. Das Kohlenfeuer, das jeden Abend von einem Diener entzündet wurde, gab viel Rauch ab, aber wenig Wärme.

Das war der englische Winter. Ich bekam einen Schnupfen. Ich spürte regelrecht, wie er mich überfiel, gleich nach meiner ersten Nacht in der klammen Bettwäsche. Aber bei Sir William war es warm. Ich stellte meinen Koffer im Flur ab, und ein Diener brachte ihn nach oben. Ich schlang die Arme um mich und schauderte genüsslich.

»Willkommen in *Open Arms*«, sagte Sir William mit einem Lächeln und breitete die Arme aus.

Ich hatte das Schild draußen auf dem Rasen natürlich gesehen. Es hatte die Form eines Schutzschilds, auf dem in sehr kunstvoller Schrift diese beiden Wörter standen: »Open Arms.« Offene Arme. Ein schöner Wortwitz. An jedem zweiten Haus in Oxford war das Wort »Arms« angebracht. *Pickwick Arms. Fernwood Arms.* Allerdings dort im Sinn von »Wappen« oder »Waffen«. Die Stadt schien regelrecht von solchen Schildern überschwemmt. Auf eine nicht ganz britische Art hatte sich Sir William Howlett dem Trend angeschlossen.

Der große Mann hängte meinen Mantel persönlich in die Garderobe und führte mich dann zu dem Zimmer, das mir zugewiesen worden war. Open Arms war sogar noch größer als das Haus in Baltimore. Die Decken waren höher, die Zimmer geräumiger. Im Vorbeigehen sah ich Lady Kitty im Speisezimmer, wo sie gerade einem Diener Anweisungen gab.

»Sie ist mit den Vorbereitungen beschäftigt«, erklärte Sir William. »Sonst würde sie kommen, um Sie zu begrüßen. Sie wissen ja, wie Frauen sind, wenn sie ein Essen geben.« So sprach Howlett manchmal mit mir – als würde ich selbst nicht auch zum weiblichen Geschlecht gehören, und das verwirrte mich immer. Einerseits fand ich es gut, dass ich dadurch indirekt in den männlichen Zirkel aufgenommen wurde, aber andererseits empfand ich es auch als Beleidigung. Immerhin war ich eine Frau. War das so schwer zu erkennen?

Die Treppe führte in einer eleganten Biegung nach oben, mit einem Geländer aus glänzendem Eichenholz. In der Mitte lag ein Teppich mit einem zarten Muster aus Rosenknospen. Auf dem ersten Absatz saßen, auf einem breiten, niedrigen Fenstersitz, die Puppen. Ich erkannte die mit dem Fächer, obwohl sie jetzt anders gekleidet war und ihr Gesicht grauer schien als in meiner Erinnerung. Sir William ging wortlos an ihnen vorbei. Er wirkte aber keineswegs verlegen oder befangen. Dies waren die Puppen seiner Frau. Wenn ich ein Urteil über sie fällen wollte, betraf das nur Lady Kitty. Ihn ging es nichts an.

Mein Zimmer gehörte zu den kleineren Räumen. Ein Bett, ein Stuhl, ein kleiner Tisch. Aber an den Wänden lauter Bücherregale. Der Name Open Arms war passend: Das Haus hieß viele Besucher willkommen. Lady Kittys Bruder war abgereist, aber Sir Williams Verleger war gerade aus London eingetroffen, ebenso ein ehemaliger Kollege von der Johns Hopkins. Sie wohnten ebenfalls hier, vermutlich in etwas nobleren Zimmern als ich. Was mir nichts ausmachte. Meine kleine Höhle war einladend und warm. Endlich tauten meine Knochen wieder auf. Ich versicherte Sir William, es könnte nicht besser sein.

Er sprach mit mir den Terminplan durch. Die Preisverleihung fand am Nachmittag um zwei Uhr statt, danach würden wir hierher zurückkommen, zu dem Essen, das Lady Kitty zu unseren Ehren gab. Ich dankte ihm und begann dann, die Bücherregale zu studieren. Hauptsächlich medizinische Werke. Mein Zimmer, erklärte Sir William, sei ein Lagerraum für den Überschuss aus seinem Büro. Er zeigte auf die Regale. »Bedienen Sie sich, Agnes. Nehmen Sie, was Sie interessiert. Aber wenn ich Sie wäre, würde ich mich erst ein wenig ausruhen. Der Tag heute wird recht lang werden.«

Wie sich herausstellte, war »lang« eine gelinde Untertreibung. Ich ruhte mich tatsächlich erst ein wenig aus, danach nahmen Sir William und ich an der Preisverleihung teil, und nun stand ich neben Lady Kittys Mahagoni-Tisch, demselben Tisch wie damals in Baltimore, unter dem Revere sich versteckt und mein Herz geklaut hatte.

Die Preisverleihung war wie ein Traum gewesen. Sir William und ich schritten Arm in Arm auf die Bühne, in einer von Oxfords Kirchen, und alle Gäste erhoben sich und applaudierten. Howlett nahm den Briefumschlag mit dem Scheck entgegen, aber so sollte es ja auch sein. Ich wusste, dass er den mir zustehenden Anteil irgendwann an mich weitergeben würde. Nach der Feier war ich von unzähligen Menschen umringt. Die Presse war gekommen und viele britische Ärzte und Akademiker. Alle, so schien es, fanden es faszinierend, dass ich kein Mann war. Die Zeitungsleute fotografierten mich. Ein halbes Dutzend Reporter wollten ein Interview. Als wir ins Open Arms zurückkehrten, zitterte ich vor Erschöpfung. Eine Mischung aus Reisemüdigkeit, gereizten Nerven und einem unangenehmen britischen Virus drohte mich in die Knie zu zwingen.

Der Tisch war mit Zierdeckchen versehen. Auf diesen standen Etageren mit Gebäck in verschiedenen Pastelltönen:

Ballerina-Rosarot, Lindgrün, Sonnengelb. Es gab auch Party-Sandwiches – Dreiecke, die mit Frischkäse oder mit Ei gefüllt waren. Ich trank Tee und hielt die Tasse ganz nahe an mein Kinn, damit die Flüssigkeit nicht überschwappte. Mein Hals brannte, aber nicht vom Tee. Meine Wangen glühten von der steigenden Temperatur.

»Wer ist der geheimnisvolle Herr, der sich in Ihrem Museum versteckt?« Der Mann, der unser Lehrbuch veröffentlicht hatte, musterte mich durch eine Brille, deren Gläser so dick waren, dass seine Augen aus den Höhlen zu quellen schienen wie die eines Fisches.

Ich trank einen Schluck Tee. Der Mann meinte natürlich Jakob Hertzlich, und Jakob war der letzte Mensch, über den ich im Moment reden wollte.

»Seine Arbeit ist erstklassig. Sie müssen ihn unbedingt mitbringen, wenn Sie das nächste Mal über den Ozean reisen.«

Stumm trank ich noch einen Schluck.

»Er ist zu begabt, um als technischer Assistent zu arbeiten, wenn ich das einmal so sagen darf. Wenn er in London wäre, würde ich ihn Ihnen ausspannen.«

Immerhin brachte ich ein verkrampftes Lächeln zustande. In Montreal war die Situation in letzter Zeit fast unerträglich gewesen. Der Verleger, an dessen Namen ich mich nicht erinnerte, ahnte natürlich nicht, welch heikles Thema er angesprochen hatte. Seit sieben Monaten, also seit der abgesagten Tee-Einladung im April, herrschte eine unglaubliche Spannung zwischen Jakob und mir. Es war ein Riesenfehler gewesen, dass ich mich auf die Intimität mit ihm eingelassen hatte, und so wie es aussah, gab es keine Möglichkeit, die Dinge wieder ins Lot zu bringen. Und Jakob selbst unternahm selbstverständlich nichts, um die Lage zu verbessern.

Am Morgen danach wechselten wir kaum ein Wort miteinander. Als er begriff, dass es keine weiteren Zärtlichkeiten geben würde, bemühte sich Jakob nicht mehr im Geringsten, höflich zu sein. Den ganzen Herbst über war er schlechter Laune, unfreundlich zu mir und zu allen anderen Mitgliedern der Fakultät. Ich versuchte, ihm konsequent aus dem Weg zu gehen, was auf dem engen Raum nicht leicht war. Wir hatten die Präparate für die Katalogisierung aufgeteilt und arbeiteten in entgegengesetzten Ecken. Wir sprachen nicht miteinander, außer wenn es absolut unumgänglich war. Im Grund verhielten wir uns wie Mönche, die sich mit parallelen Aufgaben beschäftigten und dabei beharrlich ihr Schweigegelübde einhielten.

Meine Strategie funktionierte eine Weile, aber kurz vor meiner Abreise wurde Jakob richtig gemein. Er sei noch nie einer Frau begegnet, die so blind sei wie ich, sagte er. Letztlich sei ich nicht viel mehr als Howletts Lakai. Die Zeit hatte nicht mehr für eine offizielle Rüge gereicht, aber ich hatte das Museum und Montreal mit einer klaren Entscheidung verlassen: Nach meiner Rückkehr wollte ich Dekan Clarke mitteilen, dass Mr Hertzlich gehen musste.

»Kuchen?« Der Verleger deutete auf das Gebäck.

Wenn ich ablehnte, lief ich Gefahr, mir noch mehr solcher Bemerkungen von ihm anhören zu müssen, also bediente ich mich lieber. Der Zuckerguss war hart und glatt wie Gipsverputz. Winzige Zuckerperlen verzierten die Oberfläche. So etwas hatte ich noch nie gesehen.

Als ein beharrliches Geklingel ertönte, drehten sich die Ärzte, Verleger, Journalisten und Oxford-Professoren alle in die entsprechende Richtung. Das Gespräch verebbte. Sir William klopfte mit seinem Löffel an ein leeres Champagnerglas. Sobald alle verstummt waren, stellte er das Glas auf den Tisch und füllte es.

»Ich möchte einen Toast ausbringen, meine Damen und Herren«, verkündete er feierlich und hob das perlende Getränk. Die »Damen« waren nicht sehr zahlreich. Außer Kitty, einigen Dienstmädchen und mir bestand die Versammlung ausschließlich aus Männern. Sir William ging auf mich zu, und zu meiner und aller Anwesenden Verwunderung reichte er mir das Glas. Ich wurde rot. Nie wieder wollte ich dieses Getränk zu mir nehmen, und schon gar nicht vor so vielen Menschen.

»Sie haben es verdient!«, rief er, obwohl ich verwirrt den Kopf schüttelte. Frauen tranken nicht. Wenn ich das Glas annahm, bedeutete das vielleicht das Ende meines ohnehin schon ziemlich angekratzten Rufs.

»Wenn Ihre Arbeit so gut ist wie die eines Mannes, Dr. White, müssen Sie auch die Privilegien annehmen, die uns zustehen.«

Allgemeines Gelächter, gefolgt von Applaus. Die Herren tranken, seit die Party begonnen hatte. Vermutlich hätten sie allem, was Howlett von sich gab, Beifall gespendet. Sir William hob meine Hand hoch in die Luft, damit alle Anwesenden das Glas sehen konnten. »Auf unsere Partnerschaft!«, rief er. Dann wandte er sich zu mir, schaute mir direkt in die Augen, senkte das Glas und trank einen Schluck. Anschließend bot er es mir an.

Ich hatte keine Wahl. Seine dunklen Augen zwangen mich. Es war seine Party. Sein Champagner. Sein Toast. Als ich das Glas zum Mund führte, wurde es still im Raum. Und dann wurde gejubelt. Der Geschmack war genau wie in meiner Erinnerung: süß und sauer, mit perlenden Bläschen, die sich in meine Nasenhärchen setzen wollten. Jakob Hertzlichs Gesicht erschien vor mir, spöttisch und melancholisch, und für den Bruchteil einer Sekunde, bevor ich den Gedanken wegschieben konnte, spürte ich seine Hände auf mir, spürte, wie sie unter mein Kleid wanderten.

Sir William nahm das Glas wieder an sich und leerte es mit einem Schluck. Der Bann war gebrochen, und ich befand mich wieder in der wirklichen Welt, in einem Haus namens Open Arms, bei Menschen, die mir alles Gute wünschten. Dankbar schaute ich meinen Wohltäter an, machte einen Schritt auf ihn zu, um meine Verbundenheit auszudrücken, und schon sank ich in seine Arme.

Als ich die Augen aufschlug, lag ich im Bett. In einem Zimmer, das ich nicht kannte. Es war ziemlich dunkel, aber erstaunlich warm. Die Laken und das Bettzeug waren dick.

»›Das Mägdlein ist nicht tot, sondern es schläft …‹«

Ich drehte den Kopf nach links. Sir William saß in einem Sessel, mit gefalteten Händen, und schaute mich an. Ich versuchte mich aufzurichten, aber gleich begann es in meinem Kopf zu hämmern.

»Sie bleiben am besten liegen«, sagte Sir William, stand auf und legte mir seine kühle, trockene Hand auf die Stirn.

Ich bedeckte sie mit beiden Händen und ließ mich mit geschlossenen Augen in die Kissen sinken.

»Na, na, nur die Ruhe!«, murmelte er. »Es wird alles gut.«

Meine letzten Augenblicke bei Bewusstsein fielen mir wieder ein. Der Toast. Der Champagner. »Ich bin ohnmächtig geworden«, flüsterte ich erschrocken.

»Das kommt bei Ihnen anscheinend öfter vor.« Seine Stimme klang absolut professionell.

Ich schüttelte den Kopf, wovon mir noch schwindeliger und übler wurde.

»Wenn ich Sie wäre«, warnte Sir William, »würde ich meine Bewegungen strikt einschränken. Sie haben hohes Fieber. Über neununddreißig.« Er befeuchtete einen Lappen und legte ihn mir auf meine glühende Haut. »Verlieren Sie immer nur in meiner Gegenwart das Bewusstsein, Dr. White?«

»Es tut mir leid«, murmelte ich schniefend. Der kühle Lappen fühlte sich gut an.

»Nur die Ruhe«, sagte er wieder. Seine Hand lag jetzt auf meiner Schulter. »Sie werden bald wieder gesund, Agnes. Hier sind Sie in guten Händen.«

Ich nickte und versuchte zu lächeln. Aber selbst das Nicken tat weh. Ich war wirklich ein hoffnungsloser Fall. Bei einer Party zu meinen Ehren fiel ich in Ohnmacht. Und es war nicht das erste Mal, dass Sir William mich verarzten musste. Flüchtig überlegte ich, was Freud dazu gesagt hätte. Hysterie. Verdrängte Sehnsucht nach Liebe. Nicht vollständig verdrängt, dachte ich grimmig. Ich schaute ihn an, unter schweren Lidern. Sir William beugte sich immer noch über mich. Ich genoss die Wärme seiner Hand. Erst da fiel mir auf, dass ich mein Kleid nicht mehr anhatte. Ich trug nur meine Unterwäsche. Hatte Sir William mich ausgezogen? Halb wünschte ich es mir. Seltsamerweise war ich gar nicht peinlich berührt – vermutlich, weil ich so müde war. Mir fielen die Augen zu, und ich glitt ins Reich des Schlafes.

Als ich wieder aufwachte, war es immer noch dunkel. Im Haus war alles still, bis auf ein gelegentliches metallisches Knacken eines Heizkörpers. Mein Kopf war wieder frei und tat auch nicht mehr weh, und meine Füße waren wunderbar warm. Ich griff unter der Flanellwäsche nach ihnen. Ach, wie gemütlich es hier war, in diesem Haus, genannt Open Arms! Meine Taschenuhr schimmerte auf dem kleinen Tischchen neben dem Bett. Das Haus hatte elektrisches Licht, zum Glück, denn ich besaß keine Streichhölzer. Schnell knipste ich die Lampe an, der Raum wurde hell, und alle seine Bücherregale wurden sichtbar.

Es war vier Uhr morgens. Zu spät, um noch einmal einzuschlafen, aber auch zu früh, um aufzustehen und den Tag zu beginnen. Wackelig erhob ich mich und tappte zu dem Regal am Fuß meines Bettes. Dort befanden sich Bücher über Anatomie und Physiologie und Pathologie. Ein Brett war zur Hälfte mit Exemplaren unseres gemeinsamen Lehrbuchs gefüllt. Mein Blick blieb jedoch an einem Titel im Regal darüber hängen. *Das Sexualleben unserer Zeit.* Ich musste mich auf die Zehen stellen, um es zu erreichen. Ein dicker Band, in schwarzes Leinen gebunden und vor Kurzem erschienen. Aus dem Deutschen übersetzt. Der Autor war ein Berliner Dermatologe namens Iwan Bloch.

Ich hatte schon öfter Handbücher über intime Beziehungen gelesen. Das in Kanada am weitesten verbreitete hieß *Light on Dark Corners.* Auf dem Umschlag war eine Laterne vor schattigem Hintergrund abgebildet. Trotz des Titels und der vieldeutigen Gestaltung gab das Buch nur wenig über Sex preis und konzentrierte sich mehr auf die angemessene Einstellung und das richtige Benehmen einer viktorianischen Frau, die sich in gemischter Gesellschaft befand.

Das Sexualleben unserer Zeit war anders. Allein schon das Volumen und der wissenschaftliche Ansatz versprachen mehr Substanz. Ich nahm das Buch mit ins Bett und blätterte zu dem Kapitel über Jungfräulichkeit. Seit meiner Begegnung mit Jakob Hertzlich im April ließ mich eine ganz bestimmte

Frage nicht mehr los. Jakob Hertzlich hatte mich angefasst, aber seine Hände waren auf meiner Brust geblieben. Doch diese Zurückhaltung hatte nicht verhindert, dass ich in seinen Armen einen Orgasmus gehabt hatte. Das war mir sofort klar gewesen.

Es wunderte mich, dass das überhaupt möglich war, ohne genitalen Kontakt. Sein Unterkörper hatte sich in keuscher Entfernung von meinem befunden. Ich hatte nur die Hände auf meiner Brust gespürt, und trotzdem war es geschehen. Er musste es auch gemerkt haben, als ich mich an ihn lehnte.

Zu seinem Lob muss man sagen, dass er es nicht ausnutzte, doch als ich gegen ihn sank, spürte ich etwas Steifes, Hartes, das von innen gegen seine Hose presste. Mich interessierten aber vor allem die Implikationen des Ganzen. Wir waren nicht im üblichen Sinn miteinander intim geworden. Trotzdem hatte ich mich ihm hingegeben. Zählte das? Galt ich immer noch, technisch gesehen, als Jungfrau? Zu diesem Thema hatte Bloch nichts zu sagen. Für den Fachmann aus Berlin war Sex gleichbedeutend mit Penetration. Nirgends wurde die Möglichkeit erwähnt, dass eine Frau allein schon durch die Stimulation der Brustwarzen Befriedigung finden könnte.

Das Kapitel nach »Jungfräulichkeit« hieß »Autoerotismus«. Hier öffneten sich die Seiten sehr leicht. Howlett schien sie schon öfter konsultiert zu haben. Was ich da las, erleichterte mich sehr. Sich selbst zu berühren – etwas, was nach den Andeutungen meiner Großmutter angeblich zu Hirnschädigungen führen konnte – war eigentlich gar nicht gefährlich. »Bei einem gesunden Menschen«, schrieb Bloch, »hat gemäßigte Masturbation keinerlei negative Auswirkungen.« Bloch beschrieb, dass im Tierreich die Selbstbefriedigung weit verbreitet sei. Affen im Zoo masturbierten ungehemmt, *»coram publico«*.

Pferde schüttelten ihr Glied hin und her, bis ein Samenerguss eintrat, und Stuten rieben sich »an jedem festen Gegenstand, der zur Verfügung steht«. Die Stuten trösteten mich ein bisschen. Bloch behauptete, dass auch bei Wild und bei Elefanten das Gleiche beobachtet worden sei. Wenn es so häufig praktiziert wurde, konnte es wirklich nicht schlimm sein.

Das dicke Buch lastete schwer auf meiner Brust, also stand ich auf und stellte es wieder zurück ins Regal. Höchstwahrscheinlich war ich noch Jungfrau. Ich gehörte wohl zu einer exklusiven Gruppe von Frauen, die sexuelle Erfahrung hatten und trotzdem jungfräulich waren. Plötzlich sah ich Miss Skerry vor mir, die allein in dem kleinen Zimmer lag, das von unserer Küche in der Priory abging. Vielleicht war sie in dieser Hinsicht eine Schwester. Meine Lider wurden schwer, und ich öffnete die oberen beiden Haken meiner Korsage. Es war eine einsame Sache, dieser Autoerotismus. Einsam und beglückend. Meine Finger umschlossen meinen Nippel, so wie Jakob Hertzlich es getan hatte, an dem Abend im Museum, vor sieben Monaten.

V
DAS FEUER

Manchmal kann ein sehr kleines Loch von einem sehr lauten Geräusch begleitet werden.

– MAUDE ABBOTT, »ANGEBORENE HERZFEHLER«

20

Dezember 1905

Ich konnte den Brand riechen, der Geruch begleitete mich auf dem ganzen Weg von meinem Zimmer in der Union Street bis zum Campus der McGill-Universität. Es war Dezember und drei Wochen her, seit ich das letzte Mal in Montreal gewesen war, ein eher kurzer Zeitraum von außen betrachtet, aber lang genug, um ein Lebenswerk zu zerstören. Mein Schiff hatte um zwei Uhr nachmittags im Hafen angelegt, aber danach hatte es entnervend lange gedauert, bis sämtliche Passagiere von Bord gegangen waren. Als ich endlich den Pier erreichte, war es schon nach drei, und das Tageslicht verblasste bereits. Ich war gleich zu meinem Apartmentgebäude geeilt, hatte mein Gepäck dort abgestellt und war dann sofort wieder zur Tür hinausgestürzt.

Die gesamte Rückreise hatte ich allein in meiner Kabine verbracht und mich mit Sorgen gequält. Ich hatte nicht die geringste Vorstellung, was mich im Museum erwartete. Jakob Hertzlich hatte mir ein Telegramm geschickt, gleich an dem Tag, als es passiert war, aber er hatte keine Einzelheiten enthüllt. »Brand in der Fakultät. Kommen Sie umgehend nach Hause.« Das war alles. Unten auf dem Blatt stand sein Name, fett gedruckt.

Ich telegrafierte sofort an Dekan Clarke, um zu fragen, ob irgendjemandem etwas zugestoßen sei. Seine verneinende Antwort war die einzige positive Nachricht bei dem Ganzen. Das Feuer war in der Nacht ausgebrochen, als das Gebäude leer war. Allen Fakultätsmitgliedern und Mitarbeitern ging es gut. Nur die Katze des Hausmeisters schien nicht überlebt zu haben. Was aber das Museum betraf, war Clarke genauso zurückhaltend gewesen wie Jakob Hertzlich. »Wir räumen auf«, waren die Worte, die er verwendete.

Aufräumen. Zweimal war ich während der Überfahrt schweißgebadet aufgewacht, mit flatterndem Herzen, ein Blatt auf den Wellen. Es war ein Gefühl, als stünde ich kurz vor einem Herzstillstand, aber ich hielt jedes Mal bis zum Morgen durch. Die Panik hatte mich fest im Griff, erkannte ich schließlich.

Ich betrat den Campus durch das große Tor und sah jetzt über die offene Rasenfläche hinweg die medizinische Fakultät. Ich kam mir vor wie Jane Eyre, als sie nach Thornfield Manor zurückkehrt, nachdem die geistesverwirrte Ehefrau das Gebäude angezündet hat. Die Fassade war noch intakt, aber durch die oberen Fenster konnte ich Stücke des Himmels sehen. Die Flammen waren offenbar durch das Dach gelodert. Die Luft roch immer noch verkohlt. Als ich näher kam, sah ich, dass jemand vor dem Eingang auf der Treppe saß. Es war inzwischen schon so dunkel, dass ich erst begriff, wer es war, als ich fast vor ihm stand. Ich sah nur eine zusammengesunkene Figur, in einen Mantel gehüllt gegen die Kälte, und zwischendurch glühte immer wieder eine Zigarette auf, wie ein Leuchtsignal.

Ich erkannte seine Stimme, ehe ich das Gesicht sehen konnte. Er habe gehört, dass mein Schiff im Hafen eingelaufen sei, sagte er. Und ihm sei klar gewesen, dass ich gleich zur medizinischen Fakultät kommen würde.

»Wie schlimm ist es?« Ich war immer noch geschwächt von meiner Krankheit und zitterte am ganzen Körper.

Jakob schwieg für einen Moment. »Vielleicht könnten Sie ja zuerst mal guten Tag sagen.«

»Guten Tag«, murmelte ich schnell. »Tut mir leid.« Was nicht ganz stimmte.

»Entschuldigung angenommen.« Er warf seine Zigarette in den Schnee und drückte sie unter seinem Absatz aus. »Kommen Sie«, sagte er und reichte mir die Hand, um mich zu führen, als wäre ich ein Kind. »Ich zeige Ihnen alles.« Seine Hand war verbunden, bemerkte ich voller Schrecken, von den Fingerspitzen bis zum Handgelenk.

»Sind Sie verletzt?«

Er nickte. »Durch die Hitze sind die Gläser gesprungen. Ich habe Schnittwunden bekommen.«

Ich klammerte mich fest an den Verbandmull. Der Weg war heimtückisch, weil das bei den Löscharbeiten verwendete Wasser zu einer ungleichmäßigen, rutschigen Oberfläche gefroren war.

»Es gibt nur einen Eingang«, sagte Jakob und lenkte mich zu einer Kellertür, im hinteren Teil des Gebäudes. Die Stufen waren mit einer dicken, höckerigen Eisschicht bedeckt. »Halten Sie sich am Geländer fest und gehen Sie langsam«, warnte er mich, ließ meine Hand los und tappte vorsichtig abwärts.

Der Geruch war so widerlich, dass ich am liebsten weggelaufen wäre. Es kam mir vor, als beträten wir eine Krypta. Ich habe nicht genug Kraft, dachte ich, aber Jakob trieb mich an, sagte, das würde ich schon schaffen, ich müsse nur immer weitergehen. Die Dunkelheit verschluckte ihn, aber seine Stimme war zu hören und leitete mich. Ich konnte den Gedanken, in den Ruinen allein zu sein, nicht ertragen, also packte ich das Geländer und stapfte Schritt für Schritt nach unten.

»Sie müssen wirklich langsam gehen.« Er fing mich auf, als ich auf der letzten Stufe ins Rutschen kam.

Diesmal war ich es, die nach seiner Hand griff, ohne jede Aufforderung. Ich umschloss den groben Verband.

Jakob Hertzlich ließ es zu, dass ich mich an ihn klammerte, und wir tasteten uns vorwärts, stolperten über den Schutt. Ich kannte diesen Teil des Gebäudes nicht. Was hätte ich getan, wenn Jakob nicht auf mich gewartet hätte?, fragte ich mich. Er führte mich in einen großen Raum, der, wie ich nach einer Weile begriff, der zentrale Lagerraum sein musste, wo ich sehr häufig gewesen war. Hier wurde das Material für die Labore aufbewahrt – Reagenzröhrchen, Gläser für die Präparate, Konservierungsmittel, Bunsenbrenner, Versiegelungsmittel. Wie oft war ich hier heruntergekommen, um meine eigenen Vorräte aufzustocken!

Ein Streichholz schrappte über den Stein, und plötzlich sah ich Jakobs Gesicht verschwommen vor mir. Er zündete den Docht einer Lampe an, und gleich darauf war der Raum erfüllt von schwerem Ölgeruch. Die Flamme verbreitete ein ungleichmäßiges Licht. Jakob Hertzlich lächelte, aber jetzt erst sah ich, wie bleich und erschöpft er war. Er sah aus wie ein Geist. Mit melancholischem Humor breitete er die Arme aus. »Willkommen zu Hause.«

Der Lagerraum schien als einziger Teil des Gebäudes noch einigermaßen erhalten zu sein. Als sich meine Augen allmählich an die Beleuchtung gewöhnt hatten, sah ich, dass einiges unternommen worden war, um wieder Ordnung herzustellen. Aber in den Regalen befanden sich keine Vorräte, sondern lauter Gläser – nagelneue Gläser mit Präparaten, gefüllt mit Formalin und sorgfältig versiegelt. Manche waren sogar mit Etiketten versehen.

»Ich habe mein Bestes getan«, erklärte Jakob Hertzlich. »Eine erstaunlich große Anzahl Ihrer Präparate war noch zu retten.«

»Das heißt, Sie sind bis zum Museum hochgekommen?«

Jakob nickte. »Ja«, antwortete er bedächtig. »Aber es ist nicht leicht. Offiziell ist es untersagt. Die Böden sind nicht sicher.«

»Aber es ist möglich?«

Er nickte wieder. »Für viele Sachen musste ich allerdings gar nicht hochsteigen. Sie sind von den oberen Stockwerken nach unten gefallen. Ich musste nur hier suchen und sie einsammeln.«

Später erfuhr ich von Dugald Rivers und Mastro, wie es wirklich gewesen war. Nach dem Brand hatte Jakob Hertzlich drei Tage nicht geschlafen, er war nach den Feuerwehrleuten der Erste, der das Gebäude betrat, er hatte ohne Pause gearbeitet und sich nicht an die Anweisungen gehalten, dass man die oberen Stockwerke nicht betreten dürfe. Die ganze Woche hatte er sich nur um das Museum gekümmert und ausschließlich von Adrenalin gelebt und auch noch weitergearbeitet, als alle anderen schon aufgegeben hatten. Dugald sagte, er sei wie besessen gewesen. Mastro sprach voller bewunderndem Respekt von ihm, vor allem, weil er sich getraut hatte, die Treppe zum Büro im ersten Stock hinaufzuklettern und Mastros Manuskript zu holen, das Ergebnis seiner jahrelangen Recherchen. Es war zwar vollkommen durchweicht und hatte lauter schwarze Flecken, aber sonst wäre es für immer verloren gewesen.

Der Wind pfiff durch die Löcher in der Decke über uns. Schnee und Ruß landeten auf unseren Köpfen. Ich konnte meinen Atemhauch sehen. »Hier ist es eisig, Jakob. Es ist ein Wunder, dass Sie nicht krank geworden sind.«

»Es gibt ja Bunsenbrenner«, beruhigte er mich. »Und inzwischen kann ich sehr gut in Reagenzgläsern Tee kochen.«

Ich lächelte ihm zu, obwohl mir das Herz brechen wollte. Ein rascher Blick über die Regale sagte mir, dass ein großer Teil der Sammlung verloren war. Jakob Hertzlich hatte gute Arbeit geleistet, aber insgesamt hatte er nur ungefähr ein Viertel der Präparate gerettet. Ich konnte kaum glauben, dass so viel für immer verloren sein sollte.

»Sie müssen mich nach oben bringen«, sagte ich.

Er schaute mich an, und das Weiße in seinen Augen schimmerte hell in dem dunklen Gesicht. »Ich wusste, dass Sie das sagen würden.«

»Ich muss es sehen, Jakob.«

»Aber es besteht die Gefahr, dass etwas abstürzt«, sagte er und fügte nach einer Pause hinzu: »*Wir* können abstürzen.«

Er blieb dicht vor mir und zeigte mir bei jedem Schritt, wo ich hintreten sollte. Die Lampe hielt er erst vor sich und schwang sie dann nach hinten, damit ich etwas sehen konnte. Wir brauchten eine halbe Stunde, um die drei Stockwerke nach oben zu steigen.

Die Feuerwehrleute hatten mit ihren Äxten die meisten Fenster zertrümmert, und was nicht von Menschenhand zerschlagen worden war, daran tobten sich nun der Wind und der Schnee aus. Im Dach klaffte ein großes, verkohltes Loch, wodurch ein Drittel des Museums ungeschützt war. Ich schaute nach oben und sah Sterne in einem weiten, teilnahmslosen Himmel. Der Fußboden – oder das, was noch davon übrig war – war mit Glassplittern und verschrumpelten menschlichen Überresten bedeckt. Ich tastete mit den Füßen die Dielen ab, ob sie auch stabil genug waren, um mein Gewicht zu tragen.

Jakob blieb im Türrahmen stehen und schaute mir zu. »Ich glaube, ich habe alles mitgenommen, was man mitnehmen konnte, Dr. White.«

An vielen Stellen hatten die Flammen die Farbe an den Wänden zerstört. »Nur gut, dass wir Ihre Skizzen an Howlett geschickt haben«, sagte ich und strich mit der Hand über die Wand, an der mehrere seiner Werke angebracht gewesen waren. »Wir haben nur ein paar verloren.«

Er zuckte die Achseln.

Meine Lieblingsskizze – die erste, die ich in Auftrag gegeben hatte, nachdem Jakob Hertzlich zu mir ins Museum gekommen war – hing wohlbehalten in meinem Schlafzimmer. Bei dem Gedanken daran lächelte ich, aber das Lächeln verging mir, als mein Blick auf meinen Schreibtisch fiel. Dieser Teil des Raumes war verhältnismäßig unbeschädigt geblieben. Die Decke war heil, ebenso die Dielen. Ich ging hinüber. Die Schreibunterlage war noch da. Sie war nur mit Asche bedeckt und eher grau als grün, aber die Flammen hatten sie nicht erreicht. Ich zog die zentrale Schublade auf. Ein Stapel Papier befand sich darin, überhaupt nicht angesengt. Meine Schreibwerkzeuge lagen da, als wäre nichts passiert. Ich schrieb meinen Namen auf ein sauberes Blatt. Vielleicht war es ja auch noch da – wenn Stifte und Papier überlebt hatten, konnte es gleichfalls überlebt haben. Ich räusperte mich. »Das Howlett-Herz – haben Sie es gefunden?«

Statt zu antworten, schaute Jakob in die andere Richtung.

»Mein Schreibzeug funktioniert noch!« Ich lachte und zeigte ihm meinen Namen auf dem Blatt. »Aber das Herz, Jakob – es ist doch sicher erhalten geblieben.«

»Vieles ist kaputtgegangen«, sagte Jakob vage und wich meinem Blick aus.

Am liebsten wäre ich zu ihm marschiert und hätte ihn gezwungen, mich anzuschauen, aber der Zustand des Fußbodens verbot eine solche Maßnahme.

»Die Hitze war zu groß«, erklärte Jakob. »Viele Gläser sind geplatzt.« Er fuchtelte, als wolle er seine Worte untermalen, mit seiner bandagierten Hand herum.

Er versuchte mir also zu sagen, dass es nicht mehr da war. Ich atmete tief durch. Noch einmal. Erst als wir wieder im Untergeschoss und in relativer Sicherheit waren, erzählte er mir weitere Details. Inzwischen war ich allerdings so durcheinander, dass ich die Information kaum aufnehmen konnte. Benommen und teilnahmslos hörte ich ihm zu, als würde er mir mitteilen, welches Wetter morgen zu erwarten war.

»Ich nehme also an, dass jetzt Schluss ist.«

Ich nickte, obwohl ich nicht so recht begriff, was er damit sagen wollte, aber ich spürte, dass etwas Wichtiges hinter dieser Aussage stand.

»Ich habe getan, was ich konnte«, sagte er und schaute mich an.

»Sie haben unglaublich viel getan, Jakob«, sagte ich. »Viel mehr, als Ihre Pflicht war.« Das stimmte. Er hatte sich nicht geschont, sondern bei den Rettungsversuchen seine Gesundheit und sein Leben aufs Spiel gesetzt.

Und dann sprudelte es plötzlich aus ihm heraus. »Es ist vorbei, nicht wahr? Es bleibt nichts anderes übrig, als aufzugeben.«

Dass ich schwieg, schien ihn durcheinanderzubringen. Dann wurde seine Miene plötzlich entschlossen. »Sie können sehr kalt sein, Dr. White.«

Es mochte ja stimmen, dass ich kalt sein konnte – aber jetzt fror ich vor allem. Es war, als wäre der Winter unter meine Haut gekrochen und hätte sich dort festgesetzt. Das Museum in Trümmern, meine Arbeit vernichtet. In meinem Kopf drehte sich alles, und immer wieder tauchte ein bestimmter Gedanke auf. Die Ironie der ganzen Situation entging mir nicht. Ich war nach England gereist, mit dem festen Vorsatz, bei meiner Rückkehr Jakob Hertzlich zu entlassen und ihn aus meinem Leben zu löschen. Dieses Unglück hatte gezeigt, wie kurzsichtig ich gewesen war. Jakob hatte sich mit Leib und Seele für mich und für die Arbeit, die ich so liebte, eingesetzt. Die Flamme der Lampe zitterte, aber als ich aufblickte, war ich allein.

VI

KRIEG

Vor wenig Tagen noch,
Da lebten wir, sah'n Morgendämmerung
und Sonnenuntergang,
Liebten und wurden geliebt …
– JOHN MCCRAE, »IN FLANDERS FIELDS«

21

6. Mai 1915

Der Kai, an dem der schwarze Rumpf der *Metagama* vertäut war, stand voll mit Leuten. Ich musste mich auf die Zehenspitzen stellen, konnte aber trotzdem nicht viel sehen, außer einem Meer aus Hauben und Hüten. Dugald Rivers, der neben Dr. Mastro und einem mir unbekannten Jungen stand, rief laut meinen Namen und winkte mir. Es sah aus, als würde er jeden Moment vom Boden abheben. Er löste sich aus der Gruppe und kam mit wedelnden Armen auf mich zu. Als er mich erreicht hatte, beugte er sich vor und drückte seinen Mund auf meine Wange. Es war kein richtiger Kuss, weil seine Lippen geschlossen und hart waren. Man hätte eher von einem Zusammenprall sprechen können. Als hätten sein Kopf und sein Körper sich nicht auf ein gemeinsames Vorgehen einigen können.

Ich bemühte mich zu lächeln. In den letzten Wochen hatte sich Dugald ziemlich merkwürdig verhalten, was ich auf sein Nervenkostüm geschoben hatte. Ich fand, dass ich nicht berechtigt war, ein Urteil über ihn zu fällen, und versuchte deshalb, das, was er tat und was er sagte, nicht allzu persönlich zu nehmen. Immerhin waren es die letzten Tage vor seiner

Abreise und sein erster Militäreinsatz seit Südafrika. Bestimmt weckte dieser Umstand in ihm alle möglichen Erinnerungen. Die Nachrichten aus Europa waren nicht gut. Im vergangenen Herbst, als das erste kanadische Kontingent aufbrach, hatte noch allgemeine Euphorie geherrscht. Alle waren davon überzeugt gewesen, dass ein rascher Sieg bevorstand und eine baldige Heimkehr, aber die kanadischen Männer, viele von ihnen Studenten der McGill, hatten einen eisigen Winter in Südengland verbracht, in einem Lager in der Ebene von Salisbury. Drei Monate lang hatte es nur geregnet, was die Moral dämpfte und außerdem eine Meningitis-Epidemie auslöste. Mehrere junge Männer von der McGill waren gestorben, ehe sie überhaupt das Schlachtfeld erreichten. Die Nachrichten von der anderen Seite des Kanals, also aus Belgien und Frankreich, waren sogar noch schlechter. Die deutschen Soldaten töteten beängstigend viele Mitglieder der britischen Infanterie.

Vor zwei Tagen hatte Dugald mich eingeladen, mit ihm im University Club zu Abend zu essen. Nachdem wir das graue Gebäude in der Mansfield Street auf der anderen Seite des Campus betreten hatten, hängte ich meinen Mantel auf und nahm dann wie immer die Hintertreppe, die für Kellner und Frauen reserviert war. Ich ärgerte mich seit jeher über diese Treppe – es war, als wollten die Männer meine Existenz verleugnen. Als ich ins obere Stockwerk und zum zentralen Speisesaal kam, wartete Dugald schon auf mich. Ohne mich richtig zu begrüßen, nahm er mich an der Hand und zog mich in eine Nische bei den Toiletten.

Meine Beziehung zu Dugald war nie körperlich gewesen. Deshalb erschien es mir sehr unnatürlich, dass er meine Hand ergriff. Er ließ mich auf einem Fenstersitz Platz nehmen. Sein

Verhalten hatte nichts Spontanes, alles wirkte genau geplant. Ehe ich mich versah, überreichte er mir einen Ring. Es war sein College-Ring, stellte ich fest, nachdem ich den Schock einigermaßen überwunden hatte. Er trug ihn immer am kleinen Finger seiner rechten Hand und nahm ihn nicht einmal ab, wenn er etwas sezierte oder sich die Hände schrubbte.

»Wie Sie ja wissen, Agnes«, sagte er, ohne mich anzuschauen und in sehr förmlichem Tonfall, »muss ich Sie bald verlassen. Am Montag werden die Segel gesetzt.« Er hielt meine Hand hoch und versuchte, mir den Ring an den Finger zu stecken, was gar nicht so leicht war. »Ich möchte, dass Sie den hier tragen«, sagte er. »Damit Sie an mich denken, wenn ich fort bin.«

Ich war völlig perplex, aber ich wollte Dugald auf keinen Fall kränken. Er war ein wichtiger, lieber Freund, der jetzt an die Front musste. Der Ring war offensichtlich nicht als Verlobungssymbol gedacht. Vielleicht sollte er ein Zeichen der Freundschaft sein?

Dugald Rivers war einer der begehrtesten Junggesellen in der ganzen Stadt. Obwohl er schon fünfundvierzig war, sah er immer noch sehr gut aus und wirkte jugendlich. Er führte eine erfolgreiche Praxis und hatte im Burenkrieg vier Tapferkeitsmedaillen bekommen. Und er war ein exzellenter Tänzer.

Aber seit seiner Ankunft in Montreal hatte keine Frau es geschafft, ihn sich zu angeln. Im vergangenen Sommer hatte ein Mädchen namens Barbara, die Tochter des Eisenbahnmagnaten Dr. Owens, ihn eine Zeit lang für sich gewonnen. Bei Festen hatte er mit ihr getanzt, und der Vater der jungen Dame ließ verlauten, dass er mit einer Verbindung durchaus einverstanden wäre. Doch es wurde nichts daraus. Ich gehörte zu den wenigen Menschen, die sich nicht darüber wunderten. Privat nannte Dugald Barbara Owens oft *Babs die Bazille* und deutete an, dass sie ihm viel zu langweilig sei, aber ich hegte den Verdacht, dass die farblose Persönlichkeit der jungen Frau nicht das Problem war. Dugald zog einfach das Junggesellenleben vor. Er war nicht auf der Suche nach einer Frau.

Ich war eine der wenigen Vertreterinnen der weiblichen Spezies, die er tolerierte, aber ich hatte immer gedacht, das liege daran, dass ich keine Bedrohung für ihn bedeutete. Ich lebte sozusagen in einer Art Niemandsland, das die Territorien der Geschlechter voneinander trennte. Durch meine Ausbildung und meine Arbeit war ich ihm sehr ähnlich. Dugald konnte mit mir reden, wie er das mit anderen Frauen nie und nimmer konnte. Meine emotionale Zugänglichkeit und meine Bereitschaft, ihm Tee und etwas zu essen anzubieten, waren ebenfalls Charakterzüge, die er zu schätzen wusste und die er von Männern in der Regel nicht kannte. Bis zu dem Abend im Club hatte ich geglaubt, uns würde eine solide Freundschaft verbinden.

Nach dem Brand war Dugald fast täglich ins Museum gekommen. Ich war dort jetzt ganz allein, denn Jakob Hertzlich hatte uns verlassen. Dr. Clarke war damit beschäftigt, die medizinischen Einrichtungen der McGill-Universität wiederaufzubauen, und hatte keine Zeit, über meine verlorenen Präparate nachzudenken. Wir unterhielten uns wesentlich seltener als früher. Dr. Mastro verbrachte sehr viel Zeit bei seiner Frau im Staat New York, weil sich ihr Gesundheitszustand ständig verschlechterte. Dugald war mein Vertrauter geworden und nahm fast beiläufig die Position ein, die Jakob vorher ausgefüllt hatte. Er war ein Freund und eine Stütze in dieser schwierigen Zeit, er hatte Howlett geschrieben und dann, auf Howletts Empfehlung hin, an das Kriegsmuseum in Washington, um den Kuratoren dort das schreckliche Schicksal des medizinischen Museums an der McGill zu schildern – mit dem Ergebnis, dass der McGill fast tausend Präparate gestiftet wurden. Dugalds militärische Erfahrung war in dieser Hinsicht ein großer Vorteil gewesen. Er hatte mir Türen geöffnet, die sonst verschlossen geblieben wären. Ich war ihm zu Dank verpflichtet, und ich mochte ihn. Ich hatte nie damit gerechnet, dass er sich ernsthaft für eine Frau interessieren könnte. Und schon gar nicht für mich.

Jetzt, hier am Pier, hielt er mich an der Hand und zog mich wie ein widerstrebendes Schiff durch die Menschenmenge. Er freue sich so, dass ich gekommen sei, sagte er und schaute mir viel länger in die Augen als nötig. Es schmeichelte mir, dass dieser große, gut aussehende Mann mir plötzlich so viel Aufmerksamkeit schenkte, und das auch noch in aller Öffentlichkeit, aber ich traute der Situation nicht. Es fühlte sich alles so künstlich an, als würde Dugald eine einstudierte Theaterrolle spielen.

Er zog mich bis zu Dr. Mastro. Mein Gesicht wurde ganz heiß. Bestimmt sahen wir ziemlich albern aus, wie wir da standen, Hand in Hand – die absurde Variation eines berühmten Märchens, nur diesmal *Der Schöne und sein rotgesichtiges Biest*. Dr. Mastro starrte mich mit großen Augen an. Ein paar Meter weiter stand Barbara Owens, die ihren älteren Bruder hier am Pier verabschiedete, und schielte fassungslos zu uns herüber.

Ich zog meine Hand fort und versuchte, die Situation wieder zu normalisieren, indem ich mit Dr. Mastro einigermaßen unbefangen plauderte. Er war ab heute der befehlshabende Offizier der Einheit des McGill Hospital und wirkte dynamischer als seit Monaten. Als ich ihm ein Kompliment machte, wurde sein Blick etwas weicher. Seine Frau war gestorben, und er hoffte, dass diese Unternehmung ihm über die Trauer hinweghalf. Wir unterhielten uns über die Fakultät, doch Dugald mischte sich ein und zupfte an mir, auf eine schreckliche, besitzergreifende Art, die er in letzter Zeit öfter an den Tag legte. Ich drehte mich gereizt um.

»Sie werden nie darauf kommen, wer das hier ist«, sagte er und zeigte auf den jungen Mann, der neben Mastro stand.

Dieser Junge war nicht älter als sechzehn oder siebzehn. Er trug seine Uniform mit der sorglosen Lässigkeit eines Knaben, der noch in die Schule geht. Die Knöpfe standen größtenteils offen, sein Kragen war nicht zugeknöpft. Seine Haut war hell wie Milch.

»Sie kennen sich«, sagte Dugald zu mir.

Der Junge streckte die Hand aus, aber ohne zu lächeln, ohne mich anzusehen. Wenn wir uns tatsächlich schon einmal begegnet waren, wie Dugald behauptete, dann hatte dieses Zusammentreffen uns beide offenbar nicht weiter beeindruckt.

Jetzt konnte Dugald nicht mehr an sich halten. »Revere Howlett!«

Die schwarzen Haare seines Vaters. Die milchweiße Haut seiner Mutter. Jetzt sah ich die Ähnlichkeit ganz deutlich. Im Kopf rechnete ich nach. Er musste mindestens zwanzig Jahre alt sein. Zwanzig! Bei meinem Besuch in Baltimore war er noch ein kleiner Junge gewesen. In Oxford hatte ich ihn nicht gesehen, denn er lebte im Internat, als ich kam. Und nun war er unterwegs in die Picardie, als Mastros privater Sanitäter. Sir William hatte das vermutlich arrangiert, nachdem er erfahren hatte, dass die McGill eine Hospitaleinheit plante. Es war eine praktische Art, der Einberufung in die britische Arme zu entgehen und dennoch nicht das Gesicht zu verlieren. So viele Männer starben … Und Dr. Mastro und die anderen würden ein Auge auf ihn haben.

»Dr. White ist eine alte Freundin Ihres Vaters«, erklärte Dugald.

Ich wurde rot. Solche Kommentare hörte der Junge vermutlich jeden Tag. »Ich war vor vielen Jahren bei Ihrer Familie in Baltimore zu Besuch«, sagte ich, um ein Gespräch bemüht. »Und Sie haben mich gleich mit einem Revolver umgelegt.«

Reveres Gesicht wurde weich und nachdenklich. Wie gern hätte ich gewusst, ob er sich an das Herz unter dem Tisch erinnerte! Die Geschichte musste für ihn mindestens so traumatisch gewesen sein wie für mich. Ich hatte allerdings nicht vor, ihn darauf anzusprechen.

»Sie sind auch in Oxford gewesen«, sagte er bedächtig. »Aber da war ich nicht zu Hause. Sie sind krank geworden oder irgendwas.« Sein Akzent klang eher nach Oxford als nach Baltimore.

Ich nickte betreten. Vielleicht war ich bei den Howletts ja so eine Art Familienlegende. Das Schiffshorn tutete, und wir zuckten alle zusammen. Männer in Marineuniform befahlen den Frauen zurückzutreten. Bald mussten die Soldaten an Bord.

Dugald Rivers griff ein letztes Mal nach meiner Hand und führte sie an seine Lippen, sodass alle es sehen konnten. Wie unangenehm! Ich wandte mich ab, um zu gehen, versäumte es aber in meiner Panik, mich von Mastro oder Revere Howlett angemessen zu verabschieden. Weit kam ich sowieso nicht, denn eine kompakte Wand aus Frauen verstellte mir den Weg. Es gab kein Durchkommen, und man konnte sie auch nicht umgehen, also war ich gezwungen, mich in das Gewühle einzufügen.

So wie es aussah, begab sich die gesamte Universität an diesem Tag auf die *Metagama:* drei Jahrgänge von Medizinstudenten und so gut wie alle Fakultätsmitglieder, die sich nicht schon im vergangenen Herbst beim First Canadian Contingent gemeldet hatten, als der erste Aufruf gekommen war. Ich würde allein zurückbleiben. Nun, natürlich nicht ganz allein. Ich schaute mich um. Die Frauen blieben hier. Ein paar fuhren als Krankenschwestern mit, aber viele waren es nicht.

Wieder tutete das Schiffshorn. Stille senkte sich über die Menschenmenge, und die Männer begannen im Gänsemarsch die Planke hinaufzuschreiten. Am liebsten hätte ich geweint. Es war nicht richtig, hier am Ufer zu stehen und den Kollegen zum Abschied zu winken. Klar, es gab ein Dutzend praktische Gründe, weshalb ich nicht gehen konnte. In der Stadt fand man fast keine praktizierenden Ärzte mehr. Diejenigen, die noch hier arbeiteten, waren entweder Franzosen, oder sie hatten ihre besten Jahre schon lange hinter sich. Meine Dienste wurden vom Kinderkrankenhaus angefordert und auch vom Montreal General Hospital. Und dann war da noch Laure. Wer würde für sie sorgen, wenn ich nach Frankreich ging? Miss Skerry war unerschütterlich in ihrer Treue, aber sie konnte die Rechnungen nicht bezahlen. Mein Gehalt von der McGill mochte zwar lächerlich gering sein, aber besser als ein Soldatenlohn war es allemal. Wenn man Familienvater war, brauchte man zusätzliche Mittel, um einzurücken, wie Dr. Mastro.

Mein Blick entdeckte in der langen Reihe von Männern ein vertrautes Gesicht. Huntley Stewart. Fröhlich plauderte er mit ein paar alten Freunden von der Zeitung. Sie passten nicht richtig auf, und es entstand eine Lücke, weil sich die Schlange ohne sie weiterbewegte. Huntley bemerkte es als Erster, fuchtelte mit der Hand und zog eine übertriebene Grimasse, als würde er furchtbar erschrecken. Dann rannte er los. Seine Freunde folgten ihm, wie Schafe.

Huntley Stewart hatte sich also gemeldet. Mir war schon aufgefallen, dass sich weniger Männer in Montreal aufhielten. In der Straßenbahn hatte der Fahrer die Haare mit Nadeln hochgesteckt. Frauen als Straßenbahnfahrer – was kam als Nächstes? In Verdun war vor Kurzem eine Waffenfabrik eröffnet worden, und der *Herald* hatte berichtet, die meisten Arbeiter dort seien Frauen. Das Gehalt liege bei fünfunddreißig Cent in der Stunde. Das war mehr, als ich an der McGill verdiente.

Laure hatte keine Ahnung, dass Huntley fortging. Theoretisch waren die beiden noch verheiratet. In Wirklichkeit hatten sie seit Jahren kein Wort mehr miteinander gewechselt.

Ein *Herald*-Fotograf machte Bilder von den winkenden Frauen. Er wählte ein besonders hübsches Mädchen aus, das direkt neben mir stand. Die junge Frau trug ein leuchtend gelbes Kleid, und er wollte sie interviewen. »Was empfinden Sie?«, rief er über den allgemeinen Lärm hinweg. »Was empfinden Sie, wenn Sie die Männer gehen sehen?«

Das Mädchen gab eine ziemlich banale Antwort, irgendetwas vom König und dass die Menschen Opfer bringen müssen. Solche Plattitüden gaben alle Leute gern von sich – Sätze, die sie wortwörtlich aus der Zeitung oder aus Politikerreden übernahmen. Dann erzählte die junge Frau von ihrem Strick-Club. Seit Oktober habe sie zwanzig Paar Socken für die Männer in Übersee gestrickt. Jeder müsse einen Beitrag leisten, sagte sie.

»Sind Sie wegen eines ganz bestimmten Menschen hier?«, fragte der Reporter.

Die junge Frau wurde rot. Und nickte.

»Haben Sie Angst um ihn?«

Hier gehe es nicht um Angst, erklärte sie automatisch. Sie wusste genau, was sie sagen musste, ihre Antworten klangen wie auswendig gelernt, so naiv! Sie vermochte sich nicht vorzustellen, dass der junge Mann, in den sie verliebt war, verwundet werden oder sterben könnte.

Jetzt wandte sich der Reporter mir zu. »Und Sie … haben Sie auch jemanden, den Sie verabschieden müssen?«

Wieder ertönte das Schiffshorn, was mir die Antwort ersparte. Gemeinsam mit allen anderen schaute ich zu, wie die letzten Männer an Bord gingen. Ein krummer Rücken, der mir irgendwie bekannt vorkam, ließ mich erstarren. Er war gekleidet wie alle anderen – Kampfstiefel und eine graubraune Jacke –, aber selbst in Uniform fügte er sich nicht ein. Im Augenblick schien er sich nur auf seine Zigarette zu konzentrieren. Die anderen machten Witze und unterhielten sich lebhaft, während sie darauf warteten, ihre Seesäcke den Landungssteg hinauftragen zu können. Jakob Hertzlich stand zwischen ihnen, still und stumm, er gehörte nicht dazu.

Ich schloss die Augen. Zehn Jahre war es her. Ich war inzwischen sechsundvierzig, also musste er achtunddreißig sein. Ziemlich alt für die Armee, aber eine verblüffend große Zahl von Rekruten hatte ihre Glanzzeit schon hinter sich – auch Dugald. Jakob und ich hatten seit Jahren nicht mehr miteinander gesprochen. Er arbeitete in einem anderen Gebäude der McGill, und unsere Wege kreuzten sich nur selten.

Ich versuchte, mir Jakob mit einer Waffe in der Hand vorzustellen. Vielleicht musste er ja nie eine anfassen, wenn er die ganze Zeit im Lazarett blieb. Manche Männer waren für das Schlachtfeld geboren, andere eindeutig nicht. Warum hatte ich ihn nicht früher entdeckt? Auch wenn wir uns schon lange aus dem Weg gingen, hätte ich mich gern von ihm verabschiedet und ihm alles Gute gewünscht.

»Ma'am?« Der Reporter stand immer noch vor mir.

Ich schüttelte den Kopf. Am Landesteg drückte Jakob die Zigarette mit dem Absatz seines glänzenden Stiefels aus und nahm sein Gepäck. Doch dann schaute er sich plötzlich um. Für den Bruchteil einer Sekunde begegneten sich unsere Augen. Ich wandte als Erste den Blick ab und schaute kurz nach rechts und nach links, um zu prüfen, ob da vielleicht jemand stand, dem Jakobs Suche galt. Aber links von mir war das gelb gekleidete Mädchen mit den auswendig gelernten Antworten und rechts der Reporter. Als ich wieder zu Jakob blickte, wandte er mir schon den Rücken zu und schritt den Landungssteg hinauf.

22

Dezember 1915

Das Wohnzimmer der Priory hatte sich seit meiner Kindheit nicht verändert. Die Polsterungen des Sofas und der Sessel waren etwas stärker abgewetzt, und im Verputz befanden sich mehr Risse als früher, doch im Grunde war der Raum noch genau wie damals. Ich war in diesem zweiten Kriegswinter, so wie jedes Jahr, für die Weihnachtstage nach St. Andrews East gekommen und brachte aus Montreal Geschenke und Leckereien mit. Miss Skerry sagte, dass meine Winterbesuche und die zwei Wochen, die ich jeden Sommer mit ihnen dort verbrachte, die Höhepunkte des Jahres seien. Sie und meine Schwester lebten völlig isoliert. Die Frauen aus den alteingesessenen, Englisch sprechenden Familien kamen noch gelegentlich bei ihnen vorbei, brachten Kompott und Kuchen, aber die Franzosen, die nicht schon seit Generationen unsere Familie kannten, waren weniger umgänglich. Vor allem aber hatten sie Angst vor Laure und nannten sie »*la folle de St. André*«.

Laure ging es gut, wenn ich zu Besuch kam. Keine Spur von den Wutanfällen, die Miss Skerry in ihren wöchentlichen Briefen beschrieb. Meine alte Gouvernante betrachtete diese

Briefe als ihre Pflicht – Berichte von der Front, eine präzise Schilderung des Krankheitsverlaufs und der täglichen Bemühungen, damit umzugehen. Detailliert beschrieb sie das Nasenbluten und die Verfärbung des Gesichts, die Laures Anfälle begleiteten, sie erzählte, dass meine Schwester regelmäßig davonlief und in die kleine Stadt entfloh – und wie demütigend es für sie war, wenn sie dann wieder eingefangen und in die Priory zurückgebracht wurde. Schon vor längerer Zeit hatte ich aufgehört, diese Berichte zu lesen, weil sie mich so quälten. Ich legte die Umschläge ungeöffnet auf meine Kommode. Wenn der Stapel zu hoch wurde, verstaute ich sie in einer Schachtel in meinem Schrank. Die eigentliche Funktion dieser Briefe bestand darin, so dachte ich, dass sie Miss Skerry die Illusion erlaubten, mit ihrer Aufgabe nicht ganz allein zu sein.

Jetzt hatte Miss Skerry im Kamin Feuer gemacht. Sie, Laure und ich kauerten davor, in Decken gehüllt. In den letzten zehn Jahren hatte meine alte Erzieherin ziemlich zugenommen. Sie war nie hübsch gewesen, aber es hatte eine Zeit gegeben, da war sie offensichtlich stolz auf ihre gepflegte, schlanke Figur. Jetzt hatte ich den Eindruck, als würde es sie nicht mehr kümmern. Ihre Haare, die sie früher immer bürstete, damit sie schön glänzten, waren struppig. Diese Veränderungen hätten mich beunruhigt, wenn ihr Verstand nicht so klar und scharf wie immer gewesen wäre. Es war ein großes Vergnügen, abends noch mit ihr herumzusitzen und zu reden.

In Laures Anwesenheit war es allerdings nicht leicht, ein Gespräch zu führen. Heute Abend konzentrierten wir uns ganz auf unsere Arbeit, nicht auf Wörter. Das einzige Geräusch im Zimmer war das regelmäßige Zischen und Knacken der Holzstücke im Feuer und das Klappern unserer

Stricknadeln. Ich drehte die Ferse der Socke, an der ich gerade strickte, und legte sie flach auf meinen Schoß. Ich war viel langsamer als Miss Skerry, die ihr dickes hellbraunes Paar schon fast fertig hatte. Laure, deren Konzentrationsfähigkeit sonst so begrenzt war, dass sie Schwierigkeiten hatte, einen Satz zu Ende zu bringen, war ebenfalls fast fertig. Wenn sie etwas mit den Händen machte, wurde sie ruhiger, und man ahnte etwas von ihrer früheren Anmut. Sie und Miss Skerry strickten, und sie bestickten Laken und Tischdecken. Sie nähten Kleider und Umhänge. Vor dem Krieg war ich die Nutznießerin ihres Fleißes gewesen.

Aber zurzeit wurden nur noch Socken gestrickt. Bei Laure hatte sich das zu einer richtigen Besessenheit entwickelt. Seit dem Herbst 1914, also seit Beginn der Strick-Kampagne, hatte sie dreihundert Paar gestrickt.

Ich war längst nicht so begabt wie meine Schwester. Ich wedelte mit meinem missglückten Werk vor Miss Skerry herum und lachte. »Ich habe zwei linke Hände, George.« Es war mir peinlich, sie mit diesem Namen anzureden, aber Miss Skerry bestand darauf. Wir würden einander jetzt schon so lange kennen, hatte sie gesagt, da könne ich unmöglich weiterhin »Miss« zu ihr sagen. Ihr Taufname war Georgina, und sie hatte einfach die letzten beiden Silben fallen lassen. »Wie George Eliot«, erklärte sie. »Und George Sand. Es gibt nicht viele Clubs, zu denen ich gehören möchte, Agnes, aber ich hätte nichts dagegen, mich den beiden anzuschließen.«

George lächelte über meine Strickkünste. »Du tust doch schon deine Pflicht und Schuldigkeit, Agnes. Socken sind nicht die einzige Art, wie man helfen kann.«

Das stimmte. Auch ich leistete meinen Beitrag, allerdings in einer weniger direkten Form. Ich sorgte nicht dafür, dass die kanadischen Jungen in den Schützengräben warme Füße hatten, aber ich war an zwei Krankenhäusern in Montreal angestellt, und meine Praxis quoll über von Patienten. Im Herbst war ich in Harvard gewesen und hatte an der Universität einen Vortrag über angeborene Herzfehler gehalten. Die medizinischen Fakultäten in den Vereinigten Staaten blühten und gediehen, denn Amerika war noch nicht in den Krieg eingetreten. Ich gehörte zu einer Handvoll ausländischer Wissenschaftler, die noch für Amerikareisen zur Verfügung standen. Bis jetzt hatten mich Harvard, Johns Hopkins und Philadelphia eingeladen. Ich hatte die Angebote abgelehnt, außer dem von Harvard, weil ich zu sehr beansprucht war von meiner klinischen Arbeit.

»Socken sind eine lokale Spezialität«, sagte George und tätschelte Laures Bein.

Laure blickte hoch, so stolz, dass ich lachen musste. Ich empfand es als ungeheuer tröstlich, mit den beiden in der Priory zu sitzen und mich simplen Dingen zu widmen. Das erinnerte mich an die Schwestern Brontë, die isoliert in der Heidelandschaft von Yorkshire lebten, ihre Hausarbeit machten und sich abends als Belohnung den Büchern und den Gesprächen zuwandten. Vielleicht würde so mein Lebensabend aussehen: mit Laure stricken und mit George Skerry diskutieren. Ich hatte zwar gehofft, mein Leben würde etwas interessanter und offener verlaufen, mit Beziehungen, die über den Kreis meiner Kindheit hinausgingen, aber es gab sicher Schlimmeres.

Miss Skerry übersetzte die *Aeneis* aus dem Lateinischen und führte damit die Arbeit fort, zu der ihr Vater sie angeregt hatte. Die Sprache gefiel ihr, aber sie gestand, dass sie insgesamt in Bezug auf Vergil gemischte Gefühle hatte. »Er liebt den Krieg zu sehr«, hatte sie am Abend zuvor gesagt, während wir zuschauten, wie die Glut im Kamin verglomm.

Ich hatte mehr Ähnlichkeit mit Vergil, als ich mir eingestehen wollte. Das Töten unterstützte ich natürlich nicht, aber ich sehnte mich danach, mit den Männern in den Krieg zu ziehen. Ich beneidete meine Kollegen an der Front und bedauerte es, dass ich nicht bei ihnen in Europa sein konnte. Dugald schrieb mir jede Woche, schilderte Szenen des Lagerlebens am Rande von Dannes-Camiers in Nordfrankreich, wo er und andere Mitglieder der McGill stationiert waren.

Den ganzen Sommer und Herbst hindurch hatte ich also Berichte aus erster Hand erhalten. Die Kampfhandlungen an der Westfront hatten nachgelassen. Der wichtigste Kriegsschauplatz war jetzt die Türkei. In Frankreich war es relativ ruhig. Der Sommer 1915 war der trockenste seit Menschengedenken gewesen. Dugald beschrieb lange, sonnige Tage. Für mich beschwor das Wort »Krieg« folglich Bilder von jungen Männern herauf, die halb nackt am Flussufer lagen. Ach, wie ich sie um ihre Kameradschaft unter der Sonne der Picardie beneidete!

Die McGill organisierte eines von sieben provisorischen Zeltlazaretten, die auf der Ebene bei Dannes-Camiers eingerichtet worden waren. Es hatte fast tausend Betten, ungefähr gleich viele wie die Zelte von England, Schottland und Frankreich. Sie waren Ende des Frühjahrs aufgestellt worden, gleich nach der Ypern-Schlacht. Alle wollten, dass es endlich zu einer Entscheidung kam, aber es gab nur ein paar Heckenschützenopfer. Man sprach von einer Art Pattsituation, und dem medizinischen Personal blieb nichts anderes übrig, als zu warten.

Nach Dugalds Bericht zu urteilen, benahm sich Revere Howlett wie ein Schuljunge in den Ferien. Er ließ sich sofort von zu Hause sein Fahrrad schicken und verbrachte die Zeit hauptsächlich damit, in den Flüssen der Umgebung zu angeln. Jakob Hertzlich hatte auch seinen Spaß. Er und Revere waren Freunde geworden. Fasziniert las ich diesen Teil von Dugalds Brief noch einmal. Durch die regelmäßigen Mahlzeiten und die körperliche Betätigung war Jakob Hertzlich offenbar richtig aufgeblüht. Er hatte sich im Dorf ein rostiges altes Fahrrad gekauft, damit er Revere bei seinen Ausflügen begleiten konnte.

Im September überquerte Howlett senior den Kanal, um die Abgesandten der McGill zu besuchen und um seinen Sohn zu sehen. Das war zu viel für mich. Dugalds Beschreibungen machten mich so neidisch! Er erzählte, Howlett habe für sich und seinen Sohn eine Tour zur Front organisiert, mit einem Wagen des Roten Kreuzes.

Die letzten beiden Briefe, die ich erhalten hatte, waren allerdings vom Ton her etwas gedämpfter gewesen. Über tausend Soldaten waren nach der Schlacht bei Loos im McGill-Lager eingetroffen, und plötzlich war man dort überfordert. Dugald arbeitete die erste Oktoberhälfte fast ohne Schlaf durch und behandelte Soldaten, deren Gliedmaßen von Granatsplittern zerrissen waren. Die Splitter zerfetzten die Haut, wodurch ungleichmäßige Wunden entstanden, die sich leicht entzündeten. Wegen der unhygienischen Bedingungen waren Blutvergiftungen an der Tagesordnung. Die Patienten starben am Dreck.

Heute Morgen hatte ich Dugalds letzten Brief bekommen, den ich allerdings erst noch öffnen musste. Ich zog ihn aus der Tasche und zeigte ihn George.

Sie legte ihr Strickzeug beiseite und rieb ihre Brillengläser mit dem Saum des Kleides sauber. »Ich vermute, dieser Mann ist entweder in dich verliebt, oder er hat nicht viele Freunde.«

»Er hat sogar sehr viele Freunde«, entgegnete ich, weil es stimmte.

»Weiblichen Geschlechts?«, fragte George etwas spitz. »Du weißt schon, worauf ich hinauswill.«

»Ja, aber er ist nicht in mich verliebt«, sagte ich. »Dazu ist er nicht der Typ.«

Miss Skerry setzte ihre Brille wieder auf. »Tatsächlich? Muss man ein bestimmter Typ sein, um sich zu verlieben?«

Meine Worte waren missverständlich gewesen. »Ich will damit sagen, dass sich Dugald Rivers eigentlich nicht für Frauen interessiert.«

Georges Augen wurden schmal.

»Mich mag er, George, und das meint er ehrlich. Aber mehr ist da nicht.«

»Du hast erzählt, dass er dir seinen Ring gegeben hat.«

»Ja, aber nur, weil alle Männer so etwas gemacht haben – sie haben Ringe verschenkt und Fotos, auf die sie zärtliche Widmungen für ihre Freundinnen geschrieben haben. Ohne die anderen wäre er gar nicht auf die Idee gekommen.«

»Soll das heißen, er ist ein Konformist?«

»Nein. Genau das Gegenteil.«

»Ich fürchte, da kann ich dir nicht folgen.«

Ich holte tief Luft. »Die meiste Zeit ist Dugald Rivers er selbst. Und dieses Selbst ist völlig zufrieden damit, Gespräche zu führen und im Museum ein Stück Kuchen zu essen. Aber der Krieg bringt einen gewissen Druck mit sich. Viele der Männer haben Freundinnen, denen sie schreiben können. Dugald hat beschlossen, mich in diese Rolle zu zwingen. Das besitzt eine gewisse innere Logik. Er hat sonst solche Schwierigkeiten, die Konventionen zu befolgen, dass er sich verpflichtet fühlte, mir den Ring zu überreichen. Es war so peinlich! Wie eine Theaterszene.«

George Skerry zog die Brauen hoch. »Klingt so, als wäre er invertiert«, sagte sie leise.

Inversion – das Verbrechen der sexuellen Liebe zwischen Männern. Die Mediziner betrachteten diese Liebe als Krankheit. Aber das Buch, das ich in Oxford gelesen hatte, das Werk von Iwan Bloch, war dieser Liebespraxis gegenüber absolut tolerant gewesen.

»Ich bin mir nicht sicher, was Dugald ist«, sagte ich schließlich. Ich hatte nie mit Dugald über sein Liebesleben gesprochen, und es war mir unangenehm, darüber zu spekulieren, selbst mit einer so intelligenten und verständnisvollen Person wie meiner alten Gouvernante. »Er ist einfach er selbst, George.«

Miss Skerry lächelte. »Na gut. Außerdem schreibt er großartige Briefe.« Sie strickte ein paar Maschen, dann blickte sie wieder hoch. »Willst du den Brief denn nicht lesen?«

Ich öffnete den Umschlag. Der Poststempel war vom November. Die Briefe brauchten eine Ewigkeit, um nach Montreal zu gelangen, weil sie zuerst den mit U-Booten verseuchten Atlantik überqueren mussten, um dann in Halifax auf einen Zug geladen zu werden. Der Brief begann mit »Meine Liebste«, was ich aber weder Miss Skerry noch meine Schwester wissen ließ. Laure saß neben mir auf dem Sofa und klapperte unermüdlich mit ihren Stricknadeln.

Dugalds erster Absatz war dem Regen gewidmet. Die Sonne befand sich in der Picardie offenbar auf dem Rückzug. Nun waren die vordringlichsten medizinischen Probleme rheumatisches Fieber und Lungenentzündungen, von denen das überlastete Personal heimgesucht wurde. Dugald selbst litt an Asthma. Zwar befanden sich jetzt keine verwundeten Soldaten mehr im Lazarett, aber die Mediziner waren angewiesen worden zu bleiben, bis auf Weiteres jedenfalls, gleichgültig, wie schlimm die Umstände für sie waren.

Die Zelte waren zerfetzt. Sie waren ein Geschenk aus Indien gewesen, also aus einem Land, in dem die Hersteller keine Ahnung hatten, wie gnadenlos der französische Herbst sein konnte. Beim ersten großen Regen hatten sich die Auflösungserscheinungen bereits bemerkbar gemacht. Die Baumwollschnüre, mit denen die Zelte im Boden verankert waren, begannen zu schrumpfen und zogen die Pflöcke aus der Erde. Der Leinenstoff riss. Matsch quoll durch die Bodenbretter, es regnete herein, Betten und Kleidung wurden nass. »Sie haben das Lazarett am Ende geschlossen!«, rief ich und blickte hoch.

Dugald hatte daraufhin entschieden, an die Front zu gehen. Die meisten jungen Männer, unter ihnen auch Revere Howlett, wollten das sowieso. Jakob Hertzlich, der ja schon etwas älter war, entschied sich hingegen für England und suchte dort Arbeit als Krankenpfleger. Anscheinend dachte keiner daran, nach Hause zu gehen.

»Sie werfen ihr Leben fort«, murmelte George Skerry.

Ich schaute sie an. Manchmal war sie so offen und direkt, dass es mich richtig ärgerte.

»Stimmt doch!«, fuhr sie fort. »Es ist schon schlimm genug, dass in manchen Ländern die jungen Männer gezwungen werden, in den Krieg zu ziehen. Aber diese hier rennen freiwillig in den Tod.«

»Ich würde das auch tun, wenn ich es könnte«, erwiderte ich.

George Skerry schaute mich an. »Unsinn! Siehst du denn nicht, wie gut es uns geht? Siehst du nicht, dass ein Krieg eine der wenigen Zeiten ist, in denen das Frausein ein Privileg ist und kein Fluch?«

Ich schwieg. Der Krieg war für mich, was meine Arbeit betraf, sehr von Vorteil gewesen, aber mein Privatleben hatte er fast völlig zerstört. Außer George Skerry gab es nicht viele Frauen, deren Gesellschaft ich genießen konnte. Ich war oft einsam. Ich vermisste Dugald Rivers, Dr. Clarke, ja, sogar Mastro. Ich vermisste meine Studenten. Und – ich wollte es selbst nicht glauben, dass ich so tief sinken konnte – ich hätte mich sogar gefreut, Jakob Hertzlich wiederzusehen.

»Schau dir uns an«, sagte George. »Wir wärmen uns die Füße am Kamin, während unsere jungen Männer in der Fremde sterben.«

Laure blickte verständnislos von ihrem Strumpf auf. Ich konnte mir ein Lächeln nicht verkneifen.

»Agnes«, sagte Miss Skerry lebhaft. »Unsere Arbeit wird zum ersten Mal in der Geschichte geschätzt und gebraucht. Nimm doch nur dich selbst als Beispiel. Überleg mal, was du im vergangenen Jahr alles erreicht hast. Ohne den Krieg hätte Harvard dich niemals eingeladen.« Sie schwieg, als sie mein Gesicht sah. »Nicht, weil es dir an Talent fehlt. Das weißt du selbst. Aber unter normalen Umständen hätte Harvard einen Mann eingeladen. Der Krieg hat dir ganz neue Möglichkeiten eröffnet. Du hast sie ergriffen und dein Licht leuchten lassen.«

Ich schaute auf die Socken, die auf Georges Schoß lagen. Sie waren erstklassig gestrickt, keine Masche zu locker oder falsch. Irgendein Junge, den George Skerry nie gesehen hatte, würde höchstwahrscheinlich in diesen Socken sterben. Sie wickelte die restliche Wolle auf und legte sie in den Strickkasten. Ihre Argumentation versagte bei ihrem eigenen Leben. Sie konnte nicht behaupten, dass der Krieg ihr in irgendeiner Weise genutzt hatte. Sie verbrachte ihre besten Jahre hier mit Laure, abgeschnitten von der Welt, und strickte Socken für Tote.

Als wir am Abend Laure ins Bett gebracht hatten, hielt ich Miss Skerry zurück und legte ihr die Hand auf den Arm. »Sie langweilen sich hier nicht, oder, George?«

Wir standen im Korridor im oberen Stockwerk, vor Laures Zimmer. George wich einen Schritt zurück. Laure zu baden oder sie zu bändigen, wenn sie tobte, war eine Sache – das gehörte zu ihren Aufgaben. Aber eine intime Geste unter Gleichgestellten war etwas völlig anderes. »Langeweile ist etwas für langweilige Leute«, sagte sie schnell.

Ich seufzte. Manchmal verwandelte sie sich wieder in meine Gouvernante und baute durch kluge Sprüche eine klare Distanz zwischen uns auf. Ich nahm noch einmal Anlauf, während wir zur Treppe gingen.

»Träumen Sie nicht manchmal von mehr?«

Sie schaute mich an, ihre Augen vergrößert durch die Brille. Ihr Blick war so unverstellt, dass ich wegsehen musste. Ich ging weiter, um meiner alten Freundin die Chance zu geben, sich zu sammeln. Im Wohnzimmer war das Feuer zusammengesunken zu einem Häufchen Kohlen, die mit Asche bedeckt waren. George Skerry kniete nieder und pustete. Sie schaffte es, der Glut noch eine Flamme zu entlocken. Es war mehr als deutlich, dass sie nicht reden wollte, also ging ich zum Bücherregal. Die Anzahl der Bücher hatte sich vermehrt, seit Miss Skerry wieder hier wohnte. Meine alte Gouvernante nahm ihre Vergil-Ausgabe, setzte sich aufs Sofa und blätterte im Vierten Gesang, in dem es um die flammende Liebe von Königin Dido ging.

Etwa eine halbe Stunde später wurde das Feuer wieder klein, und George erhob sich. »Du weißt inzwischen sicherlich, dass es nicht möglich ist, ein Leben von außen zu beurteilen, Agnes.« Ihre Stimme hatte eine gewisse Schärfe. »Man irrt sich immer. Zwangsläufig.« Ihr Gesicht war halb von mir abgewandt und nur von der matten Glut angestrahlt, wodurch ich ihre Miene nicht richtig deuten konnte.

»Ich wollte Sie nicht kritisieren«, sagte ich. »Ganz im Gegenteil.«

Es folgte eine lange Pause, und als George etwas erwiderte, klang sie wesentlich sanfter. »Ich bin glücklich und zufrieden hier, Agnes. Ich habe meine Freuden.« Sie tätschelte den abgegriffenen Buchdeckel. »Ich bin bei Menschen, denen ich mich verbunden fühle.« Ihre Stimme bebte leicht. Vielleicht vor Müdigkeit. Oder vom Rauch in ihrer Kehle. Oder vielleicht auch vor Ergriffenheit.

23

AUGUST 1917

Die Nachmittagssonne flutete durchs Fenster und schien auf die Papiere, die ich um mich herum auf dem Fußboden ausgelegt hatte. Sie erleuchtete den Tisch, auf dem sich Gläser und Wachs-Rekonstruktionen, Röntgenaufnahmen und Tabellen sammelten. Sie brachte Farbe auf meine Hände, meinen Hals und auf meine Stirn, die vom stundenlangen Ordnen ganz zerfurcht war. Ihre Strahlen waren sehr warm, deshalb ließ ich mich aus der Hocke nach hinten sinken und lehnte mich in den Schatten.

Schließlich stand ich auf, um die Jalousie herunterzuziehen. Meine Knie wären beinahe unter mir eingeknickt, sie fühlten sich an wie abgestorben. Ich setzte mich auf den Rand eines Laborhockers und knöpfte meinen Kragen auf. Der kleine Raum ganz oben im neuen Medizintrakt befand sich direkt unter dem Kupferdach. Hier staute sich die Hitze.

Niemand sonst auf dem Campus arbeitete während der Monate Juli und August so hartnäckig durch. Die meisten meiner Kollegen waren sowieso in Übersee, aber selbst diejenigen, die in Montreal geblieben waren, flohen im Sommer aus der Stadt. Der schreckliche alte Dr. Daimler, der

Dr. Clarke als kommissarischer Leiter der medizinischen Fakultät ersetzte, hatte sein spitzes Gesicht den ganzen Juli über nicht blicken lassen. Ich hätte eigentlich froh darüber sein müssen, aber die Sekretärinnen waren ebenfalls fort, was ich sehr bedauerte. In den Pausen besuchte ich sie sonst immer sehr gern und plauderte mit ihnen. Sogar der Hausmeister, ein Mann namens Cook, den alle nur den »König« nannten, weil er so von sich selbst eingenommen war, machte Urlaub. In ein, zwei Wochen würden die Leute langsam zurückkehren, jedoch ohne großen Druck. Der neue Jahrgang war winzig. Wenn der Krieg noch länger dauerte – und dafür sprach vieles –, würde sich die medizinische Fakultät gezwungen sehen, auch Frauen aufzunehmen. Vielleicht war ja doch etwas dran an Miss Skerrys Überlegungen.

Für mich war es Ehrensache, jeden Morgen um acht Uhr in der McGill zu sein und meinen Arbeitstag zu beginnen. Das gab meinem Leben eine Struktur. Und zu tun gab es genug. Ich hatte gerade eine Broschüre über Florence Nightingale abgeschlossen, die vor Kurzem im Alter von neunzig Jahren gestorben war. Ein Londoner Verlag hatte Interesse signalisiert, vor allem, nachdem ich angedeutet hatte, sämtliche Einnahmen würden dem Roten Kreuz zugutekommen. Ich hatte eine Einladung der New Yorker *Academy of Medicine* angenommen. Ende des Monats sollte ich dort einen Vortrag halten. In den Vereinigten Staaten war ich eine Art Berühmtheit geworden. Man kannte mich inzwischen, aber, wie mir schien, aus Mangel an Alternativen. Es gab auf kanadischem Boden nur noch wenige Wissenschaftler, und ich gehörte zu der kleinen Handvoll von Menschen, die noch Grundlagenforschung betrieben.

Der Vortrag, den ich plante, war ehrgeizig, die Krönung

meiner Forschungsjahre. Ich hatte die Präparate zusammengetragen, die ich bei meiner Lehrtätigkeit und für Veröffentlichungen verwendet hatte. Ich plante etwas völlig Neues. Das traditionelle Ablesen verstaubter Berichte interessierte mich nicht mehr. Ich wollte mein Publikum aufrütteln, die Zuhörer sollten mir wie gebannt lauschen.

Was ich vorbereitet hatte, war eine Darbietung über das Herz, mit der ich die Sinne ansprechen wollte und nicht nur den Verstand. Ich besaß Material, das acht graue Papptafeln füllte, die eine Wandfläche von einem Meter zwanzig mal zehn Meter bedeckten. Etwas unpraktisch auf Reisen, aber wenn ich die Tafeln angebracht hatte, verschlug es einem den Atem.

Vor mir lagen meine Schätze: eine Sammlung von Jakob Hertzlichs Herzfehler-Zeichnungen, zweiundvierzig Photos von Präparaten, vierundzwanzig Röntgenaufnahmen, eine Anzahl von durchgepausten Bildern, siebzehn Statistiken und doppelt so viele Diagramme. Auf dem Tisch standen außerdem fünfzig Präparate, welche die häufigsten Herzfehler und Anomalien aufwiesen, aber auch eine Handvoll Reptilien- und Fischherzen war darunter, an denen man den evolutionären Prozess aufzeigen konnte. Bei Fällen, für die ich kein Präparat besaß, hatte ich Wachs-Rekonstruktionen angefertigt.

An meinen Schreibtisch gelehnt war eine Tafel mit Statistiken, die die speziellen Kennzeichen von tausend angeborenen Herzfehlern und Obduktionen zeigten. Das Material war ursprünglich in Howletts Lehrbuch veröffentlicht worden und somit der Eckstein meines Ruhms. Aber jetzt wollte ich dies weiter ausbauen. Ich war nicht nur eine einfache Forscherin – »Howletts Lakai«, wie Jakob Hertzlich mich genannt hatte –, ich suchte nicht nur in seinem Schatten die

Resultate seiner Arbeit zusammen. Jetzt trat ich selbst ins Rampenlicht. Und zwar in großem Stil.

Unter den Papieren, die auf dem Fußboden herumlagen, war auch ein Zettel, der meinen Vortrag ankündigte. *Herzspezialistin* stand da, mit meinem Namen und meinen akademischen Graden. Diese Ankündigung sollte in allen größeren amerikanischen Tageszeitungen der Ostküste veröffentlicht werden. Tausende von Menschen würden sie sehen, und vielleicht war einer von ihnen mein vermisster Vater. Natürlich, ich hieß anders, aber er würde doch sicher den Mädchennamen seiner Frau erkennen und den Vornamen, den er für mich ausgewählt hatte. Ich hatte keine Ahnung, wo mein Vater lebte. An den medizinischen Fakultäten in Kanada hatte ich mich nach ihm erkundigt, ebenso wie an den großen amerikanischen Universitäten. Aber ohne Erfolg. Vermutlich führte er eine Praxis in einer Kleinstadt in Neuengland, wohin viele Frankokanadier ausgewandert waren. Ich nahm an, dass er noch praktizierte. Die Medizin war sein Leben.

Immer wenn ich einen Artikel veröffentlichte und meinen Namen im Druck sah, wie jetzt bei dieser Bekanntmachung, überkam mich die Hoffnung, Honoré Bourret könnte es mitbekommen. Das war mein ganz großer Traum.

Auf dem Tisch neben mir befand sich eine Sammlung von Fallstudien, ordentlich getippt und sortiert. Ich würde mein Publikum an die Hand nehmen und es durch den gesamten Diagnose-Prozess führen. Ärzte waren immer noch erstaunlich unwissend, wenn es darum ging, Herzgeräusche und Schwirren zu deuten. In meinen Jahren der klinischen Praxis hatte ich gelernt, dass man am besten Zugang zum Herzen fand, wenn man auf seine Geräusche achtete. Bestimmt würden eines Tages feinere diagnostische Instrumente entwickelt werden, aber jetzt war das Wichtigste, dass man aufmerksam horchte. Natürlich machte das Elektrokardiogramm rapide Fortschritte. Im Montreal General Hospital gab es solch ein Gerät – aber im Moment wusste kein einziger Arzt dort, wie man es bediente. Das menschliche Ohr war immer noch das ideale Werkzeug. Wenn sich jemand die Zeit nahm, genau hinzuhören, gab das Herz seine Geheimnisse preis.

Meine erste Fallstudie war ein sechsjähriger Junge, der mit einer Schwellung am Hals ins Krankenhaus eingeliefert worden war. Die Schwellung selbst hatte nichts mit seinem Herzen zu tun – wie sich herausstellte, war es ein tuberkulöser Knoten. Doch in dem Moment, als ich mein Ohr an seine Brust legte, wusste ich Bescheid. Es gab keinerlei äußere Anzeichen. Seine Finger waren nicht geschwollen, seine Haut war nicht verfärbt. Der Lungenbereich war klar und der Blutdruck normal. Doch mein Stethoskop enthüllte mir das vernichtende Urteil. Das Geräusch war unüberhörbar, es hallte in seinem schmalen Brustkorb wider. Im gesamten Perikard und hinter beiden Schulterblättern. Als der Junge zwei Jahre später starb, bestätigte sich meine Diagnose. Das Loch in seinem Ventrikelseptum, also der Trennwand zwischen rechter und linker Hauptkammer, war so groß wie eine Fünf-Cent-Münze.

Beim zweiten Fall ging es um ein vierzehnjähriges Mädchen, dessen Eltern mich konsultiert hatten. Sie hatte sichtbare Geburtsfehler: ein gekrümmtes Rückgrat und einen Klumpfuß. Ihre frühkindliche Entwicklung war normal verlaufen, aber kurz vor ihrem Besuch bei mir hatten die Eltern beobachtet, dass die Lippen des Mädchens blau wurden, wenn sie rannte oder auch nur schnell lief. Sie war zierlich und klein für ihr Alter und eindeutig noch präpubertär. Eine generelle Zyanose, also eine Blaufärbung der Haut, lag nicht vor, die Finger waren nicht verdickt, und sie litt auch nicht an Atemnot. Mitten in der Brust hörte ich allerdings das Klicken und stellte augenblicklich die Diagnose.

Die Schwestern im Krankenhaus bezeichneten mich als Hexe. Über das Herz war wenig bekannt, und meine Diagnosen kamen ihnen vor wie Zauberei. Dabei schaute ich nur genau hin und lauschte. Was für andere wie Magie aussah, war lediglich der sorgfältige, versierte Gebrauch von Ohren und Augen.

Nachdem die Diagnose gestellt war, konnte ich jedoch nichts mehr tun. Das war das Problem bei Herzfehlern: Heilung gab es nicht. Meine Patienten waren zu einem kurzen Leben voller Qualen verurteilt. Der Junge mit dem Loch im Ventrikelseptum starb mit acht Jahren. Sein Herz befand sich nun in einem Glas auf einem Regal. Und zur gegebenen Zeit würde ich auch das Herz des Mädchens in meine Sammlung aufnehmen, falls die Eltern damit einverstanden waren.

Ich blickte kurz von meinen Notizen auf. Um mich herum lauter Herzen, seziert und präpariert. Herzen mit Löchern. Herzen mit undichten Klappen oder verdickten Wänden. Herzen mit verengten oder vertauschten Aorten. Ich schloss die Augen.

Als ich sie wieder öffnete, stand die Sekretärin des Dekans in der Tür. Im Verlauf der letzten Jahre hatte ich Mrs Greaves näher kennengelernt. Sie war verwitwet. Ihr Ehemann war schon vor vielen Jahren gestorben, als ihr einziges Kind, ein rothaariger Junge mit Namen Alexander, noch sehr klein war. Jetzt befand sich Alexander in Flandern. Er war im April am Sieg bei Vimy beteiligt gewesen. Danach hatte er bei Messines gekämpft. Er lebte noch. Außer Alexander hatte Mrs

Greaves nur eine Schwester, die Nonne geworden war. Das heißt, sie war allein, genau wie ich. Und genau wie ich kam sie in diesem heißen Sommer jeden Tag zur Arbeit. Soviel ich wusste, war sie bis jetzt nicht einen einzigen Tag krank gewesen. Jedes Mal, wenn sie Post von ihrem Jungen erhielt, kam sie herauf ins Museum und erzählte mir davon. Alexander schrieb nicht halb so eloquent wie Dugald Rivers, aber ich freute mich trotzdem immer über die Briefe und ermunterte seine Mutter, mir die vier oder fünf Zeilen bei einer Tasse Tee vorzulesen.

Heute trug Mrs Greaves ein blaues, kittelartiges Kleid. Ihr Gesicht war verquollen. »Die Post ist da«, verkündete sie und hielt einen Brief hoch.

Ich sah die ausländischen Briefmarken und Dugalds verschlungene Schrift. »Haben Sie auch einen Brief bekommen?«, fragte ich, während ich meinen entgegennahm.

Mrs Greaves schüttelte den Kopf.

Bisher hatte ich ihr Dugalds Briefe nie laut vorgelesen, aber Mrs Greaves stand so verloren in der Tür, dass es mir nun doch angebracht schien. Ich studierte den Datumsstempel – 3. Juli. Der Brief war über einen Monat unterwegs gewesen.

»Schrecklich, diese Warterei«, seufzte Mrs Greaves, als ich ihr den Umschlag zeigte. »Selbst wenn man einen Brief bekommt, kann man sich nicht darauf verlassen, dass sie noch am Leben sind.«

Ich nickte. Besonders gern dachte ich darüber nicht nach.

»Der Sohn meiner Nachbarin war bei der Ypern-Schlacht dabei, bei der zweiten«, fuhr Mrs Greaves fort. »Die Armee hat ein Telegramm geschickt, um ihr mitzuteilen, dass er gefallen ist. Zwei Wochen später hat sie einen Brief von ihm erhalten, in dem hatte er ihr geschrieben, dass es ihm gut gehe.« Sie schwieg für einen Moment. »Das reicht, um einen verrückt zu machen.«

Ich legte ihr die Hand auf die Schulter. Vor dem Krieg hätte ich diese Frau bestimmt nicht zum Tee eingeladen und sie schon gar nicht berührt, aber jetzt war sie eine Freundin. »Dann wollen wir doch mal sehen, was der gute alte Dr. Rivers zu erzählen hat«, sagte ich, um meinen Gast abzulenken. Ich entfaltete das Papier. Der Brief war lang, und die Buchstaben wirkten spitzer als Dugalds sonst eher fließende Schreibweise. Im Moment, schrieb er, sei er in einem Krankenhaus in London und schlafe auf einer echten Matratze zwischen echten Laken, bade in heißem, sauberem Wasser und esse etwas anderes als immer nur Cornedbeef und wurmigen Zwieback. Das war die gute Nachricht.

Mrs Greaves blieb der Mund offen stehen. »Er ist doch hoffentlich nicht verwundet!«

Er sei noch heil, aber nur einigermaßen. Seine Lunge sei kaputt. Bei Passchendaele habe seine Einheit Giftgas abbekommen, und in Verbindung mit dem ständigen Regen habe ihn das zur Strecke gebracht. Er habe so schlimme Asthmaanfälle bekommen, dass alle dachten, er würde nicht überleben.

Mir wurde eng in der Brust. Seit über einem Jahr berichtete Rivers so grauenvolle Dinge, dass ich kaum noch Illusionen hatte, was den Sinn und Zweck des Krieges betraf. Er hatte geschildert, wie die Deutschen mit Maschinengewehren die jungen Soldaten der Alliierten niedermähten, ein Bataillon nach dem anderen. Die Kanadier besaßen nur Flinten, und auch noch ziemlich schlechte, die bei feuchter Witterung blockierten. Ein tödlicher Mangel. Unsere jungen Männer krepierten reihenweise, während sie dabei waren, ihre Waffen nachzuladen. In einem unvergesslichen Brief beschrieb Dugald das Gas, das die Deutschen einsetzten. Es hing als gelbe Wolke über den Schützengräben und zerfraß die Lungen der Männer. Man wurde außerdem blind davon, aber das Hauptziel waren die Lungen, die sich mit Eiter füllten. Gasopfer starben einen qualvollen Tod, sie erstickten an ihren eigenen Sekreten. In all seinen Jahren als Mediziner, schrieb Dugald, habe er nie etwas derart Entsetzliches gesehen.

Nur wenige Briefe dieser Art erreichten die Menschen hier in Kanada. Dugald war ein besonders ehrlicher Korrespondent und hatte einen Blick fürs Detail, wie alle Künstler. Er war zwar ein überzeugter Patriot und vertraut mit den militärischen Gepflogenheiten, doch zuerst und vor allem war er Humanist, und das Leiden, dem die Männer an der Westfront ausgesetzt waren, empörte ihn zutiefst. In den vier Jahren des Burenkriegs, so schrieb er mir, waren insgesamt vierundzwanzig Kanadier ums Leben gekommen. Das Blutvergießen in diesem Krieg hatte eine vollkommen neue Dimension. Wenn Dugalds Vorgesetzte geahnt hätten, was in seinen Briefen stand, wäre der Inhalt mit Sicherheit zensiert worden. Zum Glück war er klug genug, keinen Verdacht zu erregen. Von außen betrachtet wirkte er genauso stoisch und gelassen wie alle anderen Soldaten.

Er hatte also selbst Giftgas abbekommen. Seine Lunge sei ja ohnehin immer sehr schwach gewesen, aber jetzt funktioniere sie kaum noch, schrieb er. Immerhin konnte er einen Füller halten, das war beruhigend, aber ich hoffte, dass er nicht von seinem Sterbebett schrieb.

»›Passchendaele‹«, las ich Mrs Greaves vor, »›war wie die Somme, genau das Gleiche noch einmal von vorn. Es regnete unaufhörlich, die Felder verwandelten sich in Sümpfe. Man hatte das Gefühl, dass nicht nur die Moral der Männer, sondern auch das Land selbst sich auflöste und starb. Alles war kahl, nirgends ein Baum, kein Gras und auch sonst nichts Grünes irgendwo, nur Schlamm und Matsch, zerklüftet von Granaten, gepflügt, aber nicht für die Saaten, sondern für Schützengräben.‹«

»Dieser Mann ist ein Dichter«, murmelte Mrs Greaves und tupfte sich die Augen. »Ich hätte nie gedacht, dass er so schreibt.« Dann entfaltete sie ihr Taschentuch und putzte sich die Nase.

Während ich vorlas, wie er beschrieb, dass die Männer dort liegen blieben, wo sie fielen, den deutschen Kugeln und Granaten schutzlos ausgeliefert, wurde Mrs Greaves ganz still. »›Ihre Haut fällt langsam ab‹«, las ich. »›Sie hocken oder stehen in den Schützengräben zwischen den anderen Überresten der Kämpfe – zwischen Stahlhelmen, Gewehren, Granatenhülsen.‹«

Mrs Greaves schaute verzweifelt. »Hören Sie auf, Dr. White. Bitte! Das ist zu grausam.«

Schweigend tranken wir unseren Tee aus. Mrs Greaves hatte jetzt ein angespanntes, verkniffenes Gesicht, und ich war schuld daran. Sie erhob sich, kaum dass sie ihre Tasse ausgetrunken hatte. »Mein Alex ist nicht so schreibbegabt«, sagte sie noch. »Aber vielleicht ist das auch besser so.«

Ich wandte den Blick ab. Dugalds Brief hatte Mrs Greaves nicht getröstet, im Gegenteil. Für manche Menschen ist Wissen schwer zu ertragen. Aber wie konnte man seinem Sohn beistehen, wenn man nicht wenigstens andeutungsweise wusste, was er durchmachte? Die jungen Männer auf der anderen Seite des Ozeans konnten sich nicht einfach die Ohren zuhalten und die Augen schließen. Warum sollten wir es dann tun?

Ich war dankbar. Durch Dugalds Briefe hatte ich die Möglichkeit, den Krieg vor mir zu sehen, ihn mitzuerleben und zu verstehen. Ohne seine Begabung, das Geschehen so klar zu schildern, wäre das nicht möglich gewesen. Diese Chance hatten nicht alle Frauen. Andererseits wollten auch nicht alle Frauen sie haben, dachte ich, während ich Mrs Greaves nachschaute.

Ich las weiter.

Howlett war mit dem Zug nach London gekommen, um ihn zu besuchen. Der alte Mann hatte versucht, eine fröhliche Fassade aufrechtzuerhalten, aber er hatte furchtbar ausgesehen. *Klapperdünn*, schrieb Dugald, *seine Haut fahl und grau*. Den ganzen Winter über war Howlett krank gewesen. Bronchitis. Dugald hatte es geschafft, ihm etwas Gutes zu tun: Er hatte Revere ein paar Wochen vorher gesehen und konnte berichten, dass es ihm gut ging. *Was für ein robuster junger Mann er geworden ist! Vom Wetter gegerbt wie ein Indianer, weil er im Winter und Frühling ständig draußen im Freien war. Er trägt jetzt einen Schnurrbart, genau wie sein Vater, nur weniger herabhängend. Howlett weinte, als ich ihm seinen Sohn beschrieb.*

Die letzten Zeilen des Briefes waren wieder viel düsterer. *Jeder von uns ist getroffen worden, Agnes,* schrieb er in seiner seltsam spitzen neuen Schrift. *Gleichgültig, ob auf dem Schlachtfeld oder in England und in Sicherheit – wir sind alle Opfer. Der arme Howlett ist nur noch ein Schatten seiner selbst. Ich glaube kaum, dass Revere unversehrt zurückkommt, und ich weiß nicht, ob der alte Mann das überleben wird.*

Niemand kann mich zwingen, den Kanal wieder zu überque-

ren, es sei denn, ich entscheide mich dafür. Ich kann aussteigen, dank meiner Lunge. Aber was bleibt noch, Agnes? Frankreich und Flandern lasten schwer auf mir. Ich fühle mich wie Coleridges alter Seemann mit dem Albatros auf den Schultern und ersticke an dem Grauen.

Bei der letzten Zeile angekommen, hatte ich aufgehört, ein Mann sein zu wollen. Das, mehr als alles andere, war für mich das Ergebnis dieses Krieges. Von diesem Tag an bis zu meinem Tod, nahm ich mir vor, würde ich jeden Morgen ein Dankgebet dafür sprechen, dass ich das Glück gehabt hatte, als Frau geboren zu werden.

24

April 1918

Der Totenkopf schien zu grinsen im harten Sonnenlicht des Aprils. Ich saß an meinem Schreibtisch und versuchte, mir ihn als menschliches Gesicht vorzustellen, Lippen, die die schiefen Zähne verdeckten, Augen in den Höhlen. Die Knochenstruktur war zart, ich hatte Angst, etwas zu zerbrechen. Wie mochte dieser Junge ausgesehen haben? Vielleicht hübsch und auf jeden Fall klein – noch nicht ganz der Kindheit entwachsen. Dies war nicht der einzige Schädel im Canadian Army Medical Museum, das ich nun offiziell verwaltete, aber es war einer der ergreifendsten. Nach den Löchern im Knochen zu urteilen, war der Tod sofort eingetreten. Eine Kugel war an der linken Schläfe in den Schädel eingetreten, durch beide Gehirnhälften gegangen und dann rechts sauber wieder ausgetreten. Ich strich über den glatten Schädel, mein Blick verschwamm.

Das Alter machte mich weich. Fünfundzwanzig Jahre lang hatte ich mich gegen jede Sentimentalität gesperrt, und nun vergoss ich Tränen beim Anblick meiner eigenen Exponate. Ein Mensch hätte ein Herz aus Stein haben müssen, um sich von meiner neuen Sammlung nicht rühren zu lassen, vor allem von diesem jugendlichen Schädel. Es hätte Revere Howlett sein können. Außer dass er, soweit ich wusste, noch kämpfte. Es hätte der Sohn von Mrs Greaves sein können, der im vergangenen Sommer gestorben war, nachdem ihn Granatsplitter im Bauch und am Kopf erwischt hatten. Alexander Greaves war neunzehn Jahre alt gewesen, als sein Leben endete. Aber gleichgültig, wessen Schädel es war, dachte ich, während ich die Konturen und die Struktur des Knochens abtastete – es war ein junger Mann gewesen. Die letzten Tage seines Lebens hatte er im Schützengraben verbracht: frierend, nass, allein.

Die Aprilsonne, die den ganzen Nachmittag ins Museum schien, versteckte sich plötzlich hinter den Wolken. Ich stand auf und strich meinen zerknitterten Kittel zurecht. Der Totenkopf würde in das für Schädel reservierte Regal kommen – und ich musste weitermachen mit meinem Tagewerk. Ich war erschöpft. Wie üblich hatte ich viel zu viel zu tun. Im Dezember hatte man mir angetragen, die medizinische Sammlung der Armee zu katalogisieren und auszustellen. Ich hatte den Auftrag angenommen. Es war gut für mein Ansehen und für das der McGill, und außerdem zahlte die Regierung mehr als das, was die Universität mir bieten konnte, selbst mit dem Kurs in Pathologie, den ich inzwischen unterrichtete. Die Arbeitsbelastung war allerdings enorm. Nur wenige der militärischen Präparate waren gekennzeichnet, und viele waren schlampig gelagert worden. Ich musste einiges fortwerfen und den Rest wieder neu montieren. Ein mühseliges Unterfangen, und auf Rücken und Augen wirkte es sich nicht unbedingt positiv aus. Der Vertreter der Armee war hilfreich, aber nur bis zu einem bestimmten Punkt. Er war in Ottawa stationiert und kam zweimal im Monat nach Montreal.

Ich hatte die Stelle auch deswegen angenommen, weil man mir einen technischen Assistenten versprochen hatte, aber bis jetzt wartete ich vergeblich. Oft musste ich an meine Anfangszeit an der McGill denken, als das Museum im Grunde nur ein chaotisches Sammelsurium aus Knochen und Gläsern gewesen war. Damals hätte ich auch fast den Mut verloren, aber Howlett hatte mich angetrieben. Jetzt gab es niemanden, der mir Beistand leistete.

»Ach, armer Yorick.« Dieses Shakespeare-Zitat kannte ich. Blitzschnell drehte ich mich um, den Schädel noch in der Hand. Im Türrahmen stand ein Mann in einem langen, eleganten Mantel. Seine Augen hatte er zusammengekniffen. Die Wangen waren mit einem dichten schwarzen Bart bedeckt, während er die Haare kurz geschoren hatte. Aber seine Ohren verrieten ihn sofort, als er den Hut abnahm. Sie waren rot und kalt.

Ein paar Sekunden lang brachte ich kein Wort über die Lippen. Dann sagte ich: »Ich kann nicht behaupten, dass ich ihn gekannt habe, Jakob.« Ich hob den Schädel hoch und drehte ihn so, dass die leeren Augen meinen Gast anstarrten. »Aber das Grinsen legt die Vermutung nahe, dass dieser junge Mann gern Witze gemacht hat und überhaupt sehr geistreich war.«

Jakob Hertzlich lachte. Jedenfalls nahm ich das an, obwohl es eher wie ein Ächzen klang. Der Mund meines ehemaligen Assistenten verzog sich zu einem Lächeln, das wenig überzeugend war. Ich konnte es nicht fassen, dass er tatsächlich vor mir stand. Der Erste, der zurückkehrte! Ich wollte unbedingt die neuesten Nachrichten aus Übersee hören, deshalb war mir Jakob Hertzlich mehr als willkommen, trotz seiner oft überempfindlichen und komplizierten Art. Er sah gut aus –

blasser als früher, aber kräftiger. Durch den Bart schienen seine Augen größer. Überhaupt wirkte er insgesamt jugendlich. Ich war jetzt neunundvierzig, also musste er einundvierzig sein.

Er durchquerte den Raum, legte seinen Hut auf einen Hocker, und zu meiner großen Überraschung schloss er mich in die Arme. Ich spürte seinen Körper, stabil unter dem Mantel. Meinen freien Arm schlang ich um ihn, ließ meine Hand seinen Rücken hinaufwandern, zwischen seine Schulterblätter, über die leicht gekrümmte Brustwirbelsäule. Jakob Hertzlich ist nach Hause gekommen, dachte ich, während ich ihn drückte. Er hielt still, die Augen fest geschlossen und die Hüften so dicht an meinen, dass der Schädel des unbekannten Jungen, den ich noch in der anderen Hand hielt, zwischen unseren Bäuchen fast zerdrückt wurde.

»Lassen Sie sich ansehen!«, rief ich, eine Ausrede dafür, mich aus seiner Umarmung zu befreien. Aber ich bedauerte sofort, dass ich das gesagt hatte. Er würde mich natürlich ebenfalls anschauen, und ich wollte lieber nicht daran denken, was er da sah. Meine Haare waren inzwischen ziemlich grau, ich hatte, wie gesagt, vor einem Monat meinen neunundvierzigsten Geburtstag gefeiert, aber im Gegensatz zu Jakob hatte ich abgenommen. Weil ich keine Freunde und Studenten zum Tee einlud und niemand mehr Kuchen mit ins Museum brachte, um ihn nachmittags in der Pause mit mir zu verspeisen, hatte das Essen für mich fast jeden Reiz verloren. Ich kochte selten eine Mahlzeit, sondern nahm lieber in meiner Küche eilig ein Sandwich zu mir, mit einem Stück Käse oder Wurst, jedenfalls ohne großen Aufwand. Garantiert sehe ich aus wie meine eigene Großmutter, dachte ich beunruhigt. Meine Haut war blass, weil ich den ganzen Winter in diesem Raum gearbeitet hatte. Zum Glück trug ich einen Laborkittel. Das Kleid, das ich am Morgen angezogen hatte, hing nämlich an mir wie ein Sack.

»Sie sehen gut aus«, sagte Jakob, nachdem er mich ausführlich gemustert hatte. »Ein bisschen dünner, aber das steht Ihnen.« Erstaunlicherweise entdeckte ich keine Spur von Ironie in seiner Stimme. Sein Gesicht leuchtete, wie bei einem Kind, das sich freut. Und er sprach ohne jeden fremden Akzent – manche der Männer, die zurückkamen, hatten England in ihrer Stimme, aber Jakob Hertzlich klang wie immer. »Es passt zu Ihnen, Dr. White.«

Ich lächelte, obwohl ich wusste, dass er log.

Ich weiß nicht, wer anfing. Dass ich zu weinen begann, war mir so peinlich, dass ich vor lauter Verwirrung und weil die Tränen mich blind machten, nichts mehr richtig registrierte. Ich wusste ja, wie albern ich aussah, wenn ich weinte. Meine Augen schwollen an, meine Nase tropfte, mein Gesicht verzerrte sich und wurde fleckig. Ich war so mit mir selbst beschäftigt, dass es eine ganze Weile dauerte, bis ich begriff, dass Jakob Hertzlich ebenfalls weinte. Er gab dabei keinen Ton von sich, was ich seltsam fand. Aber gleichzeitig auch sehr liebenswert.

Dann beschloss ich, eine Kanne Tee zu machen, und während wir warteten, bis das Wasser kochte, erzählte er mir von seinem Leben in England. In den letzten beiden Jahren hatte er in einem Militärkrankenhaus in Colchester gearbeitet. Einer der Ärzte dort hatte seine künstlerische Begabung entdeckt und ihn mit einem Verleger bekannt gemacht, der medizinische Texte veröffentlichte. Eins führte zum andern, und er gab seine Arbeit als Pfleger auf, um sich als Anatomie-Illustrator zu betätigen.

»Bitte, sagen Sie nicht, dass Sie wieder fortgehen!«, rief ich, während ich Tassen und Untertassen deckte. Die Vorstellung, er könnte für immer nach England ziehen, tat mir weh. Natürlich war es eine absurde Reaktion angesichts der Tatsache, dass wir, bevor er Montreal verließ, fast zehn Jahre lang kaum ein Wort miteinander gesprochen hatten, aber er war der erste Mann, der aus dem Krieg zurückgekehrt war, das erste Stück meines alten Lebens.

Ich reichte ihm eine Tasse, und durch den Dampf, der von dem heißen Tee aufstieg, schaute er mich an. »Ich habe immer noch Verbindungen zu Kanada«, sagte er. »Mein Vater ist krank. Deshalb bin ich hergekommen.«

»Das tut mir leid.«

»Mir auch«, sagte er. »Krank ist er schlimmer als in gesundem Zustand.« Er warf mir einen eigenartigen Blick zu. »Aber ehrlich, Dr. White – Sie brauchen nicht so höflich zu sein. Mich an England zu verlieren wird schon nicht so schlimm sein.«

Ich musste mich in seine Lage hineinversetzen und die Dinge nicht nur aus meiner Perspektive sehen. Eine aufrichtige Antwort wäre sehr egoistisch gewesen. »Mag sein«, erwiderte ich vorsichtig. Er hatte immer davon geträumt, Illustrator zu werden. Colchester war sicher eine große Chance für ihn, auch wenn die Stadt auf der anderen Seite des Atlantiks lag.

Jakobs Gesichtsausdruck veränderte sich. Ich hatte ihn gekränkt. Dabei wollte ich doch eigentlich nur Verständnis zeigen, aber wie so oft bei ihm waren meine Bemühungen fehlgeschlagen.

Wortlos tranken wir unseren Tee. Schließlich durchbrach ich das Schweigen und entschuldigte mich dafür, dass ich ihm nichts zu essen anbieten konnte. Ich sei es nicht mehr gewohnt, dass jemand vorbeikomme, erklärte ich. Deshalb hatte ich auch keinen Grund, meine Schränke mit Vorräten zu füllen.

Jakob zuckte die Achseln. Das mache nichts, sagte er. »Sie haben von Revere Howlett gehört.« War das eine Frage oder eine Feststellung?

Ich schüttelte den Kopf.

»Howlett hat Ihnen nicht geschrieben?«

Wieder schüttelte ich den Kopf und spürte, dass ich rot wurde. In den letzten zwei Jahren waren meine Briefe an Sir William unbeantwortet geblieben. Aus Gründen, die ich mir nicht erklären konnte, war ich offenbar bei dem großen Mann in Ungnade gefallen. Ich bemühte mich, nicht weiter darüber nachzudenken, und meistens gelang mir das auch.

»Revere ist tot«, sagte Jakob ohne Umschweife. »Nicht weit von Ypern gefallen. Seine Einheit war auf dem Weg zum Höhenzug, und eine Granate hat ihn erwischt.«

Ich stellte meine Tasse ab.

»Er hatte Splitter in der Brust, ist aber nicht gleich gestorben. Sie haben ihn noch ins Feldlazarett transportiert.«

Mit einer Handbewegung bat ich ihn innezuhalten. Revere Howlett, der kleine Junge, der Cowboy und Indianer gespielt hatte, war gefallen. Ich konnte es nicht fassen.

Jakob starrte mich an.

»Armer Sir William.« Als ich seinen Namen aussprach, kamen mir erneut die Tränen.

Jakobs Blick blieb hart. Vielleicht schämte er sich für seinen Gefühlsausbruch von vorhin und fand, dass er ihn kompensieren musste. Oder er hasste mich für meine Schwäche.

Ich unternahm einen halbherzigen Versuch, meine Tränen zu trocknen und nach weiteren Nachrichten zu fragen.

Zu Jakobs Füßen lag ein Beutel. »Ich habe die Howletts in Oxford besucht, vor meiner Abreise«, sagte er und holte einen Zeichenblock aus dem Beutel. »Ich wollte den Eltern das hier geben.«

Das Papier war von hoher Qualität, aber die Skizzen waren dilettantisch, was mich wunderte. Die ersten Skizzen stellten Hände dar. Eine Hand hielt eine Gabel, eine andere einen Bleistift. Dann kam eine Reihe von Stillleben aus den Militärbaracken – eine Feldflasche auf einem Tisch, ein Paar Stiefel, das in der Sonne trocknete. Darauf folgten Porträts – Gesichter von jungen Männern, lesend oder schlafend. Manchmal war ihr Oberkörper ebenfalls gezeichnet, schattig schraffiert. Die Zeichnungen sahen aus wie das Portfolio aus einem Malkurs für Anfänger.

Zwischen den letzten Seiten lagen zusammengefaltet zwei Skizzen, die völlig anders waren. Der Junge war sofort zu erkennen, mit seinen dunklen Haaren und dem verschlossenen Blick. Der Stil war souverän und meisterhaft.

»Ich habe Revere in Dannes-Camiers das Zeichnen beigebracht«, sagte Jakob.

Wir betrachteten ihn. Auf einer Skizze stand er in Uniform da, die Augen verdeckt durch eine viel zu große Mütze. Auf der anderen lag er am Flussufer, halb nackt. Dannes-Camiers, in jenem ersten Sommer. Ich war so neidisch gewesen auf sie alle.

»Stammen die Porträts von Ihnen? Sie sind fantastisch, Jakob. Sie haben ihn genau getroffen.«

Jakob strich über den Rand des feinen Papiers. Seine Finger waren nicht mehr voller gelber Flecken, merkte ich, und der abgestandene Geruch von Tabak hing auch nicht mehr an ihm. »Er wurde mit der Zeit richtig gut«, sagte er.

»Sir William wollte die Zeichnungen nicht haben?«, fragte ich und tippte mit dem Finger darauf. Ich konnte mir nicht vorstellen, dass ein Vater solch einen Schatz ablehnen würde.

»Kurz bevor mein Schiff ablegte, bin ich nach Oxford gefahren, aber ich habe ihn nicht gesehen. Diese Frau ist wirklich unglaublich. Sie wollte einfach nicht mit mir sprechen.«

»Lady Kitty?«, sagte ich. »Sie ist gar nicht so übel, wenn man sie näher kennenlernt.«

»Sie war wie ein Wachhund. Offenbar steht der alte Herr auf der Schwelle des Todes.«

Das Lächeln gefror auf meinem Gesicht. Vor ein paar Monaten hatte ich bereits gehört, er sei krank, aber ich hatte eher an eine Wintergrippe gedacht. Ich war ja selbst einmal im Winter in England gewesen und hatte die Grippe bekommen. Aber ein Winter in Oxford, der durch die Nachricht von Reveres Tod noch verschlimmert wurde, war vermutlich mehr, als ein Vater ertragen konnte.

Jakob schaute mich an und lächelte fast grausam. »Das ist üblich heutzutage, Agnes.«

Ich nahm meine Brille ab, um sie zu putzen, aber auch, um sein Gesicht nicht so deutlich sehen zu müssen. »Bitte, Jakob.«

»Howlett ist nicht der einzige Mann, der einen Sohn verloren hat, und er wird auch nicht der letzte sein. Die ganze westliche Welt trauert, Agnes. Es ist wie der letzte Akt von *Hamlet.*« Mit einer Kinnbewegung zeigte er auf den Totenschädel. »Überall Leichen.«

»Um Gottes willen, Jakob, bitte!«, flehte ich.

Er sprach nicht weiter, sondern erhob sich. Dann stand er vor mir, trat von einem Fuß auf den anderen. Das furchtbare

Lächeln, hinter dem er seine Gefühle verborgen hatte, war verschwunden. »Sie wussten nicht, dass Howlett krank ist?«, fragte er mich. »Sie haben nicht mit ihm korrespondiert?« Seine Augen blitzten. »Sie hängen immer noch an ihm.« Sein Blick ließ mich nicht los. »Nach all den Jahren können Sie nicht loslassen.«

Er wandte sich zum Gehen, aber ich ließ ihn nicht fort, bat ihn, nicht so schnell wieder zu verschwinden, nachdem er so lange weg gewesen war. Sein Gesicht hatte jetzt einen gefährlichen Ausdruck. Er presste die Lippen fest aufeinander, aber er blieb. Ich erzählte von meinem Leben in Montreal seit dem Frühjahr 1915. Ich beschrieb den leeren Campus, die leeren Straßen in der Stadt. Ich berichtete vom Sockenstricken und von meinen Vorträgen in Boston und New York. Ich sprach von Dugald Rivers und dass seine Briefe meine einzige Verbindung zu den Freunden und Kollegen in Übersee waren.

Nach einer Weile entspannte sich Jakob ein wenig, und er sagte, er habe Dugald Rivers erst vor Kurzem gesehen. Er sei in London, es gehe ihm gar nicht gut. So viel wusste ich, denn er schrieb mir immer noch fast jede Woche. »Ich habe Sie richtig beneidet, als Sie alle am Anfang in der Picardie waren«, gestand ich und erwähnte auch das Fahrrad, das er sich gekauft hatte.

Jakob lachte. Es war ein echtes Lachen diesmal, ganz anders als bei seinem ersten Anlauf. »Ja, uns ging es wahrlich nicht schlecht«, sagte er. »Revere hat immer mit mir Fahrradtouren unternommen. Ich hatte mit so etwas keinerlei Erfahrung, müssen Sie wissen. Als Kind habe ich nicht mal Radfahren gelernt. Wir sind durch die ländliche Gegend geradelt. Er war ein großartiger junger Mann. Besser als sein Vater«, fügte er hinzu, unnötigerweise. »Der alte Herr hat uns übrigens in Dannes-Camiers besucht. Hat Rivers das auch geschrieben?«

Ich nickte. Es war im September 1915 gewesen, als Zivilisten noch die Möglichkeit hatten, den Kanal zu überqueren.

»Er ist aufgetreten wie ein König, was mir persönlich nicht gefallen hat, aber alle anderen schienen sehr angetan von ihm«, sagte Jakob. »Jeden Morgen hat er seine Runde gemacht, und die ganze McGill-Gruppe ist hinter ihm hergelaufen. Die Leute haben jedes Wort von ihm aufgesogen. Rivers hat die Meute angeführt, wie Sie sich sicher vorstellen können. Rivers hat keine Ahnung, wie er sich erniedrigt. Was Howlett selbst allerdings gar nicht merkt – solange er nur seine tägliche Dosis an Verehrung bekommt.«

Ich schwieg lieber, weil ich Jakobs explosive Launen kannte und weil ich gern noch mehr erfahren wollte. Da sich Jakob mit Revere angefreundet hatte, war er offenbar eingeladen worden, Vater und Sohn bei einem Ausflug zur Front zu begleiten. Zuerst hatte er abgelehnt. Er fand die Unternehmung zu riskant. Die Städte in Frontnähe lagen unter Beschuss. Warum sich mitten im Krieg bewusst noch zusätzlichen Gefahren aussetzen? Sir William erklärte, dass die Sicherheit selbstverständlich an erster Stelle stehe, und organisierte einen Wagen, der dem Roten Kreuz gehörte und den die Deutschen nicht angreifen würden. Und sie wollten nur über Nebenstraßen fahren.

Also begleitete Jakob ihn. Es war Erntezeit. Als sie nach Belgien kamen, waren dort viele Bauern auf den Feldern, arbeiteten zwischen den Schützengräben. Die Landschaft war voller Grabkreuze – endlose Reihen auf den Dorffriedhöfen, die Zeugnis waren, wie viele junge Männer gefallen waren.

Am Abend fuhren sie zurück nach Frankreich, um dort zu übernachten, was Jakob nicht verstand, weil es ein Umweg war. Aber Sir William hatte seine Gründe. In dem Gasthaus, in dem sie in Montreuil abstiegen, hatte Laurence Sterne die erste Nacht seiner *Empfindsamen Reise* verbracht. Und als es am nächsten Tag weiterging, begriff Jakob, dass dies Howletts eigene »empfindsame Reise« war. Sie fuhren nach Calais.

»Und hier, Dr. White«, sagte Jakob, »nahm die Expedition eine ganz spezielle Wendung, die nicht nur William Howlett betraf, sondern auch Sie.«

Wie sich herausstellte, kannte Sir William jemanden, der in Calais lebte, einen Mann, mit dem er vor vielen Jahren während seines Studiums Freundschaft geschlossen hatte. Die Gruppe begab sich zu einem Gasthaus nicht weit von den Befestigungsmauern der Stadt, um den Mann dort zu treffen. »Die Welt ist klein, Dr. White«, sagte Jakob. »Ahnen Sie schon, wer dieser Mann war?« Er schwieg, aber ich erriet es nicht. »Honoré Bourret.«

Mein Vater lebte in Calais. Und diese Nachricht, auf die ich mein ganzes Leben gewartet hatte, überbrachte mir ausgerechnet Jakob Hertzlich.

»Ich habe von Ihnen erzählt«, sagte Jakob. »Ich erzählte ihm von dem Herzen, das Sie gefunden haben, und auch von Ihrem Artikel – in dem Sie schreiben, dass *er* das Herz entdeckt hat.«

Als der anfängliche Schock nachgelassen hatte, merkte ich, dass irgendetwas an Jakobs Bericht seltsam war. Sir William wusste, wo mein Vater war. Er hatte im Herbst 1915 mit Honoré Bourret in Calais am Tisch gesessen und mir kein Wort davon gesagt. Dafür musste es eine Erklärung geben. »Sind Sie sicher, dass es *der* Honoré Bourret war?«

Jakob lächelte unangenehm. »Wie viele Honoré Bourrets kann es geben? Die Ärzte sind und früher in Montreal gelehrt haben?«

Ich holte tief Luft, weil ich mich nicht verraten wollte. »Hat er selbst bestätigt, dass er es ist, Jakob? Konnte er sich an das Herz erinnern?«

Jakob überlegte kurz, dann schüttelte er den Kopf. »Es war eine bizarre Begegnung. Der Frage nach dem Herzen ist er ausgewichen. Er sagte auch nie direkt, wer er ist. Damals habe ich das für ein Zeichen von Bescheidenheit gehalten, vielleicht auch für ein Zeichen von Verlegenheit, weil ich ja von Ihnen wusste, dass irgendein Skandal seine Karriere in Montreal beendet hat. Howlett muss dieses Unbehagen gespürt haben. Er lenkte das Gespräch vom Thema Herz fort. Dabei war Bourret doch sein Mentor. Man hätte annehmen sollen, dass sie gern über frühere Heldentaten sprachen, aber dem war überhaupt nicht so. Zum ersten Mal habe ich Howlett ratlos erlebt. Er war irgendwie in Panik, wenn Sie mich fragen.«

Jakobs Abwehrhaltung war einer generellen Neugier gewichen, aber ich hatte nicht die Kraft, mich mit ihm auseinanderzusetzen. In meiner Vorstellung segelte ich bereits über den Atlantik, um meinen Vater zu suchen. Zuerst würde ich nach England fahren und von Sir William eine Erklärung fordern. Danach würde ich den Kanal überqueren. »Ich muss ihn sehen«, murmelte ich, ohne Jakob zu beachten.

»Sie meinen Bourret?«, fragte er und versuchte, meinem Blick zu begegnen.

»Nein, nicht Bourret.« Mein Tonfall war ungeduldig. Es war eine so endlose Geschichte, dass ich gar nicht wusste, wo anfangen.

»Howlett?«

Ich nickte. Sir William – dieser Mann, dem ich vertraut hatte wie einem Vater.

Jakob Hertzlichs Augen verloren jeden Ausdruck. Er erhob sich, ohne ein Wort zu sagen, und ehe ich ihn aufhalten konnte, war er zur Tür hinaus.

25

NOVEMBER 1918

Die Kälte kam über Nacht nach St. Andrews East, begleitet vom ersten Pulverschnee. Ich saß im Schaukelstuhl meiner Schwester in der Priory und schaute zu, wie sich das rosarote Licht der Abenddämmerung am Horizont sammelte, hinter den kahlen Feldern. Den ganzen Herbst hindurch hatte ich es geschafft, die Augen vor den Vorboten des Winters zu verschließen. Aber jetzt wurde ich plötzlich wachgerüttelt. Die Luft draußen war kalt, meine Lunge krampfte sich zusammen, wenn ich einatmete. Ich hatte ganz vergessen, wie das war – der ungebremste Schock und das instinktive Schrumpfen des Körpers. Auch das Haus zog sich zusammen. Die Holzbalken knackten, die Rohre klopften vor Empörung.

Meine Schwester lag im Bett. Sie hatte ihre Decke weggeschoben, obwohl es ziemlich kalt war in ihrem Zimmer. Ich hatte zwei Paar Socken angezogen und mich in eine Daunendecke gewickelt, aber Laure schwitzte. Die ganze Woche schon hatte sie Fieber, und während der letzten beiden Tage hatte sie entweder deliriert, oder sie war gar nicht bei Bewusstsein gewesen. Ihre Lippen waren aufgeplatzt von der

Dehydration. Und wenn sie die Augen aufschlug, war ihr Blick beängstigend glasig.

Sie lebt noch, sagte ich mir. Bei anderen war es so rasch gegangen, dass sie nicht einmal mehr die Möglichkeit gehabt hatten, einen Arzt zu rufen. Diese Krankheit schritt mit erschreckender Schnelligkeit voran. Nach ein paar Stunden Unwohlsein verloren viele Patienten die Fähigkeit zu gehen. Ihr Gesicht lief blau an. Sie bluteten aus Nase und Ohren und husteten Blut, als hätten sie die Schwindsucht. All das war Laure erspart geblieben. Bei ihr war der Krankheitsprozess relativ langsam verlaufen, und diese Tatsache machte mir Hoffnung. Die Grippe selbst hatte sie überstanden, jetzt litt sie an einer sekundären bakteriellen Lungenentzündung.

Die Leute sprachen von der »Spanischen Grippe«. Diese Grippe war anders als alle, die ich bisher erlebt hatte. Die Symptome erinnerten mich eher an Cholera oder Typhus, und die Sterberate lag sicher zehn oder zwanzig Prozent höher als bei üblichen Grippeinfektionen. Rätselhafterweise schien sie die Alten und die ganz Jungen zu verschonen. Am aggressivsten waren die Attacken bei Menschen in den besten Jahren des Lebens.

Die Standuhr im Flur schlug fünf Mal. In einer Stunde würde George Skerry mich ablösen. Wir hatten die Wache in Sechs-Stunden-Schichten aufgeteilt. Im Moment bereitete George unten das Abendessen zu. Ich roch, dass sie Zwiebeln röstete. Meine alte Gouvernante glaubte an die Heilkraft des Essens. Sie kochte immer sehr aromatische Suppen für mich, die mich gesund halten sollten. Obwohl sie selbst schon die ganze Zeit mit Laure eingesperrt war, hatte die Krankheit sie noch nicht erwischt, was möglicherweise für ihre Gesundheitsstrategie sprach.

Überraschender war allerdings, dass ich selbst auch immer noch gesund war. Genau vor einem Monat hatte der Bürgermeister von Montreal den Notstand ausgerufen. Jede wache Minute, wozu auch ein großer Teil der Nacht gehörte, hatte ich damit verbracht, mich um Kranke zu kümmern. Dreißig Tage lang. Weil die meisten Patienten daheim unter Quarantäne gestellt waren, machte ich unzählige Hausbesuche. Mit meiner schwarzen Tasche tappte ich durch die verlassenen, vereisten Straßen von Montreal. Es war nicht so, dass ich den Menschen magische Pillen oder eine wirkungsvolle Behandlung anbieten konnte. Den Müttern, Schwestern und Tanten, die ihre kranken Angehörigen pflegten, erklärte ich die Grundbegriffe der Hygiene und dass sie sich immer die Hände waschen mussten, und ich verteilte Gesichtsmasken. Ich riet allen, Lebertran zu nehmen, Menschenansammlungen zu meiden, ihre Wohnung sauber zu halten und drinnen zu bleiben. Ich hielt ihnen die Hand. Ich tröstete sie. Es gab keine Methode, die Spanische Grippe zu umgehen, und ein wirksames Heilmittel gab es auch nicht.

Als ich nach St. Andrews East aufbrach, war Montreal eine Geisterstadt. Die ersten Grippefälle waren Ende September registriert worden, im Oktober hatte sich die Krankheit schon überall ausgebreitet. Die Schulen wurden geschlossen, dann die Theater und schließlich auch die Kirchen. Die Geschäfte blieben noch eine Weile lang offen, aber die Leute hamsterten, und bald waren die Regale leer. Alle Haushalte mit einem Grippeopfer waren, unter Androhung einer Geldstrafe, dazu verpflichtet, eine Warnung an der Tür anzubringen. Innerhalb von Tagen hing an jedem Haus ein Zettel.

Auf der anderen Seite des Atlantiks tötete die Spanische Grippe die Soldaten noch schneller, als deutsche Kanonen und deutsches Giftgas es schafften. Dugald Rivers war in London der Krankheit erlegen. Ich erhielt ein Telegramm von Dr. Mastro, der sich in Übersee aufhielt und bei der Beerdigung gewesen war. Sofort kabelte ich zurück, aber zu viel mehr war ich nicht fähig. Ich weinte auch nicht. Dafür war gar keine Zeit. Wochenlang blieb Dugalds Tod für mich völlig abstrakt. Drei Jahre lang hatte ich mit ihm korrespondiert. Das Gesicht, das ich in Erinnerung hatte, gehörte einem Mann, der viel jünger und ahnungsloser war als Dugald zum Zeitpunkt seines Todes. Es war ein Gesicht, das vermutlich wenig Ähnlichkeit hatte mit seinem Äußeren, als er starb.

Dr. Clarke war ebenfalls erkrankt. Er hatte die Front überlebt und war unversehrt nach Hause gekommen. Doch dann hatte ihn sofort eine Lungenentzündung ereilt. Seine Frau rief in der McGill an und erbat meinen Beistand, aber zu dem Zeitpunkt war ich schon auf dem Weg nach St. Andrews East, um Laure zu pflegen. Am Tag vorher hatte ich ein Telegramm von Jakob Hertzlich erhalten, in dem stand, dass Clarke keine Woche mehr zu leben habe, und wenn ich ihm die letzte Ehre erweisen wolle, müsse ich sofort kommen. Clarkes Frau musste sich an ihn gewandt haben, als sie mich nicht erreichen konnte. Ich telegrafierte zurück, dass ich leider nicht kommen könne, weil meine eigene Schwester im Sterben liege.

Als würde sie spüren, dass sich meine Gedanken wieder ihr zuwandten, schlug Laure die Augen auf. Selbst in dem verblassenden Licht waren sie so blau wie die meiner Großmutter, wie die Vergissmeinnicht, die Laure und ich als Kinder am Ufer des North River gepflückt hatten. Ich flüsterte ihren Namen. Sie schaute mich an, dann öffnete sie die Lippen, als wollte sie etwas sagen. Ich tunkte einen Lappen in die Wasserschüssel, um ihr die Lippen zu befeuchten, dann half ich ihr, sich aufzurichten, und drückte ihr noch ein paar Tropfen in den Mund. Sie reagierte so gut, dass ich ihr sogar ein Glas anbieten konnte, das ich hielt, während sie trank.

Mit jedem Schluck verbesserte sich meine Stimmung. Es war wie ein Wunder, eine Belohnung für all die Tage, die ich an ihrem Bett verbracht hatte, ständig gegen die wachsende Verzweiflung ankämpfend. Laure konnte nicht sprechen, dafür war ihre Lunge zu matt, aber sie war wach und erstaunlich präsent. Jetzt war der richtige Zeitpunkt gekommen. Ich musste ihr mein Herz offenbaren.

Vor vielen Jahren schon hatte ich die Rolle von Laures Beschützerin übernommen. Ich war verantwortlich für die meisten Dinge in ihrem Leben. Wegen ihres psychischen Zustands und weil sie von Natur aus eher fügsam war, hatte ich bald aufgehört, sie wegen irgendetwas um Rat zu fragen. Laure war längst nicht mehr imstande, etwas zu planen oder irgendwelche Entscheidungen zu treffen. Deshalb fühlte ich mich berechtigt, selbstständig zu verfahren. Ich besprach alles, was Laure brauchte und betraf, mit George Skerry, oder ich entschied allein und tat das, was meiner Meinung nach für sie richtig war. Doch seit ein paar Wochen wusste ich etwas, das sowohl für mich als auch für meine Schwester von zentraler Bedeutung war. Gleichgültig, was es bringen würde – es wäre nicht richtig gewesen, ihr nichts davon zu sagen.

»Ich weiß, wo Vater ist«, sagte ich, an ihrem Bett kniend.

Laures Gesicht zeigte keine Regung. Die blauen Augen starrten teilnahmslos in meine.

»Er ist in Frankreich.«

Sie blinzelte kurz, dann wandte sie den Blick ab.

Als Jakob Hertzlich mir die Nachricht überbrachte, hatte

die Erde aufgehört, sich um ihre Achse zu drehen. Mich hatte eine solche Euphorie, eine solche Hoffnung ergriffen, dass ich mich kaum beherrschen konnte.

»Ich werde zu ihm gehen.«

Ein Hustenanfall schüttelte meine Schwester, und sie entglitt mir. Ich versuchte, sie wieder aufzusetzen, aber sie ließ sich jedes Mal zurücksacken, wie ein übermüdetes Kind. Zwar war sie bei Bewusstsein, doch ihre Augen wollten sich nicht mehr öffnen.

»Laure«, flüsterte ich und nahm sie in die Arme. Sie war federleicht, ihre Knochen hatten kein Gewicht. Die Knochen eines kleinen Vogels. Laure lebte noch drei Tage, hielt aber die ganze Zeit die Augen geschlossen und rührte sich nicht mehr.

26

7. NOVEMBER 1918

Die Nachricht kam, als ich im Zug saß, an einer Haltestelle zwischen St. Andrews East und Montreal. Seit Wochen rechnete man schon damit, aber zu Kriegszeiten gab es immer dermaßen viele Gerüchte, dass ich nicht richtig zugehört hatte. Der Krieg war vorbei. Als unser Zug nach Montreal einfuhr, hatten die Alliierten und die Deutschen die Waffen niedergelegt. In den Waggons fielen die Passagiere einander jubelnd um den Hals. Es war ein richtiges Freudenfest. So viele gute Nachrichten innerhalb von so kurzer Zeit! Erst das Ende der Grippe-Epidemie, und nun, zwei Tage später, das Ende des Krieges.

Windsor Station war voll mit Menschen. Ich war eingezwängt zwischen einem alten Mann vor mir, der einen riesigen Handkoffer bei sich trug, und einer hektischen Frau, die mir von hinten ständig in die Hacken trat. Nach der Ruhe in der Priory fand ich dieses Gewühle unerträglich. Meine Füße waren schwer und langsam. Laure lebte nicht mehr. Am Nachmittag zuvor hatten wir sie auf dem presbyterianischen Friedhof begraben, neben unserer Mutter und unserer Großmutter. Der Schnee war geschmolzen, aber der Boden war so hart gewesen, dass die Spitzhacke des Totengräbers zerbrach. Außer dem Pfarrer waren nur zwei Personen anwesend: George Skerry und ich.

Die Menschenmenge im Bahnhof drängte vorwärts und riss mich mit. Ich ließ mich von ihr durch die Haupthalle des Bahnhofs tragen, begleitet vom Echo der allgemeinen Aufregung und der körperlosen Stimme, die Gleisnummern und Abfahrtszeiten durchgab.

Die kalte Luft draußen vor dem Bahnhof war eine Wohltat, auch wenn sich hier die Leute drängten und durcheinanderschrien. Allem Anschein nach war die ganze Stadt auf den Beinen, obwohl ein scharfer Nordwind wehte. Ich zog mir schützend den Schal vor den Mund. In der Peel Street war der Verkehr zum Erliegen gekommen. Niemand schien sich darüber aufzuregen. Die Fahrer strahlten und hupten laut. Manche wedelten mit Fahnen, mit der Red Ensign und der Royal Union Flag. Auf den Gehwegen standen die Leute und schauten zu, wie bei einer Parade.

Der siebte November 1918. Der Krieg war endlich vorbei. Vielleicht würde dieser Tag später zum Feiertag erhoben werden, genannt *War's End Day* oder etwas ähnlich Hoffnungsvolles – und Falsches. Denn es würde neue Kriege geben. Gewalt gehörte zur Natur des Menschen, genau wie die Liebe und die Güte.

Vor mir sah ich, wie sich eine Frau in einem leuchtend blauen Pullover aus einem Wagenfenster beugte, um einen Mann am Straßenrand zu umarmen. Er küsste ihr die Hände, dann fuhr das Auto ruckelnd weiter. Und schon küsste der Mann die nächste Frau. Die Peel Street war so verstopft, dass die Autos und Pferdewagen fast nicht vorankamen. Die Fußgänger schlängelten sich zwischen ihnen hindurch. Ein

Mann wollte mich an der Hand fassen, aber ich wich zurück. Jemand kam von hinten und drückte mich, aber ich duckte mich schnell nach rechts weg und floh. Für mich gab es keinen Grund zu feiern.

Laures Tod war nur die letzte von unzähligen Tragödien. Vor Laure war Dugald gestorben. Und dann die Kriegstoten, junge Männer, deren Namen Tag für Tag in der *Gazette* veröffentlicht wurden. Endlose Listen. Ein Dutzend meiner Studenten waren in Frankreich und Flandern begraben. Der Sohn von Mrs Greaves, den ich zwar nie kennengelernt hatte, durch die Geschichten seiner Mutter aber gut kannte, war tot, genau wie Revere Howlett, dessen hübsches, bleiches Gesicht ich nicht vergessen würde. Huntley Stewart war unversehrt zurückgekehrt, aber Samuel Clarke lag im Sterben. Ich wollte jetzt gleich zu ihm, um mich zu verabschieden. Wie konnte ich fremde Menschen auf der Straße umarmen und Fahnen schwenken, mitten in all diesen schrecklichen Verlusten?

Dr. Clarkes Haus stand direkt unterhalb der waldigen Höhen von Mount Royal Park. Jakob Hertzlich nahm mich an der Tür in Empfang. Weil ich so erhitzt war vom schnellen Laufen, hatte ich meinen Mantel aufgeknöpft. Jakob saß auf der Treppe und rauchte. Offenbar wartete er schon eine ganze Weile, denn er wirkte halb erfroren. Seine Finger waren wieder gelb, er hatte abgenommen und wirkte erschöpft.

»Sie brauchen sich nicht zu beeilen«, sagte er und schnippte die Asche übers Geländer in ein Beet, das von Eis zerklüftet war. »Der Leichnam liegt oben, wenn Sie ihn sehen wollen.«

Es war passiert, während ich im Zug saß. Als die Schaffner mit der Nachricht vom Waffenstillstand durch die Waggons gingen, war Samuel Clarke gestorben. Er habe nicht gelitten, berichtete Jakob. Unser alter Freund war ins Koma gefallen und einfach nicht mehr aufgewacht.

Ich wollte die Arme ausstrecken, wollte den Schutz von Jakobs Körper spüren, aber ich konnte mich nicht bewegen. Reglos stand ich da und atmete die kühle Luft ein.

»Sie sehen gut aus«, sagte Jakob.

Meine Wangen waren wahrscheinlich von dem Anstieg gerötet. Ich stieß einen Schluchzer aus. »Ich glaube, viel schlechter könnte es mir gar nicht gehen.«

»Dann sind wir schon zu zweit.« Jakob wandte den Blick ab und erkundigte sich nach Laure.

Es war das erste Mal, dass ich es laut aussprach: *Meine Schwester ist tot.* Trauer stieg in mir hoch. Als ich weitersprechen konnte, fragte ich nun meinerseits nach Jakobs krankem Vater.

Er zuckte die Achseln. »Tot«, antwortete er. »Wie alle anderen auch. Allerdings ist er an Krebs gestorben, nicht an der Grippe.« Er starrte in die Dämmerung, und eine Sekunde lang hatte ich Angst, auch er könnte wieder in Tränen ausbrechen. Er beugte das Knie und stützte den Fuß an die Wand. Von weit unter uns, von der Sherbrooke Street, tönte das Gehupe der Autos, zur Feier des Tages – und so fehl am Platz.

Mrs Clarke war oben im Schlafzimmer ihres Mannes. Stumm saß sie bei der Leiche. Eine rundliche Frau, genauso herzlich und warm wie ihr Mann, aber mit einem tieferen Respekt vor den christlichen Riten. Sie stand auf, umarmte mich und nahm meine beiden Hände. Als ich ihr sagte, wie traurig ich sei, dass ich nicht für Dr. Clarke hatte da sein können, beruhigte sie mich, erkundigte sich nach Laure und dankte mir, dass ich trotzdem gekommen sei. Jakob Hertzlich bezeichnete sie als ihren »Schutzengel«. Er sei der Inbegriff christlicher Nächstenliebe. Die ganze letzte Woche habe er bei ihr verbracht und sich unermüdlich um ihren sterbenden Mann gekümmert. Jakob war mir ins Zimmer gefolgt, und während Mrs Clarke ihn so lobte, nahm sie auch ihn an der Hand, holte ihn zu uns in den Kreis. »Er ist etwas ganz Besonderes«, sagte sie mit ihrer freundlichen, melodischen Stimme. »Für meinen Mann war er wie ein Sohn.«

Jakob lächelte nicht. Mit gequälter Miene löste er sich aus Mrs Clarkes Griff, so schnell er konnte. Die Gelassenheit, die er aus Übersee mitgebracht hatte, schien verschwunden zu sein. Mrs Clarke und ich schauten ihm nach, als er verlegen aus dem Zimmer eilte und die Tür hinter sich schloss.

»Er ist ein guter Mann«, sagte die Witwe. »Viel einfühlsamer, als er zugeben will.« Traurig schüttelte sie den Kopf, dann schaute sie mich an. »Bitte, treten Sie doch näher zu dem Toten, Dr. White. Sie müssen nicht schüchtern sein. Sie haben auch zu den Lieblingen meines Mannes gehört.«

Samuel Clarke war in ein frisches Nachthemd eingekleidet. Er wirkte zerbrechlicher als bei unserer letzten Begegnung, das Haar war so schütter, dass die blasse Kopfhaut unter den weißen Strähnen durchschimmerte. Sein Gesichtsausdruck ließ mich innehalten. Er sah glücklich aus. Vielleicht war es ja nur die Entspannung der Muskulatur oder der Lichteinfall, aber was ich sah, war fast ein Ausdruck der Freude. Ganz anders, als ich erwartet hatte, empfand ich es als Erleichterung, im Zimmer des Toten zu sein. Die Welt wirkte plötzlich weniger düster.

Jakob Hertzlich stand draußen auf der vorderen Veranda und wartete auf mich, als ich nach unten kam. Das Licht war endgültig der Dunkelheit gewichen, und mit der Dunkelheit war die Stille gekommen. Es wurde nicht mehr gehupt, und die Straßen leerten sich. Jakob hatte sich gerade wieder eine seiner starken, selbst gedrehten Zigaretten angezündet. Er war in Mantel und Hut gehüllt, trug aber noch keine Handschuhe. »Deprimierend«, murmelte er, sobald ich durch die Haustür kam.

Ich dachte, er spreche von Samuel Clarke, und begann, von dem eigenartigen Ausdruck auf dem Gesicht unseres Mentors zu erzählen und dass es mich, ganz im Gegenteil, fast froh gestimmt habe, ihn zu sehen.

»Ich meine den Krieg«, entgegnete Jakob.

Es war alles ein Irrtum gewesen. Der Waffenstillstand war nicht unterschrieben worden, der Krieg war offenbar gar nicht zu Ende. Ich schlug die Hände vors Gesicht. Dabei hatte ich doch bereits angefangen zu planen! Schon oben bei Samuel Clarke hatte ich mir überlegt, wie ich in den nächsten Tagen meine Überfahrt nach Europa vorbereiten wollte. Denn dies bedeutete das Kriegsende für mich: dass ich den Atlantik überqueren konnte.

Nachdenklich zog Jakob an seiner Zigarette. »Die Reise muss warten.«

Ich starrte ihn fassungslos an. Konnte er Gedanken lesen?

»Sobald die Gewässer wieder sicher sind«, fuhr er fort und stieß eine beißende Rauchwolke aus, »bin ich weg.«

Er hatte sich selbst gemeint. »Dann sind wir schon zu zweit«, sagte ich, wie er vorhin. Es war sowieso alles egal – ich konnte ihn ruhig in meine Pläne einweihen. Vielleicht tat es ihm ganz gut, wenn er merkte, dass es außer ihm noch andere Menschen auf der Welt gab. Ich erzählte ihm, dass ich nach Oxford wollte.

Er unterbrach mich. »Zu Howlett?«

Auf der Veranda war es jetzt fast vollkommen dunkel. Ich

konnte im Schein seiner schlecht gerollten Zigarette nichts sehen, außer seinem Bart. »Ja«, antwortete ich.

Unter uns glitzerte die Stadt, ein Feld aus gefallenen Sternen. Jakob gab ein seltsam kehliges Geräusch von sich. Seine Feindseligkeit gegenüber Sir William war jenseits aller Vernunft – eine primitive Reaktion. »Es gibt Dinge, die Sie nicht wissen«, fügte ich leise hinzu. »Sir William hat eine entscheidende Bedeutung in meinem Leben.«

»Das weiß ich doch längst«, erwiderte Jakob Hertzlich schroff. »Glauben Sie mir, Dr. White – das weiß ich.«

»Es ist nicht so, wie Sie denken.«

»Die Frage ist nicht, was ich *denke*. Es ist doch unübersehbar, wie die Nase in Ihrem Gesicht, was Sie für ihn empfinden. Und genau so unübersehbar ist, dass diese Gefühle nicht erwidert werden. Er nutzt Sie aus, und Sie merken es nicht einmal.«

Ein kalter, heller Mond hing über uns und blinzelte zwischen den Wolkenfetzen hervor, als wäre die ganze Szene eine Parodie. »Es gibt noch andere Aspekte«, sagte ich. Ich stand nahe genug bei Jakob, um die Unruhe in seinem Atem zu hören. Der Mond blinzelte wieder, und plötzlich begriff ich. Jakob Hertzlich war eifersüchtig.

Ich konnte sein Gesicht nicht sehen, aber das war auch nicht nötig. Wie konnte es sein, dass ich das nicht gemerkt hatte? Er hatte seine Gefühle ja nicht versteckt. Jahrelang hatte er mit allen Mitteln zu erreichen versucht, dass ich ihn beachtete. Ich hatte mich dafür entschieden, dies nicht zu sehen. Ich wurde rot, weil ich an den Abend nach der missglückten Verabredung zum Tee denken musste. Unsere nicht vollzogene körperliche Intimität hatte ihm viel mehr bedeutet, als ich je gedacht hatte.

Jakob Hertzlich liebte mich seit vielen Jahren. Es war ein merkwürdiges Gefühl, zu erkennen, dass ich geliebt wurde. Für einen kurzen Moment stieg tiefe Zärtlichkeit in mir auf. Die Haut um meine Augen spannte sich.

Im Dunkeln konnte Jakob Hertzlich das alles nicht sehen. Er ergriff seinen Beutel, und ehe ich ein Wort über die Lippen brachte, marschierte er den vereisten Weg zur Straße hinunter.

VII

DIE ÜBERFAHRT

Wir beginnen die Reise weitab vom eigentlichen Punkt
und kommen doch nach vielen Windungen
und Zickzacklinien dort an, wo wir sein sollten.
– GEORGE ELIOT, *MIDDLEMARCH*

27

Dezember 1918

Es war der siebte Tag der Reise, wie ich an jenem Morgen in der Messe von einem der anderen Passagiere erfuhr. Sieben Tage Sturmböen, von denen das Schiff wie ein Stück Holz in den Wellenbergen umhergeworfen wurde. Ich fühlte mich, als wäre ich gestorben. Sieben Tage oder Wochen oder Monate – ich hätte nicht sagen können, wie lange ich schon auf See war. Die Stunden flossen ineinander wie ein nicht enden wollender Strom, und es war so kalt, dass ich es immer nur wenige Minuten im Freien aushielt. Wir hatten Ende Dezember, die ungünstigste Zeit des Jahres für eine Atlantik-Überquerung. Ich war schon einmal im Winter mit dem Schiff nach England gereist, aber da hatte das Wetter mitgespielt, und ich hatte einen Gutteil der Zeit an Deck verbringen können. Doch diesmal war mir von dem Moment an, da ich an Bord ging, übel.

Wenn ich anderen Leuten von meinem Plan erzählt hatte, die Überfahrt im Dezember anzutreten, rieten sie mir immer ab. Miss Skerry hielt Winterüberfahrten für gefährlich. Samuel Clarkes Witwe bemühte sich einen ganzen Vormittag lang, mich davon abzubringen. Die Überfahrt würde hart werden, sagte sie, aber in Europa stünde mir noch Schlimmeres bevor. Meine ehemaligen Studenten, von denen viele gerade erst aus Übersee zurückgekehrt waren, wurden deutlicher: Überfahrten im Winter mussten um jeden Preis vermieden werden. Eine Eiseskälte, bitterer als alles, was ich in Kanada erlebt hatte, würde mich in meine Kabine verbannen. Europa taumelte noch unter den Kriegsfolgen. Selbst der Schiffsmakler, bei dem ich meine Fahrkarte kaufte, versicherte mir, es wäre klüger, die Reise bis zum Frühling aufzuschieben.

Ich konnte nicht warten. Kaum war am 11. November in einem Eisenbahnwaggon in den nordfranzösischen Wäldern schließlich doch der Waffenstillstand unterzeichnet worden, machte ich mich auf den Weg. Noch bevor die Tinte auf den Dokumenten getrocknet war, boten Passagierdampfer wieder Überfahrten an, und ich konnte eine Koje für die Weihnachtszeit buchen. Ich ließ mich von den Warnungen meiner Studenten und Freunde nicht abschrecken. Schließlich wusste ich ja, wie es im Winter auf dem Meer zuging, und nach vier Jahren kriegsbedingten Eingesperrtseins in Montreal hatte ich mir nichts Besseres vorstellen können, als dem offenen Meer zu trotzen.

Die Fensterläden von Open Arms waren geschlossen, das Tor für Besucher versperrt, obwohl Weihnachten war. Der Weg von der Straße zur Haustür war vereist, deshalb musste ich mich behutsam vorwärtstasten. Ich hatte den Zug von Portsmouth genommen und nicht weit vom Haus der Howletts einen Gasthof gefunden. Doch obwohl schon vierundzwanzig Stunden vergangen waren, seit ich wieder festen Boden unter den Füßen hatte, fühlte ich mich noch wie an Deck. Ich ertappte mich dabei, wie ich mich nach links neigte, als sei die Welt in Schieflage geraten und ich die Einzige, die es bemerkte. Die Übelkeit hatte sich gelegt. Ich musste um die sechs Kilo Gewicht verloren haben – meine Kleider hingen lose an mir herunter. Aber ich war angekommen, gesund und halbwegs munter.

Ich klopfte an die Tür der Howletts und wartete eine Minute, dann spähte ich durch einen schmalen Streifen Milchglas. Ich konnte nichts erkennen, außer dass es im Haus dunkel war. Es war erst zehn Uhr morgens. So früh konnte Sir William noch nicht zu Hausbesuchen unterwegs sein. Ich begann, mir Sorgen zu machen. In Montreal waren so viele Menschen gestorben, dass das eine natürliche Reaktion war. Ich klopfte erneut, lauter und beharrlicher diesmal, und ich hörte nicht auf, bis ein Schatten hinter der Glasscheibe erschien.

Lady Kitty streckte ihren schönen aristokratischen Kopf durch den Spalt zwischen Tür und Türrahmen. Als sie mich sah, richtete sie sich auf wie ein langhalsiger Vogel und schüttelte das elegante Haupt. Sie überragte mich immer noch, aber ihre aufrechte Haltung konnte die Veränderung nicht verbergen. Ihre Mundwinkel waren auf fast groteske Weise nach unten verzogen, und ihr einst so kühner, unerschrockener Blick wich meinen Augen aus. Obwohl sie sich betont gerade hielt, wirkten ihre Schultern krumm – die Last, die sie trug, war so schwer, dass sie ihr fast das Rückgrat brach. Sie schüttelte mir die Hand und sagte, was für eine freudige Überraschung es doch sei, mich so bald nach dem Waffenstillstand wiederzusehen.

Nun war die Überraschung auf meiner Seite. »Sie haben meine Briefe nicht erhalten?«

Lady Kitty war keine Meisterin in der Kunst der Verstellung. Ihre Brauen hoben sich durchaus überzeugend, aber ihre Augen verrieten sie sofort. »Briefe?« Sie bewegte sich nicht und machte auch keine einladende Geste.

»Ja. Ich habe Ihnen mehrere Briefe geschickt. Im letzten habe ich angekündigt, dass ich heute komme.« Meine Zehen brannten mittlerweile vor Kälte. Über Lady Kittys Schulter warf ich einen Blick in den beheizten Flur.

»Vielleicht haben Sie es noch nicht gehört«, sagte Lady Kitty, »aber Sir William ist schwer krank.«

Die Veranda schwankte leicht unter mir. »Ich fürchte, ich muss mich setzen.«

Lady Kitty blickte mich erschrocken an. Sicher erinnerte sie sich an meine letzten beiden Besuche und an die Ohnmachtsanfälle, nach denen sie und ihr Mann mich immer gepflegt hatten.

»Tut mir sehr leid«, sagte ich und versuchte, mich an der Wand abzustützen. »Die Reise war anstrengend. Ich fühle mich nicht ganz wohl.«

Lady Kitty ließ die Hände sinken. Sie verzog zwar mürrisch das Gesicht, aber sie ließ mich eintreten. »Kommen Sie, Dr. White«, sagte sie und deutete auf eine Bank im Vestibül. »Sie können für einen Moment Platz nehmen und sich aufwärmen, aber dann muss ich Sie leider bitten zu gehen. William ist nicht in der Verfassung, jemanden zu empfangen. Als Arzt werden Sie das sicherlich verstehen.«

Irgendwo im zweiten Stockwerk von Open Arms lag der alte Mann im Sterben. Jakob Hertzlich hatte recht gehabt. Kitty Howletts Gesicht war von Kummer zerfurcht. Vor wenigen Monaten hatte sie ihr einziges Kind an den Krieg verloren, und nun würde sie ihren Mann verlieren. Wir hatten nichts gemeinsam, was Interessen oder Lebensentwurf betraf, aber zum ersten Mal konnte ich mir vorstellen, wie es sich anfühlte, in der Haut dieser Frau zu stecken. Impulsiv ergriff ich ihre Hand mit den langen, kühlen Fingern. In diesem Moment gab der Heizkörper neben uns Klopfgeräusche von sich, und wir zuckten beide zusammen. Lady Kitty fasste sich zuerst, lachte und zog verlegen ihre Hand zurück.

»Warten Sie«, sagte ich und wühlte in meiner Tasche. Ich hatte Jakobs Zeichnungen mitgebracht. Er selbst hatte mir vorgeschlagen, sie einzupacken. Ich würde einen appetitlichen Knochen brauchen, hatte er gesagt, den ich Lady Kitty vorwerfen konnte, wenn ich an ihr vorbei zu ihrem Mann vordringen wollte. Er hatte recht gehabt, das erkannte ich jetzt. Aber es war mir auch ein ehrliches Bedürfnis, ihr die Zeichnungen zu überreichen. Diese Skizzen waren meisterhaft, und sie würden ihr in dieser traurigen Zeit ein wenig Freude bereiten. »Hier ist etwas, das Sie sehen müssen, Lady Kitty. Es ist von Frankreich nach Montreal gelangt und jetzt über den Ozean wieder zurück zu Ihnen.«

Wir setzten uns nebeneinander auf die Bank, den Skizzenblock zwischen uns. Eine Weile lang blätterte Lady Kitty schweigend, doch als sie zu den Porträts von ihrem Sohn gelangte, erstarrten ihre Hände. Schließlich schaute sie mich an, die Augen voller Tränen. »Danke, Agnes. Ich glaube, es wird William guttun, diese Skizzen zu sehen.«

Das Haus wirkte verlassen. Sie und Sir William seien bis Silvester eine Woche allein, erklärte Lady Kitty, da die Dienstboten Urlaub hätten. Freunde schauten regelmäßig vorbei. Jeden Tag klingelte dieser oder jener, aber Sir William sei zu schwach, um sie zu empfangen. Lady Kitty hatte alle wissen lassen, dass die Türen von Open Arms geschlossen waren. Mir fiel auf, dass man nirgends etwas Weihnachtliches sah. Kein Baum, kein Mistelzweig. Die Eingangshalle war dunkel, ebenso das Esszimmer, in dem zu meinen Ehren einmal ein Empfang gegeben worden war. Ein leiser Geruch von Desinfektionsmittel lag in der Luft.

Die Puppen saßen friedlich auf dem Treppenabsatz zum oberen Stockwerk, an genau derselben Stelle wie vor zehn Jahren. Als ich hinter Lady Kitty die Treppen hinaufstieg, wunderte ich mich, wie dankbar ich war für diesen Hinweis auf eine weibliche Hand. Lady Kitty war wirklich gar nicht so übel. Wie meine Schwester Laure hatte sie wahrscheinlich davon geträumt, in einem Haus voller Kinder zu leben. Und wie bei meiner Schwester war auch für sie dieser Traum zerbrochen.

Ich hatte geglaubt, dass mich die letzten Monate in Montreal und St. Andrews gegen alles gestählt hätten, aber als wir in der Schlafzimmertür standen und ich Sir William sah, merkte ich, dass ich *dagegen* nicht gewappnet war. Seine Haut sah aus wie altes Pergament. Er lag auf dem Rücken und schien geschrumpft zu sein, schon beinahe wie ein Leichnam.

Lady Kitty trat mit einem munteren Ausruf ans Bett, um die Kissen aufzuschütteln. Ihr Mann hielt ihre Hände fest. »Wen hast du mir gebracht?«, fragte er. Er machte eine Kopfbewegung zur Tür hin, wo ich vor Schreck wie angewurzelt stehen geblieben war.

Ich trat einen Schritt vor und sagte meinen Namen.

»Freut mich sehr.« Das Sprechen fiel ihm schwer. Bei der letzten Silbe rang er nach Luft.

»Ich höre, Sie sind krank«, sagte ich.

Sein Mund verzog sich zu einem fürchterlichen Grinsen, das mich an die Schädel im Museum erinnerte. »So viele Menschen kommen, um mir einen Besuch abzustatten. Man könnte fast meinen, ich sterbe.«

Das sollte vermutlich ein Scherz sein, ein augenzwinkernder Hinweis auf die Wahrheit, aber seine Worte trieben mir die Tränen in die Augen. Sir William hatte seine ganze Kraft eingebüßt. Er wollte sich räuspern und stieß ein Altmännerhusten aus. »Sie brauchen nicht zu schauspielern, Dr. White«, sagte er dann. »Ich verfolge diesen Fall seit Monaten und weiß, dass es keine Hoffnung gibt.«

Lady Kitty flatterte wie ein Vogel um ihn herum. »So darfst du nicht sprechen, William. Du wirst die arme Dr. White noch erschrecken.« Dann berichtete sie mir, was für ein furchtbarer Patient ihr Mann sei. Sie tat das in theatralischer Manier, um die Atmosphäre aufzulockern. »Andauernd widersetzt er sich den ärztlichen Anweisungen und mutet sich zu viel zu. Die Ärzte sind jedoch optimistisch, nicht wahr, mein Lieber? Dr. Doyle denkt, du bist auf dem Weg zur Besserung. Gestern erst hat er gesagt, bald bist du wieder munter wie ein Fisch im Wasser.«

»Munter genug, um über den Jordan zu schwimmen.«

»William«, ermahnte ihn Lady Kitty ernst. »Dr. White ist nicht gekommen, um sich so etwas anzuhören.«

Sir William schloss die Augen. Er seufzte. Der Wortwechsel hatte ihn vollständig erschöpft. »Dann sollte sie mich darüber aufklären«, keuchte er, »warum sie gekommen ist.«

Ich trat noch ein Stück näher und zeigte ihm den Skizzenblock. »Um Ihnen das hier zu bringen.«

Sir William nahm den Block. Er zeigte keinerlei Regung, bis er zu Jakob Hertzlichs Porträt von Revere in Uniform kam. Dann drehte er sich zur Seite. Kitty sprang von ihrem Stuhl auf und eilte zu ihm. Ich rührte mich nicht, sah jedoch, wie dieser Mann, der mir einst so viel bedeutet hatte, seinen einzigen Sohn betrauerte. Dabei hatte ich zwiespältige Gefühle. Ich liebte ihn mehr, als ich, abgesehen von meinem Vater, je einen Mann geliebt hatte. Er war die Verbindung zu meiner Kindheit, zu Honoré Bourret. Es bestand sogar eine physische Ähnlichkeit zwischen den beiden Männern, doch ebenso wie mein Vater hatte Sir William mich plötzlich und ohne Erklärung aus seinem Leben ausgeschlossen.

Als er sich wieder einigermaßen gefasst hatte, sprach ich weiter. »Es gibt noch etwas, das ich gern mit Ihnen besprechen würde, wenn ich darf.«

Lady Kitty trat vor, als wolle sie mich bremsen, doch ihr Mann hob die Hand.

»Unter vier Augen, wenn möglich«, fügte ich leise hinzu.

Seltsamerweise ließ die Spannung im Raum auf einmal nach, als hätten wir alle drei auf diesen Augenblick gewartet. Sir William deutete mit einer Handbewegung an, dass seine Frau das Zimmer verlassen möge, was sie widerspruchslos tat. Nun war mir klar, dass meine Briefe angekommen waren. Die Howletts hatten meinen Besuch erwartet und offensichtlich auch über mich gesprochen.

»Ich habe von Ihrer Reise erfahren«, sagte ich, »von der Reise mit Revere, in der Anfangszeit des Krieges.« Ich erwähnte Montreuil und Calais, um seinem Gedächtnis auf die Sprünge zu helfen, denn er hatte den Blick abgewandt.

Schließlich schaute er mich an. »Ich dachte mir schon, dass es darum geht.« Er schwieg, damit wir beide uns sammeln konnten. »Jakob Hertzlich hat Ihnen davon erzählt?«

Als ich nickte, nickte er ebenfalls und kniff sich in den Nasenrücken. »Ich dachte, Sie sprechen nicht mehr miteinander.«

»Wir sind in Kontakt«, erwiderte ich kurz angebunden.

Ich war nicht gekommen, um mit ihm meine Beziehung zu Jakob Hertzlich zu erörtern.

Sir William atmete jetzt ruhiger, und das Sprechen schien ihm etwas leichter zu fallen. »Ihr Vater und ich standen uns nahe, Agnes. Sehr nahe sogar. In meinen jungen Jahren habe ich diesen Mann verehrt.«

Das wusste ich bereits. Und um ehrlich zu sein, interessierte mich ihre gemeinsame Vergangenheit nicht mehr. »Was ich erfahren muss«, sagte ich, »ist der heutige Stand Ihrer Beziehung, Sir William. Sie haben mir gesagt, Sie wüssten nicht, wo er sich aufhält. Sie haben mir gesagt, er sei verschwunden.« Meine Stimme überschlug sich.

Sir William blickte zum Fenster. Als er sich wieder mir zuwandte, war sein Blick klar und gütig. »Es ist kompliziert, Agnes.« Er schwieg, suchte nach Worten. »Ich habe versucht, mich anständig zu verhalten, sowohl ihm als auch Ihnen gegenüber. Und ich würde mein Verhalten immer noch vertreten, selbst wenn ich Sie dadurch verletzt habe.«

»Dann geben Sie also zu, dass Sie wissen, wo er ist? Und Sie geben auch zu, dass Sie es mir verschwiegen haben?« Die Worte brachen aus mir heraus, ein heiseres Flüstern. Ich vermochte nicht normal zu sprechen, beim besten Willen nicht. Sir William hatte mich getäuscht.

»Agnes, meine Liebe«, sagte er und streckte seine dürre Hand nach mir aus. In dieser Geste lag etwas von dem früheren Howlett, von dem charmanten, einnehmenden Menschen aus der Vergangenheit, aber ich stand nicht mehr unter seinem Bann. »Ich habe Ihnen unrecht getan«, murmelte er. »Es tut mir leid.«

Das hatte ich nicht erwartet. Die Entschuldigung klang ungekünstelt und einfach, sie vertrieb meinen Zorn. Stattdessen sprudelten die Fragen aus mir heraus. »Haben Sie beide über mich gesprochen? Weiß er, dass wir uns kennen?«

Sir William schüttelte den Kopf. »Er weiß nichts, Agnes.«

Ich ließ mich fassungslos auf einen Stuhl sinken. »Aber Sie haben ihn doch gesehen. Sie haben mit ihm geredet!«

Sir Williams Stimme klang immer noch gütig. »Wir sehen uns nicht mehr. Die Reise nach Calais war eine Ausnahme.« Er schwieg kurz und fuhr dann fort: »Hören Sie, meine liebe Agnes, ich weiß, das muss schlimm für Sie sein. Ich wollte nicht, dass Sie es erfahren.«

Die Worte trafen mich bis ins Mark. Wie war es möglich, dass er meine Situation immer noch nicht verstand? »Sie wollen sagen, dass Sie mich weiterhin anlügen würden, wenn Jakob Hertzlich mir nicht von dieser Reise nach Calais erzählt hätte?«

»Es ist keine Lüge.«

»Ach nein?« Ich hatte meine Stimme wiedergefunden, ja, ich schrie fast. »Was ist es dann?« So mutig hatte ich noch nie mit ihm gesprochen.

Er hob den Blick, dann kniff er die Augen zusammen. »Eine Unterlassung«, erwiderte er nach einer Weile. »Sie haben nie gefragt. Er hat übrigens auch nicht gefragt. Das Unrecht, das hier begangen wurde, Agnes White, geschah zu Ihrem Besten.«

»Aber ich habe mein Leben lang nach ihm gesucht! Ich wollte immer nur eines: meinen Vater finden.« Ich fing an zu weinen. »Ich dachte, das wissen Sie. Ja, Sie haben es gewusst. Ich habe es Ihnen selbst gesagt.«

»Liebe Agnes«, meinte Sir William und streichelte meine Hand. »Mein armes, armes, liebes Kind. Ich konnte Ihnen nichts über Ihren Vater erzählen. Ich weiß, das klingt hart, aber verstehen Sie doch: Honoré Bourret ist kein einfacher Mann. Er wollte alle Brücken hinter sich abbrechen.« Howlett musterte mich aufmerksam. »Alle, ohne Ausnahme.«

»Den Kontakt zu Ihnen hat er nicht abgebrochen.«

Sir William schüttelte müde den Kopf. »Bei mir ist das etwas anderes, Agnes. Und selbst in meinem Fall gab es Bedingungen.«

Es kam mir vor, als würde sich eine riesige, schwere Hand auf meinen Brustkorb legen und meine Rippen wie Streichhölzer zerdrücken. Was sagte er da? Dass er irgendwie mehr wert war als ich, mehr als meine arme Mutter und meine Schwester?

»Ich habe etwas für ihn getan, was er nicht vergessen kann«, sagte Sir William als Erklärung. »Aus seiner Sicht steht er in meiner Schuld.«

Endlich kam die Geschichte ans Tageslicht. Es war eine bestimmte Version der Ereignisse, erzählt aus einem speziellen Blickwinkel, aber endlich erfuhr ich die Details. Sir Williams Bericht begann mit einer Frage, die mich überraschte. »Erinnern Sie sich an meinen Besuch im Museum, kurz vor dem Brand? Ich war in Montreal, um für ein Porträt zu sitzen. Das war eine Idee des Kanzlers gewesen.« Als ich nickte, fuhr er fort: »Während dieses Besuchs haben Sie mich nach meinen Aufzeichnungen gefragt.«

»Die Autopsie-Berichte«, sagte ich. Ich erinnerte mich genau, wie Jakob ihn in die Enge getrieben hatte. »Jakob Hertzlich hat Sie angegriffen.«

»Es ging um das Howlett-Herz«, sagte Sir William.

»In Ihren Berichten stand, *Sie* hätten die Autopsie geleitet, aber vorher hatten Sie mir gesagt, der zuständige Arzt sei mein Vater gewesen.«

»Ja«, erwiderte er. Sein Blick wanderte wieder zum Fenster. »Sie waren nicht die Einzige, der ich das gesagt habe.«

1873 hatte er in Montreal vor Gericht einen Meineid geschworen, um seinem Mentor Honoré Bourret ein Alibi zu verschaffen. Das Herz war im Oktober 1872 entnommen worden, exakt in dem Monat und Jahr, in dem Marie Bourret verschwunden war. Mir waren diese Daten bekannt, aber ich hatte sie in meinem Kopf immer säuberlich voneinander getrennt, es war mir gelungen, die Verbindung zu blockieren. »Dann war mein Vater in jener Nacht nicht bei Ihnen in der Leichenhalle, als Sie das Herz entnommen haben? Dann waren doch Sie es, der die Obduktion gemacht hat?«

Sir William senkte das Kinn auf die Brust.

»Wo war mein Vater?«, fragte ich. Eine Welle der Panik überschwemmte mich.

Sir William zuckte die Achseln. »Ihr Vater war ein guter Mensch, Agnes. Er war mein Lehrer, und er war mein Freund. Das genügte mir. Ich hatte enormen Respekt vor ihm, aber er war keineswegs allgemein beliebt. Er war Frankokanadier und Katholik, vergessen Sie das nicht, und zu einer ganzen Reihe von Themen hatte er sehr dezidierte Ansichten, die er auch ohne Scheu äußerte. Als die Mordanklage erhoben wurde, hatte er kaum Verbündete.«

»Außer Ihnen.«

Sir William Howlett nickte.

»Ich verstehe«, sagte ich nach einer Weile. Sir William schien fest davon überzeugt, das Richtige getan zu haben, und ich wollte mich mit ihm darüber nicht streiten. Er hatte meinen Vater gerettet und selbst einiges riskiert. Er hatte Werte wie Loyalität und Freundschaft hochgehalten.

»Ich brauche seine Adresse«, sagte ich. Meine Stimme klang jetzt wieder ganz normal.

Sir William riss eine Ecke vom Skizzenblock seines Sohnes ab und kritzelte etwas darauf. So einfach war das. Als ich den Papierfetzen entgegennahm, streiften sich unsere Finger kurz, und wir wandten beide verlegen den Blick ab. Aber die Berührung gab mir zu denken. Ich fühlte diesmal nichts, im Gegensatz zu den anderen Malen, wenn wir uns körperlich näher gekommen waren. Kein Kribbeln, nicht einmal Wärme. Ich hatte innerlich einen so vollständigen Bruch vollzogen, dass ich mich fragte, welche Art von Verbindung es eigentlich je zwischen uns gegeben hatte.

28

30. Dezember 1918

In strömendem Regen ging ich in Calais von Bord der Fähre. Die trostlose Stadt an der Nordwestküste Frankreichs war in vieler Hinsicht der passende Rückzugsort für einen Mann wie Honoré Bourret. Calais ist eine Hafenstadt und gilt als die englischste aller französischen Städte, umgeben von Stadtmauer, Gräben und Kanälen. Im Mittelalter stand Calais unter britischer Herrschaft. Die britische Armee eroberte die Stadt im 14. Jahrhundert, vertrieb die Franzosen und besiedelte Calais mit Engländern. Doch am Silvesterabend 1588 unternahm die französische Armee einen Überraschungsangriff und eroberte die Stadt zurück. Die Besatzer waren dabei, das kommende neue Jahr zu feiern, und konnten sie nicht verteidigen.

Mein Vater lebte also in einem Ort, der Montreal ähnelte, und ich landete hier kurz vor dem Silvesterabend, um ihn im Sturm zu erobern. Das Datum hatte ich nicht absichtlich gewählt. Über die Geschichte von Calais hatte ich erst auf der Kanalfähre durch ein beiläufiges Gespräch mit dem Kapitän etwas erfahren.

Mein Hotel lag in der Altstadt, in einer Seitenstraße der

zentralen Place d'Armes. Die Luft roch nach Salz, und als ich aus dem Wagen stieg, ging ein Graupelschauer auf mich nieder. Vor mir erhob sich die Auberge des Flots, der Gasthof, in dem William Howlett mit meinem Vater diniert hatte. Von außen wirkte er so trist wie die anderen Gebäude, die diese Straße wie schiefe Zähne säumten, aber im Inneren war die Auberge überraschend warm.

Eine hochschwangere Frau mit einem etwa zweijährigen Kind im Schlepptau hieß mich willkommen. *»Entrez, entrez!«*, rief sie, nahm mir den Schirm ab und zeigte dem Fahrer, wohin er mein Gepäck stellen sollte. »Heute ist kein schöner Tag zum Reisen.«

Sie und ihr kleiner Junge Charles begleiteten mich zur Empfangstheke, wo ihr Mann wartete. Nach der Anzahl der Schlüssel zu urteilen, die hinter ihm an der Wand hingen, war ich der einzige Übernachtungsgast, obwohl aus dem Restaurant nebenan lautes Gelächter tönte. Nach der anstrengenden Atlantiküberquerung und der Fahrt mit der Fähre gönnte ich mir ein Zimmer mit Blick auf den Hafen und mit einem eigenen Badezimmer. Der Mann trug meine Taschen nach oben und machte im Kamin ein Kohlenfeuer.

Mein Zimmerchen wurde schnell warm. Die Einrichtung war schlicht, die frischen Farben boten einen angenehmen Gegensatz zum Wetter draußen, und meine Stimmung besserte sich bald. Als die Frau des Gastwirts mit einem Teller Suppe nach oben kam, erkundigte ich mich nach der Adresse, die Howlett mir aufgeschrieben hatte.

Sie kniff im Gaslicht die Augen zusammen. »Rue de Verel«, sagte sie, *»bien sûr je la connais.* Sie liegt ein Stück entfernt von der Auberge, unten im Quartier Courgain-Maritime, wo die Fischer wohnen. Wen suchen Sie da?«

»Dr. Bourret.« Ich wunderte mich, wie mühelos mir der Name über die Lippen kam. Ich empfand keine Scham mehr, nur noch ein leichtes Herzklopfen, das sich schnell wieder legte.

»Sie meinen den Arzt? Ja, der wohnt dort. Meine Beschreibungen taugen nicht viel, aber mein Mann wird Ihnen den Weg erklären. Sie wollen morgen dorthin?«

Mir gefiel diese junge Frau mit dem offenen Lächeln, aber ich wollte nicht reden. Da ich in St. Andrews East aufgewachsen war, einer ähnlich kleinen Stadt wie Calais, wusste ich, wie flott sich Neuigkeiten verbreiteten und wie schnell sie verfälscht wurden. Ich dankte meiner Wirtin für ihre Freundlichkeit, konzentrierte mich auf meine Suppe und lenkte dabei das Gespräch in neutralere Bahnen.

Sobald sie wieder nach unten gegangen war, packte ich meine Taschen aus. Nicht die Kleider – abgesehen von dem, was ich am Leib trug, hatte ich sowieso nur noch eine Garnitur zum Wechseln dabei –, sondern die Tasche mit all den Dingen, die ich für meinen Vater mitgebracht hatte. Die Auswahl war mir schwergefallen, denn sie hatte mich gezwungen, mich in ihn hineinzuversetzen und zu überlegen, welchen Teil meines Lebens er wohl gern sehen würde. Ich hatte gemerkt, wie wenig ich im Grunde über ihn wusste. Vor vierundvierzig Jahren hatte ich ihn mit dem Blick eines Kindes gesehen. Deshalb packte ich, vielleicht passend, als Erstes die Fotografien ein, auf denen Laure und ich als Kinder in Schürzenkleidchen im Fotostudio posierten. Ein Bild zeigte Laure am Tag ihrer Hochzeit. Mein Vater hatte sie nie kennengelernt, aber wenigstens würde er jetzt sehen, was für eine Schönheit seine zweite Tochter gewesen war. Das letzte Bild zeigte mich, wie ich mein Diplom von der McGill entgegennahm.

Außer den Familienfotos hatte ich noch das Lehrbuch von William Howlett eingesteckt, das mein Kapitel über angeborene Herzfehler enthielt. Das wusste er bestimmt zu würdigen – seine Tochter arbeitete für den Mann, dessen Mentor er gewesen war. Ich hatte auch noch andere von mir verfasste wissenschaftliche Aufsätze mitgebracht, dazu kamen die Ankündigungen von Vorträgen, die ich in Harvard und an der Johns Hopkins gehalten hatte, sowie Zeitungsausschnitte mit Berichten darüber. Außerdem hatte ich Artikel über das Museum dabei und eine schmeichelhafte Darstellung meiner Arbeit an der McGill aus der *Gazette*.

Zusätzlich zu diesen Papieren gab es einen separaten Ordner mit meinen ersten Veröffentlichungen. Diese und die Zeichnungen von Jakob Hertzlich wollte ich ihm als besonderes Geschenk überreichen, denn alles betraf das *Cor biatriatrum triloculare,* das Herz mit den drei Kammern und der kleinen Tasche, die die fehlende Kammer kompensierte und die mein Vater angeblich 1872 entdeckt hatte.

Nach 1872 waren noch mehrere Drei-Kammer-Herzen mit solch einer Ausbuchtung entdeckt worden, aber das Herz von McGill war das erste. In meinem Artikel hatte ich den Begriff ›die Bourret-Anomalie‹ eingeführt, der ihm, wie ich hoffte, ebenso gut gefallen würde wie mir.

Jetzt war es mir natürlich peinlich, als ich las, was ich da geschrieben hatte. Das Herz spielte zwar im Leben meines Vaters durchaus eine Rolle, aber eine andere, als ich es mir vorgestellt hatte. Wenn das, was William Howlett mir mitgeteilt hatte, der Wahrheit entsprach, war seine Verbindung zu diesem Herzen das Letzte, woran mein Vater erinnert werden wollte.

Andererseits würde es ihn vielleicht freuen, dass sein damaliges Alibi von mir in einer angesehenen medizinischen Zeitschrift untermauert wurde. Ich packte den Artikel und Jakobs Zeichnungen zusammen mit den anderen Sachen wieder in die Tasche. Ich würde erst in der Rue de Verel 27 entscheiden, was damit geschehen sollte. Nicht vorher. Es empfahl sich, auf alles vorbereitet zu sein.

Auf eine Möglichkeit konnte und wollte ich mich allerdings nicht vorbereiten – dass mein Vater mir die Tür nicht öffnen würde. William Howlett hatte so etwas angedeutet, aber ich akzeptierte das nicht. Es war die Scham, die meinen Vater all die Jahre von mir ferngehalten hatte, dessen war ich mir sicher. Welcher Mann wollte nicht sein Kind wiedersehen – ein Kind, dem er so wichtig war, dass es mitten im Winter den Atlantik überquerte, um zu ihm zu gelangen? Wie konnte es ihn nicht froh stimmen, wenn er erfuhr, dass seine Tochter seinem Vorbild nachgeeifert hatte, dass sie einen Beruf ergriffen hatte, der ein Spiegel seines eigenen war?

In der Nacht schlief ich besser als seit Wochen. Voller Hoffnung und Vorfreude verließ ich am nächsten Tag mein Zimmer. Es war kurz vor zehn Uhr. Der Gastwirt stand am Tresen und trocknete mit einem Handtuch Gläser ab. Er war ein gutmütiger Kerl, ein Brandytrinker, wie seine rote Knollennase verriet. Ich schätzte ihn auf einige Jahre jünger als mich, etwa Anfang vierzig. Er bat mich, Platz zu nehmen, und gleich darauf kam seine Frau Eugenie mit Brot und einer Schale Milchkaffee.

»Eugenie hat erzählt, Sie wollen zu Dr. Bourret«, sagte er, als ich zu essen begann.

Ich nickte. Das Brot war ganz frisch. Ich bestrich es mit süßer Butter und köstlicher Pflaumenmarmelade. Beim Essen unterhielt mich der Wirt mit Geschichten. Anscheinend war mein Vater bis vor Kurzem regelmäßig in seinem Gasthaus gewesen. Neuerdings habe er gesundheitliche Probleme, sagte der Wirt, aber vorher sei er jahrelang mindestens zweimal die Woche bei ihm eingekehrt. Durch seinen Beruf war er bei den Einwohnern von Calais gut bekannt. Bourret sei sogar, fügte der Wirt stolz hinzu, sein Geburtshelfer gewesen. »Ich war eine Steißgeburt und bin mit dem Hinterteil zuerst auf die Welt gekommen, wie der Doktor mir ständig unter die Nase reibt.« Er zwinkerte mir lachend zu.

Dann trank mein Vater also hin und wieder mit seinen Nachbarn etwas. Er besaß Humor. Der Wirt ahnte natürlich nicht, welche Schätze er mir da überreichte. Aus Honoré Bourret war ein Hausarzt geworden, etwas, was er früher verachtet hätte. Er begnügte sich damit, Babys auf die Welt zu bringen und gewöhnliche Kinderkrankheiten zu behandeln.

»Lebt er allein?«, fragte ich, nachdem ich die Schale geleert hatte. Der Wirt warf seiner Frau einen kurzen Blick zu und griff nach dem nächsten Glas. »Hängt davon ab, was Sie damit meinen.«

»Hat er eine Ehefrau?«

Der Wirt lachte. »Ich glaube, er hat nicht viel für die Ehe übrig, obwohl die Frauen ihn mögen.«

Eugenie, die im Gastraum geblieben war, um unser Gespräch mit anzuhören, mischte sich ein. »Das ist seine Sache, Gilles. Uns geht das nichts an.«

»Du hast recht, mein Schatz.« Er wandte sich mir zu. »Sie ist mein Gewissen, die liebe Eugenie. Aber es tut keinem weh, und schon gar nicht Dr. Bourret, wenn man sagt, dass er Erfolg bei den Frauen hat.«

»Aber eine Ehefrau gibt es nicht?«, fragte ich noch einmal.

»Viele haben es versucht«, sagte der Wirt schmunzelnd. »Es lebt jemand bei ihm, obwohl er schon so alt ist. Tja – wahrscheinlich sitzt er auf einem Vermögen.«

Seine Frau schüttelte den Kopf. »Er war verheiratet, aber das ist schon lange her. In England, wenn ich mich richtig entsinne.«

»In England?«, fragte ich verblüfft.

»Ja, stimmt«, bestätigte der Wirt. Er griff gerade nach einem weiteren Glas und bemerkte nicht, wie überrascht ich war. »Das hatte ich ganz vergessen. Er ist in England geboren. Deshalb spricht er so eigenartig, mit diesem Akzent und englischen Redewendungen. Er hatte eine englische Frau und ein Kind, aber sie sind bei einem Schiffsunglück ums Leben gekommen.« Er musterte mich aufmerksam. »Sie kommen auch aus England, nicht wahr?«

Ich schüttelte den Kopf. »Nein, aus Kanada«, entgegnete ich, obwohl ich in Gedanken noch bei der ertrunkenen englischen Frau und dem Kind war. Es konnte wahr sein. Über so viele Jahre seines Lebens wusste ich nichts – ein halbes Jahrhundert. Doch dann dachte ich genauer nach – wenn man die Steißgeburt des Wirts in Betracht zog, musste mein Vater seit vierzig Jahren hier in Calais leben. Das ließ nicht viel Zeit für eine Liebesbeziehung jenseits des Kanals, schon gar nicht, wenn ein Kind gezeugt worden sein sollte. Vielleicht war England ein Fantasiegespinst, *une fausse piste*, wie man es hier nannte. Das Ertrinken konnte sich auf Dinge beziehen, die anderswo zu einer anderen Zeit geschehen waren.

»Aus Kanada«, wiederholte der Wirt nachdenklich. »Aber wer sind Sie, wenn ich fragen darf – sind Sie mit ihm verwandt? Oder eine Freundin der Familie?« Er beobachtete mich genau, während er sein Glas rubbelte.

»Eine Kollegin«, erwiderte ich rasch. »Uns verbindet der Beruf.« Das stimmte zum Teil, und ich hatte nicht vor, den beiden hier – oder sonst jemandem – mehr zu offenbaren, ehe ich mit meinem Vater gesprochen hatte.

Bevor ich ging, zeichnete mir der Wirt eine Straßenskizze. Der Umgang mit einem Stift war nicht gerade seine Stärke, und ich sah Schwierigkeiten auf mich zukommen. Er entschuldigte sich für die wirren Linien, beharrte aber darauf, dass sie nicht schwer zu entschlüsseln seien. Die Altstadt sei klein, beteuerte er. Das wusste ich bereits. »*Ce n'est pas compliqué*«, beteuerte der Wirt immer wieder.

Zuerst führte mich seine Karte quer über die großzügig angelegte Place d'Armes mit ihrem Wachturm aus dem 13. Jahrhundert. Doch bald wurde das Straßennetz immer vertrackter. Der Graupelregen des Vortags hatte zwar aufgehört, aber es war kalt. Die Pflastersteine waren von einer Eisschicht überzogen. Ich war erst zehn Minuten unterwegs, als ich ausrutschte und auf die Tasche mit den Sachen für meinen Vater fiel. Ich setzte mich auf den Randstein und schaute nach, ob die Papiere und Fotografien unbeschädigt waren.

Hier roch es noch stärker nach Fisch als auf dem großen Platz. Die Rinnsteine waren voll mit Abfällen, die aussahen, als hätten sie schon vor Anbruch des Winters dort gelegen. Ich ging weiter. Dem Gekritzel des Wirts folgend, bog ich erst links, dann rechts ab. Dann nahm ich wieder die nächste Querstraße rechts. In Calais waren, wie auch in den alten Stadtteilen von Montreal, Schilder mit Straßennamen an die Hauswände genagelt. Aber der Name, den ich jetzt vor mir sah, stand nirgendwo auf der Karte.

Keine Menschenseele weit und breit. Kein Laden, kein Wirtshaus, kein lebendiges Wesen. In diesem *Quartier* lebten

Hafenarbeiter und Seeleute, und für sie war Silvester zweifellos ein freier Tag. Vermutlich schliefen sie, vielleicht hatte die Stille allerdings auch schlimmere, unheilvollere Gründe.

Ich ging aufs Geratewohl eine verlassene Straße entlang, meinem Instinkt folgend. Meine Stiefel klackten auf den Pflastersteinen und erzeugten einen Hall, der mir das Gefühl gab, verfolgt zu werden. Ich blickte über die Schulter, bis ich merkte, dass ich allein dieses Geräusch verursachte. Vor mir war an ein Steingebäude ein kleines weißes Schild geschraubt, doch auch dieser Straßenname sagte mir nichts. Ich ging weiter, mal hierhin, mal dahin, bis ich vollständig die Orientierung verlor.

Die Kälte, die sich über diese nordfranzösische Stadt gesenkt hatte, war kriechend, ganz anders als die in Montreal. Als ich aus Kanada abreiste, musste ich mein Gesicht bedecken, und selbst dann hatte ich noch Mühe mit dem Atmen gehabt. Der Frost hatte Wimpern und lose Haarsträhnen weiß gefärbt. Calais hingegen war mir bei der Ankunft warm vorgekommen. Allmählich jedoch schlich sich die Feuchtigkeit in meine Kleider. Ich war bis auf die Knochen durchgefroren.

Wieder entdeckte ich einen Straßennamen an einer Wand, aber weil meine Brille beschlagen war, konnte ich ihn nicht gleich entziffern. Ich setzte die Brille ab, rieb die Gläser sauber und erkannte ein »V«. Noch ein paar Schritte, dann las ich die magischen Worte. Ich blieb stehen und holte mit geschlossenen Augen tief Luft. Mit einer armseligen Wegbeschreibung und meinem Instinkt als Orientierungshilfe war ich durch die eiskalten Straßen geirrt, und nun war ich endlich am Ziel.

Es war eins der größeren Häuser in der Straße, sah aber

viel düsterer aus, als ich erwartet hatte. Die graue Fassade unterschied sich farblich kaum vom Himmel über mir. Die unteren Fenster waren vergittert. Das war üblich in Calais, doch es gab dem Haus ein wachsames, argwöhnisches Aussehen.

Ein Gehsteig für Fußgänger existierte nicht, nur ein Streifen Erde neben den Pflastersteinen, mit den vereisten Abdrücken von Stiefelsohlen. Ich tastete mich zum Haus meines Vaters vor. Der kleine Vorgarten war für den Winter vorbereitet worden: Jemand hatte die Sträucher mit Sackleinen und Schnur umhüllt. Ich stellte mir vor, wie Honoré Bourret sich dieser Aufgaben annahm. Allem Anschein nach war er ein gewissenhafter Mensch.

Die Frau, die an die Tür kam, war jünger als ich, wenn auch nicht viel, und trug bequeme Häkelpantoffeln und einen alten Rock. Sie hatte kupferrote Haare, die am Scheitel und an den Schläfen graue Ansätze zeigten, und machte kein besonders freundliches Gesicht.

»Ich suche Dr. Bourret«, sagte ich auf Französisch.

»*Il ne travaille plus*«, erwiderte sie. Ohne auch nur nachzufragen, was ich wolle, verwies sich mich an einen anderen Arzt, einen Herrn namens Babin, der offenbar die Praxis meines Vaters gekauft hatte. Seine Praxis befinde sich ein paar Straßen südlich von hier, erklärte die Frau, aber über die Feiertage sei sie mit Sicherheit geschlossen.

Ich schüttelte den Kopf. Ich sei nicht auf der Suche nach ärztlicher Hilfe, sagte ich. Es war kalt an der Tür. Die Frau schlang den Fuß um das Bein, auf dem sie stand, und verschränkte abwartend die Arme vor der Brust.

»Ich muss den Doktor sprechen«, wiederholte ich. »Meine Gründe sind privater Natur.«

Diese letzte Bemerkung irritierte sie. Sie hatte ein eckiges Kinn, das sie jetzt verärgert vorschob, obwohl ich wirklich nicht wie eine Bedrohung aussehen konnte. Ich nahm an, dass sie die Gefährtin meines Vaters war – *la femme qui n'était pas sa femme*. Ihre Körperhaltung betonte überdeutlich, dass sie nicht seine Köchin oder Haushälterin war.

Um ihre Bedenken zu zerstreuen, fügte ich hinzu, ich sei eine Kollegin. »Wir kennen uns von früher.«

Weil wir beide völlig ausgekühlt waren, ließ sie mich drinnen warten, während sie den Flur hinunterging, um mich bei Dr. Bourret anzumelden. »Ich verspreche Ihnen nichts«, rief sie mir noch über die Schulter zu. »Er empfängt selten Besucher.«

Das Haus war dunkel und kleiner, als es von außen wirkte. Schmale Fenster, die besser zu einer Festung gepasst hätten als zu einem Wohnhaus. Die Wände waren weiß gestrichen, was die Atmosphäre ein wenig aufhellte, und die Gaslampen brannten, aber insgesamt war es eine bedrückende Umgebung.

Nach einer Weile kam die Frau mit den kupferroten Haaren zurück und führte mich in den rückwärtigen Teil des Hauses. Bei geschlossener Haustür war der Salzgeruch des Meeres ausgesperrt, und ein anderes Aroma wurde stärker wahrnehmbar. Meine Gastgeberin roch eindeutig nach Alkohol. Schweigend gingen wir auf das Arbeitszimmer zu. Mein Vater saß dort auf einer Couch, die Beine hochgelegt und in eine Decke gewickelt. Er stand nicht auf, als ich eintrat, sondern wandte sich mir nur zu und blinzelte. Sein Anblick versetzte mir einen regelrechten Schock, denn das Gesicht, das ich vor mir sah, ähnelte in nichts dem Antlitz, das ich schon so viele Jahre in mir trug. Die Oberlippe war glatt rasiert.

Seine Haare waren schlohweiß und noch dicht. Er trug eine Brille mit extrem dicken Gläsern, die seine Augen mit den milchigen Pupillen stark vergrößerten, wodurch er wütend und verwundert zugleich aussah.

Ich blieb in der Tür stehen, bis er mich bat, näher zu treten. »Entschuldigen Sie, dass ich nicht aufstehe«, sagte er in einem Französisch, das eindeutig nicht aus der Gegend hier stammte. »Bei diesem nassen Wetter tun mir die Gelenke weh.« Er winkte mich zu sich. »Kommen Sie«, sagte er, »kommen Sie ins Licht, damit ich Sie sehen kann.«

Die Bitte überraschte mich, denn ich stand keine zwei Meter von ihm entfernt. Die Frau mit den roten Haaren schubste mich an. »Na los«, flüsterte sie. »Er sieht sehr schlecht. Sie müssen ganz nahe zu ihm hingehen.«

»Ich kann dich hören«, sagte der alte Mann. »Meine Augen mögen schwach sein, aber meine Ohren funktionieren noch ausgezeichnet.« Er nahm die Brille ab. »Ich kann nicht einmal mehr die Zeitung lesen«, sagte er, faltete ein altes Exemplar von *Le Monde* zusammen und steckte es zwischen sich und ein Kissen. »Solange muss mir die Nachrichten vorlesen.« Er wiederholte seine Geste. »Treten Sie näher. Sie sind ganz verschwommen.«

Ich stellte mich unmittelbar vor die Couch. Ich fühlte mich wie ein kleines Mädchen, das gleich einen Klaps oder Kuss bekommt. Er starrte mich eine Weile lang an, dann wandte er den Blick ab. »Nein«, sagte er, als antworte er auf eine Frage. »Ich habe Sie noch nie gesehen.«

Auf einem niedrigen Tisch standen eine Brandyflasche und zwei Gläser. Der alte Mann hatte mitbekommen, wohin mein Blick gewandert war, denn er lachte leise. »Ich muss Ihnen wohl ein Glas anbieten. Wir wollten gerade auf das

Ende dieses besonders grässlichen Jahres anstoßen. Schließen Sie sich uns an?« Er zuckte mit den Achseln. »Ich fand schon immer, dass es wichtiger ist, das alte Jahr mit Glanz und Gloria zu begraben, als das neue zu bejubeln.« Er deutete auf einen Sessel gegenüber von der Couch, auf den ich mich setzen sollte. »Und nun erklären Sie mir bitte, wer Sie sind. Wir kennen uns, sagen Sie.«

Er füllte drei Gläser und reichte mir eines. Das andere war für Solange, die neben ihm stand. »Komm, meine Liebe«, sagte er. »Lass uns unseren Gast willkommen heißen.« Er klopfte auf das freie Ende der Couch, und sie nahm Platz. Irgendwie erinnerte sie mich an eine Tigerkatze, die sich zu Füßen ihres Herrchens zusammenrollt.

»Es ist viele Jahre her«, sagte ich. »Ich war noch ein Kind.« Das waren die ersten Worte, die ich an ihn richtete, und ich sagte sie auf Englisch. Man sah ihm an, wie sehr es ihn überraschte, dass ich keine Französin war.

Er beugte sich vor, um mich genauer betrachten zu können. Einen Moment lang vergaß er seine gleichgültige Pose. An Solange gewandt, murmelte er: »Ich dachte, du hättest gesagt, sie ist eine Kollegin.«

Solange hob die Achseln. »Das hat sie behauptet.«

»Ja, das habe ich gesagt«, bestätigte ich auf Französisch. Ich wollte keinen Streit auslösen, und auf keinen Fall durfte ich Solange noch mehr gegen mich aufbringen. »Ich bin inzwischen eine Kollegin, eine Ärztin wie Sie.«

»Sie sprechen in Rätseln«, murmelte mein Vater. Er blickte immer noch in meine Richtung, aber wegen der milchigen Pupillen konnte ich nicht beurteilen, was er sah. »Sie kommen aus England?«

Ich nickte.

»Und Sie sind Ärztin?«

Wieder nickte ich.

»Und wo, sagten Sie, haben wir uns getroffen?«

Ich wappnete mich, als könnte sich jeden Augenblick die Erde unter mir auftun. »In Montreal.«

Honoré Bourret runzelte die Stirn. »Dann steht fest, dass Sie sich irren, denn ich hatte leider nie das Vergnügen, Montreal zu besuchen.«

Er fixierte mich mit seinen seltsam verschleierten Augen. Was für ein absurdes Gefühl, dass dieser Vater, der gleichzeitig nicht recht mein Vater war, mich so dreist verleugnete.

»Aber Sie sind dort geboren«, sagte ich.

»Ich stamme aus England«, erklärte Bourret. Solange betrachtete mich mit ihren schläfrigen Katzenaugen. Die beiden schienen so unbeirrt, dass mir Zweifel kamen. Das Gesicht meines Vaters war mir absolut fremd. Konnte ich wirklich ausschließen, dass dieser Honoré Bourret nicht doch ein Fremder war? Ich begann, die Möglichkeit in Betracht zu ziehen, aber dann rief ich mich zur Vernunft. Vor drei Jahren hatte William Howlett mit ihm in der Auberge des Flots gesessen. Jakob Hertzlich konnte das bezeugen. Dieser Mann log. Er log mir ins Gesicht.

»Ich komme gerade mit dem Schiff aus England«, sagte ich, »aus dem Haus eines Ihrer Freunde.«

Bourret hatte sich entspannt an die Rückenlehne der Couch gelehnt, doch als ich William Howlett erwähnte, richtete er sich sofort wieder auf. Er wandte sich Solange zu und schickte sie aus dem Zimmer. Als sie merkte, dass es ihm ernst war, widersprach sie. Warum sollte sie wegen einer Fremden hinausgehen? Dies sei schließlich auch ihr Haus! So könne er nicht mit ihr umgehen. Und mich überschüttete sie mit Beschimpfungen, weil ich ihren Vormittag durcheinandergebracht hatte.

Der alte Mann musste sie regelrecht hinausscheuchen. Es war ein peinliches Schauspiel, das Bände über ihre Beziehung sprach. »Frauen!«, zischte er auf Englisch, als wir endlich unter uns waren. »Nichts als Probleme.« Er setzte sich wieder mir gegenüber. »Heißt das, Dr. Howlett hat Sie hergeschickt?« Er sprach nun Englisch, vermutlich weil er nicht wollte, dass seine Freundin ihn verstehen konnte, falls sie an der Tür lauschte.

Ich erklärte, Sir William habe alles in seiner Macht Stehende getan, mir diese Reise auszureden. Er habe die Situation als »kompliziert« bezeichnet und versucht, mich von meinem Plan abzubringen.

»Aber Sie sind trotzdem gekommen.«

Es folgte eine Pause, in der wir einander eingehend musterten. Ich hatte nicht die leiseste Ahnung, was der Mann, der mir da gegenübersaß, dachte. Vielleicht überlegte er, welche Alternativen er hatte, plante seinen nächsten Schachzug und kalkulierte, wie viel er preisgeben wollte. Oder er dachte über mich nach. Die undurchdringlichen Augen schlossen sich. »Ich kenne Sie nicht«, sagte er wieder.

Ich nannte meinen Namen – nicht den englischen, den mir meine Großmutter gegeben hatte, sondern den älteren, den französischen, den er ausgesucht hatte. Ich sagte, ich sei seine Tochter.

Eine ganze Weile lang antwortete er nicht. Stumm schlug er die Beine übereinander, griff nach der Zigarettenschachtel und bot mir eine Zigarette an. Als ich den Kopf schüttelte, zündete er sich selbst eine an. »Ich war nie in Montreal«, sagte er beim Ausatmen. »William Howlett hat aus gutem Grund versucht, Sie davon abzuhalten hierherzukommen. Ihr Besuch ist reine Zeitverschwendung.«

Wenig später ging ich. Solange stand in der Küche und bereitete das Mittagessen zu. Sie hob nicht einmal den Kopf, als ich den Flur durchquerte. Der alte Mann musste mich selbst zur Tür geleiten und mir meinen Mantel und die Stiefel reichen. Der Flur war eng, und wir standen keinen halben Meter voneinander entfernt, während ich mich anzog.

»Sie dürfen mit niemandem darüber sprechen«, sagte er leise.

An diesem Punkt hatte ich mich schon wieder etwas gefangen, oder zumindest glaubte ich das. »Worüber sollte ich sprechen?«, sagte ich, ebenfalls mit leiser Stimme, als hätten wir ein Geheimnis. »Wir kennen einander nicht.«

»Stimmt«, sagte er und lächelte.

Das waren unsere letzten Worte. Ich zitterte, als ich die Tür hinter mir zuzog. Er schloss mich abermals aus, so wie er vor Jahren meine Mutter und eine viel jüngere Version meiner selbst und noch früher seine verkrüppelte Schwester ausgeschlossen hatte. Erst als ich auf der Straße stand, merkte ich, dass ich die Tasche mit den Geschenken im Haus vergessen hatte. Ich wusste genau, wo sie stand, neben dem Sessel, auf dem ich gesessen hatte, doch um nichts in der Welt wäre ich zurückgegangen, um sie zu holen.

Es hatte angefangen zu schneien, nur leicht, aber die weißen Flocken legten sich über die Rue de Verel und all die anderen Straßen von Calais. Mein Vater hockte jetzt wahrscheinlich in der Küche und bemühte sich, mit Solange Frieden zu schließen. Die beiden würden sich an den Esstisch setzen, und irgendwann würde einer von ihnen ins Arbeitszimmer gehen und meine Tasche entdecken. Solange konnte das Material, das ich so sorgfältig verpackt und den weiten Weg hierhergebracht hatte, nicht deuten, und mein Vater vermochte nichts zu erkennen, selbst wenn er die Sachen in die Hände bekommen sollte.

29

1. Januar 1919

Der Neujahrsmorgen brach an, doch er war kaum von der Nacht zu unterscheiden. Die Hähne krähten, trotz des erdrückend schwarzen Himmels. Ich hatte nicht geschlafen, was zum Teil an der Begegnung mit meinem Vater lag, zum Teil an dem Lärm aus der Bar, die sich direkt unter meinem Zimmer befand. Das *réveillon,* also die Party am Silvesterabend, war ein großes Ereignis in der Auberge des Flots. Die alljährlich dort stattfindenden Festivitäten waren in Calais sehr berühmt, und nach dem Geräuschpegel zu urteilen, hatte die halbe Stadt auf ein Glas hereingeschaut.

Ich war trotz der Einladung meiner Wirtsleute oben in meinem Zimmer geblieben. Als Eugenie hörte, dass ich den Sekt, den ihr Mann mir spendieren wollte, ablehnte, lud sie mich ein, zu ihr und Charles in die Wohnung zu kommen und eine heiße Milch zu trinken. Nicht einmal das schaffte ich. Die ganze Nacht über saß ich allein in meinem Zimmer und weinte. In der Morgendämmerung zog ich mich an und ging nach unten. Die Bar sah aus, als wäre ein Wirbelsturm über sie hinweggefegt. Die Tische standen voller Gläser und Flaschen. Zwei Gestalten lagen ausgestreckt auf dem Fußboden. Ich tappte auf Zehenspitzen um sie herum, holte meine Stiefel und schlüpfte aus der Tür.

Diesmal brauchte ich keine Karte. Ich folgte einfach meiner Nase die Avenue de la Mer hinunter zum Wasser. Der Himmel hellte sich allmählich auf, aber abgesehen von den Möwen und Kormoranen, die mit schrillem Gekreisch über der Stadt kreisten, war ich das einzige Lebewesen. Ich ging zügig, den Wind im Rücken, und atmete den würzigen Salzgeruch ein. Vor Calais erstreckte sich ein langgezogener Sandstrand, la plage Blériot, den ich bei der Landung von der Fähre aus bemerkt hatte. Darüber erhob sich ein großer Hotelbau, aber dieses Hotel war den Winter über geschlossen, seine Türen und Fenster waren verbarrikadiert.

Ich überquerte den Strand, mit dem vom Wind gewellten Sand, und erreichte den Pier, der in einem kleinen Turm endete. Dort blieb ich stehen. Gerade setzte die Ebbe ein, was mir nicht gleich auffiel. Ich hatte an Flüssen gelebt – dem schnell fließenden North River vor dem Grundstück meiner Großmutter in St. Andrews East, dem Sankt-Lorenz-Strom in Montreal. Das Meer roch anders, nach Salz und Seetang und Tiefseekreaturen. Lange stand ich nur da und starrte aufs Wasser hinaus.

In einer einzigen Woche hatte ich die beiden wichtigsten Männer meines Lebens verloren. Doch das Wort »verloren« traf es nicht ganz. Keiner der beiden war gestorben, und sie hatten beide seit Jahren keine äußerlich sichtbare Rolle in meinem Leben gespielt. Innerlich jedoch waren sie die Achse gewesen, um die sich alles drehte. Der Mittelpunkt. Nun war mir diese Mitte, meine Mitte, entglitten. Sir William Howlett hatte mich belogen. Es interessierte mich nicht, ob die Situation mit Honoré Bourret kompliziert war oder ob die

Lügerei nach Howletts Einschätzung mir zum Vorteil gereichen sollte! Und mein Vater war keinen Deut besser. Jahrelang hatte ich ihn für ein Opfer gehalten, einen Unschuldigen, der von der engstirnigen schottischen Gemeinde in Montreal verleumdet worden war, weil er es gewagt hatte, ehrgeizig zu sein, anders zu sein. Als Frau mit den gleichen Eigenschaften hatte ich mich mit ihm identifiziert.

Mein Vater hatte eine hochschwangere Ehefrau verlassen, ohne einen Gedanken darauf zu verschwenden, welche Folgen das für sie oder das ungeborene Kind haben würde. Er hatte mich verlassen, als ich noch keine fünf war. Und als ich fast fünfundvierzig Jahre später auf seiner Schwelle stand, hatte er sich erneut abgewandt und gelogen, um sich zu schützen. So ein Mann, das begriff ich jetzt, war vielleicht auch fähig, sich einer verkrüppelten Schwester zu entledigen, die eine immense Belastung für ihn bedeutete. Die Indizien waren da gewesen, aber ich hatte die Augen verschlossen.

Das französische Wort *fille* bedeutet nicht nur »Tochter«, sondern auch »Mädchen«. Gestern um diese Zeit war ich noch ein Mädchen mit großen Hoffnungen gewesen. Voll freudiger Erwartung hatte ich mich ins Labyrinth der Straßen begeben, war der dilettantisch gezeichneten Karte gefolgt, um ihn zu finden. So viel hatte ich mir von dieser Begegnung erhofft! In Wahrheit hatte ich natürlich die Mädchenjahre längst hinter mir gelassen. Ich war keine *fille* mehr, weder die von Honoré Bourret noch von sonst jemandem. Ich war neunundvierzig Jahre alt, und mein Leben hatte sein Fundament verloren. Ich dachte an die Fragmente meiner Existenz, die ich für meinen Vater gesammelt hatte. Ich hatte mich wie ein Schulmädchen benommen, das stolz seine Preise nach Hause schleppt. Jetzt erst begriff ich, was für eine klägliche

Figur ich abgab. Garantiert würde er die Tasche einfach fortwerfen, ohne sie eines Blickes zu würdigen.

Kinderstimmen rissen mich aus meinen Gedanken, und ich merkte, dass ich schon sehr lange auf dem Pier stand. Der Strand war jetzt breiter und glatt, das Wasser hatte sich zurückgezogen. Die Sonne hatte die Wolkenschicht durchdrungen. Meeresvögel sonnten sich auf dem noch feuchten Sand. Ein paar Kinder spielten am Wasserrand – zwei acht- oder neunjährige Jungen und ein kleines Mädchen. Die Jungen ließen Steine übers Wasser hüpfen und verkündeten laut die Zahl der Sprünge, bevor die Steine versanken. Als ich die Treppe zum Strand hinunterging, grüßten sie mich. Der Älteste wünschte mir ein glückliches neues Jahr, und ich erwiderte den Wunsch.

Ich wusste nicht, was das kommende Jahr bringen würde, aber *Glück* erschien mir nicht besonders wahrscheinlich. Als ich zur Stadt zurückging, sah ich meine eigenen Fußabdrücke, die mir entgegenkamen, schon halb verwischt.

VIII

RÜCKKEHR

Das Leiden erlaubt keine Heilung, wohl aber Besserung und das Aufhalten der negativen Entwicklungstendenzen.
– MAUDE ABBOTT, »ANGEBORENE HERZFEHLER«

30

20. Januar 1919

Morgen wird es schön, hatten die Seeleute vorhergesagt – nach wochenlangem schlechtem Wetter fiel es mir schwer, ihnen zu glauben. Aber es sah tatsächlich so aus, als könnte meine Heimreise ganz anders verlaufen als die Überfahrt nach Europa. Diesmal hatten wir Rückenwind, und das Wasser war glatt und blau. Weit und breit keine Bö in Sicht. Wellen schwappten sanft gegen den Schiffsrumpf, und der Himmel war klar bis auf ein paar Wattewölkchen, die in der untergehenden Sonne leuchteten.

Frankreich war noch zu erkennen, wenn auch nicht mehr die einzelnen Gebäude und Häuser von Brest, der Hafenstadt, in die ich von Calais aus gefahren war und wo ich fast drei Wochen lang auf eine Schiffspassage nach Hause gewartet hatte. Die französische Küste war nur noch eine diffuse Linie, und bald würde sie ganz verschwunden sein. Ich wollte den Moment nicht verpassen, obwohl das angestrengte Spähen, das Bemühen, sie so lange wie irgend möglich festzuhalten, gar nicht leicht war.

Meine Reise war strapaziös gewesen. Vernünftigerweise hätte ich jetzt mit einem heißen Getränk und einem Buch drinnen sitzen sollen, wie es sich für eine Frau meines Alters gehörte, statt hier an Deck zu stehen und über das eisige Meer zu starren. Ich nahm die salzwasserbespritzte Brille ab und putzte sie kurz.

Ich hatte keine Ahnung, was ich tun würde, wenn ich wieder in Kanada war. Meine beruflichen Meriten fühlten sich vollkommen nutzlos an, wie Orden an der Brust eines Kriegsinvaliden. Was bedeutete das alles schon? Die meisten Menschen, die ich liebte, waren tot oder fort. Mein ganzes Referenzsystem hatte sich verschoben. Ich befand mich buchstäblich zwischen den Welten und hatte noch einige Tage auf See vor mir, ehe ich wieder Land betreten würde. Sieben Tage zum Nachdenken. Die Verzögerung meiner Abreise war auch ein Segen gewesen, weil ich die letzten Wochen damit verbringen konnte, durch die Straßen von Brest zu wandern, ohne mit einer Menschenseele zu sprechen. Alleinsein war das, was ich gebraucht hatte, Zeit für einen inneren Heilungsprozess.

Ein paar Meter weiter warf ein junges Mädchen einer Möwe einen Brotbrocken zu, den der Vogel im Herabstoßen fing. Das Mädchen quietschte entzückt und machte eine weitere junge Frau, die neben ihr stand, auf die Möwe aufmerksam. Die beiden waren mir schon beim Einschiffen aufgefallen. Wie mehrere Passagiere auf diesem Dampfer, der nach Halifax unterwegs war, stammten auch sie aus Kanada. Sie trugen beide die Umhänge der Rotkreuzschwestern und sahen sich so ähnlich, dass sie echte Schwestern sein mussten. Ich musste natürlich gleich an Laure denken. Über dem Schiff stand die Möwe in der Luft und ruckte beim Schlucken mit dem Hals.

Beim Dinner saß ich mit den beiden am Tisch. Sie waren die erste menschliche Gesellschaft, die ich mir seit dem Treffen mit meinem Vater gestattete, und ich kam mir ziemlich unbeholfen vor. Sie seien auf der Heimfahrt nach Halifax, erzählten sie mir, nach zwei Jahren Dienst in Übersee. Zu uns gesellte sich noch ein Corporal des Princess Patricia's Canadian Regiment, ein gut aussehender Mann mit einer Haarfarbe wie reifer Weizen. Sein rechtes Bein war unterhalb des Knies amputiert worden, und er ging an Krücken, das Hosenbein umgeschlagen und festgesteckt. Sobald er wieder in Kanada sei, sagte er, bekomme er von der Armee eine Prothese.

Ich hatte während der Zeit in Brest sehr bescheiden gelebt, von Suppen und Brot aus einer Bäckerei neben der *Gîte*, der Unterkunft, in der ich wohnte, und konnte eine anständige Mahlzeit jetzt gut vertragen. Und auch mein Hunger nach menschlicher Nähe war größer, als mir bewusst gewesen war. Das Lachen und das englische Geplapper der Mädchen taten mir gut. Die blonde Schwester teilte uns mit, dass der Schiffskoch einen ausgezeichneten Ruf habe. Es sei nämlich ein französisches Schiff, das mache einen enormen Unterschied. Wie zum Beweis kam ein etwa vierzehnjähriger Junge mit einer Flasche an unseren Tisch. Er ging schnurstracks zum Corporal, verbeugte sich und präsentierte das Etikett.

Die hellhaarige Schwester, die Nora hieß, lachte. »Ein Sommelier! Wie zivilisiert!«

Der Junge, der vermutlich auch für das Schrubben der Böden zuständig war, grinste und straffte die Schultern. Er entkorkte die Flasche vor unseren Augen und goss dem Corporal ein paar Tropfen von etwas Dunklem ins Glas. Nach dem rituellen Schwenken und Probieren, das alle sehr ernst zu nehmen schienen, nickte der Corporal zustimmend. Auch er sah aus, als hätte er schon seit einer halben Ewigkeit keine richtige Mahlzeit mehr zu sich genommen – er genoss jeden Augenblick.

Der Junge schenkte uns ein. Wir erhoben unsere Gläser. Der Wein war kräftig und wärmend. Ich war so dankbar dafür, hier sitzen zu können, mit einem Glas Rotwein und mit Leuten, die mir beim Trinken Gesellschaft leisteten, dass ich einen Kloß in der Kehle spürte. So simple Freuden, aber in diesem Moment bedeuteten sie mir unendlich viel.

Das Essen kam, aufgetragen von dem Jungen, der auch den Wein eingeschenkt hatte. Es war Coq au vin, eins meiner Lieblingsgerichte. Winzige weiße Zwiebelchen schimmerten im Lampenschein wie Perlen, und ich schloss die Augen, atmete die Düfte ein. Während des Essens sagte ich die längste Zeit gar nichts, gab mich nur dem Sinnengenuss hin.

Die kanadischen Schwestern hingegen plauderten munter drauflos. Die Blonde, Nora, war sehr lebhaft und unterhielt uns mit Geschichten über ihre Arbeit in einem kanadischen Rotkreuzkrankenhaus, das auf den Tennisplätzen eines bei London lebenden reichen Amerikaners erbaut worden war. Anscheinend hatte dieser Mann, Waldorf Astor, das Grundstück der britischen Armee angeboten. Weil die Briten abgelehnt hatten, war es an die Kanadier gegangen. Die dunkelhaarige Schwester sprach weniger als Nora, hatte aber ein reizendes Lachen. Der Corporal konzentrierte sich auf sein Essen, doch jedes Mal, wenn er das Lachen hörte, blickte er lächelnd auf.

Draußen frischte der Wind auf; er drückte gegen die Bullaugen und ließ das Tafelsilber klirren. Er war noch nicht stark genug, um uns ins Schwanken zu bringen, aber der Wein in unseren Gläsern schwappte ab und zu. »Keine Sorge«, sagte der Corporal. »Wir werden schönes Wetter haben.«

Ich erzählte ihnen, wie schrecklich meine Hinreise im Dezember gewesen war und dass ich nicht glaubte, so etwas noch einmal überstehen zu können. Der Corporal wollte wissen, was mich veranlasst habe, mitten im Winter zu reisen, so kurz nach Kriegsende.

»Ein kranker Freund«, erklärte ich. Das war nicht ganz gelogen. Sir Williams Gesundheitszustand hatte meine Abreise ja schließlich beschleunigt.

»Ein Soldat?«, fragte der Corporal.

Ich wollte eigentlich nicht über mich sprechen. Ich sehnte mich nach Anonymität, und es schien mir nicht ratsam, Fremde zu nahe an mich heranzulassen, doch der Wein hatte mich gewärmt und zugänglich gemacht. Es war sicher nicht schlimm, wenn ich Howlett erwähnte.

Der Corporal sah mich plötzlich interessiert an. »Howlett?«, wiederholte er. »Sie meinen *den* Howlett? Den Arzt aus Oxford?«

Die Schwestern starrten mich ebenfalls an. »Wir kennen ihn auch«, sagte die Blonde. »Er ist montags immer ins Krankenhaus gekommen.«

»Wir waren auf der Beerdigung«, fügte die Dunkelhaarige hinzu.

Jetzt starrte ich *sie* an. Die Nachricht verschlug mir die Sprache.

»Ich auch«, sagte der Corporal. Er ging so in dem Thema auf, dass er mein Schweigen nicht bemerkte. »Er war bei meiner Amputation dabei. Er hat sich um die Kanadier gekümmert.«

»Wie merkwürdig, dass wir ihn alle kennen!«, sagte Nora. Sie wandte sich an mich. »Worin, sagten Sie, bestand Ihre Verbindung zu ihm?«

Ich blickte auf meinen Schoß. Was sollte ich sagen? Ich hätte keine klare Auskunft geben können, selbst wenn ich es gewollt hätte. »Wir sind beide Ärzte«, antwortete ich schließlich.

»Sie sind Ärztin!«, sagte Nora, und aus ihren Augen leuchtete Bewunderung. Zum Glück bohrte sie nicht weiter nach, was meine Verbindung zu Sir William betraf. Sie schilderte stattdessen die Beerdigung, die offenbar riesig gewesen war. Halb London sei da gewesen und fast ganz Oxford. Sir William habe den Premierminister und über die Jahre auch einen Großteil des Kabinetts behandelt, sodass auch eine ganze Reihe englischer Politiker teilgenommen hätten.

Ich hörte nur mit halbem Ohr zu. Howlett war tot. Das konnte ich mir überhaupt nicht vorstellen.

Der Corporal sprach jetzt über seine Amputation. Ein Drittel seines Bataillons sei gefallen, erzählte er uns ausdruckslos. Ein weiteres Drittel habe Gliedmaßen verloren. Er sprach langsam, als ginge das Aneinanderreihen dieser Gedanken über seine Kräfte. »Manchmal frage ich mich, ob ich im richtigen Drittel gelandet bin.«

»Ach, Corporal«, sagte Nora freundlich, »solche Reden nutzen doch niemandem etwas. Es gibt kein Zurück, also gehen Sie lieber vorwärts.« Sie verstummte und wurde rot, als ihr bewusst wurde, dass diese Metapher doch etwas unpassend war.

Ihre dunkelhaarige Schwester sprang ihr bei. »Nora hat recht, Corporal. Es ist ein wundervoller Abend, der erste unserer Reise. Wir haben ausgezeichnet gespeist.« Sie hielt lächelnd inne. »Und getrunken. Das ist doch Grund genug, dankbar zu sein.«

Ich beobachtete diese kleine Szene wie ein Theaterstück. Die Schwestern hatten recht; ihr Rat war weise. Und dennoch – wie schafften es die Menschen, nach einem so unermesslichen Verlust weiterzuleben?

Nora erhob ihr Glas. »Ich sage Dank für diesen Abend.« Sie überlegte einen Moment lang. »Beth«, wandte sie sich dann an ihre Schwester, »mir ist gerade aufgefallen, welches Datum wir haben.«

Die Dunkelhaarige dachte kurz nach, ehe ihr Gesicht aufleuchtete. »Heute ist der zwanzigste Januar!«

»Sankt Agnes' Abend«, sagte ich.

Nora sah mich überrascht an. »Sie wissen das?« Dann fiel ihr wieder ein, wie ich hieß.

»Kennen Sie das Gedicht?«, fragte Beth.

Der Corporal schaute uns verdutzt an. Ich sah mich mit Laure und Großmutter in St. Andrews East am Kamin sitzen und aus *Englische Gedichte* vorlesen.

Nora erhob sich, fiel jedoch auf ihren Stuhl zurück, weil das Schiff eine plötzliche Bewegung machte. Der Corporal streckte den Arm aus, um sie zu stützen, doch sie lehnte die Hilfe ab und hielt sich beim zweiten Versuch an der Stuhllehne fest. Das Schiff schwankte, aber nicht genug, um sie aus dem Lot zu bringen, und sie deklamierte:

Sankt Agnes' Abend – oh, wie fror die Welt!
Kalt saß der Kauz trotz dickem Federkleide,
Der Hase hinkte matt durchs eis'ge Feld …

Sie hielt inne. »Mehr weiß ich nicht mehr.« Sie wandte sich an ihre Schwester. »Hilf mir, Beth.«

Doch auch Beth war überfragt. »Irgendwas mit Schafen«, sagte sie vage. »Und einem Rosenkranz.«

Ich legte die Hände auf den Tisch und schloss die Augen. Sofort sah ich die Illustration aus *Englische Gedichte* vor mir: den mageren Beter auf den Stufen, sein wallendes weißes Haar, seinen Atem, der emporstieg wie Weihrauch. Ich machte da weiter, wo Nora aufgehört hatte, rezitierte bis zur sechsten Strophe, wo es um die Rituale geht, die Mädchen einhalten müssen, um von ihrem Liebsten zu träumen.

Als wir nach dem Dinner aufstanden, versuchte sich der Corporal an einer förmlichen Verbeugung. »Mögen den Damen heute Nacht süße Träume beschert sein.«

Beth lachte. Es war klar, dass sie dem Corporal gefiel, aber mich machte die Art, wie er sie ansah, ganz melancholisch. Meine eigene Einsamkeit und die Nachricht von Howletts Tod hatten die Wärme des Weins vertrieben. Es war Zeit, ins Bett zu gehen.

Doch bevor ich den Speisesaal verließ, berührte mich Nora am Arm. »Sie müssen heute Nacht träumen, liebe Agnes. Sie vor allem. Schließlich ist es Ihr Namenstag.« Sie lächelte, aber ihrer Schwester, die neben ihr stand, schien die Bemerkung peinlich zu sein. In dem Gedicht ging es schließlich um *junge* Fräulein.

Aber in jener Nacht träumte ich tatsächlich. Das Gesicht, das mir erschien, hätte ich nie erwartet. Es war nicht mein Vater und auch nicht der tote William Howlett. Ich war nicht auf dem Schiff, sondern in Montreal im Museum, umgeben von Regalen mit Präparaten. Es war das alte Museum, bemerkte ich im Traum, vor der Zerstörung durch den Brand.

Alles war auf wundersame Weise intakt. Die Knochen unbeschädigt und weiß, die Gläser heil und ordentlich aufgereiht. Selbst mein Lieblingspräparat, das Howlett-Herz, stand auf der Ecke meines Schreibtischs, wo es immer gestanden hatte.

Ich musste versucht haben, etwas zu sagen, denn ich wachte von meinem eigenen Stöhnen auf. Ein paar Sekunden lag ich reglos da, erinnerte mich an den Traum und daran, wie die blonde Nora nach dem Dinner darauf bestanden hatte, dass ich in der Nacht eine Vision haben müsse. Es lag sicher am Wein und an seiner Auswirkung auf meine labilen Nerven, dachte ich, während ich mich aufsetzte und nach einer Strickjacke griff. Mein Blick wanderte durch die Kabine, registrierte mit zunehmender Wachheit die Einzelheiten – die blassgrünen Wände, das dicke Rohr unter der Decke, das beschlagene Bullauge. Ich seufzte und legte mich wieder hin. Da war ich nun hier auf dem Meer, dreitausend Meilen entfernt von zu Hause, und wer erschien mir? Jakob Hertzlich.

31

30. Januar 1919

Am Morgen nach meiner Ankunft in Montreal nahm ich den Zug nach St. Andrews East. Ich war seit eineinhalb Wochen ständig in Bewegung und freute mich darauf, zur Ruhe zu kommen. Von außen sah die Priory genauso aus, wie ich sie verlassen hatte, vielleicht ein bisschen schäbiger. Im Inneren war sie jedoch warm und gastlich.

George kam aus der Küche. »Du bist's!«, rief sie überrascht.

Ich hatte mein Kommen nicht angekündigt. Mir war ja selbst nicht klar gewesen, dass ich mich als Erstes in den Zug setzen würde, um sie zu sehen. Seit meiner Abreise nach Übersee schien ich aus Impulsen heraus zu leben und dem Instinkt zu folgen statt der Vernunft. Ich ging zu ihr und drückte sie lange. Es war keine entspannte Umarmung. Ich hatte ihre Arme mit meinen festgeklemmt, was ihr nicht behagte. Doch als sie sich von mir freimachte, sah ich, dass sie sich freute.

Ich ging ins Wohnzimmer, das von der Wintersonne durchflutet war. Draußen herrschte immer noch Frost, aber hier drinnen war es gemütlich. George hatte die Gardinen abgenommen. Licht fiel herein, ließ den Raum groß und luftig erscheinen. Sie hatte Großmutters Teppiche entfernt, die

Dielen geschrubbt und gewachst. Das ganze Haus war gründlich geputzt worden, sein gesamter Inhalt gesichtet und sortiert. All die Dinge, die sich im Laufe des Familienlebens von drei White-Generationen angesammelt hatten, warteten in Taschen und Kartons auf meine Erlaubnis, bedürftigen Familien in der Gemeinde zugeteilt zu werden.

Als ich George sagte, wie wunderschön das Haus aussehe, musterte sie mich mit gerunzelter Stirn. »Ich hab's nicht für dich getan«, sagte sie spöttisch. »Oder jedenfalls«, ergänzte sie, als sie merkte, wie spitz es geklungen hatte, »nur indirekt für dich. Ich war davon überzeugt, dass du monatelang nicht nach Hause kommst.«

Im Erkerfenster standen drei Gläser mit Tazetten, die Stängel wie lange grüne Finger.

»Dieser Duft«, sagte ich schnuppernd. »Sie riechen nach Frühling.«

»Manche Leute können Narzissen nicht ausstehen, aber ich habe eine Schwäche für sie. Es sind die einzigen Blumen, die schon so früh im Jahr blühen«, erwiderte George.

Die Narzissenzwiebeln waren dick, dunkel und im Wasser ein bisschen schorfig, ein krasser Kontrast zu den grazilen Blättern und Blüten. »Ich habe sie nicht nur für mich gepflanzt, obwohl sie mich aufheitern. Der eigentliche Grund war Jaime MacDonnell.«

»Jaime MacDonnell?« Der einzige Jaime MacDonnell, den ich kannte, war ein Junge, der zwei Häuser weiter wohnte, der Sohn des reichsten Mannes von St. Andrews East. Einen absurden Moment lang sah ich im Geist Miss Skerry in romantischer Absicht bei den MacDonnells anklopfen, einen Strauß Narzissen in der Hand.

»Er war in letzter Zeit öfter hier.«

»Er ist gerade mal siebzehn!«, rief ich. Jetzt war ich wirklich perplex.

»Vierundzwanzig, um genau zu sein. Er hat in Flandern gekämpft, aber jetzt ist er schon seit einer Weile wieder zurück und seit Kurzem mit einem sehr netten Mädchen aus Lachute verheiratet. Mit einer Französin«, fügte sie hinzu, als würde das irgendetwas erklären.

»Und warum, wenn ich fragen darf, kommt er hierher zu Ihnen?«

George Skerry lachte und sah mich an, als wollte sie sagen, *manche* Leute wüssten ihre Gesellschaft eben zu schätzen. »Eigentlich wollte er zu dir, aber du warst ja fort, also hat er stattdessen mit mir gesprochen. Er wohnt noch bei seinen Eltern, aber seine Frau, France heißt sie, ist schwanger, und sie hätten gern etwas Eigenes.«

»Und da dachten sie an die Priory?«

Miss Skerry antwortete nicht direkt. »France würde dir gefallen«, sagte sie und schaute aus dem Fenster. »Sie ist reizend, aber auch praktisch veranlagt. Wie sagt man auf Französisch? *Terre à terre*. Ich denke, sie wird eine wunderbare Mutter. Sie hat es nicht leicht, mit ihrer Schwiegermutter unter einem Dach.«

»Das hat sie Ihnen gesagt?«

»Sie kommt auch manchmal rüber«, sagte Miss Skerry. »Wir brauchen beide ein bisschen Gesellschaft.«

»Natürlich«, sagte ich und stellte mir zum ersten Mal vor, wie schwer es für Miss Skerry gewesen sein musste, dass ich direkt nach Laures Tod nach Europa gefahren war. »Ich war nicht hier, um Ihnen zu helfen, George. Verzeihen Sie mir.«

»Da gibt es nichts zu verzeihen. Du musstest diese Reise machen.«

Ich nickte. Ich hatte noch kein Wort von meinem Vater erzählt, und Miss Skerry hatte auch nicht gefragt. Es würde schon alles bald genug herauskommen. »Was haben Sie Jaime MacDonnell gesagt?«

Sie nahm die Brille ab, hielt sie gegen das Licht und inspizierte sie auf Flecken. »Ich habe ihm gesagt, du hängst sehr an dem Haus«, sagte sie, »und würdest dich wahrscheinlich nicht davon trennen wollen.«

Das stimmte nur zum Teil. Mit der Priory waren viele Erinnerungen verbunden. Hier war meine Mutter gestorben, und Laure und ich hatten den größten Teil unserer Kindheit hier verbracht. Aber das Anwesen kostete mich auch furchtbar viel Geld und Zeit. Mein Zuhause war jetzt in Montreal. Hier hielten mich nur Nostalgie und das Grab meiner Schwester.

Ehe ich irgendetwas davon in Worte fassen konnte, erzählte Miss Skerry weiter. »Ich glaube, das hat Jaime MacDonnell nur noch entschlossener gemacht. Er ist wie sein Vater, Agnes. Wenn er sich etwas in den Kopf gesetzt hat, bringt ihn nichts auf der Welt davon ab. Und seine Frau ist ganz verliebt in das Haus.«

Irgendwie merkte ich an ihrem Verhalten, dass sie mir etwas verschwieg. Schließlich kannte ich sie lange genug. »Was wollen Sie damit sagen, George?«, fragte ich. »Was genau haben Sie getan?«

»Ich?«, sagte Miss Skerry, hakte sich die Brillenbügel hinter die Ohren und sah mich mit übertriebener Unschuldsmiene an. »Ich bin nur die Botin, Agnes.«

Einiges Nachbohren förderte es schließlich zutage: Jaime

MacDonnell und seine Frau hatten ein sehr attraktives Angebot gemacht. Die Summe, die Miss Skerry nannte, würde mir einen komfortablen Ruhestand ermöglichen und auch Miss Skerrys Alter sichern. Ich war so gut wie entschlossen, wollte aber nicht zu impulsiv sein und fragte sie daher, was sie täte, wenn sie in meinen Schuhen stecken würde.

»Was für eine Frage!«, rief sie lachend. »Ich kann mir überhaupt nicht vorstellen, wie sich deine Schuhe anfühlen, und würde mir nie anmaßen, auch nur probeweise hineinzuschlüpfen. Aber eins kann ich dir sagen: Wenn Fortuna anklopft, tut man im Allgemeinen gut daran, die Tür zu öffnen.«

Nachdem sie mir ein Mittagessen aus Suppe und frischem Brot vorgesetzt hatte, schlug sie einen Spaziergang vor. Doch zuerst schnitt sie ein halbes Dutzend Narzissen, wickelte sie in Zeitungspapier und legte sie in ihre Büchertasche. Ich war so klug, nicht zu fragen, was sie vorhatte.

Der North River ist dort, wo er an der Priory vorbeifließt, nicht besonders breit, aber die Strömung reicht aus, dass er nicht ganz zufriert. An diesem Tag waren im Weiß große Flecken von Blau sichtbar. Die Sonne hatte so warm herabgeschienen, dass aus der Eisdecke am Ufer große Schollen herausgebrochen waren. Hier am Fluss erzählte ich George von meinem Treffen mit Sir William und vom Wiedersehen mit meinem Vater in Calais. Sie war der erste Mensch, mit dem ich darüber sprach, und die Geschichte kam nur stockend aus mir heraus. Ich war froh, dass wir im Freien waren. Es schien auch richtig, es ihr im Winter in St. Andrews East zu erzählen – die Jahreszeit und den Ort verband ich mit dem letzten Zusammensein mit meinem Vater. Jetzt war es George, die *mich* in die Arme nahm, etwas unbeholfen, weil sie einen dicken Mantel und Handschuhe trug. Sie gab mir keine Ratschläge und versuchte auch nicht, mich aufzuheitern. Sie ließ mich erzählen und hielt mich fest.

Danach gingen wir die Hauptstraße entlang zur Christ Church, die mein Urgroßvater vor fast hundert Jahren gegründet hatte. Die Priory war noch nicht verkauft, doch ich betrachtete sie schon voller Wehmut als einen Ort, den ich hinter mir gelassen hatte. George führte mich die Straße neben der Kirche entlang und blieb plötzlich stehen. Jemand hatte durch den Schneewall einen schmalen Zugang zum Friedhof gegraben, er war erstaunlich ausgetreten.

»Komm«, sagte sie, raffte ihre Röcke und stieg über den Straßengraben. Ich musste an das Jahr denken, in dem ich dreizehn wurde und Miss Skerry in mein Leben trat. Genauso hatte sie ihre Röcke gerafft, wenn wir im Wald auf der Suche nach Mikroskopierobjekten waren. Wieder traten mir Tränen in die Augen. Ich wurde auf meine alten Tage sentimental, und das Seltsame war, dass es mich gar nicht störte.

Wir kletterten über den Holzzaun, was leicht ging, da er halb im Schnee versunken war, und betraten den Kirchhof. Inzwischen hatte ich erraten, was meine alte Freundin vorhatte, und war daher nicht erstaunt, als sie sich in den Schnee kniete und ihre Büchertasche öffnete. Es lagen noch andere Grabgaben dort – ein Stechpalmenzweig und die leuchtenden Blütenblätter einer gefrorenen Amaryllis. Darauf legte sie die duftenden Narzissen.

»Ich habe Laure geliebt«, sagte sie schlicht. »Und deine Großmutter auch.«

Der Friedhof war hübsch. Ich war immer nur zu den Beerdigungen hergekommen, hatte nie einfach hier gesessen, aber jetzt erhielt ich die Gelegenheit, seine Schönheit zu würdigen. Er lag unter Kiefern, in deren Geäst sich Meisen versammelt hatten. Der Schnee war tief und sauber. Es gab keine Fußstapfen außer unseren eigenen. Wir standen ein paar Minuten schweigend da und dachten an meine Schwester, die unter ihrem Kreuz lag. Ihr Name – Laure Frances Stewart White – war in den Stein gemeißelt.

»Wenn ich sterbe«, sagte ich, »werde ich auch hier begraben.« Vor meinem inneren Auge sah ich den Stein. Zum ersten Mal in meinem Leben akzeptierte ich, dass es der Name meiner Großmutter sein würde, der tapferen Frau, die mich geliebt und großgezogen hatte.

Auf dem Heimweg erzählte ich Miss Skerry von meinem Traum.

»Du hast es geschafft!«, rief George so laut, dass ich zusammenfuhr. »Du hast ihn tatsächlich an deinem Namenstag herbeibeschworen! Das ist unglaublich, Agnes White.«

Ich hatte erwartet, sie würde sagen, das sei doch alles Unsinn, aber nein – sie fing an zu lachen, so hemmungslos und fröhlich, dass ich bald mitlachte.

32

1. Februar 1919

An meiner rechten Ferse bildete sich eine Blase. Ich fühlte bei jedem Schritt, wie mein Schuh darüber scheuerte. Meine Strümpfe waren nass, das war das Problem. Es taute jetzt schon den zweiten Tag, und in den Rinnsteinen gurgelten kleine Bäche. Ich war seit dem frühen Morgen unterwegs, hatte die ganze St. Denis Street abgeklappert, von der Dorchester Street bis zum Mount Royal Boulevard.

Ich blieb vor der Tür eines hohen, grauen Mietshauses stehen und schnürte meinen Stiefel auf, um den Schaden zu begutachten. Das hier war jetzt das fünfzehnte Wohnheim, bei dem ich es probierte. Danach war ein Tee fällig, versprach ich mir, als ich die Concierge-Klingel drückte. Ich war völlig ausgedörrt. Wenn es wieder nichts brachte, musste ich Schluss machen. Meine Ferse pochte jetzt.

Ein alter Mann mit Hosenträgern öffnete, und ich sagte wieder den Namen, den ich schon den ganzen Vormittag den Concierges in der St. Denis Street genannt hatte. Es war ein schwieriger Name für Französischsprachige, wegen des aspirierten »H« am Anfang. Ich rechnete wieder mit einer negativen Antwort, aber der alte Mann rief aus: »*Erts-ligue! Mai bien sûr. C'est un Anglais, n'est-ce pas?*« Er musterte mich von Kopf bis Fuß und sagte, eine Frau könne er leider nicht nach oben lassen.

Ich trug an diesem Tag einen alten Mantel und Stiefel, die kein weiteres Jahr mehr überstehen würden. In einem Monat wurde ich fünfzig. Der Ruf des Hauses war durch meine Anwesenheit eindeutig nicht gefährdet. »Ich muss ihn sehen«, sagte ich in meinem besten Französisch. »Es ist dringend.« Er gab nach und nannte mir die Zimmernummer.

Jakob Hertzlich aufzuspüren war nicht leicht gewesen. Zuletzt hatte man ihn an der McGill nicht lange nach meiner Abreise nach England gesehen. Er hatte bei Dr. Mastro vorbeigeschaut, der berichtete, er habe furchtbar ausgesehen, dünn wie eine Bohnenstange und ungepflegter denn je. Er habe etwas von einem gemieteten Zimmer in der St. Denis Street gesagt und davon gesprochen, dass er für immer nach England gehen wolle.

Das hatte mir Dr. Mastro am Vortag erzählt. Und er hatte auch Neues in Sachen Sir William Howlett zu berichten gehabt. Offenbar hatte Howlett in seinem Testament verfügt, dass sein Leichnam autopsiert und sein Gehirn einer höheren Bildungseinrichtung gestiftet werden solle. In Montreal hatte man gehofft, diese höhere Bildungseinrichtung könnte die McGill sein. Es war ein schwerer Schlag gewesen, als man erfuhr, dass die Ehre der University of Pennsylvania zuteil werden würde. »Überlegen Sie doch mal, Dr. White!«, hatte Mastro gesagt. »Sie wären die zuständige Kuratorin gewesen.«

Zu Mastros Erstaunen hatte ich keine Enttäuschung gezeigt. Ich hätte Sir William zu Lebzeiten so viele Jahre gedient, erklärte ich, dass ich gern bereit sei, diese Aufgabe nun anderen zu überlassen.

Die Treppe des Wohnheims war steil, und ich musste auf dem Weg Pausen einlegen. Als ich schließlich ganz oben ankam, atmete ich schwer. Hier gab es nur zwei Zimmer. Eins war leer, die Tür stand offen. Ich sah eine nackte Matratze und eine niedrige, schräge Decke. Eine Bodenkammer, als Zimmer getarnt. Durchs Fenster sah man den Dachvorsprung. Ich hörte Wasser aus einem Regenspeier tropfen.

Die zweite Tür war zu. Dahinter rauchte offenbar jemand. Ich starrte auf diese Tür: Sie war weiß, mit einem Riss über die ganze Länge, und am Rand blätterte die Farbe ab. Der Tabakgeruch war penetrant. Was würde ich tun, wenn er es war? Was würde ich sagen? Bettfedern quietschten. Der Mensch dort drinnen wusste, dass hier jemand stand. Ich klopfte.

Es kam eine ausweichende Antwort auf Französisch – eine Stimme, die für Jakob Hertzlich zu leise klang. Die Bettfedern quietschten wieder, etwas rumste, dann folgten diffuse Geräusche. »*Une minute!*«, rief die Stimme. Eine Schublade wurde aufgezogen und wieder zugeschoben, Schritte näherten sich der Tür.

Er war sichtlich überrascht, dass ich es war. Er trug lediglich Arbeitshosen und ein Unterhemd, aus dem unter den Achseln und auf der Brust dunkle Haare hervorquollen. Er war barfuß. Ich schaute fort. Das Fenster stand weit offen. Das war vermutlich das Rumsen gewesen – Holz gegen Mauerwerk, weil er hastig zu lüften versucht hatte. Sonne fiel herein und nahm seinem verblüfften Gesicht etwas von der Härte.

Das Zimmer wirkte wie eine Mönchszelle. Jakobs Klappbett war ungemacht, und auf den Laken lag ein aufgeschlagener Roman. Neben dem Bett stand eine billige Kommode. In einer Ecke quollen Kleidungsstücke aus einem abgestoßenen alten Koffer.

»Ich dachte, Sie wären der Concierge«, sagte Jakob. Seine Stimme war heiser vom Tabak. »Er will nicht, dass wir rauchen.« Er zog hastig die Überdecke über die Matratze, warf dabei das Buch herunter. Es war *Père Goriot* von Balzac. Jakob griff sich ein Hemd aus dem Koffer. »Was verschafft mir die Ehre?« Rasch war er in das Hemd geschlüpft und knöpfte es zu.

Ich schluckte und befeuchtete meine Lippen. »Ich habe gehört, Sie wollen weg.«

»Da haben Sie richtig gehört.«

»London?«

»Colchester, genau gesagt. Die Stelle als Illustrator, von der ich Ihnen erzählt habe.« Er saß jetzt auf der Bettkante und schlüpfte in seine Socken. Sobald er sie anhatte, griff er nach den Stiefeln.

»Das sind ja großartige Neuigkeiten.« Meine Stimme überschlug sich.

»Es war das einzige Angebot«, sagte er. »Mastro hat nichts, jetzt, da die ganzen Männer aus dem Krieg zurückkommen. Und alle, die ich an der McGill sonst noch kannte, sind entweder tot oder im Ruhestand.«

»Ich bin noch da.«

Jakob Hertzlich antwortete nicht, aber sein Gesicht verhärtete sich.

»Wenn Sie Arbeit suchen«, sagte ich und löste meinen Schal, »im Museum gibt es mehr als genug. Ich würde Sie mit Freuden wieder nehmen. Wir haben die Präparate der Armee aus dem Krieg bekommen, und man hat mir gesagt, ich kann einen technischen Assistenten einstellen. Die Armee zahlt hervorragend«, setzte ich hilflos hinzu.

Sein Verhalten ließ mich zusammenzucken. Er war buchstäblich vor mir zurückgewichen, hatte sich auf die Matratze zurückgezogen. Es war, als vollführten wir einen Tanz, nur dass ich keine Ahnung hatte, welches die richtigen Schritte waren.

Er sprang auf und schnappte sich seine Jacke von einem Haken an der Tür. »Ich möchte nicht unhöflich sein, Dr. White, aber ich wollte gerade gehen.« Er war unrasiert und ungewaschen. Offenbar hatte er nicht vorgehabt, an diesem Tag das Bett zu verlassen, aber jetzt lag seine Hand auf der Türklinke. »Behalten Sie Ihre verdammten Almosen«, sagte er über die Schulter. »Sparen Sie sich das Geld für jemanden auf, der darum bittet.«

Ich hörte nichts mehr, nicht das Tropfen von den Ästen, nicht das Wasser, das in den Rinnsteinen gluckerte. Nicht meinen Atem, der zum Stillstand gekommen schien. Nicht einmal meinen eigenen Herzschlag. Die Sonne schien durchs Fenster, und plötzlich war mir die Hitze zu viel. Ich legte mich auf sein Bett. Ich versuchte, meine Lunge zu füllen, aber bei jedem Einatmen spürte ich einen stechenden Schmerz. Ich war unfähig, mich zu bewegen, und schaute passiv zu, wie Jakob Hertzlich sich abwandte und ging.

Seine Schritte überquerten den Treppenabsatz. Er trat aus meinem Leben, wie es mein Vater vor vielen Jahren getan hatte. Der Schmerz war so alt, so vertraut, dass ich nur kapitulieren konnte. Meine Stimme versagte, wie damals, als ich vier Jahre alt war. Mein Mund stand offen, aber es kam nichts heraus. In mir jedoch schluchzte jede einzelne Zelle. Meine Haut, meine Knochen, mein Blut schrien in der Stille.

Ich war so mit mir selbst beschäftigt, das Gesicht im Kissen, dass ich nicht mitbekam, wie die Schritte auf dem Treppenabsatz innehielten und zum Zimmer zurückkehrten. Ich merkte nicht, dass die Tür aufging und Jakobs Kopf hereinschaute. In meiner Verzweiflung sah ich gar nichts, bis er so nahe bei mir stand, dass ich Zigarettenrauch roch und schwarzes holländisches Lakritz.

Er kniete sich hin, mit einem sonderbaren Blick, als wäre er sich nicht ganz sicher, wer ich war. »Sie dürfen nicht gehen«, sagte ich wimmernd. »Sie dürfen mich nicht verlassen.«

Jakob blickte an die Decke und atmete tief durch. Nach einer gefühlten Ewigkeit schaute er mich an. »Sie sind eine seltsame Frau, Dr. White. Verdrehter geht's kaum.«

Ich nickte und wischte mir die Nase. »Ich war so gemein zu Ihnen.«

Er zuckte die Achseln und wollte noch etwas sagen, als wir plötzlich die Schritte des Hauswirts auf der Treppe hörten. Er war unterwegs nach oben, zweifellos, weil er eine verfängliche Szene befürchtete.

Jakob gab mir ein Taschentuch. Als der Concierge schließlich zur Tür hereinschaute, war ich halbwegs präsentabel. »Wir wollten gerade gehen«, sagte ich, während er mich misstrauisch anstarrte. Trotz des offenen Fensters schnüffelte der Hauswirt nach einem Indizienbeweis für Jakobs Raucherei.

»Kommen Sie, Mr Hertzlich«, sagte ich und hakte mich bei Jakob unter. »Ich lade Sie zu einem Tee ein.«

»Soll das heißen, dieser alte Mann, den ich getroffen habe, war Ihr Vater?«

»Honoré Linière Bourret«, sagte ich und verrührte die Milchwolke in meiner Tasse.

»Und nachdem Sie die weite Reise nach Calais gemacht hatten, wollte er nichts von Ihnen wissen?«

Eine junge Bedienung wischte die Tische vor dem Café. Sie summte vor sich hin, verrichtete die simple Arbeit mit

Freude, ein Anblick, den ich aus irgendeinem Grund tröstlich fand.

»Er ist ein Lump, Agnes. Dafür gibt es kein anderes Wort.«

»So einfach ist es nicht«, sagte ich, und mein Blick folgte den Bewegungen des Mädchens. »Die Leute in Calais mögen ihn. Er hat sich dort drüben ein Leben aufgebaut. Er hat ihren Respekt gewonnen.«

Jakob griff über den Tisch und legte seine Hand auf meine. »Dieser Lump«, murmelte er fast tonlos.

Ich schüttelte den Kopf. »So zu denken hilft nicht weiter. Verteufelung ist die Kehrseite der Idealisierung. Diese Lektion musste ich lernen.«

Jakob nahm meine Hand und betrachtete sie für einen Moment. Dann blickte er auf. »Was haben Sie jetzt vor?«

Ich zuckte die Achseln. »Mein einziger Plan war, Sie zu finden. Ansonsten habe ich keine Ahnung. Es fühlt sich ein bisschen so an, als hätte sich die Erde aufgetan. Alles, dessen ich mir sicher war, ist plötzlich nicht mehr da.«

Jakob lächelte. »Klingt richtig mystisch.«

»Ach, nein«, sagte ich lachend. »Ich sehe nur nach fünfzig Jahren die Welt zum ersten Mal mit offenen Augen. Es hat lange genug gedauert! Ich hatte mein Leben auf einen Traum gegründet. Mein Bild von meinem Vater und von Sir William Howlett hatte mit der Realität wenig zu tun.«

Jakob zog eine Grimasse. »Wir haben alle blinde Flecken. Und wer kann schon sagen, was real ist?«

»Bei mir waren es keine blinden Flecken, Jakob. Ich war ganz und gar blind. Verstehen Sie denn nicht – ich habe mein ganzes Leben darauf ausgerichtet, einem Mann zu gefallen, den es gar nicht gibt!« Es fiel mir schwer, das zuzugeben, aber Jakob blieb neutral. Er schien nicht urteilen zu wollen.

Wir saßen eine Weile schweigend da und schauten einander nur an. Jakob Hertzlichs Augen waren an diesem Tag besonders warm und dunkel, was noch betont wurde durch den Vollbart. Ich streichelte die drahtigen Borsten. Da nahm er meine Hand und küsste die Innenfläche, lächelte und signalisierte der Bedienung, uns noch mehr heißes Wasser zu bringen für unseren Tee.

NACHWORT

Bei diesem Roman handelt es sich in erster Linie um eine fiktionale Geschichte. Zwar ist diese inspiriert von der Arbeit und der beruflichen Laufbahn der ersten Ärztin in Montreal, Dr. Maude Elizabeth Seymour Abbott (1869 bis 1940), aber die Charaktere und Ereignisse sind frei erfunden. Einige historische Figuren, Werke und Geschehnisse sind Bestandteil dieses Romans und wurden in manchen Fällen so angepasst, dass sie sich in die fiktionale Handlung einfügen. Ich habe versucht, den historischen Hintergrund der Geschichte glaubhaft zu gestalten und der Fantasie der Leser zugänglich zu machen, erhebe jedoch keinen Anspruch auf absolute historische Korrektheit.

DANK

Dem Conseil des arts et des lettres du Quebec sowie dem Banff Centre (vor allem Fred Stenson und dem Banff Wired Writing Program) danke ich dafür, dass sie mich so großzügig unterstützt haben, als ich diesen Roman schrieb. Caroline Adderson, Linda Leith (von ihr stammt der Titel), mein begnadeter, engagierter Lektor Marc Côté und mein aufmerksamster, beharrlichster Leser, Arthur Holden – sie alle haben unbezahlbare Beiträge geleistet, für die ich ihnen sehr, sehr dankbar bin. Ihnen sowie meinen anderen Freunden und meinen Familienmitgliedern, die das Manuskript schon in seiner frühen Form gelesen haben, gilt mein herzlichster Dank.